국립중앙도서관 출판시도서목록(CIP)

소기호씨 부부의 집나들이 : 전혜성 소설 / 전혜성 지음.
— 파주 : 문학동네, 2004
    p. ;   cm

ISBN 89-8281-813-8 03810 : ₩9000

813.6-KDC4
895.735-DDC21   CIP2004000709

소기호씨
부부의
집들이

전

혜

성

소

설

문학동네

차례

형숙유전

마침내 형숙이 돌아왔다. 십 년 가뭄 끝의 허허벌판처럼 메말라서. 그 귀

환은 또한 그녀를 향한 내 오랜 경배의 우물을 바닥까지 말라붙게 했다.

허기의 도가니로 변해 돌아온 그녀는 비로소 내게, 인간이 얼마나 신념의

내용에는 구애받지 않는 동물인가를 거울처럼 비쳐주었기 때문이다.

라일락이 필 무렵 영화제가 열렸다. 어쩌다보니 형숙과 난 일 년에 한 번 그 영화제를 통해서만 만나는 사이가 됐다. 내 나이 마흔부터 벌써 삼 년째.

마흔이란 이런저런 격정에 대해 한때 그런 걸 품었음을 떠올리는 것만으로도 왠지 쑥스러운 나이. 해서 영화제를 빌미로 얼굴이나 한번 보는 게 자주 만나 속을 뒤집어 보이는 것보다 관계 유지에 도움이 되겠다는 속계산을 했던 걸까. 그걸 말로 확인해보진 않았지만, 성긴 듯하면서도 부담 안 주는 교제에 그럭저럭 적응은 되고 있다. 안 볼 때 이렇다 할 그리움에 젖는 것도 아니면서 끊기지 않으려 나름대로 관리는 한다. 이런 서로에게 흠칫 놀라기도 하지만, 친구라는 이름의 타인에 대한 영악한 거래랄까. 매정한 정의긴 해도 형숙도 나와 별반 다르진 않으리라.

따지고 보면 우린 이십 년도 더 된 죽마고운데, 포도주처럼 숙성된 우정을 이루지는 못했다. 아니 형숙이나 내게 운만 좀 따라주었더라면 이미 멀뚱히 멀어졌을 관곈지도 모른다. 불행인지 다행인지 우린 둘 다 신통치 않고, 게다가 각자의 영역이 다르다. 내 생각엔 이런 공통점과 차이점이 우정이라기보다는 호기심으로 우릴 묶어온 것 같다. 내게 형숙이 그렇듯 그녀에게 나라는 존재 또한 해묵은 탐구 대상이었다. 그러고 보면 영화제를 빙자한 만남이란 것도 그 호기심에 대한 어정쩡한 기념식인지도 모르겠다. 올해도 그 약속은 어김없이 이루어져, 4월 셋째 주 수요일에 세 편의 영화를 몰아 보기로 했다.

참, 작년 가을 형숙은 드디어 내 집 장만을 했다. 나이 마흔셋. 남부지방에서의 운동권 생활을 접고 서울로 돌아온 지 십삼 년 만이었다. 잠실에 집을 샀단 소릴 처음 들었을 때 이런 생각이 떠올랐다. 아, 이젠 달라지겠구나, 그 개똥벌레 형숙이가……

향기 형(馨)자 형숙이를 개똥벌레 형(螢)자 형숙이라 놀렸을 만큼 눈 고운 형숙을 만난 건 대학 시절 서클에서였다. 79학번 동기였지만 두 번 재수를 해서 들어온 형숙이 나보다 나이는 두 살이나 많았다. 그런 탓에 형숙이 선배들을 부를 때 붙이는 언니라는 말은 보통명사가 아닌 고유명사처럼 들렸고, 그런가 하면 대뜸 형숙아! 라고 불러대는 동기생 동생들에게도 자연스럽게 굴지 못했다. 또 그애는 2학년이 되어서야 연극반에 들어온 지각생이었다. 첫인상이 한마디로 재미없었다. 나는 1학년 말에 박차고 나온 기숙사에 계속 눌러 산다거나 옆을 친 단발머리를 굵게 볶은 헤어스타일, 숙녀복 브랜드인 논노의 베이지색 더블 바바리코트를 벨트까지 묶고 입고 다니는 모습 일체가 평범한 인간일 거라는 혐의를 짙게 했다. 1980년, 나는 학교 앞 언덕배기에 있는 노르웨이다방 2층의, 학생은 하나도 없고 사회인 남자만 우글거리는 하숙집에 성냥곽 같은 방 한 칸을 얻어놓고 뜨내기처럼 살고 있었다. 머리는 총각 군인처럼 짧게 깎고 옷차림 또한 괴상망측해서, 논노의 더블 바바리코트를 입는 숙녀와는 꿈에도 어울릴 수 없는 모양새였다. 나도 세끼 밥뿐 아니라 지하에 정식 목욕탕까지 갖춘 기숙사에서 사 년 내내 눌러 살 수 있었음에도 불구하고 뛰쳐나온 이유는 단 한 가지였다. 일탈이 우상이었던 나는 기숙사가 정해놓은 금기들을 꿈에도 지킬 마음이 없었다. 그래서 한 달 기숙사비였던 칠만원 내에서 몰래 살 곳을 구하다 보니 쉰 살 먹은 아줌마가 자그마치 팔남매를 키우는 생존 현장, 노르웨이다방 2층밖에 갈 데가 없었다. 아저씨란 사람은 그 집에 머문 일 년 동안 딱 한 번 코빼기를 봤던가 했는데, 놀랍게도 기어다니는 아기가 있었다! 난방이나 기타 편의시설은 형편없어서 겨울에 캐시밀론 담요를 두 장이나 덮어써도 코끝엔 항상 미세한 서리가 엉겨 있었다. 그래도 친구들이 찾아와 밤늦도록 잠 안 자고 노닥거릴라치면 누군가 방문을 왈칵 열고 들어와 파리한 형광등 줄 끝에 메추라기 알처럼 달려 있는 스위치를 질끈 눌러버리고 번개처럼 튀어나가곤 했는데, 그게 바로 아줌마였다. 그 입장, 바로 그런 입장에서 형숙을 보았을 때, 그 따분해 보이는 신출내기에게 선사할 것이라곤 이 한마디밖에 없었다.

'흥, 남자2 아니면 동네아낙3이나 몇 번 해보다가 슬그머니 나가겠군.'

하지만 그녀는 슬그머니 나가버리지 않았다. 바야흐로 낭만의 칠십년대가 저물고 갓 태어난 아기들에게까지 정치적 신분이 배정되는 팔십년대였다. 웅장하게 솟구치기 시작한 시대라는 뜀틀 덕이었는가. 뜻밖에도 형숙은 그때까지 연극반에 나타나지 않았던 새로운 유형으로 자신을 조각하기 시작했다. 이상하게 생긴 자기 부정의 끌과 망치를 들고, 미지의 형상을 향해 진종일 비지땀을 흘린 것이다. 모든 전쟁은 마음에서 시작되던가. 형숙이 처음 그런 낌새를 풍긴 것도 어떤 심리테스트를 통해서였다. 가을 공연 준비 겸 탈춤 판소리 민요 등 딴따라로서의 기예도 닦을 겸, 방학인데도 서클룸에 모이던 8월 어느 날이었다.

지하 1층 계단 옆에 붙은 서클룸은 얼얼한 냉기로 가득 차 더위를 피하기엔 제격이었다. 거기 강의실용 의자 책상과 벤치형 장의자를 마주 놓고 노래도 배우고 대본도 읽었는데, 그날 따라 연희라는 친구가 어디서 해봤다는 심리테스트를 제안했던 것이다. ○□△∨의 네 도형 중에서 제일 끌리는 것을 세 번 쓰고 나머지는 각각 한 번씩 써서 마음 가는 대로 하나의 그림을 그리는 거였다. 연희로부터 빈 시험지 한 장을 받아쥐는 즉시 내 그림은 본능적으로 결정됐다. 폐쇄형에 질식감을 느꼈던 당시 내 취향에 맞는 모양이라곤 브이밖에 없었던 게다. 나는 먼저 세 개의 브이를 시원스레 겹쳐놓고 그 여섯 직선 각각의 끝에 무한대를 뜻하는 수학기호까지 덧붙인 다음, 나머지 도형들을 적당히 브이의 살 중간에 꽂아놓았다. 그러자 즉각 태평양 파도 같은 시원함이 포말을 일으키며 밀려왔다. 주체할 수 없는 흡족함에 겨워 옆을 두리번거리다가 형숙을 보게 되었다. 내 바로 옆은 비어 있었고 형숙은 그 빈자리 왼쪽을 차지하고 있었는데, 커다란 네모 하나를 뎅그렇게 그려놓고는 더이상 어찌해야 좋을지 모르겠다는 듯 손목을 덜덜 떨어대었다. 명백히 괴로워하는 인간의 모습이었다. 얼굴까지 빨개져서 자기 내면과 씨름을 하는 듯한 그 모습이 어찌나 특이해 보이는지 불현듯 눈을 뗄 수 없었다. 그 모습뿐 아니라 가까스로 완성한 그림은 더욱 특이했다. 그녀는 대충 비슷한 네모로 삼층집을 그렸다. 그 속에다 동그라미와 세모, 브이를 마치 낯을 들 숫기조차 없다는 듯 쪼끄맣게 그려넣었다. 연희의 풀이가 시작되면서, 가엾은 형숙은 자신의 그림보다 더 왜소해진 모습으로 쭈그러들었다. 동그라미는 감성, 세모는 지성, 브이는 섹슈얼 내지 원초적 에너지이고, 네모는 연희의 발음을 그대로 옮겨 적자면 "모어럴!"을 상징했다. 연희의 혀 위에서 '모어럴'이라는 발음이 구르는 순간, 형숙에게선 에이 씨, 라는 소리가 터져나왔고, 동시에 쥐고 있던 볼펜이 맞은편 모퉁이 문짝 비틀어진 캐비닛 앞으로 날아갔다.

"그 네모를 벗어나보려고 그렇게나 안간힘을 썼다? 그런데도 도저히…… 내가 도덕성으로 규정된다는 게 끔찍이 싫은데도 그렇게 돼버리는 거야. 이래서 연애도 못 하는 거야. 어쩌다 미팅에서 괜찮은 남자를 볼 때도 있잖아. 근데 이 사람 쫌 괜찮네? 싶은 마음이 드는 순간, 내가 그런 마음을 가졌다는 자체가 그 남자한테 무안해지는 거야. 그 사람이 그런 내 생각을 알아챌 거라는 느낌을 가눌 수가 없어."

그날 저녁 술자리에서 형숙은 이렇게 자신을 털어놓았다. 누구에게 이런 말을 해본 적도 없었다는 그녀의 처음은 그 고백만이 아니었다. 소주와 담배. 이전의 그녀라면 엄두조차 낼 수 없었던 금기들도 볼링핀처럼 쓰러져나갔다. 음주나 흡연 자체가 목적은 아니었다. 그녀의 과녁은 출신지 쪽 전통 윤리와 고등학교 때까지 다닌 교회 율법을 깨겠다는 더 큰 이상 쪽에 맞춰져 있었다. 그러나 오랜 시간 겹겹의 네모라는 닻에 단단히 정박돼 있던 영혼이 단숨에 자유의지의 허공으로 날아오르기란 무리였다. 한 계단씩 차근차근. 그런 의미에서 우선은 더블 바바리를 입는 얌전한 숙녀에서 금기들을 차넘기는 낭인으로 면모부터 가다듬어야 했다. 또 그런 낭인의 외모라도 따라잡으려면, 옆에 반드시 곱절로 타락한 진짜 낭인이 있어야 함도 알았다. 그런데 그게 나였다. 나라는 인간은 또한 입에 발린 아첨에 쉽게 뜨고 마는 얼치기 영웅이었다. 형숙은 정책적으로 퍼붓는 존경의 시선이었건만, 나는 진짜로 우쭐해졌다. 누굴 타락시키는 쾌감만큼 짜릿한 것도 없는 법이기에.

"2학년 6반에 신영숙이라는 괴물이 있는데, 한마디로 성의 예속을 벗으려고 홱까닥 돌아버린 애지. 한번은 사귀는 남자랑 데이트하다가 밤이 깊었는데, 그냥 헤어지긴 싫고 여관 가자니 돈도 시간도 없고. 마냥 걷다가 인적이 뚝 끊긴 골목길에 들어섰다는 거야. 쓰레기 수레가 잔뜩 서 있고, 그뒤로 지지리도 더러운 가마니때기가 깔려 있었대. 그래서 어쨌겠니? 이게 그냥 남자 손 잡아채고 가마니때기 위로 엎어졌댄다. 걔 별명이 허리케인이잖아."

"와…… 증말……"

형숙은 전율이 온다는 듯 카악 하고 술을 털어넣었다. 나는 그런 형숙이 하염없이 어여쁜 나머지, 술도 올랐겠다 새끼기생 희롱하듯 그녀를 놀려먹었다.

"취하니까 더 예쁘네. 눈이 어쩜 그리 크고 빛나. 향기 형자 형숙이 아니라 개똥벌레 형자 형숙이겠네."

그날을 계기로 거의 날마다의 술자리로 이어진 나의 제자 교육은 2학기로 접어들자 괄목상대할 성과를 거뒀다. 참하고 조심스럽던 형숙의 인상부터 중성적 매력의 단단함으로 바뀌면서, 기숙사 금기들을 툭툭 까대기 시작했다. 밤 열시 정각에 층(層) 사감 점호를 받는 귀사 규칙을 9월 내내 범하는가 싶더니, 10월이 되어선 총사감실까지 불려가는 스타급 문제아로 부상했다. 으레 있는 골칫덩이 대개가 3, 4학년급이고 사유도 얼추 남녀상열지사였음에 비해, 형숙의 그것은 당돌하게도 금기 자체에 대한 도전이었다. "민주 기숙사

에 왜 이런 금기가 있어야 합니까?” 연애하다 꼬리 잡힌 전자의 반
응이 머리부터 조아리고 보는 데 비해, 후자인 형숙은 술냄새를 풍
풍 풍겨가며 황소 뿔을 들이밀었다. 그같은 무법이 몇 번 통하는가
싶자 굳이 늦어야 할 이유가 없을 때도 소신을 가지고 늦게 들어갔
다. 초기에 잡겠다고 펄펄 뛰던 총사감도 결국엔 꼬리를 내렸다.

“안형숙이는 그 꿋꿋한 기상으로 장차 이 나라 여성들의 지도자
가 되면 좋겠어. 본인은 어떻게 생각해?”

사흘 내리 지각을 한 끝에 수색 후배네 집에서 대본을 쓴답시고
무단외박을 해버린 형숙을 이튿날 오후, 기숙사 앞 단풍 든 느티나
무 아래로 불러낸 총사감은 흠씬 잡도리를 하는 대신 이토록 심한
아첨으로 패배를 인정했다. 스산한 갈바람에 검정 숄로 여민 어깨
를 바르르 떨어대며, 기가 죽기는커녕 독수리처럼 깃을 곧추세우는
형숙에게 진언인지 실언인지 모를, 어쨌든 엉겁결에 엄청난 축복을
내린 것이다. 졸지에 지도자의 재목으로 추켜진 형숙은 겉으로야
범연한 체했지만, 몇 번이고 그 말을 내게 외어 뵈는 품이 어지간히
뿌듯했던 모양이었다.

그 말이 주술성을 가졌던 걸까. 그날 이후 솟구치고, 또 솟구쳐오
른 형숙은 거의 없다시피 보였던 요염한 끼를 캐내는 경지까지 나
아갔다. 비록 연극 속에서긴 했지만, 제비 박씨로 졸부가 된 흥부가
전일의 놀부 뺨치게 타락하는 꼴불견을 풍자한 가을 정기공연 〈흥
부전〉에서 천박한 뚜쟁이 청풍댁 역으로 잊혀지지 않는 명연기를
펼쳤다. 가짜 쪽을 찐 머리에 한복 허리를 끈으로 질끈 매고, 〈심청
전〉 뺑덕어미처럼 엉덩이는 씰룩씰룩. 대사도 대본대로 하지 않고
제 고향 사투리로 넉살 좋게 바꾸어, 그녀를 보러 몰려온 여고 동창
들 사이에서 사미자보다 낫다는 극찬을 듣게 되었다.

첫 영화는 오후 두시에 시작되고, 그게 끝나면 언덕배기 위쪽의 딴 극장으로 걸음을 몰아야 한다. 그래서 미리 점심도 먹고 회포도 풀기 위해, 열한시 반쯤 '페르지오'라는 스파게티 하우스에 들어선다.

조금 일찍 도착한 나는 주저없이 창가로 파고든다. 따뜻한 햇살이 고여 있는 테이블 옆으로 봄날의 거리가 환히 내다보인다. 우묵하고 흐린 장소만 골라 다닌 젊은 날이 가니 나이티를 내는 것이다. 우편으로 받아두었던 프로그램을 형숙을 기다리는 틈에 꺼내본다. 이따 볼 두, 세번째 영화가 다 성 정체성을 소재로 한 것이다. 영화는 주로 형숙의 의견을 듣고 정했다. 상식적으론 시나리오 작가인 나의 선택을 그녀가 좇아야 할 테지만, 이 영화제에 관한 한 그녀가 나의 시니어다. 1회 때부터 형숙은 십만원짜리 후원회원이었다. 그 열심을 존경해야 할지 의심의 눈초리를 보내야 할지 헷갈리지만, 적어도 삼십대 너머론 정신의 나이를 불리지 않으려는 형숙의 고집 하나는 인정해줘야 한다. 두번째는 레즈비언, 세번째는 남성여성이라 부름직한 '드랙 킹'에 관한 다큐멘터리다. 마지막 한 편은 형숙은 다른 누군가와 보기로 했다.

옥외 테라스에 박힌 포석을 밟고, 빨간 격자 유리문을 밀치며 형숙이 숨가쁘게 들어선다. 오랜만에 보는 데 워낙 길이 들어 호들갑스런 인사치레는 피차 건너뛴다. 언뜻 보기에 우린 아주 얌전한 사람들 같다. 하지만 그런 표리부동의 속임수를 외부에 대해 쓸 수 있다는 것 자체를 재미나게 여길 뿐이다. 마음만 먹으면 무슨 짓이든 가차없이 할 수 있다. 그 은밀한 배포 탓에, 가장 굶주린 순간에도 남들은 우리가 얼마나 허기져 있는지 까맣게 모른다.

"하이!"

한쪽 팔을 흔들어 보이며 이 말만 교환한다. 이 단어가 영어라는 사실에는 플라스틱처럼 무감각하다. 형숙은 그녀가 이맘때 입는 옷 중에서 가장 괜찮게 느껴지는 체크 무늬 스프링코트를 걸치고 있다. 그 겉옷이 그런대로 멋져 보이는 이유는 짧지도 길지도 않은 길이에, 올리브와 밤색, 아이보리를 교차시킴으로써 얻어진 색조의 세련됨 때문이다. 솔직히 그것 한 벌을 빼곤 뚜렷한 인상을 받은 게 없다. 기껏 박스형 티셔츠나 하늘색 계열 남방셔츠에 검정 진바지 아니면 헐렁한 면바지 따윌 껴입었겠지. 생머리를 단발 스타일로 잘랐고 싸구려 펜던트 하나 걸지 않았다. 마흔 넘은 여인의 행색치곤 빈곤한 편이지만, 중요한 건 내게 그녀의 스타일이 너무도 잘 이해된다는 점이다. 젊음의 생기는 꺼졌는데 돈도 없고 남들처럼 열심히 키운 감각도 없는 주제에, 죽어도 아줌마 티는 내기 싫은 형숙 같은 여자가 달리 어떻게 자신을 연출하겠는가.

"쓰는 건 잘 되냐?"

다음으론 항상 내 시나리오의 안부부터 묻는데, 내겐 괴롭기 짝이 없는 이 서두가 반듯한 그녀에겐 반드시 거쳐야 할 예의라고 생각되는 모양이다. 물론 대답 대신 미간만 찌푸린다. 적당한 겸손도 되고, 세련된 작가의 제스처로 보이지 않을까. 하지만 사 년 전 첫 시나리오가 개봉관에 붙었던 이래 지리멸렬하게 시간만 죽여왔다. 또다른 시나리오 두 편이 영화사에 들어가 있지만, 하나는 개작 요청을 받았고 나머지 한 편의 운명도 미지수다. 이런 내막을 곧이곧대로 공개하진 않는다. 굳이 포장하려 해서는 아니다. 한 번도 아니고 몇 번이나 형숙에게 내 고충을 진솔하게 토로했던 적이 있는데, 결과적으론 요점 전달에 실패했다. 그녀에겐 나의 고충이 진정한 고충으로 다가가지 않았다. 내가 얼마나 딱한 처지인지 시시콜콜

떠벌릴수록, 그녀는 점점 주눅이 들다 못해 나중엔 숨쉬는 것마저 힘들어했다. 형숙에겐 그 모든 게 이미 프로의 세계로 들어선 사람의 화려한 고통일 뿐이었다.

"안형은 어때?"

어색한 화제를 돌리고 싶을 때 내가 전형적으로 꺼내드는 카드다. 붕 떠 있는 형숙의 패러글라이더를 단숨에 꺾어버리는 파괴적인 질문이기도 하다. 그들 부부는 친구들 사이에서 소문난 불화 커플이므로.

"옛다!"

하지만 오늘 그녀는 낙하산을 메고 온 모양이다. 옆구리에 끼고 온 봉투 속에서 끔찍이도 두터운 책 두 권을 뽑아내더니, 내 쪽으로 털썩 던져 보인다. 보는 순간 질려버릴 정도로 끔찍한 두께의 책. 아이갸, 저걸 집에 들고 가라고? 한눈에 무엇인지 알아는 보겠다. 이태 전부터 형숙은 두 명의 전공교수가 나눠 집필한 이 책 초고 교열을 보느라고 애를 먹었다. 특히 그중 하나의 글은 박사요 교수라는 걸 믿을 수 없을 만치 혼잡하고 난삽했다. 그래서 "거의 다시 쓰다시피 했을 뿐 아니라" "머리가 쥐가 나서" "컴 앞에 앉을 때마다 왜 이런 걸 또 맡았는지 자신을 죽이고 싶기만" 했다. 정녕코 돈 몇 푼 벌고자 했던 일은 아니다. 단지 자기 정체성의 산탄 한 조각을 노동운동이란 덤불 속에 방치해두길 바랐다. 아무튼 한국 여성 노동운동의 발자취라는 도합 1200쪽을 헤아리는 육중한 저서 앞에서 어지럼이 핑 돈다. 이즈음 레즈비언으로 거듭난 형숙에 대한 시비심이 개미떼처럼 머릿속을 기어다닌다. 그렇지만 안형숙. 내 친구는 한때 틀림없는 운동권 사람이었다.

운동권은 어떤 사람이 되나? 더러는 이렇게 되기도 했다. 1981년. 놀부와 청풍댁으로 인기를 끌었던 나와 형숙은 또다른 괴짜 연희와 연극반을 이끌고 있었다. 소개가 늦었지만 이 연희는 프로 무대에서도 될 법한 미모의 소유자인데, 생긴 것과는 다르게 거침없이 욕을 하고 와이담이라 통했던 음담패설의 고수였을 뿐 아니라 〈세일즈맨의 죽음〉을 〈아서 밀러의 죽음〉과 혼동하는 독창적인 푼수끼로 사랑받는 친구였다. 지방 출신 형숙이 텁텁했다면 토종 서울내기인 연희는 세련되었다. 그 중간치인 나는 실상 리더의 자질 따윈 눈곱만큼도 없었으나, 연극이라면 불을 토하는 뜨거움 하나로 대장 노릇을 하게 됐다. 끓인 누룽지처럼 속을 풀어주는 형숙의 인간미나 생긴 건 깍쟁이 같아도 틈 많은 연희의 희극성이 없었다면, 고슴도치처럼 찔러대는 나 하나를 보고서야 어느 누구도 연극을 같이 하긴커녕 백 리 밖으로 줄행랑치기 바빴으리라. 그럼에도 불구하고 착각의 동물이었던 나는, 한 학기가 넘도록 나야말로 형숙과 연희의 앙앙불락을 녹이는 리더십의 화로인 줄만 알았다.

　그도 그럴 것이 형숙이 처음부터 연희를 거슬려하다 못해 증오했기 때문이다. 먼저 연극을 했고 용모도 출중한 연희에 대한 질투만도 열등감만도 아닌 기묘한 적의에 부글부글 끓어댔다. 술자리에서 간혹 듣는 넋두리에 의하면 연희가 먼저 형숙을 깔보고 무시했다지만, 어떤 종류의 무시를 말하는 건지는 몰라도 무시, 하면 오히려 내가 오래된 장본인이 아닌가. 하지만 나를 향해서는 무조건적 흥미와 신뢰만을 보내오는 반면, 말을 좀 거칠게 한다뿐 타인에 대한 억하심정이 없는 연희에 대해서만 유독 너그럽지 못했다. 연희 또한 그 노골적인 질시를 못 본 체할 만큼 호인은 아니었다. 혈기가 등등하기론 자웅을 겨루어서, 후배들 놓고 연습을 하다 말고 고함을 처지르며 나가버린다든가 욕지기를 베어무는 민망한 꼴을 한두 번 연출하는 게 아니었다. 내가 있어 녹이고 싸안는다고 착각을 했던 게 그런 내력 때문이었다. 하지만 불화를 안타까이 여기는 건 '척'이었을 뿐 인간의 조화를 근본적으로 믿지 않았던 나는, 우리 사이의 불행한 균형에 아리스토텔레스적 형이상학을 부여하면서 치사한 기쁨을 만끽했다.

그런데 그해 가을 변고가 일어났다. 먼저 그 전조로, 일제시대 평양고무공장에서 일어난 여성 노동쟁의 사건을 다룬 〈을밀대〉라는 창작 대본을 가을 정기공연 작품으로 써냈다가, 9월 말 공연을 앞두고 한창 연습에 열을 올릴 때 철커덕 기관 검열에 걸려 서대문경찰서로 잡혀가 스무 시간 동안 곤욕만 치르고 공연도 못 올리게 되는 타격을 입게 되었다. 그런데 어떻게 보면 단합의 계기도 될 법한, 공연을 못 했다는 이 사건이 도리어 연극반 밑동을 후벼판 것이다. 이런 상황에서 연극은 해서 무엇 하나…… 설상가상 떼거리로 드나들던 학교 앞 '동키호테'라는 카페의 두 주인남자들까지 쥐도 새도 모르게 사라졌다.

그들의 실종이 우리에게까지 깊은 충격을 안겨준 건, 카페의 두 주인남자 중 하나가 연희의 '그 형'이었기 때문이다. 그들은…… 물론 비밀경찰에 체포된 것이었다. 두어 달쯤 지나서야 그간의 행적이 가족에게 알려졌는데, 혹독하게도 간첩 혐의를 뒤집어쓰고 있었다. 그 공포와 충격에 적응되기도 전에, 이번엔 나의 두 친구들이 동시에 떨어져나갔다. 형숙이 꼭 귀신에 홀린 듯이, 그 형이 실종된 이튿날부터 연희의 보디가드로 거듭났기 때문이었다. 며칠이면 끝나겠지 했던 것이 얼마나 오래인지 모르게 신촌에서 연희네 동네인 서초동까지 지하철을 함께 타고 간 후, 그즈음 기숙사를 나와 살던

원효로 자기 집까지 먼 길을 꼬불꼬불 돌아가길 반복했다. 그 모습
도 쥐면 날까 불면 꺼질까…… 미간에 날 세우고 사위를 두리번거
리는 품이 영락없이 서툰 보디가드의 그것이었다. 정치범 애인이
잡혀가면 남은 여자도 무사치 못한다는 속설 때문인가? 그 지극정
성이 장하다 못해 거의 께름칙할 지경이었던 나는 혼자 고개만 갸
웃거렸다. 겨우 의문이 풀린 건 카페 주인들의 간첩혐의가 신문지
상을 대문짝만하게 장식한 다음이었다. 나쁜 운명을 예감했던 그
형이 미연에 연희 신변을 형숙에게 부탁해둔 것이었다. 그가 둘의
앙숙관계를 무시해가면서까지 개중 진중해 보이는 형숙에게 뒷일
을 맡겼다는 건, 듣고 보면 수긍이 가면서도 여간만 오싹하지 않았
다. 남 눈에 다 그저 그러려니 했던 우리들 중에 형숙이 뽑힐 만큼
'사람들에게 사람 보는 눈이 있었던' 게다. 뿐만 아니라 그건 우리
셋의 앞날에 대한 스산한 밑그림이기도 했다.

   면회, 공판 참관, 실형 감면을 위한 탄원서를 연명으로 제출하는
훈련 속에 연희는 문자 그대로 투사가 되어갔고, 이듬해 봄이 오기
도 전 형숙도 슬그머니 담장을 넘어갔다. 우리 셋은 겉모양만의 동
아리일 뿐 형숙과 연희만으로 구성된 이너서클에서 나는 이미 제쳐
지고 있었다. 무언중에 재편된 신질서에 대개는 묵묵히 순종했으
나, 더러 그 휘둘림이 치사한 모양새로 드러나거나 심히 격이 떨어
지는 것에 대해서만큼은 순순히 넘어가기 힘들었다. 일테면 내가
두 눈 빤히 뜨고 있는데 즤들끼리 속닥거리며 종이쪽지를 사이에 두
고 끼적거린다든가, 그러다 눈이라도 마주치면 배시시 웃으며 삼천
포로 빠지는 척한다든가.

   기가 막혀서! 즤들이 무슨 프랑스 레지스탕스라고. (긴 머리 연희
가 너무 분위기가 있어서 영화 〈오데싸화일〉에 나오는 레지스탕스

여자 같기는 했다.) 것도, 저렇게 다 표시 나게 하는 팔푼이 레지스 탕스가 어딨어? 당장 잡히겠다. 아니 내가 어디로 봐서 저깟 저급 기밀사항이나 염탐하려 들고, 설사 일부 주워들었다 해서 허투루 씹 어돌릴 인격체로 보이는가 말이다. 고작 학내 시위 일시와 '이번에 (깜)빵에 들어가기로 한' 주모자가 아무개라는 것과 그 라인에 대한 두루뭉술한 정보 따위 가지고. 그럼에도 뼈저린 소외감을 끼치는 절차를 반드시 끼워놓고야 마는 둘의 처사가 야속한 나머지, 그에 대한 항의 겸 습기(褶氣)를 좇아 그 둘이 서클룸을 나서 세미나 장 소인 모처로 스며드는 시간이면 나는 대흥동 시장통의 부랑아와 백 수들의 집결지인 지린내 나는 2본 동시상영극장에 가서 고영남 감 독의 〈외인들〉이며 장미희가 나오는 문예영화 〈느미〉 따위 보고 와 서, 다음날 두 애들 앞에서 무슨 불후의 명작이라도 보고 온 듯 무 게를 잡으며 언제 해도 폭발적인 반응이 보장되는 장미희 연기 흉 내내기를 해 보이면서 잃어버린 렘브란트 시절을 되찾고자 몸부림 을 쳤다. 그토록 '우리는 "나!"라고 말할 수 있는 힘 외에는 이 세상 에서 가진 것이 전혀 없다'는 시몬느 베이유의 존재론적 통찰을 온 몸으로 대변하려 용썼건만, 둘은 콧방귀도 뀌지 않았다. 그애들은 본능적으로 안 것이다. 일탈밖에 모르는 날 운동권 시켜줘봤자, 남 자2 아니면 동네아낙3이나 몇 번 해보다가 슬그머니 꺼지리란 걸.

　놀랍게도 난 졸업식에서도 둘을 못 보았다. 아니, 봤는지 못 봤는 지 의식조차 안 하고 지내다가 나중에야 같이 찍은 사진 한 장 없음 을 알게 되었다. 하지만 명백히 결별식은 있었다. 그 기념사진은 학 사모를 쓰고 어깨동무를 한 모습이 아니라 지금도 만져질 듯 생생 한 촉감으로 내 손아귀에 찍혀 있다.

1983년 봄. 나는 망했다는 고향집의 울부짖음을 라디오에서 흘러나오는 〈비창교향곡〉인 양 꺼버리며 대학원에 들어갔고, 그애들은 어디로 간단 말 한마디 없이 자취를 감추었다. 둘에 대한 서운한 그리움도 그럭저럭 희랍어교본을 들치게 된 새 친구들을 향한 열중으로 희석돼갈 무렵. "잘 있었냐?" 내 자취방 전화로 무섭도록 걸걸해진 형숙의 목소리가 거짓말처럼 들려왔다. 망각과 포기에 대한 결단이 굉장히 빠른 내가, 이미 혀에서부터 굳어진 정겨움을 회복하기란 결코 쉽지 않았다.

하지만 이틀 뒤, 만나기로 한 도서관 매점 앞에서 허름한 면 점퍼를 펄렁이며 걸어오는 형숙을 보는 순간, 나는 멍하고 애절해졌다. 그녀에 대한 애정과 저문 날들을 향한 노스탤지어가 심산유곡의 까마귀떼처럼 퍼드덕 날아올랐다. 예리한 아픔에 숨쉬기조차 힘들었다. 그 긴장은 막 시작한 눈 화장이 불현듯 겸연쩍어진 내 어깨를 형숙이 상당한 타격감을 실어 툭 쳤을 때에야 어색하게 깨어졌다. 우린 겉도는 인사말을 섞으면서 도서관 뒷숲에서 불어오는 아카시아 바람에 떠밀려 터벅터벅 걸어나갔다. 막연히 정문 쪽으로 발길을 떼면서 나는 말수 적은 그녀의 신중함에 주눅이 든 나머지 내가 하는 공부에 대해 채신없이 떠벌리기 시작했다. 물론 형이상학이란 단어의 첫 음절을 떼는 순간, 그녀에게 내 얘기가 우리 주인집 셰퍼드 왕국이만한 가치도 없다는 걸 알았다. 그러자 더더욱 단순한 현실이었을 뿐인 내 공부에 대한 변명이 고속버스 안에서 오래 참은 오줌처럼 화급해졌다.

한여름 대낮에도 어둑신한 상수리나무 숲길을 형숙은 등소평처럼 확고한 모습으로 아장아장 걷기만 했다. 따분한 횡설수설을 묵묵히 들어주는 것도 일종의 극기훈련이란 듯. 저만치, 벌써 교정과 교문 사이에 놓인 콘크리트 다리가 시야에 들어왔다. 오렌지빛 석양이 뉘엿거렸다. 눈을 쏘는 빛살에 손 차양을 이마로 치는 순간, 퍼뜩 떠오르는 게 있었다. 이런, 바보! 그날 약속의 목적은 형숙의 피앙세를 보기 위함이었다. 이틀 전 통화중, 그간 어디서 어떤 훈련을 받았는지에 대해서는 일체 함구로 일관했지만, 드디어 자신도 누군가와 연애를 해서 결혼을 약속했다는 내용만은 진군 나팔처럼 우렁차게 외치지 않았던가. 게다가 운동권 아닌 친구치곤 내가 처음으로 그 피앙세를 알현하는 역사적인 자리에 초대되었다는 그녀의 풀무질에 나의 허파 또한 꽈리처럼 부풀었던 터. 그토록 중차대한 소임을 잠시라도 망각했던 불찰을 크게 뉘우치는 찰나, 인장을 찍는 듯한 형숙의 음성이 나직하게 들려왔다.

"나도 그 공부라는 것을 하고 싶었지." 하지만 그 공부라는 게 얼마나 헛된 것인지를, 이 시대에 아카데미즘이란 얼마나 사치스런 것인지를, 장식적이지 않은 낱말들과 군더더기 없는 논리, 거기에 휴머니즘에서 우러나오는 정감까지 실어서 의표를 찔러대는 거였다. 낮은 목소리의 조리 있는 웅변이 이어진 불과 삼사 분 사이에 내가 딛고 선 세계는 불현듯 비현실로 변해버렸다. 그녀가 너무 낯설었다. 두어 달 못 봤을 뿐인데, 나는 그녀에게 농담조차 걸 수 없었다.

교문으로 가는 다리 밑으론 철로가 가로질렀고, 왼쪽 터널에서 낡은 철마가 굉음을 내지르며 머리를 내밀기 무섭게 오른쪽 신촌역사로 번개처럼 지나갔다. 전설에 의하면 그 다리 밑으로 지나치는 기차 꼬리를 밟게 되면 소중한 사람을 만난다고 했다. 때마침 꽤액! 하고 기적 소리가 울렸다. 갑자기 형숙이 "가자!" 하며 내 손아귀를 잡아채어 내닫기 시작했다. 야생마처럼 날쌔진 그녀를 놓칠세라 심장이 터지도록 얼떨결에 따라 뛰었다. 밑으로 무언가 휙 지나치는 기운이 열띠고도 난폭한 바람으로 빰과 머리칼을 확 뒤집었다. 입에서 이런 말이 튀어나왔다. "우리, 밟았니?" 난간 쪽으론 하학하는 학생들이 잠자리떼처럼 나풀나풀 지나갔다. 굳은 듯 멈춰 선 우린 우두커니 서로를 보았다. 형숙의 눈꼬리가 먼저 가늘게 떨리기 시작했다. 푸, 푸풋. 그녀는 어린애 어르듯 내 뺨을 살짝 건드리며 웃음보를 터뜨렸다. "뭐가 그리 심각해?"

그 순간이었다. 나는 직감적으로 그녀는 흥하고 나는 쇠할 것임을 알았다. '너 자신만의 비난을 두려워하라'는 신념의 관절도 해파리처럼 늘어졌다. 믿을 수 없는 일이지만, 그녀의 피앙세를 보기로 한 잡탕집으로 걸어가는 십 분 만에 나는 가축처럼 길들여졌다. 나는 얼차려 받는 이등병처럼 "옛썰!" 하고 경례부터 올려붙였다. 형숙에 대한 맹세. '네가 내게 무슨 짓을 할지라도 너는 역사의 이름으로 용서받을 것이다.'

그후론 인고의 세월이 이어졌다. 내 가슴엔 한량 지아비를 섬기는 이조여인의 정절이 봉홧불로 지펴올라, 열 번에 한 번이 될지언정 자랑스런 민주투사 안형숙 보기를 열망했다. 하지만 진정한 감화라기보다 시대를 향한 노예근성이었기에, 거둘 것이라곤 내 안에 뿌리를 둔 소외와 열등감뿐이었다. 그걸 입증하려면 뭐니 뭐니 해도, 형숙이 무슨 공장에 다니는지 묻지조차 못했음을 들어야 한다. 그러면서도 그녀가 신혼의 둥지를 튼 민촌 단칸방을 찾아가, 술 한잔 같이 마시거나 하룻밤 끼어 자고 온 걸 가지고 가다피나 카스트로라도 접견하고 온 양 오져서 어쩔 줄 몰라했다. 형숙은 스물다섯이라는, 지금 생각하면 천둥벌거숭이의 나이에 운동권 남자와 결혼을 했다. 하필이면 동성동본이어서, 양가 반대 무릅쓰고 애들끼리 저질렀던 딸기밭 결혼식도 사건 중의 사건이었다. 그 잔칫날조차 우리 연극반 순수 혈통들은, 그날만큼은 로미오와 줄리엣들처럼 쫙쫙 뽑아입은 운동권 신사숙녀들이 어우러지는 새파란 잔디밭 쪽으론 얼씬거리지도 못했다. 대신에 안집 택인 꾸밈없다 못해 메말라 보일 지경인 농촌집 시멘트 마당 펌프가에 펑퍼짐하게 주저앉아, "얼럴럴 상사디야!" 하는 농민가 추임새를 넣어가며 검은 국수 회게나 빼는 찬방 무수리 신세로 전락했던 것이다.

이토록 그는 타오르는 불꽃이요 나는 흩어지는 연기인 절뚝발이 관계는 내가 공부를 접고 광화문통 작은 출판사에 취직을 한 뒤에도 달라지지 않았다. 1987년, 나는 여전히 좌로나 우로나 열등감에 휩싸인 채, 베를린 장벽이 무너지는 시대에 대한 창부적인 추파를 형숙을 향한 무조건적 순정으로 우아하게 눈가림했다. 낮이면 일 중독으로 원고지를 긁고 저녁이면 규칙성에 대한 꾸준한 열망을 갖고 알코올을 섭취해줌으로써 자의식의 안식을 도모했지만, 삶을 삶답게 했던 뚝심 있는 자아에 대한 환상은 다시는 회복되지 않았다. 그래도 너그러운 삶은 그 단계에서도 예기치 못한 선물을 마련해두고는 있었다. 내가 휘청거리며 속 빈 강정처럼 공허해질수록 이전의 세계에선 한 번도 내 것이 되지 않았던 인간성이 좋다는 칭찬을 듣게 된 것이었다. 시나브로 나는 사람들이 어떤 곤란한 부탁거리가 생겼을 때 거리낌없이, 심지어는 야비한 마음으로 찾아 부르는 이름이 되었고, 그 기미는 일 년에 두어 번 만날까 말까 했던 형숙한테까지 정확히 포착되었다. 어쨌든 오래 전 일이어서 사소한 예화밖에 기억나지 않지만.

이를테면 형숙은 여공 둘과 도봉산에 엠티를 갔다가 비를 만나서 산기슭에서 술 한잔 하고 보니 돌아갈 차편이 끊어졌던 날 밤 열한 시에 난데없이 거는 공중전화 한 통만으로 나와 여동생이 365일 모로 누워 칼잠 자는 침낭 같은 자취방 속으로 셋이 함께 들어올 수 있었다. 또 어찌 됐든 끊어지지는 않은 그녀와는 달리, 현장생활과 동시에 안개처럼 사라진 연희와 함께 형숙은 어느 날인가는 이런 사연을 가지고 회사 앞으로 찾아왔다. 버선발로 뛰어나가 내수동길 삼겹살집 하나밖에 없는 내실로 모셔 앉혀놓았더니, 찾아온 이유라는 게 기껏 내 이름 석 자만 불문곡직 빌려가기 위해서라는 거였다. 그즈음 연희가 조직에 관계된 일로 당국의 조사를 받게 되었는데, 심문시 몇 명 정도는 불어야 할 중요한 이름 대신 내 이름을 대신 쓰려 하니 '걱정은 말고 그런 줄만 알고 있으라'는 거였다. 그 순간 내게 일어난 감정 자체에 대한 기억은 또렷하지 않다. 단지 그 순간 일어나는 인간적인 감정들을 떨쳐내느라 혼신의 힘을 다했던 나의 노력만이 악몽의 기억처럼 남아 있다.

그런데 그해 겨울, 또 예기치 못했던 사건이 일어났다. 영원히 지식인 노동자로 살 줄 알았던 형숙이 두어 번인가 파업을 치르고는 해고되더니, 다시는 돌아가지 못하고 아기를 낳은 것이다. 보랏빛 눈길을 밟아, 혜화동 주택가 축대 위에 지어진 한옥 문간방에 새로 세 든 형숙을 보러 갔었다. 포대기에 싸여 고물거리는 아기는 형언할 수 없는 충격이었다. 그 늠름하면서도 살색 꽃대처럼 순정한 연약함이 말문을 잃게 했다. 그리고 내 친구…… 형숙은 세상에서 가장 행복한 불행에 결박되어 있었다. 미음 한술 넘기지도, 말도 제대로 못 하는 채 오직 아기가 너무 예쁘다는 나의 칭찬에만 겨우 감응해 보일 뿐. 모든 여자에게 첫 출산이란 일요일의 진주만 공습처럼 기습적인 법. 현장운동가였던 형숙에겐 특히나 그랬으리라.

1988년. 형숙네는 남부지방으로 이주했다. 브나로드 운동의 일환이었다. 하지만 모든 것에 예비된 마지막 때는 형숙의 경우 브나로

드까지 결행한 그 시점에서 곧바로 시작되었다. 그들이 남부지방에 머문 건(형숙은 마산, 남편은 창원, 아들 준희는 친지들 품을 떠돌았다) 이 년가량이었는데, 날개를 펼치기도 전에 정치적 민주화가 진행되면서 운동의 구심이 풀려버린 것이다. 그건 마치 시대의 성취가 형숙 개인에겐 재앙이 되고 만 격이어서, 이후 그녀는 그 무엇도 아닌 극심한 생활고에 시달렸다. 나 역시 그즈음 광화문통 출판사에서 이십대가 이리 급속히 저물 줄 몰랐다는 상실감과 함께 가난과 진로 문제로 갈팡질팡하고 있었다. 하지만 쭉 그랬듯이 나의 가난과 고향집의 몰락에 대해서는 한마디도 입을 뗄 수 없었다. 내세계는 작고 그녀의 세계는 컸다. 그러므로 나는 입을 꾹 닫고 있었어도 형숙은 얼마든지 내게 이런 편지를 부칠 수가 있었다.

"……그래서 나는 이제야 준희를 데려왔고, 무엇이든 닥치는 대로 돈 되는 일감을 찾고 있다. 이 시골구석에선 아무래도 한계가 있어 조만간 서울로 올라가야 하지 않을까. 다행히 KBS 프로그램 모니터 요원 일을 하게 되어 쥐꼬리만큼씩 벌기는 한다. 맡은 프로그램을 보고 간단히 소감을 적어 우편으로 보내기만 하면, 매달 십오만원 정도씩 꼬박꼬박 통장으로 들어온다. 그래도 하루살이가 늘 문제다. 지금도 돈이 말라 준희 아픈데 병원 데려갈 여유도 없다. 아파 병원 가는 걸 여유라고 말해야 할 정도니. 창원 안형도 폭폭하긴 마찬가지. 나보다 쬐끔 굵은 쥐꼬리를 버니. 그래서 정라야, 부탁인데…… 이십만원, 아니 십만원, 단돈 오만원이라도 좋다. 염치없는 부탁이지만 조금만 도와다오……"

(한때 우리가 공히 얼마나 KBS를 증오했던가를 생각하면 참으로 금석지감이 느껴지는 편지였다.)

마침내 형숙이 돌아왔다. 십 년 가뭄 끝의 허허벌판처럼 메말라서. 그 귀환은 또한 그녀를 향한 내 오랜 경배의 우물을 바닥까지 말라붙게 했다. 허기의 도가니로 변해 돌아온 그녀는 비로소 내게, 인간이 얼마나 신념의 내용에는 구애받지 않는 동물인가를 거울처럼 비쳐주었기 때문이다. 유교에서 기독교, 과도기적으로 거친 일탈주의에서 혁명적 낭만주의로 카멜레온처럼 변신해온 형숙의 내면은 바야흐로 자본주의적 성공지상주의라는 또 한 마리의 통닭을 구워내기 위해 섭씨 이백오십 도의 오븐으로 달구어져 있었다. 거대출판사의 계약직 판매사업에 뛰어든 그녀는 단지 충격뿐 아니라 배신감과 연민이라는 뒤틀린 감정까지 곱씹게 했다. 어쨌든 퇴근 전에 그녀의 부름을 받은 나는 항상 가던 내수동 삼겹살집 내실로 석양의 장고를 모시고 갔다. 그녀 속의 굶주린 야수가 내 초라한 지갑을 해치우는 덴 한 시간도 걸리지 않았다. 당시의 나는 물론 영어회화 따위엔 아무 관심도 없었지만, 그녀가 팸플릿으로 들고 나온 '현대영어를 자가학습하는 법'이라는 컨셉으로 제작된 워크북과 리스닝 테이프를 포함한 마흔다섯 권이나 되는 교재를 십이 개월 분납으로 삼십육만원에 결제한다는 내용의 계약서에 부들부들 떨면서 사인을 해야만 했다. 그녀는 비록 늙어빠지긴 했지만 한때 초원을 호령했던 사자의 갈기를 갖고 있었고, 다리 부러진 임팔라 새끼처럼 절뚝대던 나는 그 사자의 단 한 번의 포효에 기절로써 응답을 했다.

"그래서 그 선배(형숙 같은 주부들을 대량 고용한 연고판매로 엄청난 부를 축적한 거대출판사 판매폭발대회 연사로 나선 선임자를 그렇게 지칭) 경험담을 듣는데, 나도 눈물이 쏟아지더라고.

그 사람이 이 일을 시작했을 때 가장 믿었던 친구한테서 배신(책을 안 사준 것을 배신으로 지칭)을 당한 거야. 피눈물을 뿌리면서 그 집에 들이닥쳤대. 그 친구 붙들어앉혀놓고 소맷단 걷어가며 몰아붙였다는 거야. 내가 지금 니 눈에는 이깟 책 한 질을 팔아먹자고 이 지랄을 치는 것으로 보이냐. 내가, 이 천하의 공선녀가 남편한테 버림받고 자식새끼들하고 한번 살아보겠다는데, 어떻게 니가, 이 세상에서 나를 제일로 잘 안다고 하는 니가 나를 이렇게 배신할 수가 있냐. 어떻게 니가 나를 책장사 나부랭이로 치부할 수가 있냐고! 그렇게 대판 뒤집어엎으며 한바탕 푸닥거리를 하고서는 결국은 그 친구도 자기도 부둥켜안고 대성통곡을 했다고 하더라고."

아일랜드 드레싱을 뿌린 샐러드 위에서 몇 번 뻐끗거리던 형숙의 포크에 겨우 옥수수칩 한 조각이 집힌다. 미트 소스 스파게티 한 접시를 말끔히 비운 나는 흰 상보 가장자리에 밀쳐두었던 책 한 권을 들어올려, 후미의 5공화국 시절의 여성 노동운동 장(章)을 휘리릭 넘겨본다. 손끝을 스치는 페이지 갈피에서 구로공단의 대우 어패럴, 인천 북구 부평 4공단의 부라더즈 섬유, 인천시 북구 반도체 생산업체 신도전자라는 까만 견고딕체 작은 제목들이 네온사인처럼 깜빡거린다. 그녀의 공장이 어디였는지를 묻고픈 충동이 거의 기화된 나프탈렌처럼 아직도 남아 있다.

"어쩜, 우린 이렇게도 못 만나는지. 그새 연희하고도 통화 한 번 못 해봤다!"

형숙의 목으로 넘어가는 옥수수칩과 함께 질문으로 터질 뻔했던 내 욕망도 꼴깍 삼켜진다.

서른에 늦은 결혼을 한 연희도 성실한 엄마 쪽으로 삶의 물꼬를 바꾸어서, 두 아이 재능교육에 열정을 쏟고 있다. 혁명에 바친 청춘과 더불어 미모도 다 사윈 연희는 자세히 뜯어보면 여전히 출중하지만, 언뜻 봐선 워낙 미모라곤 없는 우리보다 못해 보일 적도 많았다.

　이러니 저러니 해도 형숙과 내 관계 또한 온전하진 않았다. 나 역시 결혼해 핏덩어리를 둘씩이나 낳은 후론 내게 그런 친구들이 있었는가 싶을 만치 까맣게 잊고 지냈다. 돌연 접붙이기가 된 건 나의 첫 시나리오가 영화로 만들어진 때였다. 마침 그즈음 형숙도 방송 드라마 작가 수업을 받던 중이어서, 축하전화 겸 이삼 년 만에 연락을 취해 언제 자기 습작품도 한번 읽어봐주겠냐고 조심스레 운을 뗐었다. 신기한 건 우리 사이의 공백이 쉽게, 쉽게 극복된다는 점이다. 그렇지만 가끔은 이 묽은 듯하면서도 질긴 우정에 대해 우연히 길에서 주운 남의 지갑 같다는 느낌을 아니 받을 수 없다.

　그새 오후 두시다. 첫 영화는 자연스레 흘려버린다. 암암리의 묵계처럼, 작년에도 비슷한 식으로 첫 영화를 떨궜다. 애틋함도, 별로 주고받을 말거리도 없다는 예단을 품고 와선 막상 얼굴을 보면 사무치고, 봇물이 터진 듯 사연이 넘쳐난다. 나는 또 한 차례 안이섭의 안부를 묻는다. 형숙도 이제 때가 됐다는 듯 얼굴에 열기부터 머금고…… 우리 사이에서 내 남편이 도마에 오르는 법은 거의 없다. 내가 그녀의 남편을 아는 것만큼 형숙은 내 남편을 알지 못한다. 그녀가 쓴 습작 드라마 중에 꼭 제 남편을 모델로 한 것 같은 인물이 있었다. '천성이 게으르고 이기적이다'라고 일축해놓은 등장인물 소개를 보고 혼자 웃었던 기억이 난다. 게으르고 이기적이지 않은 남자 있음 나와보라 그래. 난 그렇게 응수해주고 싶었다. 게으르고 이기적인 것 자체가 문제라기보다, 이념의 실크해트를 박탈당한 보통 남자 안이섭을 형숙이 못 받아들이는 게 아닐까.

"글쎄, 일요일이면 남들은 등산을 합네, 운동을 합네 야단인데 이 인간은 하루 종일 소파에 껌딱지처럼 들러붙어서 테레비만 보는 거야. 짬뽕을 시키지? 그럼 그거 먹을 동안만 잠깐 식탁 갔다가 지 먹고 난 젓가락 몽댕이까지 고대로 깔아놓고 딱 소파로 돌아가서 보던 거 계속 봐. 애한테는 야멸차고. 교육이 아냐. 무조건 시키는 대로 끓으란 거지. 게다가 결벽증 있잖아. 집에 오면 목욕탕부터 쏙 들어가서 씻기 전에 창문턱에 앉은 먼지를 손가락에 싹 묻혀 나와서는 내 눈앞에다 들이댄다? 야, 저게 과연 운동을 했던 인간인가. 눈을 열두 번도 더 비비고 본다니까. 심지어 있잖아. 지난번 선거 때는 완전히 자기네 고향 지역감정에 사로잡히는 거야. 이념이고 정견이고 없어. 세상에, 내가 도대체 뭐에 씌어 저런 인간을, 싶더라니까……"

세시가 넘는다. 카운터 앞에서 지갑을 꺼내려는 형숙을 이따가 내라고 가로막는다. 극장까진 이삼 분. 길 위로 나서자 눈을 뜰 수 없을 만큼 볕이 드세다.

화장실에 들렀다 다열 47번, 48번 좌석에 자리잡는다. 뿌옇게 들뜨던 숨이 소등이 되고서야 먼지처럼 가라앉는다. 이날 처음 형숙이 곁에 있다는 게 따뜻하게 느껴진다. 불현듯 가족 같은 친밀함이 솟구쳐, 헤벌레 어깨라도 기대고 싶다. 타이틀 화면이 뜨고 음향이 흐르는 결에, 형숙이 부스럭대며 무언가를 쥐여준다. 단맛은 없는 허브캔디다. 모래구덩이 속으로 주검 한 구가 천천히 내려가고 있다. 여주인공 안느 아버지의 장례식 장면. 프로그램에 의하면 앞으로 안느는 한 여자 친구를 사랑하게 되면서, 성 정체성의 혼란에 빠져든다. 함몰은 죽음? 안느와 형숙. 모래사막과 잠 같은 정적을 교차시키는 흑백 화면. 두 개의 꿈길 사이에서 떠도는 형숙의 영혼이 만져진다. 안느가 되는 꿈과 그런 안느를 영화로 찍는 꿈.

　1994년. 두어 해 만에 판매사업을 접고 여성 노동계 외곽을 기웃거리던 형숙은 드디어 글쓰기 쪽으로 가닥을 잡고, 방송작가 연수원에 들어갔다. 하지만 결과적으로 만년준비생의 길을 선택한 셈이 됐다. 물론 지금껏 그녀는 쓰고 내고 또 쓰고 내기를 거듭해왔다. 그러나 운인지 재능의 문제인지 진빠지게 오랫동안 뜻을 이루지 못했다. 그사이 긴장감이라는 괜찮은 무기마저 낡은 고삐처럼 느슨해지면서, 나쁜 버릇까지 들었다. 자꾸 그렇게 되는 자신에게 자학을 하면서도, 형숙은 공모 마감이 코앞에 닥치기 전까진 작업에 들어가지 못했다. 분명 정기적으로 시행되는 방송사 극본 공모에 칼끝을 겨누고는 있었지만, 그 칼을 벼려야 할 대부분의 시간 동안 열심히 딴짓만 했다. (냉정히 말하자면 이 엄청난 '한국 여성 노동운동의 발자취' 같은 것도 현재의 형숙에겐 부질없는 딴짓이다.) 꼭 학교 가다 해찰하는 아이처럼, 누군가 보고 돌이켜주기 전까진 혼자서 깨어날 수 없는 몽유(夢遊) 속에 떠돌았다. 그 징크스의 부산물로서, 교제는 점점 더 산만하고 넓어졌다. 길을 걷다가도 보통 사람들은 꿈에도 알 수 없는 무명가수라는 사람과 손바닥을 짝 쳐대면서 반가워한다든가, 가장 급진적인 여성주의 연극 구경을 와서 함께 온 지인들과 이 연극이 왜 이렇게 맹맹하냐고 엉뚱한 짜증을 낸다든가, 와중에 여성 노동계 외곽단체와는 여전히 짝짜꿍을 해대면서 특히 작가연수원 출신 예비 작가들과 동류의식 이상의 끈끈한 친분을 쌓아갔다. 정 많고 의리 있는 그녀는 어딜 가나 인기였다. 그러나 어찌 보면 매우 풍요롭고 의미 있어 보이는 이 관계들이 정작 그녀의 진짜 삶을 뽕잎처럼 갉아먹고 있었다. 게다가 그녀는 주부였고 어릴 때 내돌렸던 외아들에 대한 애틋한 사랑을 지닌 엄마였다. 화살은 하난데 겨냥해야 할 과녁이 너무 많았다. 그런 상황에선 제아무리 강박에 가까운 목표의식이 있다 할지라도 실제로는 얼마든지 딴짓만 하면서 시간을 죽일 수가 있었다. 그녀의 삶은 어떤 하나에 온전히 집중할 수 없을 정도로 다망하긴 했으나, 냉정히 말하자면 나태의 늪에 빠져 있었다.

딱 한 번 서광이 비친 적은 있었다. 1998년, 형숙은 어쩌다 별 시청률도 없이 일요일 아침마다 전파를 탔던 채송화넨가 민들레넨가 하는 홈드라마를 집필했던 홍모(某)씨의 보조작가를 하게 됐다. 그 일이라는 게 한 회씩 채워갈 화끈한 에피소드를 수집하는 데 불과했지만, 연수원 출신 누군가의 소개로 처음 홍 작가를 찾아가던 무렵만 해도 형숙은 달떠 있었다. 일 주일에 사나흘씩 국회도서관에 처박혀 손때 묻은 신문 잡지 철을 뒤질 때도 그 흥분은 팽팽했다. 그녀, 안형숙이라고 교양프로 구성작가에서 최고 반열의 작가로 차고 오른 아무개나 보조작가에서 시청률 1위의 미니시리즈 집필가로 떠오른 아무개처럼 되지 말란 법은 없었다. 또 그 홍선생이 헬렌 켈러를 만들어낸 설리번 선생처럼 언젠가는 형숙 속의 작가를 세상으로 끄집어내줄지도 모르는 일이었다. 하다못해 어느 날 아침 스타의 우연한 사고로 무대에 서게 된 대역배우처럼, 사십오 분 드라마를 제 손으로 집필하게 될지 또 누가 아는가.

그러나 형숙이 헬렌 켈러가 아니었기 때문인지 홍선생도 결코 설리번 선생이 되어주진 않았다. 예순이 넘은 그 아주머니는 다만 침대에 누워, 형숙이 꼼꼼하게 적어온 에피소드를 주구장창 듣기만 했다. 정오에도 어둑신한 침실에서, 형숙이 주로 머문 오전 열한시부터 두어 시간 내내 빼짝 마른 몸을 베개에 기대고만 있을 뿐. 한 번씩 영국제 장미 무늬 찻잔을 들어올리느라 감자꽃빛 바이어스를 꼬아댄 은색 파자마 소맷부리가 흘러내릴 때, 앙상하게 드러나는 가위 같은 팔뚝을 빼곤 움직임조차 거의 없었다. 물론 형숙의 소임은 그 침대 곁에 바짝 붙어앉아 준비해온 에피소드를 또박또박 들려주는 것이었다. 하지만 그런 채로 시간이 흐르다보면 과연 저 홍선생이 자기 얘기를 듣고 있기나 하는지 묘연해지기만 했다. 그러고 있노라면 저도 모르게 유일한 청중의 지위를 자신에게로 옮겨오게 됐고, 일종의 환각 속에서, 적어온 에피소드와 등장인물들을 가지고 신선한 스토리를 꾸미는 창작의 삼매경으로 빠져들고 말았다.

"에피소드마아아아안!"

바로 그 빼끗함을 놓치지 않고 홍선생의 갈고리 같은 목청이 허공을 찢어발겼다. 내쳐 콱 틀어막히는 듯한 호흡으로 혹독한 꾸지람을 퍼부었다.

"스토리 꾸미지 말고 에피소드만 말하라 했지? 니가 왜 스토리를 꾸며?"

그 와중에 바네싸가 운명의 보너스처럼 나타났다. 때마침 하늘에서 쿵 하고 떨어진 게 아니라, 작가연수원 시절부터 맺어온 인연이 그즈음 사랑이란 이름의 감정으로 여문 것이다. 내가 형숙의 여자를 바네싸라 명명한 건 이름을 몰라서이기도 하지만 그게 전부는 아니다. 그 이름엔 형숙의 새로운 사랑에 대한 나의 질투, 또 그럼에도 불구하고 성숙한 관계를 맺길 바라는 소망이 얼룩덜룩 배어 있다. 하지만 형숙으로부터 몇 살이나 어린 여자와 몸으로도 감정으로도 꽁꽁 묶여버렸다는 고백을 들었을 땐, 정작 그 사랑은 파국으로 치닫고 있었다. 그러기까지 함구할 수 있었다는 건, 그만치 독하게 빠져 있었다는 증거. 사랑이란 다 같은 것. 매혹으로 싹터서 전류로 흐르고, 포화상태가 되니 몸의 사랑으로 넘쳤다가 이윽고 상해간다. 단지 다른 점이 있었다면, 중년의 형숙이 그 관계를 통해 비로소 사랑을 겪었다는 것이며, 대상이 몇 살 어린 여자라는 사실뿐이다. 그 여자의 무엇에 그리도 넋을 잃었는지 시시콜콜 듣진 못했다. 내게 그런 건 하등 중요치 않다. 내게 의미가 있는 건, 그 사건을 거쳐 또 한 겹 허물 벗은 내 친구 안형숙의 탈바꿈이다.

비밀의 사랑을 고백하는 어눌한 형숙 속에 비로소 그녀가 이십년도 넘게 꿈꿔온 격정적인 형숙이 실현되어 있었다. 이성애란 네모를 뚫고 나간 승리감, 바네싸와 보낸 산장에서의 첫날밤과 그녀와 자기 사이의 닮은 점을 들려줄 때의 전율, 막 돋아난 새잎처럼 수줍은 환희, 생애 처음 관능의 비의에 눈뜬 자의 공포에 가까운 황홀과 도취. 작년 겨울 아침, 수화기 너머 신비로운 광채를 흩뿌리며, 형숙은 초콜릿 상자를 품에 안은 아이처럼 허덕이며 그 감격을 털어놓았다.

나는 진정 경탄했다. 설사 그게 깊은 허기를 채우기 위한 또다른 정크푸드에 지나지 않을지라도, 지칠 줄 모르고 나아가는 또하나의 순례임은 명백했다. 난 마침 〈만약 벽이 말을 건다면……〉이라는 옴니버스 영화의 두번째 시리즈를 보고 난 참이었고, 거기 나오는 나이든 동성애 커플에게서 받은 감명으로 가슴에 빗질이 된 상태였다. 부부로 평생을 같이 산 두 여인 중 남편 쪽이 불시에 타계했을 때, 남은 여성이 겪게 되는 법적, 관계적 소외를 그려낸 소품이었다. 내가 매료된 부분은 그 노년의 동성 커플이 자아내는 분위기 자체와 아내 역을 맡은 여배우 바네싸 레드그레이브의 연기였다. 인격적으로나 생활적으로 완벽하게 조화된 커플의 모습은 동성애다, 이성애다 하는 구분을 뛰어넘는 관계의 우아함을 구축했다. 만약 내가 동성애자라면 모름지기 그 영화 속의 바네싸 레드그레이브처럼 되고 싶었다. 그런 바네싸를, 당사자들은 알지도 못하는 채 형숙의 여자에게 줘버린 것이었다. 깨놓고 말해 나는 샘이 났다. 내 남편, 내 현실을 뒤집고 싶을 만큼 불만이 있는 것도 아니면서, 레즈비어니즘 같은 급진적 물살 속으로 그 네모 형숙이가 날 앞질러 뛰어들었다는 자체가 충격이자 상실감을 안겨주었다. 전화를 끊고 나선 알 수 없는 화닥증에 휘말려, 팔짱을 꽉 낀 채 마루를 왔다갔다 했다. 형숙이 한 입 먼저 갉아먹은 사과를 이젠 다시 쳐다도 보고 싶지 않았다. 하지만 기왕 그리 된 것, 할 바에야 눈이 확 뒤집히게 멋진 사랑이나 하여다오 싶기도 했다. 둘 다 진실이었다.

그런데 불과 얼마 뒤, 내 귀에 더해진 소식은 기만 막혔다. 한마디로 형숙의 바네싸는 불량 바네싸였다. 예쁘건 밉건, 키가 백육십삼 센티미터건 몸무게가 사십구 킬로그램이건 미혼이건 이혼녀건 돈이 많아 혼자서 소나타 쓰리를 몰고 다니건 말건 그녀는 불량 바네싸고, 설혹 아나스타샤의 기품과 퀴리 부인의 머리에 힐러리의 수완을 가졌다 해도 그녀는 불량 바네싸였다. 왜냐하면 그녀는 변덕스럽고 이기적인 자폐아처럼, 형숙의 빨가벗는 순정만 벗겨먹고 진펄의 게처럼 구멍 속에 숨고 말았다. 아무리 전화하고 편지를 띄우다 못해 장대비 내리는 밤 새벽 한시까지 집 앞에서 서성여도 조가비처럼 닫힌 문을 열지 않았다. 재가 되도록 시커멓게 타버린 후에야 겨우 이런 말을 변명처럼 듣게 됐다. "난 원래 사람 못 사귀어. 가까워지질 못해. 어쩌다 실수로 다가서고 나면, 열 배쯤 더 멀리 도망치게 돼. 나도 통제 못 해. 미안해. 이게 나야."

정작 진풍경은 그 다음에 펼쳐졌다. 겨우내 형숙은 사춘기 소녀처럼 실연병을 앓았다. 멀쩡한 마흔둘의 여자가 집도 남편도 아들도 없이 황혼 녘에 떼거리마저 놓친 집시 여자처럼 영혼의 오한이 들었다. 온종일 글은커녕 아무것도 하지 못했다. 습관적으로 부과되는 가정적인 의무마저 없었다면 삶의 기둥뿌리가 뽑히고 말았으리라. 상한 날계란 같은 모습으로 밤새 삼류시로 실연의 상처를 끼적거렸고, 빈집의 대낮에 누에처럼 잠만 자다가 진눈깨비라도 흩날리면 옛날에 남편이 입던 까만 학생코트에 구멍 난 스타킹을 끼어 신고 꼭 미친 여자처럼 잠실 방죽 위를 걸어다녔다. 또 그런 자신을 빤히 보는 객관적인 자아에 걸려, 누구 한 사람 속내를 털어 보이지도 못했다. 그토록 잔인한 겨울을 넘기고 올 2월쯤부터, 겨우 한두 줄씩 심하게 긁힌 상처의 흔적들을 내게 조금씩 날려보내기 시작했다. 그녀가 타고 있는 궤도 위에 함께 발을 놓고 있지 않는 한, 하나같이 민망하다 못해 우스꽝스럽기까지 한 글귀들이었다. 그게 멋쩍은 짓이라는 걸 알면서도, 어언 곧이곧대로 드러낸다는 게 참 어색해진 친구인 내게 그걸 띄우는 쑥스러움을 무릅쓰며, 형숙은 슴벅슴벅 나아져갔다. 하긴 안 그럼 어쩔 것인가. 마흔셋. 이, 냄새 품은 된장독 같아서 어디서 뚜껑 여는 것조차 뭣한 나이에.

네모로 지은 형숙의 삼층집을 깔깔거리던 시절. 무한대로 뻗어나가는 세 개의 브이로 형숙을 사로잡았던 나는 정작 그놈의 원초적 에너지에 깔려 죽을 뻔했다. 그 그림을 그린 이듬해 봄 나는 애인 있는 남자와의 삼각관계에 빠지고 말았는데, 공교롭게 소문마저 '동키호테' 카페 골목을 중심으로 저녁 연기 퍼지듯 쫙 깔렸다. 원초적 에너지 못지않게 유약하고 자존심도 셌던 나는 그 대응으로 무모한 자살 계획을 세웠다. 다수의 친구들이 운동권 이념에 존재를 던지는 풍조 속에서, 기껏 삼각관계 따위로 소문의 주인공이 됐다는 게 느끼해 견딜 수가 없었다. 하지만 무슨 용빼는 재주로 생목숨을 끊겠는가. 그래도 죽고픈 마음이 백 퍼센트 쇼만은 아니었기에, 그걸 이룰 방편으로 일단 나 자신을 구제불능의 도탄상태로 몰고 가보기로 했다. 난 거의 한 학기 내내 강의실 출입을 끊었고, 흐리고 어두운 날을 골라 거리를 배회하다가 짙어지는 땅거미와 함께 술을 마셔댔는데, 한번 마셨다 하면 필름이 끊어지는 건 예사고 집으로 가는 길을 잃을 만큼 처절하게 마셔댔다. 취중에 골목에 있는 남의 기와집 대문 둥근 쇠를 잡고 딸그락거리다가, 그 집 문간방에 세 들어 사는 술집 나간다는 너무도 참하고 얌전하게 생긴 내 또래 젊은 여자의 방에서 하룻밤 신세지기도 했다. 학기 마지막 한 달간은 연극반 친구들에게도 자취를 숨겼다. 그래봤자 어쩌다 바람 쐬러 창경궁에 갔을 뿐 자취하던 북가좌동과 신촌 일대를 거의 벗어나지 않았건만, 내심 좀 마주쳐주었으면 싶던 그애들과 어쩌자고 단 한 번 부딪치는 우연조차 안 일어났다. 그러다보니 도저히 응할 수 없는 기말시험 기간이 닥쳤는데, 학생 손님은 전혀 없는, 동전을 넣으면 띠별 운세표가 딸랑 떨어지는 컵 모양의 재떨이가 테이블마다 놓여 있는 역전다방 유리창 너머로 밖을 내다보노라면 나와 세상 사이가 한 세기는 격한 느낌이었다. 약을 먹을까, 손목을 그을까. 어떤 방법이 좋을지 모르겠다는 핑계로 차일피일 미뤄온 나의 거사가 드디어 기말시험을 맞아 더는 늦출 수 없는 무엇으로 압박돼왔다. 무턱대고 보통땐 방구석에 파묻혀 있던 대낮에 학교 앞으로 뛰쳐나갔다. 혹서의 뙤약볕 속에 몸을 던져 녹아 없어지기라도 했으면 좋겠다는 생각이었다. 돋보기로 빛을 모아 검은 종이를 태우는 듯한 뜨거움을 정수리로 받으며, 수박 썩는 내가 진동하는 골목 재래시장을 넋을 잃고 헤집고 다녔다. 나만 빼고 모든 사람들이 어찌나 멀쩡해 보이는지 서럽고 원통한 나머지, 오줌 지린내를 풍기며 하얗게 타고 있는 전봇대라도 끌어안고 통곡을 하고 싶었다. 그렇게 과일전 천막 앞을 쓱 지나칠 때였다. 피라미드형으로 쌓아놓은 사과 무더기로 앵 하고 날아붙은 파리가 너무 뜨거워 화들짝 떨어지는 장면이 눈에 들어온 순간, 누군가 획 팔뚝을 낚아챘다. 비명이 터질 만큼 놀라 돌아보니, 형숙이었다…… 그녀야말로 비지땀을 흘리며 숨을 쌕쌕 몰아쉬고 있었다. 그사이 우리 주인집으로 얼마나 전화를 걸었는지 모른다고 했다. 그런데 "겨우 오늘에야 천우신조로" 내 동생과 연결이 되어, 막 학교 쪽으로 나갔다는 귀띔을 받고, 전철역이 있는 큰길가부터 아래로 한 칸씩 골목이란 골목은 다 뒤지던 참이라는 것이었다. 섭씨 삼십팔 도. 스무 날 남짓 비 한 방울 안 내린 염천이었다. 비로소 형숙에게 꽉 잡힌 내 운명이 어찌나 다행스러운지 마음으로 대성통곡이 터졌다. 하지만 그녀를 따라 알래스카처럼 차갑게 식은, 학생들만 드나드는 고전음악다방의 계단을 밟을 때만 해도 나는 몰랐다. 그 시절 내게 형숙이 있었다는 것만큼의 천우신조는 없었다. 천우신조, 하늘과 신령의 도움이라는.

"그렇지만 말야. 난 내 인생도……"

비름나물 줄기를 씹으면서 우물대던 형숙이 멈칫 입을 닫는다. 옆 테이블에서 와자지껄하게 피워대는 불고기 굽는 연기가 우리 자리로 밀려온다.

"그러니까 난 아직…… 이걸 아마추어리즘이나 나태로 보는 사람도 있겠지만 나는 정작 내 상황이 나쁘지만은 않은 것 같애. 난 있잖아, 여전히 새로운 일이나 사람들을 보면 그렇게 호기심이 생길 수가 없어, 뛰어들고 싶은 열정이 솟고. 솔직히…… 난 옛날의 네가 참 부러웠댔어……"

콜록콜록. 우린 둘 다 기침을 토해댄다. 나는 그 김에 형숙의 고백으로 화끈거리는 뺨의 열기를 눙칠 수 있게 된 것만이 다행스럽다. 그나저나 이 집, 싸구려 식당도 아니건만 순두부와 된장뚝배기를 시켰다고 그러는지 밑반찬도 형편없고 서비스는 모욕이다. 대접받을 식당 정돈 찾아갈 나이도 됐건만…… 자초한 푸대접이 겸연쩍은 나머지 민망한 눈빛으로 어색하게 웃는다. 그나저나 파락호의 내옛 모습이 부럽기까지 했다는 건 아이러니다. 나는 그녀의 신실함이 얼마나 부러웠던가. 적어도 지금의 우리를 보면, 그녀는 나의 비전이고 나는 그녀의 비전이었다. 아무튼 이제 일탈이라면 여한도, 덧정도 없다는 나의 넌더리에 형숙은 파안대소할 듯한 표정으로 고개를 끄덕거린다.

하지만 인생이 재밌는 건 마침 이맘때 형숙이 일탈의 여왕으로 거듭난 반전이다. 일탈에 대한 나의 결의를 재밌다는 듯 다 듣고 난 형숙은 늙은이 피부 겉처럼 늘어진 가방을 열어, 웬 종이뭉치 하나를 쭈뼛쭈뼛 끄집어낸다.

"한번 읽어봐줄래?"

표정이 진지하게 바뀐다. 얼른 장을 넘겨 개요를 훑어보니, 이성애 틀 밖의 사랑들을 적시하고 지원하는 일종의 목적연극 대본이다. 스물다섯 쪽 정도 되는 얄팍한 부피. 그 속에 전복적이고 탈가부장적인 주제가 얼마나 잘 녹아 있는지, 언뜻은 안 보이지만, 종이를 타고 액체처럼 흘러오는 형숙의 변신에 대한 실감만은 가슴을 데워온다. 내처 형숙은 자신이 얼마 전부터 관계맺게 된 언더그라운드 여성연극 집단에서 어떤 스터디와 토론을 거쳐, 이 시대 여성들에게 던지는 미래지향적 성담론을 한 편의 극본 속에 집약시키게 되었는지 열렬하게 쏟아낸다. 그 의욕의 거창함에 내심 웃음이 나지만, 이윽고 바네싸에게 받은 상처를 세상을 향한 거대한 나팔소리로 바꾸어낸 점만은 가슴이 뻐개지도록 감동적이다. 재차 말하지만 그 하나의 미덕을 빼곤 다른 모든 건 모호하고 뒤숭숭하다. 하지만 중요한 건 형숙이 동성애, 양성애, 트랜스젠더의 문화적 전도사로 우뚝 서려 한다는 것. 또하나의 낯선 열꽃으로 검붉게 달아오른 내 친구는 남지나해에서 발생한 태풍의 눈처럼 한반도를 덮칠 기세다. 마침내 그녀의 생은 장차 이 땅 여성들의 지도자가 되어달라는 저 이십여 년 전 기숙사 총사감의 축원을 실현하는 제4라운드로 접어들었다.

저녁 여덟시로 남겨둔 마지막 영화도 성 정체성을 다룬 것이다. 뉴욕에서의 전설적인 공연으로 알려진 드랙 킹의 세계를 담은 다큐멘터리 필름. 드랙 킹이란 자기 속의 남성을 끄집어낸 생물학적 여성들이자, 여성으로서의 일상과 남성으로서의 공연 사이를 파트타임직(職)처럼 넘나드는 선택적, 창조적 자아라 한다. 그래서 제목도 여성인 비너스(venus)와 남성인 보이즈(boys)를 결합시킨 〈비너스 보이즈〉다.

일곱시 사십분쯤 값비싼 석재로 마감한 극장 앞 공터로 가니, 한 여자가 형숙을 기다리며 서성거린다.

짙어진 땅거미에 반쯤 먹힌 여자는 이제야 나타났다 책망하는 빛으로, 다가드는 형숙에게 한 걸음 뒤로 빼며 쌀쌀맞게 눈을 흘긴다. 형숙이 떠듬떠듬 나를 소개하는데도, 고집 센 여자아이처럼 팔만 뻣뻣하게 꼬아 흔들어댄다. 키가 쭉 뻗은 게 삐삐 롱 스타킹(어린이 소설의 주인공)처럼 다리가 삐쭉하고, 어깨 밑 길이의 고슬고슬 볶은 머리를 뒤로 한 줌 갈색 뿔핀으로 묶고 있다. 몇살인진 모르나 처녀처럼 차리고 다녀도 될 법한 몸매나 인상이다. 그런데 그 지극히 요즘 여자 식의 겉치레가 어딘지 비위에 안 맞다. 이 여자가 형숙이 마지막 영화를 같이 보기로 한 파트너란 말인가. 내 직감은 집요하게 그녀가 바네싸라고 일러준다. 갑자기, 피아노 줄 끊기는 소리. 그럼 형숙은 아직도 바네싸와?

우린 무언중에 바네싸, 형숙, 나로 일렬을 이루어 유리문을 밀고, 지하 1층으로 휘어진 나선형 계단을 밟아 내려간다. 퍽도 낡은 형숙의 프로필이 구릿빛 샹들리에 불빛에 번들거린다. 계단 벽 액자 속엔 윤석화가 폼 잡고 있고. 폭신폭신 밟히는 카펫의 촉감 때문인지 주책없이 감상이 일어난다. 저 여자가 젊었을 때 우린 더욱 젊지 않았니…… '이야, 부침개도 부쳐 먹고 사네!' 현장운동가 시절 형숙의 송내 살림집을 처음 찾아갔던 날, 부엌에서 그때까지 나도 없이 살았던 가스레인지를 보고 묘한 충격을 받았었다. 팬에 놓인 식은 부추전에서 풍기는 생활적인 온기와…… 우린 얼마나 더 이렇게 살아갈까. 끝없는 진화에 대한 강박증을 내려놓고 지그시 내어주는 늙음으로 깊어질 순 없을까. 과연 더 새로울수록 참되고 최신의 것일수록 최고인가.

하지만 이런 감회도 잠깐, 느닷없이 나타난 바네싸에게 평소엔 아깝지도 않았던 내 친구를 뺏길까봐 나는 힘을 꼭 주어 손아귀를 거머쥔다. 사이에 형숙을 두고, 바네싸도 뒤질세라 보이지 않는 주머니로 자신과 형숙을 꽁꽁 싸매고 있다. 바네싸가 밉다. 저런 겉인상의 여자가 정말 바네싸라면 더욱이나 밉다. 얄밉도록 유지되는 그녀의 젊음을 질투하는 게 아니다. 나의 동성애적 이상형을 오염

시킨 불량 바네싸. 그녀는 내 친구와 인격적인 사랑을 맺지 않았다.

그 짧은 동행중에 발생한 치사한 긴장은 지하 1층 로비에 벌인 행사 데스크를 앞에 두고 뒷심 없이 끊어진다. 햇빛도 안 닿는데 잎가지 치런치런 늘어진 종려수 화분 옆에 사람들이 소소히 늘어서 있다. 주최측에서 서비스로 제공하는 페이스페인팅을 받으려는 무리다. 옆구리에서 또 무언가 쑹덩 썰려나간다. 귓속말로 속닥거리던 바네싸와 형숙이 내게서 떨어져 데스크 앞으로 성큼성큼 다가선다. 주춤주춤 벌려 선 무리 사이로 끼어드는 순간까지 나는 미처 그들이 페이스페인팅을 하려는 줄은 알아채지 못한다. 멈춰 선 나와 둘 사이에 강 같은 거리가 늠실거린다. 나는 가만히, 더위가 돋았는지 체크 무늬 스프링코트를 벗어 팔뚝에 걸치는 형숙의 등을 바라본다. 베이지색 면바지의 엉치를 덮는 헐렁한 흰 티셔츠 등판에 분홍 나염으로 커다란 하트 무늬가 찍혀 있다. 그 위에 Love me라는 검정 글자가 쐐기벌레처럼 지나간다. 그게 불현듯 간곡한 호소처럼 음성으로 들려온다. 가슴이 뜨거워진다. 그토록 오랜 세월, 나는 몸과 마음을 가진 따뜻한 친구라기보다 바늘처럼 뾰족한 한 줄기 시선일 뿐이었다. 비록 센서조차 고장난 불량제품이라 할지라도, 저 바네싸야말로 공허한 형숙의 손아귀에 찰흙처럼 쥐어지는 덩어리가 아닌가. 그러므로 갑작스런 한기로 내 몸을 에워싸는 이 소외감은 놀랄 것도, 억울해할 것도 아니다. 그때 개똥벌레 형자 형숙의 큰 눈이 나를 돌아본다.

"정라야!"

나는 그렇게 불러주지 않아서 가지 못했다는 듯 그녀를 향해 걸어간다. 오늘밤 집에 가서 거울 앞에 설 때까지 얼굴의 그림을 지우지 않을 것이다. 그리고 내 차례가 되면, 분홍빛 하트에 Love me란 검정 글자를 써달라고 부탁하겠다.

가난한 친척

세상엔 악마의 부적 같은 것도 있는 게 아닐까 손발톱이 물엿처럼 녹는 듯

했다. 오직 재난을 겪기 위해서만 사는 듯한 인생이 있지만, 신은 그 이유

에 대해 묻는 것조차 엄금하였다. 도무지 알 수 없는 재난에 대하여, 명백

한 진실은 하나밖에 없었다. 재난이란, 무슨 일이 있어도 그 첫번째 고리

에 꿰이지 말아야 했다.

이 쌔끼가, 준표는 다짜고짜 욕지거리를 내뱉었다.

누가 사달래? 호서도 팩 틀어졌다.

이러면 아이 쇼핑도 못 하는 거야, 시윤은 호서를 나무라는 척 슬그머니 남편을 찔렀다.

흙 묻은 운동화 발로 신상품 침대 위에 올라갔다 볼기를 한 대 맞은 호미만이 아직 새침하게 삐쳐 있었다. 폐점시간까지 방황했던 쇼핑몰 지하주차장에서 막 차를 빼내는 중이었다. 밤부터 한파가 몰아닥친다고 했다. 아이 부드러워, 나도 침대 사줘…… 토끼 미피가 찍힌 소녀용 패치 이불에 뺨을 뱌비작거리던 호미가 그제야 안쓰러워졌다.

여행은 무슨 여행이야? 시윤은 준표 들으라고 어깃장을 놓았다.

이번엔 꼭 가느니 마느니 실랑이만 계속한 지 벌써 삼 주일이 넘었다.

그래, 관두자, 관둬. 우리가 어딜 가겠니? 준표의 거친 손놀림에 핸들이 획 꺾이면서, 급가속된 엔진이 왱 우짖었다.

일곱시 다 되어 세운마트 간짜장 얘기가 흘러나왔던 게 잘못이었나. 그녀는 저녁쌀을 일다 말고 시동을 걸게 된 걸 후회했다. 에스컬레이터에 발을 올린 네 식구는 모두 늘어진 트레이닝복 차림이었다. 아웅다웅 왔더니 귀희 언니의 메시지가 녹음돼 있었다.

시윤아, 언닌데, 들어오는 대로 전화 좀 해줄래? 있잖아…… 전화번호는 494에 2887, 02 누르고……

준표가 먼저 난처하다는 듯 훌떡 돌아섰다. 27평 아파트의 거실이 그의 크지 않은 덩치로 꽉 채워지는 것 같았다. 시윤의 눈이 본능적으로 벽면의 〈게르니카〉를 더듬었다.

삼 년 전, 신도시로 옮겨오기 전까지만 해도 시윤과 귀희 언니네는 얼추 비슷했다.

두 집은 임대용 다세대주택이 꽉 들어찬 강북에서 두 해 동안이나 이웃하여 살았다. 긴 천변(川邊)을 따라 재래시장이 두 군데나 터를 잡은 오래된 동네였다. 둘째 호미를 낳자마자 언니네 쪽으로 따라 든 거였는데, 사실 두 아이 맡기고 직장 다니기 그 이상 안심되는 대안도 없었다.

초등학생인 재영, 재규가 있는 언니네 가장은 '애니메이터'였다. '송감독'이라 불리는 형부에겐, 언니가 맞선 때마다 퇴짜놓아온 남자들에겐 결여되어 있는 무언가가 있었다. 서른 코앞까지 몰렸던 언니는 몇 차례나 혼담이 들어왔던 시장 남자들을 거들떠보지도 않았다. 애매한 허영심을 부추기기론 시윤네 친정식구들도 마찬가지였다. 돼지 목에 진주더라! 부모 자리로 따라갔다 온 시윤 아버지의 양양한 일성에, 철없던 시윤들은 떼굴떼굴 구르며 박장대소를 했다. 그렇게 잘려나간 돼지 목들 중, '뚱뚱이횟집' 막내 총각이나 세탁소로 자수성가한 노총각 현수 아저씨는 지금 생각하면 그래도 괜찮은 신랑감들이었다.

형부는 미국이나 일본에서 발주한 외국 만화영화를 그렸다. 지독히 없던 신접살림 시절부터 작업실 한 칸은 따로 가졌고, 후미진 골방에서 사철 밤을 새는 일벌레로 살았으나 수입은 불안정했다. 그림은 잘 그렸으나 남 밑에 있는 걸 싫어했고, 그렇다고 독립하기엔 사업가적 수완이 없었다. 신혼 육 개월째 한 번에 천오백만원을 가져온 깜짝쇼를 펼친 이래, 일 뜸한 겨울이면 서너 달이고 생활비조차 끊기는 가혹한 시련만 이어졌다. 그런 겨울을 몇 해 보낸 언니는 소중 난 아이처럼 노오랗게 떠버렸고, 재규 낳은 이듬해엔 빚으로 차린 사무실까지 넘어갔다. 밀린 일삯 받겠다고 직원들이 쳐들어온 날, 재규 우유값을 빌리러 다니던 언니는 퀭한 눈을 슴벅거리며 찔끔찔끔 오줌을 지렸다. 시윤네가 언니네 근처로 이사한 건 그 최대의 고비를 겨우 넘기고 난 직후였다.

속셈대로 시윤은 마음놓고 직장생활을 했다. 형과 누나가 생긴 호서는 하루가 다르게 약아졌고, 그 집 식구 사랑을 독차지한 호미는 꿀벌 마야처럼 달콤해졌다. 인삿돈 삼십만원 떼어주고, 남는 월급 다섯 달만 모아도 아파트 중도금 1회분은 되었다. 하지만 그 모든 게 기꺼웠던 남편과는 달리, 시윤에겐 언니의 수심이 늘 찜찜했다. 애들 찾으러 가는 저녁이나 토요일 오후, 잠깐 머물려고 뚱뚱 부은 다리를 놓았을 때, 마룻장이 꺼져라 뿜어대는 언니의 한숨은 결코 모른 척할 것이 아니었다. 애들 월회비나 매달 붓는 곗돈이 또 구멍이 났다는 신호였다. 아무리 사단이 나게 생겼어도, 그 시절의 언니는 대놓고 푸념부터 하진 않았다. 대신 탁자 유리판 밑에 가지런히 내려온 패브릭 상보 술을 하염없이 꼬아 보이며, 뇌혈관에 찌

꺼기가 뭉쳤다고 억눌린 소리를 쥐어짰다. 그런 말이 아니라도 언니는 곯아 보였다. 그 잔상이 짠 소금처럼 가슴 한켠 절여놓으면, 일 주일쯤 뒤, 헐렁하게 처진 언니 카디건 주머니에 십만원이나 이십만원쯤이 든 봉투를 슬쩍 꽂아넣어줄 때까진 결코 말개지지 않았다. 하지만 무시로 건너가는 돈봉투로도 언니 낮의 먹장이 빠지지 않자, 시윤은 그런 봉투질 말고 언니를 띄워줄 무언가가 없을까 두리번거렸다. 그 참에, 언니네 벽에 붙어 있던 〈게르니카〉 액자가 서늘하게 와 닿은 것이었다.

2차대전중 히틀러에 의해 폐허가 된 '게르니카'의 참상을 그린 피카소 걸작품의 복제화는, 미술학도 출신다운 형부의 프로포즈였다. 맞선 장소를 나선 두 사람은 우연찮게 입체파 회화 전시회로 흘러들게 되었다. 문화적 콤플렉스가 있던 언니를 한 방에 사로잡은 직격탄, 〈게르니카〉. 게르니카란 원래 스페인 바스크 지방에 있는 작은 도시 이름인데요, 남자의 잰 체하면서도 재빠른 말투는 유럽식 석조공원 위에 호수처럼 떠 있는 청명한 가을 허공을 기러기떼처럼 날렵하게 선회했다. 이 주일 후, 남자는 총알 맞은 새처럼 할딱대는 언니 앞에 미술적으로 포장된 액자 한 점을 슬그머니 내밀었다. 올리브색을 먹인 나무액자 속엔 그날, 언니의 마음을 녹여버린 〈게르니카〉 복제화가 끼워져 있었다.

우리집에도 저런 액자 한 점 있었으면.

시윤은 부러워 사족을 못 쓰는 체 몸서리를 쳐 보였다. 희나리처럼 추져가는 언니 삶에 마른 장작 한 개비라도. 시윤이 보태려던 건 더도 덜도 아닌 딱 그것이었다. 하지만 자꾸 부풀리다보니 애당초 그 그림을 탐낸 듯한 착각이 들었을 뿐 아니라, 귓등으로 들어넘기던 언니, 형부조차 그녀가 정말 그걸 탐내는 줄로 믿게 되었다. 어

50

느 늦은 봄날. 그때도 정해진 인삿돈 외의 가욋돈을 슬쩍 찔러주고
난 참이었는데, 무엇이 오가는지 마는지 통 아는 체 않던 형부가 신
을 신는 시윤 뒷전에서 슬그머니 운을 띄웠다.

　처제, 새집 갈 때 저 그림 떼어줄게.

　그 안달복달이 실은 언니가 아니라 그 언니에게 맡긴 제 새끼 걱
정 때문이었음을 알게 된 건, 훨씬 나중의 일이었다.

　다음날 오전, 내내 실랑이만 계속했던 제주행 티켓을 떼걱 끊은
건 뭐니뭐니 해도 귀희 언니의 메시지 덕분이었다.

　시윤아, 언닌데, 들어오는 대로 전화 좀 해줄래? 있잖아…… 전
화번호는 494에 2887, 02 누르고……

　튀어버리기로 결단한 아내의 펌프질에 준표도 와락 마중물을 붓
고 나섰다. 잔고 백만원. 그 돈은 시윤네 통장의 마지막 여윳돈이었
다. 그 백만원마저 언니에게 줘버리지 않으려면, 왜 또 그들을 찾는
지 알기 전에 써버리는 것만이 상책이었다. 부부가 삼 개월 간격으
로 사표를 쓰고 직장을 그만둔 게 어느새 일 년 전.

　구조조정 바람이 불면서 시윤은 저도 모르게 권고사직 일순위가
돼 있었다. 기혼녀 특별대접으로 쳐주기엔 너무도 입맛이 썼지만 복
직될 희망 따윈 없었다. 그래도 그때까진 중도금 대부통장이다, 월
삼십만원 적금통장이다 기왕 벌인 판까지 깡그리 접을 만치 깜깜하
진 않았다. 하지만 삼 개월 뒤, 준표마저 퇴출을 당하자 그야말로 어
딜 헐어 어딜 메워야 할지 종잡을 수 없게 되었다. 심지어 쫓겨난 지
두어 달 뒤, 퇴직자 모임에 갔다 온 준표가 한쪽 양말만 뒤집어 던지
곤 소파에 나동그라지며 내깔긴 말은 숫제 욕설이었다. 한 인사과
직원의 후일담에 의하면, 준표의 퇴출은 맞벌이 부부 우선 순위에

따른 것이라는 거였다. 그 지경에 이르자, 부부는 그간 부어온 적금을 해약하여 아파트 은행빚부터 가려버렸다. 당분간 땡전 한 닢 들어올 게 없다 치면, 기둥뿌리나 다름없는 퇴직금과 적금 원금에서 대출금 이자까지 헐리게 할 순 없었다. 그러고 남는 이천만원으로 재취업될 때까지 허리띠를 졸라보자…… 이게 어떤 모험도 두려워진 시윤의 생각이었지만, 준표는 새파란 청년처럼 날뛰었다.

그도 38세. 아등바등 살아온 저의 십 년이 '멍텅구리배' 어부 신세마냥 서럽고 한 맺혔던 모양이었다. 이 참에 그 '이천' 종잣돈 삼아, 우리라고 몇십억 못 만져볼 게 뭐냐. 통 소원하던 동창 모임에 부지런히 발을 대는가 싶더니, 기어이 개미군단의 막차, 그것도 부릉 떠나려는 찰나 덮개도 없는 짐칸 끄트머리에 더럭 올라타고 말았다. 두세 배로 뻥, 뻥 튀는 듯했던 황홀감도 잠시 잠깐의 환상. 컴퓨터 시황화살표가 준표의 골수를 쪽쪽 들이켤 때, 시윤은 비몽사몽 가위눌렸다.

히힝! 〈게르니카〉 속의 흰말이 시윤네 통장을 물고 달아났다. 화면 깊은 안쪽으로 한 점 점이 되어 빨려들어갈 때까지 펄렁이는 말총이 오랫동안 불길한 잔상을 남기며 검붉게 너울거리는 악몽이었다. 따가닥 따가닥. 달아나는 말굽 소리가 심장 박동과 겹쳐지면, 잘 수도 깰 수도 없는 그녀는 베갯잇에 두 귀를 비비대며 버르적거렸다.

여보, 우리 거덜나면 어떡해? 자다 말고 준표의 뒤로 다가든 시윤의 머리는 귀신처럼 헝클어져 있었다.

뭘 안다고 그래? 모르면 가만 있어. 주식이란 그런 게 아냐. 당신, 이걸 절대로 투기나 도박하고 혼동하면 안 돼. 난, 그 동안 내가 살아온 사회가 어떻게 움직이고 있는지, 그 기본조차 모르고 살아왔어. 남 좋으라고 바보짓 해준 거지. 성실하게 노력해서 잘살아? 흥, 그거야말로 사람 우롱하는 좆같은 이데올로기지……

그즈음부터였다. 십삼 년 만에 집에서 맞게 된 환한 대낮에 도대체 무얼 하고 살아야 할지 알 수 없게 된 시윤은, 베란다 창으로 도탑게 들이치는 햇살 기둥을 지르고 서서, 〈게르니카〉 속의 다채로운 공포를 쪼개어보곤 했다. 그러다보면 형부와 언니가 마침내 그녀에게 떼어줘버린 그림의 사위스런 의미가 새파란 잉크처럼 심장을 물들였다. 자신이 무사하고 행복했을 때 그것은 그저 한 장의 그림이었다. 좋았던 금실처럼 나란히 퇴출당했을 때조차, 그림 한 장에 약해질 만큼 마음이 흐려지진 않았다. 하지만 증권사이트에 혼을 빨리는 준표를 보게 되면서, 세상엔 악마의 부적 같은 것도 있는 게 아닐까 손발톱이 물엿처럼 녹는 듯했다. 오직 재난을 겪기 위해서만 사는 듯한 인생이 있지만, 신은 그 이유에 대해 묻는 것조차 엄금하였다. 도무지 알 수 없는 재난에 대하여, 명백한 진실은 하나밖에 없었다. 재난이란, 무슨 일이 있어도 그 첫번째 고리에 꿰이지 말아야 했다.

준표는 일정을 짜려고 인터넷 서핑을 하고, 시윤은 끄적끄적 준비물을 적고 있었다. 점심은 라면으로 때울까. 그때 삐릿삐릿, 책상 위의 휴대폰이 적신호를 울렸다.

귀희, 연락 바람. 02-494-2887

몰라, 어쨌든 언니에게 내 할 도린 다 했어. 다음날 오후, 짐을 꾸리던 시윤은 또 한번 제풀에 도리질했다. 몸만 다녀온다 했지만 막상 나서려고 보니, 제주가 뒷동산도 아니고, 없이 갈 순 없는 소용물이 큰 가방 두 개는 되었던 것이다. 아니, 그간의 절제가 설사를 만난 듯 온갖 필요를 꼬여들였다는 말이 맞았다. 기어이 엊그제 다녀왔던 세운마트에 또 총총히 발걸음을 하고 오니, 언니의 새 메시지가 꿈결처럼 녹음돼 있었다.

시윤아, 전화 좀 해줘라, 494에 2887……

더 이어질 듯 머츰하던 목소리는 거기서 끊겨 있었다. '11일 오후 세시 십삼분.' 친절한 안내 멘트가 일시를 알려왔다. 다급한 사정이 생긴 게 틀림없었다. 하필 시윤이 없는 때만 건드린다는 것도, 언니의 암된 성격이며 타고난 자존심과 호응하는 우연이었다. 하지만 메시지 지움 버튼을 누르는 시윤의 머릿속에선, 어느새 그림 속의 흰말이 히힝 앞발을 쳐들었다.

오래된 강북 동네에서 그리 길을 들인 이래, 시윤네가 신도시로 집을 옮긴 후에도 언니는 잊을 만하면 백만원, 이백만원을 돌려달라고 통사정을 해왔다. 명색이 사업하는 남자의 아내여서 툭, 툭 불거지는 돈 단위가 시윤의 일상 가용을 웃돌았다. 그래도 때마다 기막히는 사연에 귀를 대어주노라면 첫 액수에 와락 들이켰던 경악이 시나브로 희석되면서, 그럼 언니, 나 그렇게 큰돈은 없고 십만원만, 이십만원만 하게 되는 식으로 어떻게든 쪼개는 주게 되었다. 그러고 나선 생병을 앓았다. 그 돈이면 호서, 호미 피아노도 가르치고 영어도 가르칠걸. 십만원만, 이십만원만, '만' 자까지 붙여 낮춰 부른 자신의 심약함이 역겹다 못해 신물이 올라왔다. 아, 그러나 한편으론 그래선 안 되었다. 돈이 뭐라고, 그깟.

그래, 실은 시윤네가 달랑 몸을 빼낸 삼 년 전부터, 제 살갗인 양 쓰다듬어지던 언니네 삶은 강 건너 불 구경처럼 아슴해진 것이었다. 그녀는 그뒤 한 번도 동네를 가로지르는 큰 길 사이로, 시윤네 반지하와 언니네 3층 셋집이 엇비스듬히 마주 보고 있던 천변 동네를 기웃거리지 않았다. 그곳은 호서의 축농증을 만들어준 먼지 많은 골목, 집집이 느는 자동차를 안심하고 주차할 데도 없는 곳, 안방 창턱이 땅바닥에 닿고, 푸른 줄 쳐진 더러운 천막 시장이 대낮에도 저승꽃처럼 어둡게 파리를 날리는 곳이었다. 하지만 그와 더불어 언니와 섞고 지낸 날들조차 구멍난 속옷인 양 내다버린 건 무슨 핑계를 갖다대도 그녀의 냉정함이었다.

아이들을 거둬주던 능숙한 손길, 아기자기 덜어주던 정갈한 반찬들과 사각밀폐용기에 꾹꾹도 눌러담은 생김치의 아삭아삭 씹히던 맛. 그 풋것의 쌉싸름한 향취가, 마지막 독기가 돋아 여행이 아니라 무슨 패션쇼라도 하러 가는 듯 구색도 안 맞는 바지와 스웨터 나부랭이를 극성스레 꿰맞춰보는 와중에도 맵싸한 군침으로 혓바닥을 콕콕 찔렀다. 언니 무늬처럼 발그스름하게 안겨오던 뚜껑 안쪽의 고춧가루 자국. 카운터 앞에서 두툼한 지갑을 꺼내 보이던 은행원은 왜 언니를 떠났을까. 그때 언니는 스물하나. 생각해보면 너무 어렸다. 탄탄한 인상의 은행원에게 첫 키스를 당했던 날, 언니 입술은 벌침에 쏘인 듯 퉁퉁 부어버렸지. 어느 날, 은행원과 만나는 자리에 나타난 남자의 어머니가 언니 학벌을 따지듯 물었다. 또 아버지가 무슨 일을 하시는 분인지까지를 묻고 난 뒤, 그런 학교도 있느냐며 모욕을 주고 가버렸다. 예쁜 눈물을 똑똑 흘리며 헤어지겠다는 언니에게, 술 취한 은행원은 딱 한 차례 따귀를 올려붙였다. 그날 이후 시윤은 한 이불을 덮고 잤던 언니의 흐느낌을 오랫동안 숨죽인 채 견뎌야 했다. 그 은행원이 딱 한 번이 아니라 두 번이나 세 번쯤 언니 뺨을 때렸으면 어떻게 되었을까. 그러면 해피엔딩이 됐을지도 모른다며, 새로 두시까지도 잠 달아난 두 눈을 말똥거려야 했다.

시윤아, 전화 좀 해줘라, 494에 2887······

수경재배를 하는 수반 속 잔돌 무더기엔 달팽이가 붙어 있었다.

호서가 젖은 풀잎을 뒤져 잡아낸 그놈은 더러는 죽은 듯 몇 시간이고 꼼짝하지 않았다. 그러다가도 문득 보면 어디로 사라졌는지 보이지 않았다. 그런데 또 하룻밤쯤 자고 나면, 놈은 또 원래 자리나 테이블야자 뒷잎맥에 슬그머니 붙어 있곤 했다. 꼭 그런 달팽이처럼, 언니의 목소리는 시윤의 고막에 붙어 떨어지지 않았다. 욕실에선, 준표가 애들 겨드랑이 사이로 세찬 샤워 물줄기를 꽂아대는 소음과 애들이 한껏 자지러지는 소리가 행복의 비명처럼 터져나온다. 그 반향된 아우성 사이로 또다시 띠리릿, 울린 듯한 전화벨에 그녀는 화들짝 몸서리를 쳤다. 이 싫증은 어쩌면, 생각보다 훨씬 심하게 곪은 지병이었다.

야이구나 대궐이구나……

퇴출되기 육 개월쯤 전인가. 토요일 오후를 타 재영, 재규 손목을 붙들고 현관에 들어서던 언니는, 마치 그런 아파트를 처음 보는 양 입을 딱 벌리면서 탄성을 내질렀다. 그날도 언니는 기어코 삼백만원 이야기를 꺼냈었다.

곗돈과 생활비 때문에 두 달 전 A에게 삼백만원을 꾸려고 했는데 그 A도 형편이 안 되는 바람에, A를 통해 B라는 사람에게 3부 이자를 쳐주기로 하고 삼 개월간 돈을 얻어쓰게 되었다. 그런데 그 B가 돌연 돈을 돌려내라고 A를 달달 볶아 당장에 삼백을 게워내야 되게 생겼다는 언니 사연은, 그때그때 액수와 사람들 이름 정도가 다를 뿐 매번 비슷한 패턴이었다. 그러나 특히 그날의 삼백만원이 돌이킬 수 없는 싫증의 시발점이 되어버린 건, 야이구나 대궐이구나, 에서 시작된 언니의 노골적인 부러움과 시윤을 향한 야릇한 거리감, 그러니 너 나 좀 도와주어도 되겠지? 올가미로 덮어씌울 듯 다가들던 언니에 대한 징글징글한 이물감들과 갈피갈피 연결된 감정이었다. 무엇보다 그날 언니는, 한 면만 올리브색 벽지로 구별시킨 거실 중앙 벽의 〈게르니카〉 앞에서 넋나간 사람처럼 게슴츠레 중얼거렸다.

여기서 이렇게 보니까 진짜 전시회 그림 같다야. 이럴 수도 있는 걸, 게딱지 같은 집구석에서는 그렇게 우중충했구나……

그렇게 돌아서서 삼백만원 얘기를 꺼내는 언니에게, 우리도 힘들다고, 중도금 대출 빚에 삼십만원씩 적금도 붓는다곤 차마 입을 뗄 수 없었다. 결국 다는 안 되고 그중에 백만원만, 그 와중에도 또 그놈의 '만' 자를 붙이고야 마는 자신의 심약함이 이번에도 씹어먹고 싶을 만치 스멀거렸다.

백만원만, 돌려주는 게 아니라 그냥 줄게.

도리어 죄인처럼 어물거리는 시윤에게 언니는 어딘지 서운한 낯빛이었다.

그 이틀 뒤 언니는 명동에 있었다. 뙤약볕이 압핀처럼 박혀드는 8월 아침나절이었다. 잗다란 보푸라기가 잔뜩 핀 감색 원피스 차림의 언니가 그 시간 왜 명동에 갔었는지는 석연치 않다. 모은행 명동 지점이 아니면, 전날 오후 늦게 시윤이 부쳐준 백만원과 또다른 C에게 마침내 융통한 이백만원을 찾아, 토요일 은행 창구가 닫히기 전까지 B에게 갚아야 할 삼백만원을 입금시킬 수 없었다고 가정할 순 없지 않은가. 그렇기보다는 아마 다른 볼일도 함께 볼 겸 명동을 밟았을 것이었다. 물 뿌려진 아스팔트가 금세 마르는 명동 입구에서, 언니는 활활 달아오른 아침 공기를 뱃속까지 들이마셨다. 그러니까 그날 언니 수중엔, B에게 갚아야 할 삼백만원 외에도 따로 가용할 톡톡한 액수의 돈이 있었던 것이다. 늘 10일께, 20일께, 말일께로 밀리기만 하던 형부의 품삯이 전날쯤 들어왔던 것인지도 몰랐다.

밀걸레를 꽂은 양동이를 들고 왔다갔다하는 중늙은 청소부가 반짝반짝 닦아놓은 유리문 안쪽에서, 언니는 우선 시윤이 부쳐준 백만원과, 정확한 액수는 알 수 없지만 하여간 얼마간의 돈을 인출했다. 또다른 C에게서 와 있으리라고 믿었던 이백만원은 아직 들어와 있지 않았다. 인출기 부스 맨 왼쪽에 설치된 공중전화로 전화를 걸어보니, C는 막 집을 나서려던 참이었다. 넉넉히 열한시쯤 인출하라는 C의 확답을 듣고, 녹색 로고와 심벌들로 장식된 은행 문을 밀고 나서는 언니 표정은 날아갈 듯 개운했다. 사실 그날 언니는 무엇보다도 푸른빛과 흰빛을 교차시킨 수트에 검은 선글라스를 끼고 그로테스크한 포즈를 짓고 있는 석고처럼 하얀 마네킹과 쇼윈도의 거리를 모처럼 만에 누볐으면 싶었다.

첫번째와 두번째 대형 쇼윈도는 곁눈으로만 훑고 지나쳤다. 배춧잎처럼 싱싱한 자기앞수표 한 장과 정확한 액수는 알 수 없지만 알뜰 쇼핑을 하기엔 충분한 금액의 돈은, 낡은 소가죽 핸드백 속에서도 몇 해 전 제법 사는 친구한테 생일선물로 받았던 닥스 지갑 속에 안전하게 보관돼 있었다. 적지 않은 무리의 사람들이 오가고 있었지만, 최고 쇼핑가 중 한 곳으로 치면 아직은 열기가 부족했다. 몸이 부딪칠 정도의 혼잡은 아니라도 이름에 걸맞는 번잡함이 없음에 허전하던 언니가, 문득 홀려 멈추어 선 곳은 어깨와 목을 후련하게 파낸 쿨울 소재의 원피스 앞이었다. 언젠가 꼭 한 번 걸치고 싶던 디자인. 큰 숨을 들이켜는 언니 뇌리에선 석고처럼 하얀 마네킹이 젊은 날의 분홍빛 그녀 자신으로 변해간다.

처녀 때 언니는 정말 대단했다. 대중목욕탕에서 젖은 머리를 늘어뜨린 채 사뿐사뿐 걷는 언니는 살이 다 늘어져 붉으죽죽한 칠면조들 사이를 누비는 한 마리 홍학이었다. 쌍꺼풀이 옴폭 진 눈망울

덕에 코스모스 들녘에서 찍은 독사진에선 작품사진 분위기가 났고, 다소곳한 태도 속에 포도 씨앗처럼 박힌 오기는 잰 체하는 남자들의 보호본능을 자극했다. 카운터 앞에서 두툼한 지갑을 꺼내든 채, 계산이 끝날 때까지 안경 너머 부리부리한 눈매로 언니를 훑어보곤 했던 은행원도 그중의 하나였다.

잠시 후 언니의 발길은, 젊은이들이 오글오글 모여 선 액세서리 가판대 쪽으로 옮겨갔다. 잘만 고르면, 언니 나이에도 싼값이 민망치 않을 세련된 디자인의 장신구 몇 개쯤 장만할 수 있을지도 몰랐다.

아줌마, 괜찮으세요? 정신 차리세요, 아줌마……

인조꽃처럼 가다듬어진 목소리가 언니를 흔들었다. 언니가 정신을 잃은 곳도, 빨간 유니폼을 입은 도우미 아가씨에게 흔들려 깨어난 곳도, 회현동에 있는 한 백화점 현관의 벤치 위였다. 혼란스런 쇼윈도 숲을 빠져나와 그곳으로 들어서며 핸드백을 열었는데, 모서리가 희끗 닳은 닥스 지갑이 온데간데없었더란다.

집이 어디세요? 연락해드릴까요?

바짝 얼굴을 댄 도우미 아가씨의 빨간 모자가 언니 눈앞에서 족두리처럼 까딱거렸다.

명동 쇼윈도 앞. 액세서리 가판대 앞의 젊은이들. 까만 배꼽티 여자애가 밀짚모자를 쓴 구릿빛 피부의 주인 사내에게, 금빛 강아지 목걸이 한 점을 흔들어 보였지. 금속들의 산란하는 빛이 영롱한 노래를 불렀어. 허공에서 찰랑대는 금빛 강아지는 금시라도 체인을 끊고 달아날 것 같았지. 저렇게 생긴 강아지를 뭐라고 하더라. 재영이한테 들었는데…… 맞아, 아가타! 배꼽티가, 주인이 받쳐주는 거울 앞으로 가는 목을 뽑느라 언니 옆구리를 팔꿈치로 찍었다. 그 옆엔 카키색 티셔츠에 개목걸이를 걸고 있던 덩치 큰 남자애가 있었는데. 그애도 선글라스를 끼고 있었나?

시윤이 언니 전화를 받은 건, 다음다음날인 월요일 오전이었다. 회의 직후에 받은 전화여서 그랬는지, 도대체 언제 어디서 어느 놈한테 그랬는지 온통 알 수 없다는 언니 말만으론 그녀도 도무지 알 수 없을 뿐이었다. 그러니 한 번만 더 백만원을 해달라는 언니의 메마른 간청을, 처음 한 번은 야멸치게 차넘길 수 있었다. 하지만 그 순간 조여들기 시작한 죄의식의 고삐는 끝내 점심시간을 못 넘기고 제 손으로 언니에게 전화를 걸게 했다. 어, 그래? 싸매고 누웠던 언니는 전화기 너머 벌떡 소리가 들릴 만큼 부리나케 정신을 차렸다. 오후 세시. 시윤은 직원들이 티 브레이크로 늘어진 틈을 타, 옆 건물 1층 은행으로 첩보원처럼 스며들었다. 계좌이체 승인 버튼을 누르는 그녀의 얼굴은 뒤틀어져 있었다. 간단한 절차가 끝나자, 고개를 들고, 앞면 거울 속에서 자신을 보고 있는 제 얼굴에 눈이 닿은 시윤은 소스라쳤다. 세상에, 자선을 하면서 그렇게 악해질 수 있는 얼굴을 그녀는 처음 보았다.

그때부터였다. 시윤은 땡전 한푼, 언니에게 줄 수 없었다.

창 밑 세상이 지도와 일치되는 한순간의 광경을 보려고 호서는 창측 자리를 고집했다. 그래도 귀엽게 봐주어야지. 앞사람의 짜증 받친 고갯짓을 받을 만큼 들썩이는 호미 천방지축에도 유례 없이 관대해지는 마당인데. 스튜어디스도 예쁘고, 탑승구 틈으로 언뜻 엿보였던 비행기 동체도 은빛으로 도저해 보였다. 도대체 어떤 여행인가. 승선을 마치자마자 개개풀어진 눈으로 대뜸 중년의 피로를 노출하는 준표의 거칠한 구레나룻조차 성숙한 남자의 구수함을 풍겼다. 피를 말리며 잔고만 헤아렸던 지난 일 년은 특수상황이라 치

60

더라도, 살아오면서 이토록 모든 의미가 걸린 여행을 꾸려본 적 있었던가. 상공으로 상공으로 떠오르는 부력에, 꼬라박은 이천만원의 쓰라린 색조조차 시나브로 옅어져갔다.

에이 씨.

오빠만 거기 앉어?

이토록 소중한 여행에 티 한 점 묻히고 싶지 않은 시윤의 조바심에도 불구하고, 서로 창측에 붙어 앉겠다고 고집하는 아이들 싸움이 가벼운 주먹다짐으로 번지고 있었다. 시윤은 낮게 윽박지르며, 완벽한 여행에 흠집을 내기 시작하는 아이들의 안전벨트를, 벌주듯 발칵 조여당겼다. 너무 둔하게 입고 있는 게 이 가족에게 스민 은근한 불쾌감의 원인인지도 몰랐다. 겨울도 한 고비 넘긴 시점인데, 그래도 떠난다는 노파심에 단단히도 껴입고 나섰던 것이다. 불과 이틀 전까지만 해도 염화칼슘에 비벼져 차도 양가에 둔덕을 이루었던 시커먼 눈 더미도 자취를 감추었다. 공항 오는 길, 맑게 닦인 차창을 쪼개듯 덤벼드는 햇살에, 트렁크 속에 덕지덕지 꾸려넣은 옷가지들이 불현듯 뒤숭숭하게 떠올랐었다. 이 여행은 미련해서도, 야박해서도 안 되었다.

시윤은 사소한 행복에 대한 미묘한 콤플렉스를 준표와도 나눌 수 없음이 문득 적막했다. 하지만 잠이 든 것도 아니면서 입을 꽉 다문 준표의 얼굴엔, 이번 여행에선 무슨 일이 있어도 아내의 시시콜콜한 완벽주의에 시달리지 않겠다는 결의가 역력했다. 하지만 시윤은 달랐다. 이 여행으로 모든 걸 보상받아야 할 만큼, 그들은 충분히 궁핍했고 노심초사했다. 이 마지막 백만원조차, 드디어 다음달로 결정 난 준표의 새 출근이 아니었다면 감히 비행기 연료 따위로 방사해버릴 꿈을 꿀 수 있었겠는가. 그리고 새 직장인들 안전하겠는

가. 소위 온라인 비즈니스를 하겠다는 사람들이 준표를 끼워주겠다고 한 것도 사실 아무것도 보장된 게 없었다. 구체적으로 무슨 일을 시킬 건지, 월급은 얼마를 주겠다는 건지. 그저 지금으로선 쇳조각을 준대도 아작아작 씹어삼킬 판일 뿐이었다.

호서야, 너 이러면 안 돼. 엄마 아빠가 늬들한테 좋은 방학선물 해주고 싶어서, 얼마나 머리 쓰고 궁리해서 가는 여행인데.

인마, 태어나서 이런 여행 한 번 못 해본 애들도 수두룩해. 엎어논 뚝배기처럼 묵묵하던 준표가 덥석 참견을 했다.

재봉이는 캐나다 갔었는데? 호서가 영악해서 들이받는 말대답은 아니었다.

뭐?

롤스로이스도 타고.

……

나이아가라 폭포 보려고 했는데, 날씨 때문에 못 갔대.

수학박사라는 애 말이니?

응, 커서 하버드 갈 거래.

하버드는 아무나 가나.

……

야, 호서야. 하지만 그런 애가 너네 반에 재봉이 말고 또 있겠니?

왜 없어, 있으려면 얼마든지 있지, 시윤이 초를 쳤다. 준표가 단한 번 매섭게 흘김으로써 그녀의 부주의를 찔렀다.

……

너네 반 애들이 몇명이지?

몰라.

하지만 시윤은 준표가 하는 그런 노력이야말로 우스워 코웃음이

쳐졌다.

'저는 여러분을 모처까지 안전하게 모셔다줄 기장 아무갭니다'
라는 문장으로 시작되는 기내 안내방송이 시작되었다. 준표는 그새
깜빡잠으로 돌아간 듯 고개를 앞으로 쏟고 있었다. 얼굴에는 혼곤
함이 절어 있었다. 담배를 피우지 않으면 덜할까? 담배가 피로의 증
폭기 구실을 하는 건 확실했다. 하긴 돌연한 죽음이란 이 비행기를
탄 채로도 얼마든지 가능한 거였다. 그때, 그 생각에 대한 응답처럼
기체가 크게 요동쳤다. 두 아이에 가려 얼비치는 창 밖 구름이 먹빛
이었다. 불안한 기단 속을 헤집고 나가는 모양이었다.

두번째 요동이 일어나자, 앞뒤에서 얕은 비명과 겁에 부스럭거리
는 기척이 산발적으로 잇달았다. 옆을 내려다보니 철모르는 호미는
롤러코스터를 타는 양 아르르한 쾌감을 만끽하는 표정이었고, 일어
나는 일들의 실제적인 의미에 밝아진 호서는 잔뜩 충격이 서린 눈
빛으로 무슨 일이 일어나고 있는지 묻고 있었다. 준표도 몸서리치
며 흠칫 눈을 떴다.

세번째 요동이 왔다. 제법 크게 내질러진 공포의 비명이 앞뒤 없
이 터져나왔다. 시윤도 저도 모르게 아악! 소리쳤다. 차라리 소리를
지르자, 순간적인 기분 전환에 불과했지만 혈액처럼 타고 돌던 두
려움이 가볍게 발산되는 공포놀이로 기화되었다. 왜 기를 쓰고 참
기만 했을까. 힘들고, 외롭고, 무섭다고, 고래고래 소리라도 쳐볼
것을. 그때 문득, 바지 호주머니 속에서 무언가 삐리릭, 울리는 듯
했다. 아뿔싸, 비행기에선 꺼야 한다는 것을 잊었던 그녀의 휴대폰
이, 동체의 흔들림에 일말의 책임이 있지 않았을까. 시윤은 바짝 움
츠러들면서 그놈의 것을 끄집어냈다. 진동도 벨소리도 없었다. 뭔
가 찍혀 있을 것 같다고 느꼈던 건 순전히 그녀의 예감이었다. 역

시…… 시윤아, 전화 좀 해줘, 언니. 그녀는 입술을 깨물며 아예 휴대폰을 꺼버렸다. 아무리 급한 일이어도 그때처럼은 아니겠지.

　비행이 안정되고 있었다.

　시윤아! 하는 언니 목소리는 거두절미하고 할딱거렸다. 극도로 얇아져, 폭풍에 떠는 나뭇잎처럼 할딱이는 숨결이 금시라도 끊어질 듯했다. 작년 여름이었다. 서서히 시황을 덮은 먹구름은 더이상 공기덩어리가 아니라 죽은 살덩이처럼 굳어가고 있었다. 그와 더불어, 며칠간의 시세 흐름을 바탕으로 그날의 전략을 짜는 것으로 시작되던 준표의 아침도 눈을 뜨지 못했다. 800, 700, 600선으로 곤두박질치는 종합주가지수 앞에서, 시윤은 준표 뒤를 맴돌며, 종합주가지수는 어떻게 내는 거야? 라는 아이 같은 질문만 반복하고 있었다. 하지만 마지노선으로 믿고 싶었던 그 수치조차 엉겁결에 500 아래로 주저앉자, 그때까지 어렴풋했던 시윤의 공포는 현실적인 아내의 독기로 내뿜어졌다. 그녀의 의식은 제가 애당초 준표의 주식 투기를 반대했다는 액면에 몰려 있었고, 준표의 그것은 저를 그렇게라도 내몰지 않을 수 없게 한 아내의 이면을 꿰뚫었다. 그 재난의 와중에, 언니가 시윤아! 하고 할딱거린 것이었다. 식전 댓바람부터 한바탕했던 준표가 주식이 뭔지도 모르는 게! 하고 나가버린 뒤, 시윤이 그 소 힘줄 같은 오기에 넌더리를 치던 참이었다. 시윤은 조건반사적으로 벽면의 〈게르니카〉를 보고 있었다. 그 보통 크기의 액자가 순간, 벽 한 면을 다 덮어버릴 만큼 확대되어 보였다. 그러자 왜 여태 저놈의 그림을 떼어버리지 않았는지 불현듯 의아해졌다. 불타는 집과 달아나는 여인, 날뛰며 히힝거리는 말이라니.

　아아, 시윤아, 어쩌면 좋아…… 띄엄띄엄 이어지는 언니의 목소리는, 죽은 아이를 안고 통곡하는 그림 속의 여인처럼 비탄에 떨고 있었다.

며칠 전 한 남자가 찾아왔다. 후줄근한 양복에 찌든 담뱃내가 훅 끼치는 것 외엔 이렇다 할 특징 없는 그 남자가 나타나기 전만 해도, 언니는 저녁거리를 다듬던 평화로운 주부였다. 현관 보조키를 수평으로 돌리기 전 언니는 '누구세요?'라고 물었다. '김장수라고 합니다.' 김장수? 그런 이름은 들어본 적이 없었다.

누구라고요?

예, 죄송하지만, 이번 주 내로 집을 비워주셔야겠습니다. 문을 좀 열어주시면, 들어가서 말씀드리겠습니다.

집달리처럼 들어선 남자는 비열해 보이지도, 눈빛이 탁해 보이지도 않았다. 오히려 민춤해 보일 만치 말도 거동도 어눌했다. 그는 언니가 이미 사색이 되어 권해주는 방석에 올라앉지 않는다. 그 방석을 사이에 두고 마주 앉은 언니가 쟁반에 받친 생수를 내밀 때쯤, 방문이 살짝 벌어지며 재영, 재규의 두 눈이 시린 별빛처럼 깜빡거린다. 언니는 신경 쓰지 말란 뜻으로 손사래를 친다. 지도를 그리듯 누렇게 변색된 모노륨에 눈길을 떨어뜨리면서, 앞치마 말기를 세게 거머쥐는 언니. 언니는 덩덩 울리는 거대한 종 속에 서 있다.

뭐라고 말씀드려야 할지 모르겠지만, 어차피 모르시곤 안 되는 일이니 말씀드리자면, 아, 이거, 참, 그새 바깥양반한테서 정말 아무 말도 못 들으셨습니까? 이 집 전세금을 담보로 삼아……

전에 살던 3층 전셋집보다 방 한 칸이 줄어든 이 2층 전세금은 딱 떨어진 삼천이었다.

네, 전……

남자의 말이 끝나기도 전에 언니는 이미 하소연하고 있었다. 두

번째로 규모를 줄인 그 집은 개수대가 하나뿐이었다. 그런데 그 남자가 또 무슨 일을 저질렀다고? 벽력같은 종소리가 정수리를 치면서, 언니는 핑 쓰러졌다.

재영의 부축을 받아 겨우 일어난 언니는, 내놓았던 찬물을 벌컥벌컥 들이켜고야 겨우 숨을 쉬었다. 그래도 정신이 아니라 가슴만 차가워졌다.

어떻게 이런 일이 일어났는지 모르겠지만……

구멍 뚫린 언니의 눈에 뜨거운 증기가 돌았다. 이 김장수라는 남자를 붙잡고 사정해봐야 아무 소용 없다는 걸 잘 알면서도, 온몸에 전류가 지직대는 듯한 고통 속에서 언니는 횡설수설했다. 이제 언니는 재영, 재규에게 들어가라고 말하는 대신, 자신의 유일한 버팀목이자 무기인 두 아이의 목을 겨드랑이 사이에 꽉 낀다. 그것이 곧 그들에게 퍼부어질 포화 구멍을 향한 마지막 전선이었다.

그래서 시윤아…… 한 번만 부탁인데, 나하고 애들은 사흘째 희준이네 와 있고, 형부는 아예 들어오지도 못해. 이 집도 더이상 죽치고 있을 순 없지. 낮엔 애들도 학교 가니까 그렇다 치더라도 저녁에는 희준이 아빠가 오니까. 짐은 교회 마당에 부려놨지만, 그것도 비 맞기 전에 어디 사글세라도 구해야잖아? 그러려면 보증금이 약간은 있어야 된대. 김포 언니가 이달 말에 적금 탈 게 있어서 말일께쯤 오백만원이라도 돌려 쓸 수는 있는데, 당장이 문제지. 석관동에서 미장원 하는 경순이 언니 알지? 경순이도 요새 계가 하나 빵꾸나는 바람에 미용사들 월급 줄 것도 미루고 있다는데, 그래도 어떡하니, 친군데…… 삼백만원만 돌려주기로 했어. 또 동네 엄마들한테서 어찌어찌 이백은 될 것 같고. 너, 있잖아…… 그냥 말할게. 너, 지금 오백만 돌려주면, 말일에 김포 언니 돈 들어오는 대로……

부모 세대가 사촌지간으로 엮이는 귀희 언니는 열세 살에 시윤네 집으로 들어왔었다. 언니 아버지가 천석꾼 살림을 다 말아먹은 건 한참 뒤 알게 된 사실이었고, 중학교라도 마치라고 맡겨졌던 속사정을 시윤이나 형제들은 공부를 도와줄 친척 언니가 온 것으로만 여겼다. 언니가 중학교를 마치자, 이번엔 고등학교라도 마치기 위해 시윤네에 더 머물러야 했다. 그 고등학교까지 마쳤을 땐, 이번엔 그냥 갈 수 없었다.

　아, 안 돼.

　시윤아.

　우, 우리, 어, 어, 어업, 써……

　시윤의 가슴에 똑바로 금이 질리더니, 찢어진 종이처럼 휑 하고 벌어졌다. 그래, 지하철 걸인의 바구니에 백원짜리가 아니고 오백원짜리를 넣는 거야. 쌔까만 손으로 내미는 껌을 두 배 값으로 사고, 구세군 자선냄비도 그냥 지나치지 않겠어. 언니, 왜 이십만원이나 삼십만원이 필요치 않은 거야?

　수화기를 내려놓고 후들거리며 돌아설 때, 아주 평화로운 표정의 〈게르니카〉가 그녀를 보고 있었다.

　밤새 비바람이 귤림(橘林)을 흔들어대더니, 전날까지 그만했던 기온이 뚝 떨어져버렸다. 비가 태연자약하게 퍼부었다. 섬 속의 섬에 가보려고 했지만 이 날씨에 야외놀이는 불가능했다. 섬의 일기가 극도로 변덕스럽다는 악명에 기대를 걸어볼 뿐. 히터를 튼 승용차와 외기와의 차이로 차창마저 부옇게 흐려졌다. 입을 꾹 다물고 운전에만 몰두한 듯했던 준표가, 얼굴로 푹푹 끼치는 히터 공기가 불쾌했는지 손가락으로 톡 쳐서 팬의 각도를 바꾸었다. 부모가 욕심껏 권해주는 호텔 조식이 부담스러웠던 아이들은, 저도 모를 식곤증과 싸우느라 찜부럭을 부리며 과자 타령을 해댔다. 시윤은 뿌옇게 흐르는 바깥 풍경에 눈길을 돌릴 의욕조차 없었다. 차라리 부우, 하고 가슴을 옥죄던 휴대폰 소리라도 다시 울려주었으면. 디저트로 따라받은 커피에 입을 댈라칠 때, 타이트한 모직 바지 호주머니 속에서 휴대폰이 부우, 하고 몸을 떨었다. 한 시간쯤 전이었다. 이렇게 먼 섬까지 터지랴 방심했는데. 객실 615호로 돌아와 확인하니, 언니의 메시지가 찍혀 있었다.

귀희, 전화 요망. 02-494-2887

아니, 언니가 재영이나 재규를 시켜 찍어보낸 메시지라는 편이 옳을 것이다. 그애들은 전화 한 통 없는 이모를 어떻게 생각할까.

음료수! 음료수!

구호를 외치는 호서, 호미의 성화에 해안에 지어진 영화박물관 주차장에 차를 대기로 했다. 지도상이나 안내책자에 돌아볼 곳으로 추천되는 관광지이긴 했지만, 이런 어정쩡한 장소에 돈과 시간을 쓴다는 건 날씨가 웬만만 해도 있을 수 없는 일이었다. 트렁크에 든 우산부터 꺼내려고 준표와 각각 좌우 문 밖으로 내려선 순간, 빗발은 더욱 쏴, 하고 굵어졌다. 같은 사정으로 이곳이나마 들어서지 않을 수 없었을 다른 차에서 내린 사람들도, 우산을 받치거나 점퍼를 둘러쓴 채 화급히 뛰어 들어가고 있었다. 그들만이 마구 퍼부어대는 빗줄기와 시비라도 하듯 일부러 느릿느릿 둘씩 우산을 받쳐들고 매표구 쪽으로 걸어갔다.

표를 제시하면, 차가운 금속통과대를 거쳐 1층부터 2층까지 차근차근 관람하도록 짜여진 시스템이었다. 하지만 정해진 순서 따위엔 흥미 없었다. 준표와 시윤은, 불쑥 인공적인 공간 속으로 떠밀려들어와 우왕좌왕하는 아이들을 2층 계단 쪽으로 몰고 갔다. 깝깝한 표정의 준표는, 블루스크린 기법으로 촬영하는 디지털 사진이나 찍어주자고 했다. 호서는 깎아지른 암벽을 타는 알피니스트가 되었고, 호미는 해안도로를 달리는 빨간 스포츠카의 드라이버가 되었다. 준표와 시윤은 아홉시 뉴스의 앵커였다. 세 장의 기념사진을 손에 쥔 순간, 그 박물관에서 할 수 있는 모든 걸 끝낸 듯한 기분이었다. 복도 창 밖으로 내다보이는 하늘은 여전히 음산했고, 탄산음료 캔을 손에 든 아이들만 피터팬을 만난 듯이 팔짝거렸다.

층계참 모서리에 설치된 청동 조각상을 사이에 두고, 부부는 어제로부터 이어진 일정을 정리해보기 시작했다. 방문할 곳과 방문한 곳. 일일이 표시해두었다가 하나씩 지워나가기로 한 지도상의 동그라미들은 대부분 그대로 남아 있었다. 그런 주제에 대해서 나직나직 분석하고, 합리적인 결정을 내리는 건 준표의 재능이었다. 시윤은 남편의 얼굴에 마치 시황분석을 할 때와 같은 진지함이 떠오르는 것을 신기한 듯 바라보았다. 그녀는 이 여행을 어떻게 수습해야 할지 난감했지만, 준표는 그런 아내의 감정을 어떻게 수습해야 할지 난감했다.

당신, 어제 폭포는 좋았어?

자기는 용머리, 거기가 좋았지?

식당이 별로였지?

역시 먹는 게 문제야.

준표는 우정 도량이 넓은 체 아내의 등을 토닥거렸다. 비에 갇혀 따분한 박물관 따위에서 죽치게 된 때일수록, 기분이라도 잘 건사해야 하는 게 준표의 방식이었다. 그래서 그 이천만원을 불쏘시개 삼고도 입맛은 입맛대로 유지하는 것이다. 그런 상대 앞에서 더이상 추워하는 것도 죄악이었다.

봐서 날씨 괜찮아지면 서쪽으로 올라가보고, 계속 이러면 식물원 가자. 퍼시픽랜드에도.

그들 눈을 벗어났던 호서가 나타나더니, 그녀 어깨에 걸린 카메라 줄을 잡아당겼다. 애들은 손수 사진을 찍고 싶어했다. 부부는 청동상을 사이에 두고 포즈를 취해주었다. 고개를 서로에게 기울이며, 조각상 뒤로 슬그머니 쥐어오는 준표의 손이 잉걸처럼 뜨거웠다.

계단을 타고 내려온 네 식구는 1층의 시시콜콜한 전시물들을 다 눈여겨보았다. 마음이 따뜻해지려면, 따뜻한 시선부터 가져야 했다. 그렇게 한다고 해서 입장료와 그 안에서 소비한 금액만큼 양이 차는 건 아니었지만, 더이상 어정거릴 근거도 없었다. 호서부터 먼저 찬바람 속으로 나가려 했을 때였다.

바다 구경은 하셨어요?

안내 아가씨가 그들을 불러세웠다. 원래 1층부터 보고 2층을 본 후, 2층에서 연결되는 테라스를 타고 해안 절경을 감상하는 코스로 완결된다는 설명이었다. 테라스와 해안 절경? 막상 2층에 있을 때는 아무도 귀띔해주지 않았던 '뉴스'였다.

그럼 어떡하지요?

아가씨는 이미 퇴관 통과대를 넘어와 2층으로 다시 갈 순 없으니, 건물 밖에 조성된 정원길을 따라 해안 쪽으로 내려가보라고 권유했다.

절경인데, 놓치지 마세요.

도대체 얼마나 근사한 절경이길래. 밖으로 나오자, 우산을 써도 옆으로 들이치는 빗발이 사정없이 얼굴을 때렸다. 어디든 빨리 따듯한 곳으로 들어가고 싶기만 했다. 그러나 한편 생각하면, 이미 지

불한 입장권에 포함된 절경이라면 비록 대단치 않다 해도 빼먹고 간다는 건 손해였다. 비와 바람과 귀희 언니. 그 모든 것을 무릅쓴 백만원인데 그런 손해까진 안 보는 게 현명했다. 호미와 함께 우산을 받쳐든 준표가 담배를 가지러 차로 뛰어가는 동안, 호서의 손을 꼭 쥐고 우산을 받쳐든 시윤은 빨간 밴드를 둘러쳐 못 들어가게 해놓은 정원의 가장자리를 따라 해안으로 연결된 입구를 찾아갔다. 얼마 안 됨직한 거리지만, 비바람 때문에 금세 고생스러운 느낌이 들었다. 마침내 빨간 밴드와 밴드 사이, 문처럼 뚫려 있는 공간과 그리로부터 해안으로 이어지는 듯한 돌길이 나타났다. 문득, 절경에 대한 기대감으로 뿌듯해졌다. 호서를 잡은 손에 더욱 힘을 주며, 우리 잘 보자! 하고 한 발 내딛었을 때였다. 등뒤에서, 빠방! 클랙슨 울리는 소리가 났다.

누구십니까?

관람객인데요.

그리로 못 가십니다.

이리로 가라고 안내받았는데요?

어디서요? 다른 구경은 하셨습니까?

네.

그쪽은 건물 2층에서 내려가도록 돼 있습니다. 그리로 못 가십니다.

저희는 2층 먼저 보고 1층을 봐서, 안내하는 아가씨가 이리로 가보라 해서 온 건데요.

그런 순서가 아닌데요?

지프의 운전석 창 밖으로 얼굴을 내민 중년 사내와 울상을 짓는 아이의 손을 잡고 무채색조의 우산을 받쳐든 시윤 사이에, 시끄럽고 무성한 빗발이 폭포 소리처럼 가로놓여 있었다. 그 소음이 그들의 말을 삼켜, 점점 모호해진 의미들이 불쾌하게 부딪치기 시작했다. 소통이 이루어지지 않음으로써 점점 사나워지는 언성과 표정 때문에, 그들은 시나브로 처음부터 상대를 증오했던 것처럼 으르렁거리게 되었다.

도대체 입장권은 샀어요? 남자는 대갈일성을 쳤다.

샀어요! 시윤도 기차 화통을 삶아먹은 듯이 외쳤다.

아무튼 그리론 못 들어가요!

댁이 뭐 하는 사람인데요?

시윤은 홱 돌아서 넘칠 듯한 빗길을 차기 시작했다. 원 된통, 거지 발싸개 같으니라구. 눈이 휘둥그레진 호미가 남편의 우산 밑에서 딸랑딸랑 뛰어오고 있었다. 그녀는 우산을 팽개치고 두 팔을 번쩍 들어 X표를 지어 보였다. 그 순간, 호주머니 속에서 또다시 휴대폰이 부우, 하고 몸을 떨었다.

다가온 남편과 본 체 만 체 엇갈려버렸다.

그 난리가 있은 지 삼 개월 후 걸려온 언니의 전화는 불안할 정도로 차분했다. 지난해 사나흘의 첫추위가 왔다 간 11월이었다. 뜻밖에, 아니 그럴 수밖에 없는 선택이었겠지만 언니는 일을 하고 있었다. 그 일로 쫓겨올라간 산동네 아랫동네에서, 지하철로 한 정거장 떨어진 식당의 주방이었다. 시윤의 아물거리는 기억으론, 언니는 은행원이 되는 길이 막힌 후에 비로소 월급 타는 회사원 생활을 부러워했었다. 대학만이 똑똑한 사람의 진로라고 믿었던 언니는, 형편상 상업학교를 다니면서도 주산, 부기 자격증을 따는 대신, 한 학급밖에 안 되는 진학반에서 교육대학 수험 준비를 하고 있었다. 식당 아줌마라…… 〈게르니카〉 한 점에 형부에게 넘어온 언니에겐 어울리지 않는 변신이었다. 하지만 이제 언니는 이 세상에 그런 그림이 있는지조차 모르는 사람처럼 굵고 질겨져 있었다.

한 달에 육십만원. 너무 적지? 그래도 꼬박꼬박 들어오니 나는 괜찮아. 여덟시까지 나가니 아침엔 정신없지. 그래도 남은 밥이나 반찬 같은 거 싸오기도 하니까, 저녁은 차라리 더 편하기도 해. 그런데 시윤아, 난 이제 별로 겁 안 난다. 월급 타면 쌀부터 들여놓고, 반찬 같은 거야 파래김 같은 거 한 뭉치 사다 구워놓고, 김치나 있으면 되니까. 정 소증 나면 한 달에 한 번쯤 돼지고기나 뒤 근 사서 볶아먹고, 애들한텐 계란 부쳐주고.

형부는?

형부? 뭐, 들어왔지. 언니 목소리가 갑자기 뿌예졌다. 그것도 어제사 들어왔다야.

어제?

꼬박 삼 개월, 사무실 바닥에 스티로폼 깔고 새우잠을 청했던 형부를 불러들인 건 요 사나흘의 매서운 첫추위였다. 교대로 쉬는 일요일을 맞은 전날 아침, 몸이 무거워 비몽사몽하는데 전화가 왔더란다. 재규가 아빠야, 하고 속삭여주지 않았다면, 여보세요? 했는데도 한참 응답 없는 수화기를 그냥 던져버리고 말았을 게다. 응, 난데…… 하던 형부는 또 말문을 닫아버렸다. 이번엔 제대로 전화를 끊어주고 싶은 분이 올라왔으나 입이 마음을 앞질러, 어딘데? 라고 묻고 말았다. 어디긴, 사무실이지…… 더듬거리는 형부는, 기가 빠진 아들 같았다.

그러고도 한나절을 더 미적거리던 형부가 아랫동네 지하철역에서 전화를 걸어온 건, 얼추 저녁이 다 되어서였다. 밖은 금세 확 짙어질 박모가 잡혀 있었다. 따뜻한 낮에 뭐 하다가. 욕지거리가 났으나, 도무지 면목이 없어 한나절을 뭉그적거리다 미친 척 전철에 올라탄 남편 심사도 모를 것은 아니어서, 스웨터에 팔을 끼며 알루미늄 새시 문을 밀고 나왔다. 암청색 투명 막으로 갈아끼운 듯한 하늘에서 무언가 희끗희끗 흩날렸다.

지하철 3번 출구 밖 인도 첫 가로수 밑에서, 형부는 제자리걸음질을 하고 있었다. 홑겹 점퍼를 걸친 품이 추레하다 못해 역정이 났다. 구저분하게 자란 구레나룻, 궁기에 뜯어먹힌 얼굴 꼴이야 말할 것도 없고. 부부는 그새 못 쓰게 된 몰골들이 피차 기막혀서, 그렇게 마주 선 채로도 눈길 한 번 제대로 부딪치지 못했다. 하긴, 당신이 어떻게 사는가. 그런 헛소리 안 하고 산 지도 오래였다. 희끗희끗 내려앉는 세미한 눈의 분말에, 언니 앞머리도 하얗게 세어갔다. 언니는 두말 않고 돌아서 왔던 길을 되밟기 시작했다. 겨드랑이 사이에 누런 봉투를 낀 형부도 언니와는 여러 걸음 사이를 두고 터벅터벅 따라갔다. 급히 검어지는 겨울 저녁과 금세 매끄러워지는 눈길에 비탈을 오를수록 인적이 뜸해졌다. 큰 길섶을 쭉 따라올라 신진세탁소 오른쪽, 차라도 한 대 들어섰다간 꼭 낄 듯 좁아터진 골목으로 접어들었을 때였다. 어이쿠나! 뒤에서 둔탁하게 나동그라지는 소리가 났다. 흠칫 돌아선 언니의 눈은, 넘어간 형부보다 떨어뜨린 봉투에서 튀어나온 제도펜의 뜀뛰기를 따라 통통 튀고 있었다.

망할 인간, 뒈지려면 밖에서 뒈지지. 욕이 부글부글 올라왔지만 어떡하니? 애들 불러내서 택시 잡아 응급실로 옮겼지. 의사가, 별일 아닌 것 같다면서도 뇌사진은 찍어보자네? 혹시 혈전 때문에 그런지도 모른다고. 참, 빌어먹을 인간이지, 응? 모르지, 뭐 했는지! 삼 개월 사무실에 죽치고 있었으니 일이야 했겠지. 하아, 그래서 시

74

윤아……

　내내 애틋한 심정으로 귀를 기울였던 시윤은, 홀연 벽을 쳐다보았다. 아뿔싸, 〈게르니카〉. 진작 떼어낸다 했던 게 이때껏 거기 붙어 있었다.

　사진값이랑 병원비가 삼사십 돼. 어떡하니, 염치없지? 이 동네엔 아는 사람도 없고, 석관동 경순 언니하고는 전화 통화가 안 돼. 식당에 가불 신청했더니, 실은 지난달 초에도 이십만원을 먼저 땡겨 썼거든. 애들 학교에 낼 회비가 없는데 어떡하냐. 재영이는 아직 외투도 없이 벌벌 떨고 다녀. 아무튼 사장님이 딱, 안 된대. 시윤아, 먼저 돌려 쓴 것들도 못 가리는 주제에 정말 할말이 없지만, 어떡하니. 삼십만원만 도와주면, 요새는 내가 월급을 타잖아. 한 번에는 안 되더라도……

　그예 언니에게 삼백만원이나 오백만원이 아닌, 이십만원이나 삼십만원이 필요한 시점이 온 것이었다. 그것으로 제 마음바닥이 까뒤집힌 시윤에겐 그 상황이 마치 악마의 장난질만 같았다. 이십만원이나 삼십만원은 고사하고, 이만원이나 삼만원, 아니 땡전 한 닢 언니에겐 내어줄 수 없었다. 정말 그 정도의 돈마저 말라버려서가 아니라, 이미 그녀에겐 그 모든 문제가 하나의 원칙으로 수렴되어버렸기 때문이었다. 재난은, 그 첫번째 고리에 꿰이는 게 아니다.

　그래? ……알았다, 잘 있어라……

　언니의 마지막 말은 무수한 바늘처럼 날아와 온몸에 박혀들었다. 하지만 시윤은 언니의 새 전화번호를 적어두는 대신, 목욕탕으로 뛰어들어가 거센 물줄기에 정수리를 들이댔다. 타올로 몸을 싸고, 수건에서 빠져나온 머리카락에서 물이 뚝뚝 떨어지는 채로, 의자를 타고 올라섰다. 뭐 해? 그때도 컴퓨터 앞에 앉아 있던 준표가 마루로 나오면서 물었다. 그녀는 〈게르니카〉를 떼어내려고 액자 두 모서리를 꽉 거머쥐었다. 히힝, 그림 속, 말의 울부짖는 대가리가 그녀 이마를 들이받았다. 소름 돋은 두 팔이 후들후들 떨렸다.

도저히 떼어낼 수 없었다.

어느새 1100도로를 타고들자, 산록도로에선 뜸했던 차량들이 제법 질주 경쟁을 벌였다. 지도상엔 그지없이 단순한 노선들이 실제 도로에선 복잡한 지명으로 중첩되어, 길눈이 밝은 준표조차 헷갈리게 했다. 두 방향으로 나뉘는 갈림길에서 길을 잘못 들어버렸을 때였다. 도로공사로 막다른 길이 되어버린 길 끝 바리케이드 앞에서 차를 돌리려는데, 바지 호주머니 속에서 휴대폰이 부우, 하고 몸을 떨었다. 귀희 언니일 거라는 직감이 들었다. 그런데 불현듯, 그 전화를 받고 싶은 충동이 일었다. 그래 폭 좁은 바지 호주머니로 손을 집어넣으려고 앉은 채 허리를 쭉 펴올리는 참이었는데, 지도 좀 봐줘! 2박 3일 동안 한 차례도 방향을 잘못 잡지 않았던 준표가 창 밖으로 얼굴을 내밀고 유턴을 하면서 소리쳤다. 다급한 마음에 그녀는 무릎에 깔아둔 지도부터 펼쳐들었다. 그들 진행에 별 도움되는 짓거리도 아니었다. 하지만 그 와중에 전화를 놓쳤고, 백미러를 흘끔거리며 머뭇대던 준표는 이제 감이 잡힌다는 듯 제 속도를 내기 시작했다. 자, 다시 가보자, 애들아, 잘 봐, 가까운 시일 내에는 다시 오지 못할 곳이야. 백미러에 비친 아이들에게 외치는 준표의 음성은 활짝 개어 있었다.

야, 이게 뭐냐……

높은 고지 속으로 이슥히 들어섰을 무렵, 아스라하게 까무러치는 준표의 비명이 귀를 쳤다. 깜빡 존 것도 아닌데, 희끗희끗 날리다 점점 화려한 눈발로 변해 시시각각 설산으로 치닫는 바깥풍경에 넋을 홀딱 빼앗겼던 모양이었다. 온 사방에서, 마법사의 입김 같은 하얀 안개가 호호호, 웃어대면서 까불까불 밀려들고 있었다. 잠시 전까지만 해도 어깨를 스칠 듯 지나치곤 했던 차량들이, 그 마법사의 피리 속으로 빨려들어간 듯 한 대도 눈에 띄지 않았다.

어, 빌어먹을!

사방 유리창이 신부처럼 베일을 써버리자, 준표는 상향전조등까지 켜놓고도 앞으로 갈까, 뒤로 갈까, 갈피를 못 잡았다. 몇시야? 어머, 사십 분 남았어! 시윤도 자신의 대답에 불현듯 정신을 켰다. 아, 참 공항으로 가고 있었지. 다만 흰빛으로 소실되는 길의 양어깨에, 자작나무처럼 희어진 나무들만이 음산한 가장귀를 벌린 채 보랏빛 눈보라와 손을 잡고 있었다. 그 첩첩 가장귀들 너머로도, 아이들이 길을 잃는 독일 동화 속의 숲속처럼 어둡고 희끄무레한 적막이 이어질 뿐이리라. 그 앙큼한 적막이 지독히 춥고 아늑한 지옥으로 우리를 인도하겠지.

젠장, 안 되겠네. 이대로 가다간 무슨 꼴을 당할지 모르겠어.

그러나 와아, 눈이다, 어느새 샛별처럼 깨어난 아이들은 들뜨기 시작했다.

퍼얼펄 눈이 옵니다……

이 쌔끼들, 증말 정신없네. 야 이놈들아, 지금이 노래할 때냐?

아빠, 추워, 그것 좀 올려봐요.

얼얼하게 굳어가는 차 속에서, 금세 볼빛부터 퍼레지는 아이들이 히터를 세게 틀라고 호들갑을 떨었다.

얘들아, 그만!

히터 스위치를 향해, 앞좌석 사이의 공간으로 팔을 쑥, 쑥 뻗쳐오는 아이들을 시윤은 무섭게 흘겨보았다. 하지만 다음 순간 손뼉을 쳐 보이며 메리 포핀스처럼 어깨를 흔들었다.

그래, 우리 노래하자. 노래해. 침치무니, 침치무니, 침침.

그녀도 발이 시리기 시작했다. 시동도, 히터도 켜져 있지만 차는 바닥부터 싸늘하게 곱고 있었다. 눈보라가 무성해지면서 그들의 바퀴도 곧 헛돌기 시작하리라. 산장은 여기서 얼마쯤 될까. 파카 깃을 여미며 잊었던 라디오를 틀었다. 지직…… 담배를 피워문 준표가 이 센티쯤 내린 차창 밖으로 흰 연기를 뻐끔 내뿜는다. 참, 귀희 언니! 시윤은 새삼 소스라치며 호주머니 속에서 휴대폰을 끄집어냈다. 사각비누처럼 희고 반드레한 기계 속에, 언니의 또다른 메시지가 찍혀 있지 않을까. 따뜻한 언니의 메시지가 사무치게 그리웠다. 하지만 이런 산 속에서 교신할 수 있을까. 그녀는 두근거리는 마음으로 활시위 모양이 금박으로 박힌 휴대폰 폴더를 젖혔다.

화면은 절로 칠흑처럼 꺼져 있었다.

교대 진학이 좌절되고, 자격증이 없어 은행원이 될 수도 없음이 명백해졌던 날. 그날도 희끗희끗 눈발이 날린 것 같다. 이불을 덮어쓰고 실컷 울고 난 언니는, 경대에 비친 제 얼굴을 가만히 바라보았지. 그새 축 늘어져버린 눈망울을 불란서 인형처럼 깜빡거려보면서 언니는, 거울 안쪽에 비친, 벽에 등을 붙인 채 책을 들여다보는 시윤에게 말을 건넸다.

시윤아, 난, 이담에 시집가서, 이쁘게, 이쁘게 살 거다.

모든 게 죽은 듯 평화로웠다.

펑펑 흰 눈이 왔고, 시윤은 다만 착잡한 눈빛으로 아이들이 길을 잃는 독일 동화에 나오는 숲속 같은, 어둡고 희끄무레한 적막을 보고 있었다.

화니 라블레 식사권

누군가 일부러 물을 들여놓은 듯한 색색의 새들이 사진 속 어딘가에서 아

직도 울어대고 있었다. 활짝 벌린 그들의 입술에 보이지 않게 그려진 신혼

기의 쑥스러움이 행복의 증거처럼 남아 있었다. 그 웃음의 모양을 따라 입

술을 움직거려보는데 눈물이 흘렀다. 그녀는 더이상 소리낼 수 없을 때까

지 어깨를 들먹이며 울어버렸다.

5월 어느 날 밤. 다음날 혜원을 초대하려고 전화를 걸었던 석화는, 결국 막판에 〈노팅 힐〉 이야기를 꺼냈다.

둘의 통화에서 영화 얘기가 나오는 건 특별한 상황은 아니었다. 그렇지만 석화가 하필 〈노팅 힐〉을 들먹인 데는 숨은 의도가 깔려 있었다. 이를테면 그 영화는 시종일관 영국에서 벌어지는 사건을 담고 있었다.

영국, 혹은 잉글랜드.

어린 시절, 미국 일본 따위와 함께 거의 최초로 알게 됐던 이 외국의 이름이 그녀에게 새삼 특별해질 이유 따윈 없었다. '영국'이라 호명할 때 자연스레 떠오르는 것들조차, 호기심이라는 측면에선 오지인들의 기이한 식문화만큼도 관심을 끌 게 없었다. 셰익스피어와 차와 도자기, 살인사건이 나도 아름다운 영국식 정원이며 그런 정원을 소유한 주인 나리보다 더 품위 있어 보이는 집사들의 나라?

하지만 이태 전 혜원이 영국 유학을 결심하면서, 그때껏 석화가 알고 있던 평범한 나라 영국은 앨리스의 토끼 구멍 속으로 숨어버렸다. 혜원에 의해 한 꺼풀씩 벗겨지기 시작한 영국이란, 단지 구주 공동체에 소극적인 파운드화의 나라만은 아니었다. 유학생과 인터넷, 어학원을 통해 얻은 정보들이 과잉 축적되고 또 그것들이 혜원의 언어를 덮어쓰면서, 그곳은 어언 책마을 '헤이 온 와이'의 고성(古城)보다 멀고 신비로운 거리로 물러앉았다.

그런 영국에 대해 감히 먼저 입을 놀리려 들었던 건 전적으로 「조각보」 때문이었다. 솔직히 말하면, 그런 제목으로 쓴 석화의 첫 습작품을 들고 간 혜원이 한 달째 입도 뻥긋하지 않은 탓이었다. 조바심에 애가 탄 그녀는, 이날만큼은 영국 얘기로 시간을 끌어서라도 뭐라고 한마디 듣고 넘어가지 않으면 견딜 수 없는 심정이었다. 다음날의 초대 역시 어떻게든 읽은 소감을 들어내고 말겠다는 흑심의 산물이었다. 둘은 국문과 동기간일 뿐 아니라, 몇 년 전부턴 '바리'라는 문화클럽 영화분과에도 나란히 이름을 올린 평생 친구였다.

그 〈노팅 힐〉에 대해 석화는 세 가지쯤 짚을 작정이었다. 첫째는 '노팅 힐 거리'의 밝은 생기. 겨울과 추위를 타는 혜원에게, 캘리포니아를 방불케 할 정도로 쾌활하고 원색적인 노팅 힐 거리는 분명 고무적인 화제가 될 것이었다. 두번째는 남자 주인공이 경영하는 여행서적 전문서점. 책과 여행을 자신이 가장 좋아하는 두 가지로 꼽아온 혜원에게 이 이상 기분을 띄워줄 만한 게 있을까. 마지막으로, 남자 주인공의 친구로 나오는 히피 예술가에 대한 언급. 이 역시 이즈음 혜원의 관심이 닿아 있는 영국인 유형에 관한 흥미로운 예가 될 것이었다. 그러면서 살살 흥이 오른 틈을 타, 참, 근데, 너, 내 「조각보」는 어땠어? 라고 묻는단 말야.

그런데, "노팅 힐?" 혜원은 말 꺼내기 무섭게 역정부터 냈다.

"그 영화, 순 엉터리라던데! 노팅 힐이라는 데가 절대로 그렇지가 않잖아. 영국에 그렇게 줄창 내리쬘 햇빛이 어딨대?"

"하긴……"

유구무언이었다.

"영국이, 춥다지……"

다음에 이어진 말들도 숫제 호통에 가까웠다.

"그냥 춥다는 말만으론 부족하지. 그 뭐라나…… 뼛속에 스미는 한기와 습기. 그런 겨울엔 누구라도 우울증에 안 걸릴 수가 없다잖아!"

'그런 겨울'이란 말에 다시 한번 석화는 온몸을 움찔거렸다. 그래, 영국의 겨울. 그 겨울 얘기라면 제게도 써먹을 카드가 있었다. 작가이자 신학자인 C. S. 루이스의 삶을 담은 〈새도 랜드〉라는 영화에 영국인의 겨울나기를 보여주는 적절한 장면이 있었던 것이다. 하지만 그 순간, 머릿속에서 반짝했던 것이 플러그를 쏙 뽑은 것처럼 꺼져버렸다. 추위의 연상이 그녀 속의 무언가를 얼어붙게 했다.

"여하튼 내일 오는 거지?"

"물론이지!"

친구의 마지막 대꾸만은, 영화 속 노팅 힐 거리만큼이나 밝고 쾌활했다.

긴 전화에 에너지를 뺏긴 석화는 소파에 드러누웠다. 허브 오일을 떨구어놓은 천소파엔 아직 남편 냄새가 배어 있었다. 그의 수면이 불안정해지면서, 부부는 장난 삼아 '아로마테라피'란 걸 시도해보곤 했다. 푹, 깊이 잠들게 해준다는 라벤더 오일을 베갯잇에 한 방울씩 떨구는 것이었는데, 수면에 미치는 실제 효과는 알 수 없었지만 톡 쏘는 향기가 피로에 찌든 육신에 휴식을 준 것만은 사실이었다. 그들은 쾌락에 탐닉하는 형들은 아니었다. 하지만 아이들이 깊이 잠든 때나 불현듯 서로가 애틋해질 때면 도둑고양이들처럼 소파로 기어나왔다. 그때부터 특별한 장소가 된다는 의미에서 소파에도 페퍼민트 오일을 한 방울 떨어뜨리면, 전혀 다른 유전자의 인간으로 변한 듯 거침없고 대담해졌다. 하아, 사랑해, 사랑해.

휴우. 석화는 그 남편에게서 막 떨어져나온 듯 허탈하게 몸을 뒤집었다. 삶도 이처럼 간단하게 뒤집을 수 있는 것이라면. 하지만 그러기 전에 혜원의 이 질척거리는 영향력에서부터 벗어나고 볼 일이었다.

전화를 끊고 나자 다람쥐처럼 바스락거리던 아이들도 고요해졌다. 숙제에 집중케 되었다는 건 그만큼 밤도 깊었다는 뜻. 오누이가 엄마의 긴 전화를 못 견뎌하는 건 아빠를 빼닮은 습성이었다. 하긴 혜원과의 전화질은 워낙 악명 높았다.

이십대에 방송국에 들어갔던 혜원은 스크립터 명줄을 쥔 피디들과 좋은 관계를 유지하지 못했다. 물론 그녀에겐 치받는 성미도 있었고, 연이은 철야를 너끈히 감당할 만큼 몸이 튼튼치도 못했다. 하지만 모두 여덟 프로그램을 끝으로 더이상 아무 제안을 못 받을 만큼 재능이나 근성이 부족한 건 아니었다. 노력과 실력 이상의 그 무엇이 필요한 바닥이었다. 같은 무렵, 연년생을 낳은 석화는 꽉 막힌 환경에서 질식해가고 있었다. 그런 둘에게 사실 주기적인 통화만큼 경제적인 정신 치료도 없었지만, 이십 분이 넘어서면 남편의 낯이 굳기 시작했다. 그도 한때는 포용력 있고 재기도 남달랐던 남자였다. 하지만 세상살이의 더께가 그것들을 묻어버리고 무엇 때문이었는지 기억할 수조차 없는 일상의 앙금들이 쌓이면서, 그는 그저 한 사람의 평범한 남편으로 변해갔다. 아, 또 빈번히 과음을 했고, 외박도 했으며, 그런 다음날 전화 한 통 하는 배려조차 생략할 만큼 무심한 구석이 생기기도 했다. 그래도 그만하면 괜찮은 편, 제 소임은 다 하려고 최선을 다했던 남편이었다. 석화는 새삼 가슴이 저려와 벌떡 일어났다.

　그 남편은 여전히, 넝쿨 잎새 문양을 새겨넣은 주석 액자 속에서 호남형의 밝은 미소를 띠고 있었다. 석화는 협탁 위 전화기 뒤쪽의 은회색 액자로 손을 뻗었다. 신혼여행지였던 싱가포르에서 가져온 몇 점의 기념품 가운데 하나였다. 사진의 배경은 주롱 새 공원의 '싱버드 테라스'. 식사하는 사람들 주위로 온갖 새들이 날아와 지저귀는 그림 같은 테라스였지만, 패키지 여행이 아니었다면 비껴갈 뻔했던 명소였다. "야, 한번 와보길 잘 했네!" 스스럼없이 서툰 여행자 티를 냈던 남편은 어린애처럼 탄성을 질렀다. 강하게 솟구친 눈썹과 약간은 날카로워 보이는 눈매. 동양인치곤 우뚝하게 솟은 콧대까지, 남편의 이목구비는 썩 균형 잡힌 편이었다. 그에 비해 가느스름하게 곡선 진 입술은 어딘지 여인네나 미소년의 그것을 연상시킨다. 그 입술의 섬세한 선을 눈으로 따라잡자니 불현듯 일 주일 전, 유품을 완전히 치워낸 줄 알았던 서랍장 속에서 남편의 하얀 티셔츠 한 장이 불쑥 튀어나왔을 때처럼 슬픔이 차올랐다.

　티셔츠 목덜미의 라벨에는 파란 수실로 'wizard soft'라는 글자가 바느질되어 있었다. 언뜻 불가능한 결합처럼 보이는 단어였지만, 그 순간 석화에겐 wizard도, soft도 남편에게 어울리는 단어라는 생각이 들었다. 생전엔 해보지 못한 생각이었다. 하지만 남편이라는 타인이 제 인생 속에 섞여든 자체가 'wizard'였다는 뒤늦은 깨달음이 온 순간, 그것은 구근처럼 단단히 여물어버렸다. 게다가 그와 결혼하기 전, 혼자 뿌리내리고자 좌충우돌했던 미혼 시절의 삶이 딱딱한 것이었다면, 남편과 함께 꾸린 십일 년간이란 어쨌든 부드러운 것이었다. 제아무리 그녀가 간헐적 우울증에 시달리는 올 데이 롱의 연년생 엄마, 무보수로 십 년을 봉직한 전업주부였건 뭐였건 그 십여 년의 본질이 일종의 무임승차 기간이었다는 사실은 변경될 수 없을 듯했다. 그렇다면 라벨에 박힌 'wizard soft' 라는 파란 기호 는 자신의 삶이 어언 다시 딱딱한 국면으로 접어들었다는 역설적인 사인이기도 한 것인가? 그녀 인생에서 wizard, 즉 남성명사로서의 '마법사' 는 사라진 것이었다. 「조각보」는 그 부재의 자리에 처음 뿌 려본 마법의 씨앗이었다.

그런가 하면 혜원은 이 년 전에 영국 유학을 결심했다. 그것 역시 서른다섯의 미혼 여자가 제 생에 마지막으로 걸 수 있었던 일종의 마법이었다. 그 무렵 방송과 다시 엮이려고 갖은 애를 써온 혜원에 게, 다시는 방송의 '방' 자 쪽으로 고개조차 돌리고 싶지 않게 한 사 건이 터진 것이다. 방송사 시절 돈독했던 피디 지망 친구와 방송국 외주 프로그램 한 편을 맡게 됐던 것이, 중간에 선 피디 출신 매니 저의 이해할 수 없는 농간으로, 두 달간 실컷 품만 팔고 돈도 프로 그램도 날리는 사기를 당해버렸다. 그리하여 유학으로 급선회하게 된 혜원의 궤도 수정 계획을 듣게 됐을 때, 석화에겐 생급스럽다는 느낌 따윈 들지 않았다. 사실 혜원에겐 공부야말로 적격이었다. 그 친구가 갖고 있는 이것저것 잘하는 재능 중에, 석화가 지켜보아온 바로는, 공부 잘하고 시험 잘 치르는 재능처럼 안정된 것도 없었다. 세상 어디 내놔도 학교 다니는 것이라면 문제없을 인간, 그게 혜원 이었다.

문제는 석화 자신. 그 친구야 늦게나마 제 가닥을 추스른 셈 칠 수 있어도, 제 임의로 뿌린 씨가 세상밭에 뿌리를 내려줄진 참으로 미 지수였다. 석화가 자신에 관한 한 아무것도 믿을 수 없게 된 건 그렇지 않은 게 오히려 이상한 일이었다. 막연히 남아 있다고 믿고 싶어했던 일말의 가능성? 열정? 그걸 밑천이라 믿고 설치기엔 서른일곱의 과부란 너무도 무겁고 구차한 주제였다. 그걸 알기에, 무뎌진 손끝으로 자판을 치면서도 엉킨 실타래 같은 고심에서 좀체 벗어날 수 없었던 것이다. 일 년만이라도 모든 걸 접고 혜원처럼 영어에 매달려볼까? 부동산 중개사 자격증? 하늘에서 달도 따올 것 같은 암웨이? 구랍에 남편을 보내고 유령처럼 떠돈 1월을 지나, 2월부터 4월까지 「조각보」란 남루한 조각천을 잇대어 누비면서 그녀는 하루도 빠짐없이 구질구질 눈물을 짰다. 늘 남편만 아니면, 가정이 날 휘감지만 않는다면 쭉쭉 뚫릴 듯했던 미래가 바짝바짝 약 올리듯 발뺌해버리는 데야 환장할 노릇이었다. 그 와중에 뭔가 끼적인 습작품이라는 건 저도 남편 없이 살 수 있음을 스스로 증명하고픈 꾸물거림의 흔적일 뿐. 마지막 마침표를 찍는 순간까지 그놈의 것이 남편과 함께 사라진 'wizard'의 새로운 서곡이 돼주리란 믿음은 들지 않았다. 그래서 더더욱, 제 평생의 친구에게 힘과 용기를 얻고 싶었다. 그것도 공중파 드라마 공모 마감인 6월이 닥치기 전에.

'얘, 됐어, 이건 매직이야!'

그런데 한 달이 지나도록 그걸 본 내색은커녕, 오로지 그놈의 영국 타령으로 사람 진 다 빼놓는 것이었다.

석화야, 영국에 가면 '헤이 온 와이'라는 작은 시골 마을이 있대. 리처드 부스라는 사람이 그곳에 있는 낡은 성 한 채를 사서 책방을 열고는, 온 세상을 돌며 중요한 헌책이란 헌책은 다 사모았다는 거야. 책 좋아하는 사람들 사이에 거기 가면 원하는 책을 얻을 수 있다는 소문이 퍼지면서, 점차 세계적인 명소로 자리잡았대. 그러자 다른 사람들도 그 고성 주위에 하나둘 헌책방을 차리기 시작했고, 이젠 마을 전체가 책마을이 돼버렸대. 상상해봐. 조그만 시골 마을에 온 세상에서 책을 사랑하는 사람들이 모여오는 광경. 너무 가보고 싶지 않니?

다음날 아침, 이른 장을 봐서 아파트 현관에 들어서던 석화는 우편함에 갈색 사각봉투가 꽂혀 있는 것을 보았다. 우체부가 다녀갔을 시간은 아니었는데, 아마 전날 오후 늦게 꽂혔던 걸 못 보고 지나친 모양이었다. 발신지는 문화클럽 '바리'. 두 달에 한 번 날아오는 그 봉투 속엔 대개 바리 회원들을 위한 소식지며, 시사회 초대권, 공연 할인 티켓 따위가 들어 있었다. 육 개월이나 일 년에 한 번은 밀린 월회비를 청구하는 온라인 지로용지가 튀어나오기도 했는데, 어쨌거나 그건 지난 오 년간 그녀를 의미 있는 외부와 연결시켜주던 유일한 끈이었다. 함께 영화 보고 토론한 결과를 글로 쓰거나 작은 영화제 따월 기획하는 게 고작이었으나, 일상에 익사될 지경이었던 그녀에겐 긴장감과 꿈의 부력을 받쳐주는 일종의 구명튜브였다. 한데 남편을 보내는 북새통에 그녀는 두 번씩이나 봉투조차 뜯지 않고 폐지뭉치 속에 섞어버렸고, 또 그럴 수 있는 자신에게 소스라치기도 했다. 모든 게 한순간에, 그처럼 한 줌도 안 되는 것으로 버려질 수도 있었던 것이다. 그날이라고 새삼 '바리'에 유심해질 까닭이 없어, 역시 봉투조차 뜯지 않고 책상 한구석에 슬렁 던져두었다.

정오에 오기로 한 혜원은 한 시간 반이나 늦게 나타났다. 그 바람에 손질해놓은 야채들이 죄 시들어버린 건 그렇다 쳐도 아무리 먼 곳, 무리한 시간이라도 딱딱 맞춰내던 친구의 정확성이 무너졌다는 건 무언가 심란한 변화였다. 거의 한 달 만에 보는 혜원의 몰골은 여지없이 초췌했다. 오직 제 발보다 한 치수쯤 커 보이는 캐주얼 구두만이 거들먹거리듯 번쩍거렸다. 짙은 밤색에 검자줏빛 광택이 떠도는 혜원의 새 구두는 제법 값나가 보였다. 혜원은 늘 긴 여행에 대비하는 사람처럼, 구두와 양말, 큼직한 숄더백 따위를 좋은 것으로 갖춰왔다. 하지만 그런 것들이 정작 떠남을 가로막았던 게 아닐까. 석화는 세면대로 직행하는 친구의 뒷모습을 우두커니 바라보았다.

그녀는 자꾸 움츠러들려는 마음을 돋우려는 듯, 멸치 국물을 내던 불꽃 심지를 살짝 끌어올렸다. 수돗물도 부러 콸콸 틀었다. 차갑게 보관된 오렌지주스를 꿀럭꿀럭 따를 땐, 괴로울 지경으로 심장이 거칠게 뛰었다. 오늘은 무슨 일이 있어도 그놈의 영국 타령으로 시간을 탕진하진 않으리라. 실온과의 온도차로 금세 구슬 같은 물방울이 맺혀 흐르는 주스잔을 내려놓으며, 그녀는 재삼 다짐을 했다. 하지만 그토록 신경이 곤두선 마당에, 하필 혜원의 눈과 빤히 마주치면서 공교롭게 되고 말았다. 어쩌다 그런 망발을 해버렸는지, "너, 오월에 아이엘츠 볼 거라고 했었지?" 정작 혜원은 아무 말도 않는데, 제가 먼저 방정을 떨어버린 것이었다. 친구의 얼굴은 당장 흉하게 일그러졌다.

영국을 향한 짝사랑이 거의 장밋빛 몽상 수준이었던 초기에도, 혜원은 유학 절차나 일정에 관한 질문이라면 일관되게 신경질적인 반응을 보여왔다. 유학 말 나온 지 얼추 이 년이 다 되도록, 학교조차 딱 부러지게 정하지 못한 저의 흐리멍덩함이 스스로도 객쩍었던 탓일 터였다. 입학 허가를 받고 나가겠다는 옹골진 계획을 세웠던 것도 초기의 일일 뿐, 이즈음엔 영어 실력이 일정한 궤도에 오르기 전까진 입학은 고사하고 출국 자체가 무의미하다는 결론을 나름대로 내린 후, 누가 뭐라고 해도 생각을 고쳐먹지 않았다. 그러다보니 어느 정도 영어 공부를 한 사람이면 연습 삼아서라도 응시해보는 '아이엘츠(영국권 영어능력시험)'조차 혜원에겐 벽이 되기 시작했다. 다음 차, 내년, 가을 하는 식으로 내내 미루다가 이 년을 탕진하자, 올 초엔 무슨 일이 있어도 3, 4, 5월 중 시험을 봐서 가을엔 꼭 떠나도록 하겠다는 묵은 계획을 새롭게 했던 것이다. 아무리 그렇다 한들 아이엘츠를 먼저 들먹인 건 정신나간 짓거리였다.

"나, 이제 오렌지주스 못 마셔!"

혜원은 뒤틀린 속을 풀어내듯 오렌지주스를 걸고 넘어졌다. 핑계인즉슨, 하도 몸이 안 좋아 '8체질 진단법'으로 풀어주는 한의원에 갔더니 그 동안 즐겨 먹어온 닭고기, 우동, 튀김, 빵, 피넛버터, 사과, 오렌지주스 따위가 모두 금지식품으로 분류되더라는 것이었다. 보통은 다 몸에 좋다고들 하는 과일 중에서도 제가 먹어도 되는 건 딸기 배 감 포도 정도인데, 그것도 포도는 머루포도여야만 된다고 했다. 그런 말들로 슬그머니 아이엘츠를 건너뛰면서, 본격적으로 8체질 진단법 강론을 펼쳐볼 태세였다. 그렇게 불편하게 되었다니 퍽 안된 노릇이긴 했지만, 석화에겐 그런 응석받이를 받아줄 여유 따윈 없었다.

전장에 나서지 않고도 현재 생활을 유지할 수 있는 한계시점은 길어야 일 년? 벽제에 갔다 왔던 밤. 그 막막함을 시름시름 털어놓았을 때, 일 년이 어디니, 애……, 사랑과 진정을 담아 다시 떠오를 부력을 불어넣어주던 혜원이 아니었던가. 그 정도 여유조차 없는 것엔 비할 수가 없잖아. 석화야, 글을 써. 그것도 돈 되는 방송 드라마. 안 그래도 너, 시나리오 쓰려고 했었잖아……

그 혜원은 어디로 갔지? 석화는 펄펄 끓는 국물 위로 파 한 줌 뿌려넣으며 가스레인지를 껐다. 몇 달째 살림을 놓았던 석화에게 점심에 버섯전골이란 호사스런 메뉴였다.

석화가 주방에서 서성이는 내내 신문에만 코를 쑤셔박고 있던 혜원은, 다가오는 음식 냄새를 맡으면서 불현듯이 기운을 켰다. 그 뻔뻔함도 허물없는 탓이라 여기며 석화는 잠자코 음식을 덜어주었다. 설설 피던 흰 김이 거의 사그라질 무렵까지 둘은 아무 말 없이 먹기만 했다. 물론 그새도 속은 바짝바짝 졸아붙었다. 행여나 뭐라고 말해주나, 먼저 물어볼까? 호시탐탐 기회를 노리건만, 혜원은 오로지 먹기에만 신명을 바쳤다. 삼분의 일도 채 못 먹은 석화는 그예 젓가락을 놓고, 젖 파먹듯 몰두된 혜원의 식탐을 가만히 노려보았다. 이러다 얼렁뚱땅 오누이가 학교에서 돌아올 세시가 되고 말리라. 정말이지 더는 소태같은 음식만 씹으며 머뭇거릴 계제가 아니었다. 마침내 "저" 하고 운을 뗐을 참에, 무슨 신통력이나 있는 것처럼 혜원도 "있잖아" 하고 말머리를 부딪치고 나왔다.

무슨 얘기든, 꺼내는 순간의 친구 눈빛은 신실했다. 그 순수한 표정에 맞닥뜨리자 석화는 또 무슨 지병의 발병처럼, 그만하면 제 입으로 먼저 꺼내도 좋을 말을 황황히 거둬들였다. 그 저간엔 드디어 혜원도 「조각보」 얘기를 꺼내려던 참이었는지 모른다는 섣부른 기대가 깔려 있었다. 그녀는 짐짓 양보심이 많은 척, 국물을 들이켜던 그릇 전에 입술을 붙인 채로 고개를 끄떡여 보였다.

하지만 이번에도 혜원의 입에서 터져나온 말이란 "있잖아, 외국인이 영어를 배울 때"라는 것이었다.

석화의 손에 들린 그릇이 미끈 떨어질 뻔했다. 그와 함께, 그날 아침의 모든 설렘, 이른 장을 봐오고, 혼자 「조각보」 원고를 소리내어 읽어보기도 했던 모든 짓거리들이 발로 차넘기고 싶을 만치 우스꽝스럽고, 벌떼가 일시에 붕 날아오른 듯 머릿속이 윙윙거렸다. 그 다음부턴 외국인, 영어, 하는 단어들이 튀어나올 때마다 벌침에 쏘인 듯 끔쩍끔쩍 소스라치기만 했다.

"외국인이 영어를 배울 때 말야. 처음엔 막 느는 것 같다가 어느 시점에 가면 요지부동으로 정체가 돼버린다?"

"뭐?"

넋이 나간 석화에겐 그 말이 묘하게 마치 제 자신의 정체상태를 꼬집는 암시처럼 들려왔다.

"특히 우리나라 사람들 말야. 우리나라 사람들이 열심히 공부하면 그런대로 느는 부분은 듣기야. 그런데 듣기가 웬만큼 되는 사람도 말하기로 가면 버벅거리게 되는데, 거기서 또 작문으로 가면 그나마도 와르르 무너진다는 거야."

"와, 와르르?"

그 무너짐이란 또 여지없이 「조각보」의 무너짐에 대한 은유로 들렸다.

"하지만 내 경우는 말이야,"

제 고충으로 들어가니 혜원도 애가 타는지 바지런히 놀리던 젓가락을 일순 그러쥐고만 있었다. 요컨대 제 경우는 차라리 작문 쪽은 희망을 가질 만한데, 말하기로 가면 사뭇 절망적이라는 한탄이었다. 제 생각의 수준과 말로 내뱉을 수 있는 영어의 수준과의 차이가 너무도 현격한 나머지, 그 갭이 말하고픈 욕망 자체를 삼킬 지경이라는 것이었다. 그거야 누구나 겪는 고비가 아닌가? 석화는 대뜸 이런 의문이 들었으나, 그 초보적인 반문이 또 어떤 고단수의 반론을 유도해낼지 몰라 국으로 고개만 주억거렸다.

"어떤 주제에 관해 얘기하는데, 우리말로 삼십 분 이상 할 수 있는 얘기를 영어로는 일 분도 계속할 수 없다고 쳐봐. 말문이 꽉 막히지 않겠니?"

"그럼 그냥 그 일 분 영어를 하면 되지."

"그게 막상 하려면 삼십 분의 우리말에 가로막힌다니까?"

이런 식으로 묵묵부답하려 해도 무슨 반응이든 반드시 끌어내고야 마는 혜원의 교묘한 화술에 걸려 뭐라도 대꾸를 하게 되고, 그러면 또 그것의 꼬리를 물고 또다시 한 토막의 긴 에피소드 아니 한 편의 밀도 짙은 경험담이 이어지는 것이었다. 와중에도 혜원의 공기들은 깨끗이 비워져 있었다. 그런 친구에게 또 한가득 밥과 국을 퍼담아줘야 했을 때, 석화는 그야말로 덧정이 딱 떨어지는 기분이었다.

"차라리 시험을 자꾸 봐라. 어차피 훈련인데, 그러면 요령이 생기지 않겠니?"

"전형료가 십사만원이나 되는데, 어떻게 자꾸 봐?"

"거참, 웃기는 시험이구먼!"

"그치? 웃겨, 그거 말 되지?"

하지만 석화 제깐엔 엇나가느라 내뱉은 소리에 혜원은 도리어 반색을 했다.

"사실, 석화야, 난, 갈수록 이 시험이 마음에 안 들어. 처음엔 사지선다형이 아니라는 이유만으로 토플하고는 차원이 다른 시험이라고 생각했는데, 알고 보니 이게 보통 불합리한 시험이 아냐. 그래, 차라리 토플이 나아!"

차제에 아이엘츠 시험 자체를 분석해서 들려주는 것이었다.

"리스닝, 리딩, 라이팅, 스피킹 네 영역이 있잖아? 원래는 그중에서 리딩이나 라이팅 영역만큼은 응시자 개인 전공에 따라 이공계, 생물학, 인문사회, 일반, 넷 중에서 하나를 택할 수 있게 돼 있었어.

그럼 우리 같은 사람들은 자동으로 인문사회를 택하면 되지. 그런데 하필 요즘 들어 이 규정이 바뀌면서, 언제 어느 시험에서 이공계나 생물학 문제가 출제될지 모르게 된 거야. 생각을 해봐. 문학 쪽 주제가 나왔을 때하고 핵융합 실험이나 인간복제, 게놈 프로젝트에 대한 주제가 나왔을 때 나 같은 인간이 어떻게 대처를 하게 되겠나? 그 후자로 특히 라이팅을 하라고 해봐. 그것도 두 문제 주어지는데, 첫째 것은 백오십 자 이상, 둘째 것은 이백오십 자 이상, 둘 합쳐 육십 분 내에 써내야 된단 말야. 너 같으면 할 수 있겠니?"

시간이 흘렀다.

"석화야, 석화야?"

석화의 초점은 어딘지 모를 곳으로 떠내려가버렸다. 어쩌면 지난 한 달을 거쳐 여기에 이른 모든 정황이, 「조각보」가 뭐라 말할 수조차 없을 만큼 형편없다는 데 대한 반증이 아닐까. 하지만 그런 미혹이 들수록 자신을 이토록 누추하게 만드는 혜원이 밉고 야속했다. 아무튼 혜원도 뭔가에 씐 게 틀림없었다. 그렇지 않고서야 어찌 부걱거리는 석화의 표정을 본 체 만 체, 그뒤로도 아이엘츠 시험의 불합리함을 까발리기 위한 에피소드를 세 건이나 더 이어붙일 수 있었겠는가. 그것은 그야말로 인내심의 한계를 시험하는 노릇이었는데, 아이로니컬하게도 마지막 에피소드를 마칠 때쯤 혜원에게도 뭔가 끝장이 나는 듯한 조짐이 보이기 시작했다.

얼굴이 설핏설핏 검어지는가 싶더니, 마치 아코디언 주름이 펼쳐졌다 모였다 하듯 제 혈색과 죽은 혈색이 교대로 넘나드는 것이었다. 그러더니 점차 몸을 가누기조차 힘든 듯 입술을 혜 벌리면서, 손바닥으로 가슴 아래를 지그시 눌렀다. 당황한 석화가 소화제를 내밀었으나 고개만 저었다.

"난…… 이럴 때 그런 거 먹으면, 더, 큰일나……"

석화는 부리나케 냉장고를 열어젖혔다. 쓸 만한 게 있을 리 만무했는데, 언뜻 사각찬합들 뒤편으로 여동생이 놓고 간 생매실 절임 병이 눈에 띄었다. 더이상 어떤 식의 고통도 늘리고 싶지 않았던 그녀는 숨을 크게 삼키며 그걸 끄집어냈다.

"이거 한 알 먹어볼래?"

꺼멓게 굳어가던 혜원이 실눈을 떴다. 시큼한 연둣빛 열매가 무엇으로 절여졌는진 석화도 알지 못했다. 소화에 좋다던 여동생의 말이 남아 있을 뿐, 몇 달에 걸친 북새통 속에 있는지 없는지조차 잊고 지냈던 물건이었다.

"매실?"

혜원은 순간 솔깃해했다. 하지만 곧 그런 것을 한 번도 먹어본 적이 없으니 어떨지 모르겠다고 또 고개를 저었다. 두 번 권할 열의까진 없었으므로 그냥 돌아서려는데, "잠깐만" 하고 혜원이 멈춰 세웠다.

"그 즙만 한번 마셔보면 어떨까?"

석화는 문득, 그 병 속에 노란 개구리나 초록색 뱀이라도 들어 있는 듯 스멀스멀해졌다.

뻥!

꼭 닫은 철제 뚜껑이 탄력 있게 따졌다. 오랜 동면에서 깨어난 매실즙은 코를 쏘게 향기가 짙고 기름졌다. 석화는 유리잔 두 개에다 반쯤씩 따라 부었다. 묘약을 건네받듯 받아쥐는 혜원의 손이 벌벌 떨렸다. 두 손으로 잔을 꼭 싸쥔 채 한 번, 두 번, 세 번에 나누어 꿀꺽 삼키는 모습이, 보기만 해도 아슬아슬하여 석화는 질끈 눈을 감았다.

"어떠니?"

그녀는 눈을 똥그랗게 뜨고 친구를 살폈다. 그렇다고 실험 결과를 보듯 빤히 보고만 있을 순 없었으므로, 저도 한 모금 꿀꺽 들이켜보았다. 아뿔싸, 그건 즙이 아니라 불씨였다. 식도를 타고 꿀렁 내려가는 느낌이 마치 도화선에 불이 붙어나가듯 지글지글 타내려가더니, 펑 하고 폭발이 일어났다. 전파처럼 퍼지는 작열감과 정수리의 지끈거리는 충격, 잇달아 손가락 끝마디들부터 퉁퉁하게 부풀기 시작했다.

"이, 이게 뭐지?"

혜원은 이미 결딴이 나서 학학대고 있었다.

"매, 매실즙이지."

석화는, 그냥 매실즙이 아니라 적어도 삼사십 도에 육박하는 독주가 돼버렸음을 알아챘음에도 시치미를 뚝 뗐다. 이리 된 상황에서, 술이라곤 한 모금도 못 하는 혜원이 그게 술이었다는 걸 알게 된 다음까지 감당할 엄두는 안 났다.

"너, 넌, 괜찮아?"

"응, 어때서?"

"시, 심장에 불똥이 떨어지면서 장작불이 온몸에 확 지펴지는 것 같은 느낌, 안 들어? 식은땀이 나고, 소, 손이 부들부들 떨려. 넌, 안 그래?"

"오, 그래?"

석화는 매실병을 쳐들고 새삼 이리저리 기울여보는 척했다.

"좀 오래 두었더니, 그새 발효가 되었나?"

"그, 그래, 발효가 되었나보다……"

소파에 뻗어버린 혜원을 석화는 꽤 오랫동안 보고 있었다. 곧 세

96

시. 아이들이 뛰어들 시간이었다. 널브러진 혜원의 몸 밖으로, 자꾸만 남편이 부스스 일어났다.

　그 일이 있은 지 딱 열흘 만이었다. '화니 라블레' 화장실에서 손을 씻던 석화의 등을 우울의 손가락이 툭 치고 지나갔다. 샤워라도 하고 나올 수 있었더라면…… 에메랄드빛 등갓 밑으로 떨어지는 불빛을 받아 한결 생기 있게 보였을지도 몰랐다. 하지만 때 놓친 점심 한술 뜨고 나올 겨를 없이, 혜원의 호출은 숨이 가빴다. 그녀에게 꼭 먹일 것과 꼭 할 얘기가 있다는 두 가지 용건이었다.
　"다섯시에 화니 라블레!"
　그건 외출 준비에 할애할 시간이 이십 분도 안 된다는 뜻이었다. 하지만 '꼭 할 얘기'라니. 그 미끼가 바람난 처녀처럼 석화를 달뜨게 했다. 신데렐라가 행복을 잡았던 진짜 이유는 왕궁 파티도, 왕자도, 유리구두 자체도 아니었다. 어디까지나 '열두시까지 꼭 돌아오라'는 요정 할머니와의 약속을 지켰기 때문이었다.
　도톰한 휴지를 뽑아 손등의 물기를 톡톡 찍어내며 석화는 쓸쓸하게 웃었다. 혜원이 추천하는 장소들의 공통점은 화장실이 깨끗하다는 거였다. 화니 라블레의 화장실 역시, 벽과 문의 색조, 액자와 속에 끼워진 점묘화, 선반에 장식된 드라이플라워와 거기 뿌려진 향수까지 산뜻한 드레스룸을 연상시켰다. 그런가 하면 화장실 밖의 좁은 복도를 지나서 시작되는 주공간은 온종일 일정한 밝기로 유지되는 아늑한 공간이었다. 카펫이 깔리지 않은 바닥재는 소리와 충격을 부드럽게 빨아들였고, 장식용 금속에서 우러나는 청동빛도 은은했다. 고즈넉한 실내악 흐름 속에 바이올린 선율이 이따금 도드라졌는데, 적당히 시끌거리는 사람들 소음과 반죽처럼 어우러졌다.

거기, 떠도는 구수한 고깃내와 풍부한 소스 향취들.

그 냄새를 맡자니, 새삼 속이 시큼해지도록 시장기가 돌았다. 오랜만에 그런 장소에 초대해준 혜원의 배려에 가슴이 뭉클하기도 했다. 언젠가 남편이 쿼터 사이즈의 아이스크림 통을 들고 귀가했던 날처럼. 며칠 깎지 않아 텁수룩해진 구레나룻에 대고 그녀는 킁킁 냄새를 맡아보았다. 이 남자가 취했나? 그녀 생각에 사랑은 후각에서 오는 것이기도 했다. 남편에게선 술냄새가 나지 않았다. 목뒤로 팔을 둘러 안는 순간 훅 끼치는 체취가, 당장이라도 단둘이 외딴 섬으로 날아가고 싶은 격정을 불러일으켰다. 하지만 그들은 그래보지 못했다. 호스피스 병동의 싸늘한 시트 밖으로 나온 남편의 야윈 손을 맞잡았을 때, 또 한 번 그 외딴섬 생각이 났다. 남편이 너무 고와 충격을 받았다. 일곱 차례 뇌수술을 받아낸 사람의 얼굴이 씻긴 것처럼 말갰었다.

"오리지널 베이비 백 립 하나하구요!"

혜원은 풀빛 유니폼을 입은 아가씨에게 음식을 주문하고 있었다.

"여기선 립 요리를 먹어야 한대."

불현듯 남편 생각에 눈시울을 찍는 석화에게 그것부터 얼른 일러주었다. 그런데, 눈물도 마르고 나니 뭔가 김이 빠졌다.

"사이드 디시론 뭘 시킬까? 통감자, 감자튀김, 볶음밥……"

곁요리를 고르느라 호사스레 꾸며진 메뉴로 고개를 박은 친구를 굽어보는데, 문득 뭔가 잘못돼가는 듯한 불안감이 피어올랐다. 이게 뭐지? 어떻게 받아들여야 할진 몰라도, 혜원이 오리지널 베이비 백 립을 '하나'만 시켰다는 건 어딘지 정상적인 일이 아니었다. 하지만 화니 라블레에서의 전반적인 결정권은 애초부터 친구 손에 쥐어져 있는 것이어서, 석화는 사이드 디시라도 지키겠다는 다급한 마음에 쫓기는 목소리로 "보, 볶음밥!"이라고 내질렀다. 혜원과 아가씨가 어안이 벙벙한 표정을 교환하는 것도, 제 얼굴이 살짝 빨개진 것도 그 순간은 개의치 않았다.

"그럼, 음료수는?"

그런 그녀를 혜원은 빤히 보았다. 석화는 그냥 시원한 물을 많이 달라고 했다. 그녀의 두 눈은 혼란의 빛으로 가득 차 있었다. 긴가, 민가. 하지만 결국 주문은 그걸로 끝났다. 대신 돌아서는 아가씨를 멈춰 세우더니, 혜원은 꼭 공연 티켓처럼 생긴 식사권 한 장을 내밀었다.

"이 티켓 쓸 수 있죠?"

"오늘 날짜입니까, 손님?"

티켓을 받아든 아가씨는 한 걸음 더 다가서며 기재된 내용들을 꼼꼼하게 살폈다.

"네, 쓸 수 있습니다, 손님."

그녀가 "그럼, 손님" 하고 오가는 사람들 사이로 묻혀들 때, 석화는 그 티켓이 어디서 났느냐고 물어보지 않을 수 없었다.

"음, 그냥, 났어."

혜원은 무슨 말 못 할 사정이 있는지 얼버무렸다. 하긴 뱃속에서 쪼르륵거리는 소리만 빼면 뭐든 대수로울 건 없었다. 더구나 자신이 화니 라블레에 온 목적이란 어디까지나 '꼭 먹일 것' 보다는 '꼭 할 얘기' 쪽이 아니었는가. 때가 무르익어 「조각보」에 대한 소감을 듣게 생긴 건, 혜원의 저 신실해 보이는 눈빛만으로도 이제는 확신할 수 있었다.

그래서 그래 보이는 건지, 혜원의 얼굴은 전날엔 비할 수도 없을 만치 영롱하고 생기 있었다. 몽상가 특유의 수수께끼 같은 표정은 어쩔 수 없었지만, 그것조차 이날은 '신비로운 소녀'의 매력쯤으로 다가왔다. 그녀도 웃고 혜원도 웃었다. 사실 웃는 법조차 잊을 지경이었던 석화에겐 그런 웃음이라도 가끔씩 지어보는 건 꼭 필요한 일이었다. 방그레 웃던 혜원은 냅킨을 만지작거리면서 입술을 달싹달싹 움직였다. 석화는 시라도 한 수 흘러나올 듯한 혜원의 입술에 비상하게 집중했다.

"어제 서점에 갔다가 굉장히 재밌는 책을 봤지 뭐야."

드라큘라에 빨린 것처럼 핏기가 싹 가셨다. 또 책으로 시작되는 그 서두는 무한히 불길한 것이었다.

"제목에 영국 유학이란 말이 들어 있기에 나도 모르게 집어들었는데…… 와, 어찌나 실감이 나게 썼던지, 선 채 그 자리에서 끝까지 읽어버렸다는 거 아냐. 저자가 팔 년 동안 유학을 했던 사람이어서 그런지, 영국을 아주, 꿰뚫어버렸어."

그녀 속, 벌겋게 달아 있던 열선(熱線)이 흰 연기를 내면서 치이익 사위었다.

"난 이 여자를 통해 영국 유학이란 게 어떤 건지 비로소 확실히 알게 됐어."

"비로소?"

"한마디로 돈과 영어더라."

"돈과 영어?"

"그래 돈과 영어. 결국 이게 핵심이었던 거야."

요컨대 돈이라는 문제와 영어라는 문제가 해결되지 않으면 어느 누구도 영국 유학 생활에서 성공할 수가 없는데, 또 한편 부잣집 자제나 이미 영어에 능통한 경우가 아닌 한 어느 누구도 이 두 가지 문제를 완벽히 해결할 수 없다는 게 저자의 골자더라는 것이었다.

"그러니까 영어를 하려고 노력은 하되, 원어민들이 하는 그런 영어를 꿈꾸어선 안 된다는 거야. 바로 이게 내가 요 이 년간 영어를 공부해본 경험에 비춰보더라도, 가장 정확하고 현실적인 결론이었어."

"제목이 뭔데?"

"영국 유학, 서둘러선 안 된다."

"……"

석화는 들릴 듯 말듯 혀를 찼다.

"그래서?"

"뭐 그냥, 이런 예들이 수도 없이 열거되고 반복되는데, 그냥 아, 이런 게 영국 유학의 실체구나 하는 게 온몸을 관통하는 거지."

"한번 가보지도 않고 관통만 당하면 뭘 해?"

어지간하면 알아차릴 언중유골이련만 혜원은 숙어지지 않았다.

"하여튼 젤 심란한 건 그놈의 겨울이야. 영국 사람들, 겨울에도 난방을 안 한대. 세상에, 어떻게 그러고 사는지 몰라."

"전기스토브 하나 사렴."

석화는 내놓고 이죽거렸다. 아닌게 아니라 우중충한 하숙방에서 담요를 덮어쓰고, 그놈의 뼛속까지 스미는 한기에 덜덜 떨고 있을 혜원의 모습이 선히 그려졌다.

"정말 이상한 사람들 아냐?"

혜원이 영국인을 향해 빈정거리기 시작한 것도 변화라면 변화였다. 어학원 시절, 혜원은 영국인 선생들에 대한 가장 열정적이고 애정 어린 관찰자였다. 콧대 높은 선생들의 까다로움을 너무도 영국적인 것으로 알아보아주면서, 석화 앞에선 은연중 그런 영국인의 오만을 제 것 삼아 뻐기기까지 했다.

"내가 그 뼛속까지 스미는 한기를 배겨낼 수 있을까……"

혜원은 숫제 온몸을 푸르르 떨어 보이면서 꿈꾸듯 넋두리했다. 흡사 제가 이미 영국의 안개 속, 그놈의 뼛속까지 스미는 한기 속에 던져져 있기라도 하다는 듯.

석화는 굳게 입을 다물었다. 더이상 어떤 식으로도 진절머리나는 영국 타령에 귀를 대주고 싶지 않았다. 간도 쓸개도 빼줄 듯 막역해도, 네가 내가 되고 내가 네가 될 순 없는 모양이었다. 그렇다 치더라도 너무했지, 몰라도 몰라도 이리 몰라줄 순 없는 법이었다. 그러자 그때껏 화니 라블레의 우아한 격조라고 여겨지던 것들까지 싸잡아 역겨워지기 시작했다. 사실 고급 식당 따윌 드나들며 분위기나 핥고 있을 계제도 아니었다. 그참에 불행히도, 오리지널 베이비 백립 접시가 떡하니 등장했다.

그것은 정말이지, 너무 기가 막혀 입이 딱 벌어지는 광경이었다. 가장자리에 두 겹으로 금색 테를 두른 크고 하얀 원형접시엔, 손 한 뼘 길이의 알브스름한 갈비 한 조각과 주먹밥 크기의 볶음밥 한 줌, 채 썬 양배추에 옥수수알 몇 톨과 완두콩 몇 알이 슬쩍 섞인 샐러드 한 입이 달랑 얹혀 있을 뿐이었다. 그 빈약함이란, 하얀 냅킨 위에 놓인 스테인리스 식기 두 쌍만을 썰렁하게 부각시키는 수준이었다.

소스를 빨아들여 적갈색과 흑갈색으로 윤기 나게 구워진 바비큐 립만은 그런대로 먹음직했다. 하지만 살랑살랑 잘도 발라내 먹는 혜원과 달리, 석화의 포크는 바윗돌에 걸리는 쇠스랑처럼 딱딱한 갈빗대만 깝작거리게 될 뿐이었다. 겨우 포크에 찍힌 살점조차 부스러진 생선살만큼의 함량도 안 되어서, 씹을수록 허기가 돌고 삼킬수록 속이 시큼해졌다. 나쁜 년. 저게 설마 나처럼 점심을 굶고 나오진 않았겠지. 석화는 어디서 거저 생겼을 식사권 한 장 달랑 들고 자신을 불러낸 혜원이 밉살스럽다 못해, 고함을 처질러서라도

102

정신이 번쩍 들게 해주고 싶었다. 그런 속내를 아는지 모르는지, 혜원은 잘도 오물거리면서 연신 볼멘소리를 터뜨렸다.

"정식으로 학교까지 다니려면 일 년에 몇천만원 들어가는데, 외국학생 아르바이트는 법으로 금지해놓구. 그래도 다들 한다지만, 난 불법은 못 해. 도대체 그럼 영국 가서 잘 지내는 애들은 얼마나 돈이 많고, 얼마나 영어를 잘하고, 얼마나 추위를 잘 견딘다는 거야?"

지긋지긋해진 석화는 기어이 모질음을 썼다.

"너!"

느닷없이 처지르는 소리에 혜원도 깜짝 놀랐다.

"차라리 미국 가라. 그럼 난방도 안 되는 방에서 오돌오돌 떨면서 캘리포니아에 있는 친구들 부러워할 일 없잖아? 야채가게 같은 데서 아르바이트도 실컷 하구."

포크를 든 채 뻣뻣해지는 혜원을 보자니 더더욱 기승스러워졌다.

"어린 나이도 아니구, 무리한 유학 강행하면서 그런 영국이라면 너무 사치스럽지 않니?"

혜원이 포크를 놓았다. 교묘한 공격을 받아 화가 난다거나 반격을 꾀해보려는 혈기가 실리지 않은 조용한 거동이었다. 너무 고요한 움직임이어서, 일시에 상대방을 얼게 하는 그런 차분함. 그러더니 아이보리색 테이블클로스 위로 눈길을 떨군 채 우두커니 앉아 있었다. 석화는 몇 점 남지 않은 샐러드 야채를 콕콕 집어 씹으면서 꿀렁꿀렁 물을 들이켰다. 그녀는 그 자리에 나온 걸 후회했다. 몹시 후회했다. 불현듯 혜원이 남의 얘기 하듯 덤덤히 중얼거렸다.

"나, 미국 비자 못 받잖아……"

석화는 재채기를 하면서 들이켜던 잔을 놓쳐버렸다. 컵이 쓰러지는 바람에 국자만한 물 자국이 무릎까지 튀어왔다. 검정 저지 바지를 냅킨으로 턱턱 찍는데, 두서없이 떠오르는 것들이 있었다.

몇 해 전, 혜원이 미국 비자 인터뷰에서 퇴짜를 맞은 일이 있었다. 삼십대에 미혼에, 보여줄 예금통장도 없어서…… 하지만 오, 그 전화를 받은 날은 토요일 저녁이었고, 네 식구가 관악산에 다녀와 함께 샤워하고 속옷 한 장 걸친 채 뒹굴며 깔깔거리던 중이었다. 그 오붓한 평화를 비집고 든 혜원의 불행이란 얼마나 하찮고 성가신 것이었는지. 게다가 강 건너 불구경하듯 뜨거움이라곤 만져지지 않았다. 오, 그랬니? 그래, 알았다, 나중에 전화할게……

그애 목소리가 울먹이고 있었던가? 근데 왜 미국이었지? 그땐 왜 미국으로 가려 했지?

다음날. 아이들을 보낸 석화는 캐미솔 바람으로 잔뜩 쌓아둔 신문을 읽기 시작했다. 라디오 영어 강좌에서 〈쉘 위 댄스?〉가 흘러나왔다. 열 수 있는 건 다 열려 있었다. 빨래들이 회전 물살에 규칙적으로 돌고, 찻물 주전자가 칙칙 끓었다. 팔꿈치 옆에 식은 커피가 남아 있는데도, 또 한 잔의 욕망에, 흰 실처럼 자아져나오는 수증기가 아침 공기 속으로 퍼져나가고 있었다.

주룽 새 공원 테라스의 그들은 활짝 웃고 있었다. 아니, 웃는 건 '사진 속의' 그들이었다. 정지된 그 웃음을, 그들이 웃지 않고 지낸 다른 시간들에 대한 기만이라고만 할 수 있을까. 신혼여행지에서 세번째로 아름다웠던 그 공원에서조차 그들은 행복하지 않았다. 김포공항에서 국제선을 타던 때, 아니 그 비행기를 타려고 공항을 향해 달리던 자동차 속에서부터 그들은 무언가에 부걱거렸다. 그 무렵, '하네다 리콘'이란 신조어가 있었다. 일본의 이혼율이 증가할 뿐 아니라, 속도도 빨라져 신혼여행 출발지인 하네다 공항에서 갈라서버리는 커플이 생기는 것을 빗대 만들어진 유행어였다. 하지만 주롱 새 공원에서 이렇게 웃고 있다는 건 얼마나 다행인가. 그들도 안정된 세계에 편입했으며, 더이상 떠돌지 않으리란 착각 때문이었을지라도. 석화는 낡은 캐미솔 자락 밑에 드러난 물렁해진 허벅지에 은회색 액자를 얹고, 분토가 되어버렸음을 도저히 믿기 힘든 남편의 윤곽을 손가락으로 짚어나갔다.

그 낡은 캐미솔은 백화점 란제리 매장의 고급 제품으로, 십일 년 간의 결혼 생활에서 이례적으로 사들인 물건이었다. 첫 임신 막달까지 다녔던 직장을 그만둔 뒤, 크리스마스 절기면 백화점 1층을 샅샅이 뒤지고 다니며 주위 사람들을 놀래키거나 기쁘게 할 선물들을 스무 가지쯤 고르곤 했던 석화의 버릇은 전생의 기억이 돼버렸다. 연이어 둘째가 태어난 후 씀씀이는 더욱 여물어져, 특히 자신을 위한 것이라면 꼭 있어야 할 방한복 같은 것이라도 몇 해씩 구입을 미루곤 했다. 그런 와중에도 그녀는 실크의 감촉이 착 떨어지는 실루엣, 실버와 바이올렛과 사라질 듯 미묘한 브라운 빛이 섞여 있는 고급 캐미솔 한 벌을 늘 원해왔다. 그런 마음을 알아차려 남편이 선물해주는 일은 일어나지 않았지만, 홀연히 쿼터 사이즈의 아이스크림 통을 들고 나타나듯, 어느 날 귀갓길에 그런 기적이 일어나지 말란 법도 없었다.

하지만 그녀는 삼 년 전 제 손으로 그 캐미솔을 샀다. 남편에 대한 불만이 최고조에 달해 있던 즈음이었다. 몸이 좋지 않다면서 매일 아침 그녀가 공원을 뛰잘 때 동행해주지 않는 남편, 머리가 아프다고만 하고 병원에 가지 않는 남편, 어쩌다 물으면 회사가 어떻게 될지 모른다고 중얼거리면서 담배를 피우러 베란다로 나가버리는 남편, 동네 아이들을 모아 글짓기를 가르쳐보겠다고 했을 때 비웃듯이 피식 웃어버리기만 하는 남편, 오누이의 사교육 계획과 캐나다 이민과 영어 그 모든 것에 대해서 우리랑 무슨 상관 있느냐는 듯 일축해버리는 남편, 휴일의 가족 외출 행선지를 칠십 퍼센트 이상 시댁으로 만들어버리는 남편, 뭣보다 그들 관계를 식욕 성욕 생활적 필요의 충족만으로 메워버리는 남편에게 염증이 나다 못해 얼굴만 봐도 역정이 솟아나던 시점이었다. 그 시위의 제스처로 그녀가 한 짓이란 게 고작 칠만오천원짜리 캐미솔 한 벌과 무박 이일의 하조대 해돋이 답사여행이었다.

캐미솔에 발목까지 오는 타이트한 랩스커트, 인도산 가죽 샌들을 신은 맨발로 사뿐사뿐 꽤 가파른 바윗길을 탔던 석화는 입고 쓰러져서 자도 될 만큼 편안한 활동복 일색인 여행객들 사이에서 그냥 돋보인다기보다는 좀 이상한 여자처럼 보였다. 붉은 해를 뱉고 점점 푸르러지는 아침 바다를 향해 "빠져 죽고 싶어!"라고 외치는 그녀를 향해, 누군가는 동행인에게 살짝 돈 여자가 아닌가 수군거렸을 게다. 하지만 그녀는 이상하게 자랑스럽고, 이상하게 산만하고, 이상하게 섹시해진 자신이 더이상 후련할 수 없었다.

누군가 일부러 물을 들여놓은 듯한 색색의 새들이 사진 속 어딘가에서 아직도 구욱국, 울어대고 있었다. 활짝 벌린 그들의 입술에 보이지 않게 그려진 신혼기의 쑥스러움이 행복의 증거처럼 남아 있었다. 그 웃음의 모양을 따라 입술을 움직거려보는데 눈물이 줄 흘렀다. 그녀는 더이상 소리낼 수 없을 때까지 어깨를 들먹이며 울어버렸다.

방엔 아직도 「조각보」와 씨름했던 지난 석 달의 냄새가 흥건히 고여 있었다. 책상 위에선 남편 장례식에 왔던, 보험모집인이 된 친구가 보내준 보험설계사 안내 팸플릿이 뭔가 시작하지 않으면 안 되는 서른일곱의 여자에게 그냥 지나칠 수 없는 호소력을 발산하며, 지금이라도 그녀가 미망에서 깨어나 현실을 직시하길 재촉하고 있었다. 어쩌면 그녀는 조만간 이런 유와도 다른, 아주 새롭고 낯선 흐름 속으로 자신을 방류하게 될지도 몰랐다. 미용기술이라든가 떡을 만드는 기술이라든가. 떡 만드는 법을 배워본 친구 하나는, 두텁떡 같은 건 요리가 아니라 노동이더라고 했다. 양가 며느리가 고운 옷 입고 배우는 건 요리지만, 떡은 정말로 살아야 할 여자들이 치르는 전쟁이라고. 두텁떡이라…… 한 일 년 고생할 작정하면 될까.

그러자 열흘 전에 슬렁 던져둔 바리 소식지 봉투도 무심히 뜯어볼 마음이 났다. 이젠 나와 상관없다는 안전거리가 확보되자, 통신판매 카탈로그를 펴듯 심상히 열게 되었던 것이다. 서른 페이지도 안 될 얄팍한 소식지 갈피엔 회비 납입을 촉구하는 온라인 지로용지와 늘 보던 종류의 작은 영화제 초대권 2매가 끼워져 있었다. 그런데 이번엔 그것들 뒤로 평소 보지 못한 종류의, 제법 큰 사이즈의 티켓이 또 한 장 겹쳐져 있었다.

놀랍게도, 화니 라블레 식사권이었다!

'유효일 5월 25일까지'라는 푸른 도장이 찍힌 그건 아무리 봐도 전날 혜원이 풀빛 유니폼 아가씨에게 내밀었던 것과 똑같은 티켓이었다. 어째서 혜원이 이 사실에 대해 입을 다물고 있었을까. 생각할수록 수수께끼였다. 많은 회원 중에서 석화를 제외한 소수 회원에게만 이 식사권이 배부되었다고 혜원이 여길 만한 석화는 모르는 어떤 곡절이 있는 건지, 통화중 화니 라블레라는 말이 나왔을 때 석화가 즉시 알아채는 반응을 보이지 않음으로써 저도 얼결에 그냥 넘어가게 된 것이었는지 영문은 알 수 없었다. 아무튼 얼마나 망할 년인가. 소식지 한번 들춰보라고 한마디만 해주었던들, 그놈의 오

리지널 베이비 백 립을 하나가 아니라 둘을 시킬 수 있었지 않았겠
는가.

식사권과 「조각보」를 번갈아 보며 석화는 한참을 우두커니 앉아
있었다.

"야!"

아직도 잠이 덜 깬 듯한 혜원을 거칠게 부른 순간, 앙금의 마지막
알뿌리가 쑥 뽑혀나갔다. "어? 석화니?" 코맹맹이 소리로 킹킹대는
혜원에게 석화는 다짜고짜 내일 정오 화니 라블레에서 만나자고 못
부터 박고 나섰다.

"화니 라블레?"

"너한테 꼭 먹일 게 있어."

"허익?"

"꼭 할 얘기도 있구."

"어, 뭔데?"

석화는 간밤에 인터넷을 뒤지다 눈이 번쩍 뜨이는 걸 보았다고
너스레를 떨었다.

"어떤 사람이 영국 얘기를 썼더라?"

"뭐?"

석화는 의자에 걸터앉았다. 한 손으론 보험설계사 안내 팸플릿을
만지작거리며, 제 눈으로 본 영국 체험기가 얼마나 끔찍스런 내용
이었던가 떨리는 목소리로 꾸며대기 시작했다. 퍽도 만지작거린 팸
플릿 귀퉁이는 곧 떨어질 듯 나달나달했다. 혜원은 영국에 갈 수 있
을까? 「조각보」는 세상 빛을 볼 수 있을까?

석화는 열흘 전 하지 않고 묻어뒀던 영국의 겨울 이야기로 긴 통

108

화를 마쳤다. 그 이야기는, "안소니 홉킨스가 영국인 신학자 씨에스 루이스로 나오고, 데브라 윙거가 미국 시인으로 나오는 〈섀도 랜드〉라는 영화가 있는데, 혹시 봤니?"라는 것으로 시작되었다.

"그런데 그 여자 시인이 아들을 데리고 영국에 있는 루이스의 집을 방문하게 돼. 크리스마스 시즌인데, 루이스와 밤 외출을 하게 된 여자는 추위하는 아들에게 뜨거운 물주머니를 품게 해서 잠을 재우지. 아이가 묻지. 엄마, 여기선 왜 난방을 하지 않아요? 여자는, 나도 몰라, 하면서 웃어버려. 그리곤 이렇게 덧붙여. 정말 이상한 사람들이야."

나중에 루이스의 아내가 된 그 여자 시인은 암으로 죽는다. 끔찍한 상실감에 내던져진 남편은 죽기 전 아내가 들려주고 간 말 속에서 구원을 찾으려 몸부림친다. 아내는 이렇게 말했었다.

—장차 받을 고통은 지금 누리는 행복의 일부예요. 그냥 거래라고 생각해요!

그것은 표현을 바꿔, 지금 내가 겪는 고통은 그때 누렸던 행복의 일부라는 말도 되었다. 점점 기운을 얻어가는 혜원의 목소리가 주룽 새 공원의 지저귐 소리처럼 들뜨기 시작했다. 석화의 손이 저도 모르게 캐미솔 밑으로 드러난 허벅지를 사르르 문지르고 있었다. 그 촉감은 어느덧 남편의 것으로 변했다.

"당신을 너무너무 사랑해."

캐미솔의 여행에서 돌아온 날 밤, 잠든 그녀 속으로 들어온 남편은 첫번째 고백처럼 예쁘게 속삭였다. 칠만오천원짜리 크레디트 카드를 긁게 했던 드센 미움의 열매가 엉뚱한 곳에서 맺히려는 순간이었다. 어, 이러려고 산 게 아닌데, 이러려고! 그녀 마음속 소리는 거기서 끊어졌다.

소기호씨 부부의
집나들이

소기호씨의 키는 삼 센티쯤 줄어 보였다. 꿇어앉아서 용서를 빈 뒤부터

표정 조절용 나사 하나가 빠져버린 것처럼 보이기도 했다. 아니면 인간

자체가 헐거워진 모양이라고 생각하며, 숙용도 기호를 따라 납작한 실내

용 슬리퍼에 발을 끼었다. 그들 가족은 막 하왕아파트 모델하우스 로비로

올라섰다.

소기호씨의 키는 삼 센티쯤 줄어 보였다. 꿇어앉아서 용서를 빈 뒤부터 표정 조절용 나사 하나가 빠져버린 것처럼 보이기도 했다. 아니면 인간 자체가 헐거워진 모양이라고 생각하며, 숙용도 기호를 따라 납작한 실내용 슬리퍼에 발을 끼었다. 그들 가족은 막 하왕아파트 모델하우스 로비로 올라섰다.

　12월의 첫 주말. 얼굴뼈가 깨지는 변을 당한 지 한 달 만의 외출이었다. 그렇긴 해도 수술받고 퇴원한 게 기껏 일 주일 전이니, 입때 그 수렁의 연장이라 해도 되었다. '하자찜' 창립 멤버 세 사람을 내보내던 날, 회식 자리서부터 인사불성된 소기호씨가 아파트 현관 계단에서 콘크리트 바닥으로 얼굴을 똑바로 처박으면서 일어난 사고였다. 새벽 한시쯤, 경비의 인터폰에 놀라 파자마 바람으로 뛰쳐나간 숙용은 엘리베이터 문이 열리며 드러나는 남편의 모습에 심장이 멎을 뻔했다. 얼굴, 목, 와이셔츠 할 것 없이 피범벅이 되어 주저앉은 소기호씨는 그 와중에도 꺾인 안경다리를 한 손에 뽑아들고, 씨부렁씨부렁 욕지거리를 하고 있었다. 그런 소기호씨를 도로 끄집어내려 팔 년 된 르망 승용차에 싣는 과정에서, 귀밑머리가 허옇게 센 경비는 또 한바탕 욕바가지를 뒤집어쓰며 발길에 차이기까지 했다. 그 사람은 처음 엎어진 소기호씨를 보고 황황히 뛰쳐나갔을 때도, 차마 입에 담지 못할 욕설과 함께 주먹질 비슷한 걸 당했다고 했다. 아무튼 소기호씨는 병원에 옮겨가서도 피 묻은 손바닥으로 응급실 시트를 더럽히며, 허리를 발딱 세우고 앉아 횡설수설했다. 사진 찍고 수술받자는 당직의사 뒤통수에 대고, 의료비를 과당 청구하려는 수작이라며 말짱한 인간처럼 꼬장꼬장 따지고 들질 않나. 하지만 결국 얼굴뼈가 나갔다는 최악의 진단이 나왔을 때조차, 영락없는 미친놈 원맨쇼였던 심야의 진풍경이 실은 뼈가 으스러진 아픔조차 못 느낄 만치 깊은 취기 때문이었다는 걸 알게 됐을 때만큼 암담하진 않았다. 묘한 건 그 난리를 친 후에도, 이웃이나 관절염이 있는 쪽 무릎을 차였던 경비조차 그런 소기호씨에 대해 나쁘게 말하거나 안면 한 번 바꾸지 않는다는 것이었다. 그들에겐 여전히 사람 좋은 소기호씨가 남자라면 할 수 있는 실수를 어쩌다 한 번 한 것일 뿐이었다. 그녀는 고독했다. 무엇보다 자신을 뺀 세상 모든 사람들이 소기호씨를 바라보는 그 시선에 대하여 고독했다.

발코니 부분만 빼면 1, 2층 합친 높이의 천장이 탁 트인 시야를 제공했다. 빈둥거릴 휴일에 쌍둥이까지 휘몰아 그예 길섶 모델하우스로 흘러든 건, 뭐를 하든 집에서 죽치는 것보다는 나았기 때문이리라. 그들보다 앞선 사람들의 무리가 1층 로비 깊숙이, 좌우로 설치된 63평 A와 B형 모델 속으로 갈라져 들어가고 있었다. 정말 그 아파트를 원해서 찾아온 사람들인지 그들처럼 그냥 흘러든 사람들인지는 알 수 없었으나, 표정들만은 굳고 신중했다. 신을 벗고 오르게 된 로비 왼쪽 끝에서 발코니형으로 설계된 2층으로 연결된 널찍

114

한 계단이 시작되었다. 벌써 그 층계참까지 포르르 뛰어오른 쌍둥이들이 양말만 신은 보드라운 발바닥으로 폴짝거렸다. 층계참 공간만이 햇살로 도배한 듯 눈부신 건, 그 벽면 전체가 하나의 창문을 이루고 있기 때문이었다. 저러다간 애들의 분홍 양말 바닥이 금세 까매지지 않을까. 신경이 미모사처럼 꿈틀거렸다. 저녁에 소기호씨 집안 제사가 있었다. 물론 두어 주 전, 병상에 있던 남편에게 인터넷으로 다운받은 이혼청구서식을 내밀면서, 어찌 되든 당분간 명절이나 제사 따윈 신경쓰지 않겠다고 못 박아두긴 했지만 마음마저 그럴 순 없었다. 얼굴에 깁스를 씌운 것도 아니면서 그와 진배없이 아래턱을 쓰지 못했던 소기호씨는 그 말에는 눈 하나 깜짝하지 않았다. 픽 한번 웃고 그녀 손에서 법원서식을 낚아채더니, 가로 세로 천천히 두 번 찢어 보이고는 휴지통에 핑 던져버린 게 다였다. 그런 다음 사고를 친 이래 처음으로 단호하고 음산한 눈빛을 숙용에게 깊숙이 찔러넣었다. 그후론 두 사람 사이에 더이상 이혼이니 갈라서니 하는 말 자체가 오가지 않았다. 퇴원해서 집으로 갔던 날엔 그녀보다 한 발 앞서 들어간 소기호씨가 느닷없이 거실 한가운데 무릎을 꿇고 용서를 비는 통에 기가 막혀 허허 웃기까지 했다. 아무튼 상아, 상영, 쌍둥이임을 빗댄 애칭으로 보통 쌍아, 쌍영으로 불리는 저애들이 슬리퍼를 좀 신고 다녔으면 좋겠다고 생각하며, 무심코 다시 슬리퍼가 즐비한 로비 마루턱 쪽으로 몸을 돌리려는 찰나 남편의 목소리가 들렸다.

"여보, 뭐 해?"

남편 뒤를 쫓아 B형 모델하우스로 다가갈 때까지만 해도 그녀는 시큰둥했다. 하지만 소기호씨가 막 구경을 마치고 나오는 또다른 중년 부부의 여자 쪽과 어깨를 부딪는 바람에 불현듯 성가신 표정을 지어버린 반면, 숙용은 양옆으로 인공 정원을 조성해놓은 하우스 입구를 밟는 순간부터 미묘하게 들뜨기 시작했다. 대리석 현관을 딛고 서서 너도밤나무 무늬목으로 매끈하게 짜넣은 붙박이 신발장을 양편으로 벌렸을 땐 저도 모르게 아, 하는 탄성이 터져나왔다. 목을 뽑고 들여다본 실내는 우묵하면서도 비밀스러웠다. 화공약품 냄새가 배어 있는 공기조차, 천장 군데군데 개구리 눈처럼 박힌 할로겐 램프와 탁구공만한 스포트라이트를 때린 아트 월의 분위기에 싸여 전람회장의 미세한 물감 냄새쯤으로 격상되었다. 그녀는 욕조가 딸린 큰 욕실 안으로 들어섰다. 그 가상의 집 어느 구석에선가 나직나직 흘러나오는 타인의 목소리만 아니라면, 비데의 성능까지 확인해보고 싶었다. 그런 아내의 모습은 거실 가운데서 휙 한번 둘러보는 것으로 집 구경을 마친 남편에겐 낯설고도 새삼스러웠다. 하지만 동시에 안심이 되기도 했다. 눈부신 빛을 받으며, 상아처럼 반짝이는 마감재들을 일일이 눈여겨보는 아내의 모습에서 비로소 자신이 비집고 들어갈 틈이 보이는 것 같았다. 이즈음 내내, 아니 굳이 따지자면 하자쯤 개소식 날로 거슬러올라가야 할 만큼 아내는 오랫동안 닫혀 있었다. 그사이 그들에게 허용된 통로란 아랫도리에 각자 다른 모양으로 붙어 있는 한 쌍의 생식기밖에 없었다. 퇴원해서 무릎을 꿇었던 날 밤, 아내가 그가 이따금 혼자 즐기려고 장롱 위에 감춰둔 포르노영화 테이프를 끄집어내렸을 때도 도리어 불안하기만 했다. 어쩐지 아내가 자신이 아닌 포르노와 몸을 섞는 듯 께름칙했던 것이다. 게다가 그것 외엔 아내답지도 않았고, 여자답게 굴지도 않았다. 그런데, 저것 보라지.

"결국 마감재야. 아파트 구조야 다 거기서 거긴데."

쫑알거리듯 자신에게 말을 던지는 숙용 속에는 소기호씨가 잘 알고 사랑하는 그 아내가 있었다. 순간 그의 뇌리엔 결혼식 날의 숙용이 떠올랐다. 흰 한복에, 정수리에서 주름을 잡아 탱탱하게 부풀린 망사 너울을 쓰고 연지 곤지를 찍은 스물일곱의 신부는 꼭 유리상자 속의 한국 인형 같은 모습이었다. 그 기억을 떠올리자 예식의 한순서였던 후배들의 풍물놀이 소리까지 귓전에 들리는 듯했다. 그들은 민주화운동을 했던 후배들조차 그만하면 봐줄 만하다고 인정해줬던 유연하고 낭만적인 선배 커플이었다.

"난 아일랜드식 세면장이 귀엽더라."

베란다까지 터서 쪽마루를 깔아놓은 거실을 활보하면서 숙용이 재잘거렸다. 마지막 '귀엽더라'는 그 단어의 수화인 오른손 세 손가락으로 왼쪽 뺨을 톡톡 두드리는 귀여운 동작으로 마무리되었다. 거실과 베란다 사이의 새시 문틀을 없애고 대신 짜넣은 병풍식 단풍나무 격자 문짝을 만지작거리며 그녀는 덧붙인다.

"거울을 사이에 두고 양쪽으로 세면대가 붙어 있는 거야."

숙용은 다시 남편을 향해 걸음을 떼면서 말과 수화를 동시에 했다.

"맞벌이 부부라면 매일 아침 마주 보면서 세수를 할 수 있겠지."

그 모습에 자극을 받은 소기호씨는 성큼성큼 다가가 아내의 두 팔을 꽉 쥐어보는 것으로 전신에 차오르는 욕구를 간신히 억눌렀다.

"그래, 언젠가 우리 집 짓게 되면, 그 정도야 뜻대로 못 하고 살겠니?"

하지만 그의 솔직한 생각이란, 요즘 아파트들이 고급스럽게 잘 지어지고 있는 건 사실이지만 분양가를 높이려고 경쟁적으로 치닫는 마감재의 사치가 오히려 집의 좋은 기운을 흐트러뜨린다는 것이었다. 집의 좋은 기운이란 뭐니 뭐니 해도 편안함이 으뜸이었다. 63평의 호사스런 꾸밈새에 주눅이 들어 그런지, 아닌게 아니라 코냑이라도 받쳐들고 우아하게 거넓직한 공간에서 소기호씨는 겉돌고 왜소해 보였다. 두 뺨이 카키색 점퍼 깃 속에 폭 빠질 만큼 홀쭉해 보일 뿐 아니라, 한 달간 술을 딱 끊어왔음에도 불구하고 눈알이 여전히 누런데다 가느다란 핏발마저 잡혀 있었다. 물론 그에겐 기본 사양만으로도 웬만한 추가 옵션에 버금간다고 내세우는 하왕아파트 모델하우스가 하자찜 홍보실장 선세리가 읽고 재밌다고 들려준『해리 포터와 마법사의 돌』얘기만큼도 현실성이 없었다. 그 나른한 공간에서 그에게 현실적인 것이라곤 장판지를 반듯하게 말라 붙인 노오란 방바닥에 등이나 붙이고 한바탕 지지러 자고픈 욕망뿐이었다. 하지만, 숙용을 생각하면 안 될 말이었다. 그녀가 이런 틈이라도 내보이기 시작한 게 얼마 만인가. 그놈의 서식 나부랭이를 면전에서 쫙쫙 찢어준 이래 이혼이니 뭐니 하는 입방정은 쑥 떨어졌지만, 아내는 확실히 전과는 무언가 달라졌다.

"어, 이거 김치냉장고네? 이런 게 다 기본 사양에 들어가네……"

서랍식 냉장고를 쑥 뽑는 숙용 손에 뽀얀 페인트가 묻어나는 듯했다. 소기호씨는 공연히 가슴이 철렁 내려앉았는지, 정말 속이 심하게 울렁거린 탓이었는지 뒤로 휘청 넘어갈 뻔했다.

"어, 여보, 애들 어디 갔어?"

주방 뒤 다용도실로 고개를 들이밀었던 아내가 그를 향해 얼굴을 돌렸다. 전혀 모르는 사람을 보는 것 같은 표정. 하나로 틀어올린 머리채에서 빠져나온 잔머리가 보기 좋았다.

다음날 저녁. 여성 캐주얼 의류와 액세서리 전문 쇼핑몰 '하자찜' 홍보실장 선세리는 한숨을 쉬면서 콤팩트 갑을 열었다. 오 분 전에 책상 정리를 마쳤지만 차마 컴퓨터를 끄지 못한 그녀는 거울을 보다 말고, 흰 바탕에 노랑과 보라색이 배합된 홈페이지를 얄궂다는 듯 노려보았다. 연말 시즌용 패키지 상품 사진 아래 표시된 원래 정가에 가위표를 치고 다시 붉은 숫자로 매겨놓은 특별 할인가격이 그렇게 어줍잖을 수 없었다. 소기호씨가 직원 넷을 데리고 틀었던 두번째 사업의 둥지엔 불과 일 년 만에 사장 자신과 그녀밖에 남지 않았다. 일간지 생활면에 홈페이지 주소가 인쇄돼 나갔던 첫 한 달간, 많게는 하루에 오백 건 이상도 접속됐던 게 언제였던가 싶었다. 이날의 접속 실적이란 오전중 열한 건에서 멈춰 있었다. 게다가 소기호씨의 상태조차 최악. 용케 한 달씩이나 술을 끊고 있었지만, 취기만이 줄 수 있는 호기마저 박탈당한 그의 무력함이란 보기에 따라선 더욱 끔찍했다. 개소식 때 들어온 화분들 중 유일하게 죽지 않은 양란만이 빈 책상의 쓸쓸함을 보듬듯 일제히 보랏빛 꽃망울을 터뜨리고 있었다. 다섯 꽃송이를 몰아진 꽃대가 무겁게 휘늘어져 있었다. 그 줄기 사이를 망연히 떠돌던 선세리의 시선은 콤팩트 거울로 돌아왔다가 맞은편 소사장의 어깨를 건드린 뒤, 마침내 체념한 표정으로 컴퓨터를 껐다.

"퇴근 안 하세요, 사장님?"

선세리는 엉덩이로 회전의자를 뒤로 밀고 일어나면서 물었다.

그런데 그날 네번째로 조간신문을 펼쳐, 스포츠 섹션의 작은 제목 하나 빠짐없이 새로이 눈여겨보던 소기호씨에겐 그 말이 이상하게도 선세리가 술 한잔 사달라고 꼬시는 소리처럼 들렸다.

삼 년 전, 십삼 년간 안정적인 직장이기는 했던 대기업 과장에서 물을 먹고 나온 그가 처음으로 건드린 건 당찮게도 음반 사업이었다. 재기할 물꼬를 트느라고 저녁마다 이 사람, 저 사람 만나던 와중, 운명의 장난이 아니고선 부딪칠 수 없는 인물과 오지게 엮여버린 것이었다. 호형호제하는 동문 양선배를 통해 알게 된 '박'은 방송국 라디오 PD 출신 음반 사업가였다. 그 이태 전 인기 절정이었던 드라마 삽입곡을 모은 CD로 돈맛을 본 이래, 손대는 것마다 황금알을 낳아 목하 신인가수 세 명을 키우는 중이라고 했다. 그를 통해 듣게 된 음반 사업이란 더도 덜도 아닌 별천지였다. 될 만한 신인들을 찍어 잘나가는 작곡가에게 곡을 받아 취입하고, 오직 돈을 푸는 것으로 시작해 돈을 푸는 것으로 끝나는 홍보 단계라는 진창에 몸을 버려야 하긴 하지만 다섯 개쯤 음반을 제작해서 그중 넷은 가라앉고 하나만 떠준다 쳐도 돈방석에 앉는다는 박의 후끈후끈한 치부담은 삼겹살과 소주로 얼큰히 올라버린 불혹의 소기호씨를 홍안의 소년처럼 달뜨게 만들었다. 알 듯 모를 듯 피어나는 불안도, 신중한 양선배조차 투자를 결정했노라는 강력한 자극 앞에 그리 효과적인 걸림돌이 되지 못했다.

하기야 맨정신의 소기호씨를 술 몇 잔에 인사불성으로 만들어버린 건, 대박만 터지면 낙엽처럼 쌓이는 돈다발을 빗자루로 쓸어모으기만 하면 된다는 솔깃한 유혹 자체가 아니었다. 오히려 어언 대못에 박혀버린 듯한 중년의 나이에, 이미 시위를 떠나도 애저녁에 떠났다고 접어온 남자다운 '원샷'을 향한 미친 듯한 열망이었다.

어릴 때 과학상사의 조립식 탱크에 미친 적이 있었다. 방바닥에 국방색 담요로 바리케이드를 치고 저편 요새를 향해 언덕 너머 장렬히 진격하는 탱크 대포 군단을 만들기 위해, 자개 화장대 납작서랍 속의 엄마 지갑과 장롱 속 구겨진 옷더미에 묻힌 쌈짓돈 꾸러미에 오줌을 지려가며 손을 댄 적이 있었다. 나중엔 탱크보다 돈을 훔치는 전율에 오금이 저렸다. 그 기갈은 중학생이 되어 우중충한 과학상사 쇼윈도에 마지막으로 찍어두었던 베트남전 헬기를 남겨둔 채 한 움큼이나 훔쳐낸 동전과 지폐들을 이웃집 높은 판잣지붕 위로 새 모이 뿌리듯 휙 날려 뿌린 다음에야, 한순간에 떨어지는 고열처럼 괴춤 사이로 '쑥' 빠져나갔다. 지금도 아리송한 건 어째서 그 열병이 중학생이 되자마자 바로 뚝 떨어져나갔을까 하는 거였다. 아버지에게 걸릴 때마다 당신 친구였던 파출소 박 순경 앞까지 끌려가 무릎 꿇고 고개 조아리는 생애 최대의 치욕을 당하고도 고쳐지긴커녕, 기름을 끼얹은 듯 도지기만 했던 고질병이.

그후 양사장으로 변신한 선배를 따라 그놈의 박가 녀석의 대박 사업에 퇴직금 전액을 쏟아부었을 땐, 몇 안 남은 불알친구 놈들조차 역성을 들어주지 않았다. 너 미쳤냐? 섶 지고 불구덩이에 뛰어들게. 술자리에서 그런 편잔을 얻어들을 때마다, 소기호씨는 알 듯 모를 듯한 미소를 띤 채 조용히 둘러칠 뿐이었다. 임마, 늬들이 아는 소기호가 전부가 아냐. 실은 그게 당시 그가 생각한 전부였다. 가난한 집의 장남으로 태어나 팔자다 하고 삶에 끌려다녔을 뿐. 원래의 자신은 그런 놈이 아니었다고. 이제 보니 자신도 〈남자는 괴로워〉 시리즈에 등장하는 만년 계장 같은 쪼잔한 그릇만은 아니었다고.

물론 그만한 퇴직금을 모으기까진 십삼 년이란 세월이 걸렸지만, 그걸 까먹는 덴 일 년도 모자라지 않았다. 이봐, 어쩌겠어. 그놈의 거, 딱 한 장만 떠줬어도 말야…… 망하고 잠적한 박이 키우던 반 발라드 반 트로트형 가수 S를 데리고 소기호씨 어머니의 고희연에 털레털레 나타난 양선배는 그 한마디에 모든 낭패감을 녹여넣었다. 소기호씨 역시 할말을 잊었다. 그제서야 일의 전말을 알게 된 숙용만이 수면장애로 반쪽이 된 얼굴로, 외국계 유통회사 조직원이 된 동창의 방문을 허용했다.

"그만 들어가죠, 사장님."

선세리가 재촉하는 소리에 소기호씨는 천천히 신문을 내렸다. 블라인드가 걷힌 창 밖으로 빠르게 저무는 저녁 하늘이 보였다.

주문 제로인 그날의 접속 실적은 시험개통 시기였던 육 개월 전 상황과 맞먹었다. 지난 주말 늦게까지 오백 명의 회원들에게 새로 제작한 광고 메일을 일제히 전송했지만 그 모양이었다. 접속 자체가 매출로 직결되는 건 아니었지만, 계절에 맞게 가죽제품과 오리털 파카류, 폴라나 터틀 위에 늘어뜨릴 펜던트와 액세서리 세트류에 인기 스타의 이름을 브랜드로 매치시킨 특가품 기획들이 얼마쯤 먹히리라 기대를 했던 것은 사실이었다. 뭐니 뭐니 해도 크리스마스 시즌이 아닌가. 몽롱해진 소기호씨를 향해 선세리의 짙은 눈썹이 다시 한번 꿈틀해 보였다.

그녀는 일곱 살 꼬맹이 하나를 둔 엄마였는데, 그림책 삽화를 그리다 일이 끊긴 남편이 학생들 미술지도를 해가면서 아이를 돌보았다. 소기호씨는 침묵으로 응시했다. 가닥을 추스를 수 없는 상념들이 쉴새없이 머릿속을 오갔지만, 선세리를 바라보는 눈빛만은 매우 따뜻했다. 모든 기대치와 전망의 수위가 하자쯤의 하루치 클릭 횟수로 가라앉으면서, 오히려 인간 자체에 기대고 싶어진 게 이즘의 그였다.

"어디, 편찮으세요?"

오빠처럼 자상한 시선에 왠지 가슴이 철렁 내려앉은 선세리는 그날 따라 어깨가 더 욱여싸 보이는 다섯 살 위의 사장을 안쓰럽게 바라보았다.

"차 화백한테 전화 한 통 넣지 그래?"

소기호씨는 선세리의 남편을 차 화백이라고 불렀다.

"에끼, 사장님."

그제야 명백히 술신호를 보내는 사장의 눈치를 알아먹은 그녀는 액막이를 하듯 손사래쳤다.

"우리, 김, 이, 박이 불러내자!"

김, 이, 박이란 한 달 전에 그만 둔 세 직원이었다. 하지만 내가 왜 또 이러지? 말을 꺼내면서도 머뭇거려지던 소기호씨의 마음은 막 자신의 입에서 튀어나온 김, 이, 박이라는 그 말에 의해 견딜 수 없이 부추겨졌다. 단호히 유혹을 끊을 작정이었던 선세리의 마음도 덩달아 약해졌다. 세상엔 남아 있음이 너 괴로운 자리라는 게 있다. 선 실장, 반년 뒤엔 우리 다시 불러줘야 돼. 불빛 흐린 노래방에서 만취된 어깨들을 얼싸안았을 때, 그중의 김이 쏟았던 한마디가 아직 귓불에 끼치는 것 같았다.

"좋죠, 오비팀 하고라면."

그녀는 눈을 흘기면서 주저앉았다.

크리스마스를 두 주 앞둔 일요일. 쇼핑 나왔다가 집으로 달리던 도중, 소기호씨는 고래아파트 41평 모델하우스가 오픈한 것을 스쳐 보고 유턴까지 해가며 들어가보자고 제안했다. 지난 월요일 또 술을 마셔버린 이래, 드라이아이스처럼 냉해진 숙용의 상태를 어떻게든 해봐야 했기 때문이었다.

차를 세우고 내린 하우스 옆 공터는 누런 잡풀 무더기를 덮어쓴 채 바삭바삭 얼어 있었다. 막 새로 사입힌 아이보리색 패딩코트 차림의 쌍둥이가 금구슬이 박힌 검정 스웨이드 부츠를 간밤 비에 괸 흙탕물 웅덩이 속으로 첨벙 처박으려 들었다. 안 돼! 옆에서 터지는 숙용의 생소리를 못 들은 체하며 소기호씨는 몇 걸음 훌쩍 앞서 갔다.

하우스 현관은 인형의 집처럼 알록달록했다. 문과 간격을 두어 세워둔 아치까지도 꽈배기처럼 꼬인 금 은색 반짝이 띠와 색색 고무풍선으로 빈틈없이 꾸며져 있었다. 그 외엔 하우스를 장식적으로 빙 둘러친 화단에 사철나무과의 관목들이 볼품없이 심어져 있을 뿐, 버젓한 나무 한 그루 눈에 띄지 않았다. 하염없이 뭉그러지고 싶은 일요일 오후에 왜 또 여긴 들어섰담? 소기호씨는 불쑥 자신에게 짜증이 났으나, 왜 그랬는지야 누구보다 자신이 잘 알고 있었다. 저도 모르게 고개를 설설 젓는 자신의 얼굴이 현관 통유리에 검게 얼룩져 보였다. 각목을 댄 아치 뒷면으로 콧물처럼 늘어진 은색 반짝이 띠들도 유리문에 비쳐 보였다.

"뭐 해?"

그참에 숙용이 먼저 문을 밀치며 안으로 들어섰다. 소기호씨는 알 수 없는 이유로 눈시울이 뜨거워졌다. 아니, 가슴속에서 아무리 가열하고 휘저어도 절대로 흐무러지지 않을 뜨거운 응어리가 욱하고 치받쳤다. 이게 뭐지? 하는 순간, 이번엔 자르르 구슬 같은 웃음을 쏟으며 쌍둥이 두 녀석이 그의 왼쪽과 오른쪽 겨드랑이 사이로 쏙 빠져들어갔다. 그의 감수성을 건드린 건 반짝이는 은빛 띠줄이었다. 하지만 그 띠를 따라 애련하게 딸려오던 연상의 고리는 한 짝씩 차넘겨진 쌍둥이의 부츠 앞에서 뎅겅 끊어졌다. 새까만 인조 스웨이드 발부리엔 이미 누런 흙탕물이 들어 있었다.

로비는 하우스 전면의 화려함을 그대로 떠온 듯 밝고 떠들썩했다. 1층엔 40평형대 모델하우스 두 채, 2층엔 27평과 33평형 두 채가 지어져 있었고, 전 평형 육백여 세대분이 모두 1차 분양 완료되었다는 게시문이 벽면과 기둥 여기저기 붙어 있었다. 소기호씨는 프리미엄을 얹어 받겠다는 상술이 역겹기부터 했으나, 숙용은 끊이지 않고 꼬여드는 구경꾼의 무리 끝으로 바싹 따라붙었다. 그런 아내의 뒷모습은 역시나, 어딘지 그를 안심시켰다. 마치 지난주의 재판처럼, 하우스 안에 발을 들인 순간부터 쌍둥이의 모습은 어디로 숨어버렸는지 보이지 않았다. 빵빵. 공터에 차를 대고 도어 록을 풀기 전에, 두어 번 경적까지 울려가며 이번엔 절대로 엄마, 아빠 뒤만 따라다녀야 한다고 다짐을 뒤놓았음에도 그랬다. 지난주 하왕아파트 2층에서 뒤늦게 찾아낸 아이들은 인조 수선화를 심어놓은 인공 화단을 엉망으로 헤집어놓았었다.

퍼뜩 의식을 차리니 어느새 하우스 안이었다. 현관 쪽 욕실에서 나와 막 그의 앞을 휙 가로지른 숙용이 거실과 부엌은 거들떠보도 않고 안방을 향해 직진하고 있었다. 소기호씨는 기껏해야 방 셋, 욕실 둘, 거실, 부엌, 베란다로 구성된 41평이 큰 빌딩 로비처럼 괴괴하게 느껴지는 데 당황했다. 스스로 작아진 그는 숨죽은 카키색 덕다운 파카 호주머니에 두 손을 깊숙이 찔러넣고, 놓칠까 두려운 듯 아내를 따라갔다. 콘택트렌즈 대신 금테 안경을 끼고 말총머리를 찰랑거리는 아내는 낯설도록 생기 있어 보였다. 하지만 바로 그게 오래 잊었던 아내의 원래 모습이기도 했다.

대학 시절 그들은 봉사서클의 선후배로 만났다. '해원'이라는 이름의 그 단체는 이름마저 비슷한 '해원의 집'이라는 정박아들의 그룹 홈 시설 한 군데를 정해놓고 정기적인 봉사활동을 폈다. 학습지도, 청소, 빨래, 이발, 식사 수발과 함께 젖병 청소용 솔 같은 것을 조립하는 자활 작업에도 일손을 보탰을 뿐 아니라, 명절이나 크리스마스 시즌엔 작은 음악제나 연극, '하나 되는 세상'과 같은 성탄 행사도 매해 거르지 않았다. 1985년 크리스마스 이브였다. 해온 대로 모든 준비를 해서 파주 어디에 있었던 '해원의 집'을 방문했더니, 판자와 각목으로 꾸민 약식 무대 앞에 예기치 못한 한 떼의 손님들이 와글거리고 있었다. 인근 ― 말이 인근이지 산 한 모롱이를 돌아서나 있는 ― 특수학교 농아들이었다. '해원의 집' 원장과 그곳 학교장 간의 친분으로 그날 있을 크리스마스 이브 행사를 구경하러 온 것이었다.

뜻밖의 상황에 숙용이 행사 통역자로 발탁되었다. 전공과목을 통해 수화(手話)를 익혔던 그녀는 서클 회원 중에서 농아들에게 프로그램을 중계해줄 수 있는 유일한 회원이었다. 마음의 준비조차 없이 덥석 단상 오른쪽에 올려세워진 숙용은 처음엔 몹시 긴장돼 보였다. 하지만 단상에 선 모든 얼굴들을 우중충하게 만들어버리는 조도 낮은 형광등 아래서도 그녀의 금테 안경만은 총기 있게 반짝거렸다. 무대 중앙에 선 청년 소기호에겐 그녀의 한쪽 프로필만 비스듬히 잡힐 뿐이었지만, 조그만 뒤통수에 깡총하니 묶여 있던 말총머리로 시선이 연신 흘러갔다. 장내의 소란이 가라앉으면서 사회를 맡은 그의 입에서 반가워요, 여러분 하는 첫인사가 터졌고, 동시에 가느다란 그녀의 손가락들도 허공을 주무르기 시작했다. 어색하게 쳐들렸던 두 주먹이 엄지손가락을 쫑긋하게 세워쥐곤, 턱 위로부터 가슴선 아래로 부드럽고도 곧은 선을 그어내렸다. 다음부턴 모든 게 유연해졌다. 처음 벌어지는 꽃잎 같은 미소가 숙용의 얼굴을 화사하게 물들였다. 그 표정을 본 기호는 숨이 막혔다. 하지만 그날의 절정은 뭐니 뭐니 해도 〈사랑으로〉라는 노래를 합창했던 마지막 순서였다.

내가 살아가는 동안에 할 일이 또 하나 있지, 라는 첫 소절에서, 숙용이 '내가'의 수화인 오른손을 들어 가슴께로 살푼 가져가는 동작을 했을 때부터 소기호는 어쩐지 눈물을 쏟고 말 듯한 감격을 주체할 수 없었다. 홍학의 날갯짓처럼 부드럽게 하늘거리는 숙용의 손놀림은 더이상 서툰 그의 사회를 중계하는 수화자의 언어가 아니었다. 그것은 그 자체로 씨앗이며 바람이며 흔들리는 나뭇가지였다. 그러나 솔잎 하나 떨어지면 눈물 따라 흐르고…… 세번째 소절에 이르러, 솔잎 떨어지듯 흘러내리던 숙용의 가는 손가락이 두 뺨에 한 줄기 눈물을 그려 보일 때, 길쭉한 마룻방 사면에 꽈배기처럼 꼬아 꾸며논 금 은색 반짝이 띠와 하얀 솜, 오색 고무풍선으로 만든 '아름다운 세상'이란 글자들 모두가 불현듯 영롱한 눈물 속으로 녹아들어 어른거리기 시작했다. 그렇지, 그, 은색 반짝이 줄. 세상 일을 다 안다 여기면서도 겉으론 시침 뚝 떼고 순진한 척했지만, 보기만큼 점잖지만은 않았던 청년 소기호의 두 뺨에 그예 눈물이 흐르고 있었다.

하지만 십육 년 전과 꼭 닮은 모양으로 말총머리를 묶은 숙용은 날 선 팽팽함으로 소기호 아저씨를 찔끔 물러서게 한다. 안방이었다. 안방이라는 것이 갖는 호젓한 권위감이랄까. 가정이라는 영역을 성역처럼 지켜줄 듯한 음전한 아늑함이 기운을 북돋워주었다.

"여긴 41평인데도 드레스룸이 딸려 있네……"

숙용이 방 안에서 욕실로 이어지는 문턱에 발을 붙이고 안으로 고개를 집어넣으며 중얼거렸다. 그 순간 소기호씨는 저항할 수 없는 자극에 사로잡혔다. 그는 야릇한 눈빛으로 주위를 살폈다. 노르스름한 장판지와 은은하게 바랜 살구색 벽지, 저 위에 누가 앉아 있게 될까 그려보게 하는 차갑고 고급스러운 보료와 탁자밖엔 눈에 들어오지 않았다. 어림도 없겠지만…… 그래도 사람 둘이 움직이기엔 비좁은 드레스룸에 들어서서 붙박이 옷장과 샤워부스를 차례로 열며 기웃거리는 아내의 말총머리가 찰랑찰랑 꼬리치는 느낌에 눈을 뗄 수 없었다. 샤워기 물살 아래서 한 쌍의 반인반마(伴人半馬)처럼 평화롭게 얽혔다가 우아하게 떨어질 순 없을까. 아내의 저 말총머리가 이런 허기와 욕망을 일으키는 한, 아직도 그들의 관계는 입에 담기조차 면구스러운 '사랑' 이란 감정으로 지탱되고 있음을, 소기호씨는 넓적한 구렁이의 배가 그의 뱃가죽 위를 천천히 타고 지나가듯 따뜻하게 실감할 수 있었다. 그도 드레스룸으로 들어섰다. 투명한 샤워부스 유리문을 마주 보고 선 숙용의 뒤에 포개지듯 다가붙기 딱 좋을 만큼 좁은 공간이었다.

"여긴 부부 화장실에만 비데가 있네……"

그 순간 관찰문의 간결한 문장으로 튀어나온 숙용의 한마디가 소기호씨 속에서 자그맣게 요동치던 파장을 큰 키의 격랑으로 키워놓았다. 그는 아내의 허리를 뒤에서 꽉 끌어안았다. 몇 해 동안 아내를 안아보지 않은 듯한 착각이 들 만큼 급하게 뜨거워졌다.

"뭐야?"

숙용이 탄력 있게 골반을 뒤틀어 소기호씨를 옆으로 떨어내면서 톡 쏘았다.

"정말 하고 싶다, 그지?"

소기호씨는 괴춤이 아내 엉치에서 쳐들린 채로 그 등허리를 끌어안은 팔에 더욱 힘을 주며 스르르 눈을 감았다.

"어, 뭐 해?"

하지만 숙용이 이번엔 팔꿈치를 휘둘러 그의 명치를 쑤셔박았다. 그 순간, 총성 같은 웃음소리가 하우스 전체에 내려앉은 고요함을 화들짝 깨뜨렸다. 슬리퍼를 벗어던진 두 딸이 높이 쌓은 책 더미가 무너지듯 화르르 들이닥치고 있었다.

"쌍둥이들 오니?"

휙 돌아서는 숙용을 따라 세차게 휘둘린 말총머리 다발이 꺼뭇해진 소기호씨 입술을 찰싹 후려쳤다. 어 하며 입을 벌린 남편의 침에 머리카락이 젖는 것을 아내는 느끼지 못했다.

오 개월간의 준비기간을 거쳐 하자찜 사이트가 개통된 건 칠 개월 전. 뒤에 숨은 투자자들이 또다른 갈래로 경영에 관계하는 여성잡지 『미호』의 홈페이지에 하자찜으로 가는 직통 광고가 처음 떠올랐던 날, 숙용은 대형 할인마트 선어 코너에서 알 밴 활꽃게와 광어회를 담아 계산대 앞까지 갔다가 도로 매장 안으로 걸음을 돌렸다. 몇 분 뒤 같은 장소로 돌아온 그녀의 카트 속엔 수입 와인 한 병과 오만원이 넘는 사골 포장팩 하나가 추가되어 있었다.

찬물에 푼 뼛조각에서 분홍빛 핏물이 우러나는 걸 내려다보다가, 도마에 올린 꽃게의 배와 등딱지를 항문이 조이도록 힘주어 가르는 순간 친구한테서 전화가 왔었다. 어깨와 목덜미 사이에 전화기를 끼운 숙용의 목소리는 프로펠러를 단 것처럼 개수대 들창 너머로 팽팽 솟구쳐나갔다.

"애, 너 한번 빨리 들어가봐. 더블유 더블유 더블유 쩜 에이치 에이 제이 에이 제트 제트 아이 엠……"

여고 동창 영미는 아침에 와이셔츠를 다리다 말고 남편을 향해 다리미를 던진 이래, 한 번 면담에 오만원을 지불하는 정신과 상담을 받고 있었다. 매끈한 엘리트인 그녀의 남편은 결코 고성(高聲)을 지르는 것도 아닌 언어 폭력 한 가지로 십여 년 만에 드디어 아내의 정서를 결딴냈다. 영미는 이따금 의사에게 다 못한 푸념을 하기 위해 전화를 하곤 했다. 하지만 그날만큼은 단 한마디도 자기 얘기를 할 기회를 얻지 못했다. 도리어 왜 그렇게 건망증이 심해졌냐는 핀

잔까지 받으며, 흥분한 숙용을 따라 하자쩜 사이트 주소를 세 번씩이나 따라 외고 주변에 입소문을 내줄 것을 맹세한 뒤 자신부터 한 번 들어가보기 위해 전화를 끊어야만 했다.

하지만 그토록 달아오른 흥분은 그후 십여 분도 채 지속되지 못했다. 모호한 불안이 숙용의 머리끄덩이를 잡아당기기 시작했다. 열 도막으로 칼질을 당한 꽃게들도 무섭게 생긴 집게손의 경련을 완전히 멈췄다. 무드럭지게 배어 있으리라 믿었던 호박빛 알의 상태는 썩 실한 게 아니었다. 그중 한 등딱지 속을 가만히 살펴보던 숙용은 알 수 없는 박탈감에 무릎을 쪼그리고 앉았다. 사골 조각에서 우러난 핏물이 가장자리가 넓게 퍼진 스테인리스 볼 속에서 검붉게 엉겨들고 있었다. 그 핏물이 묘하게도 손톱만큼도 낙관할 구석이라곤 없는 현실로 그녀를 곤두박이쳤다. 무엇보다 께름칙한 건 남편을 하자쩜의 경영사장이 되도록 다리를 놓아준 인물이 양선배라는 사실이었다. 그는 물귀신처럼 남편을 잡아먹은 장본인이었다. 사람의 인생엔 반복되는 패턴이 있는 것 같았다. 복을 물어오는 개와 화를 물어오는 고양이의 역할이 천년 이래 변하지 않았듯이, 내게 원수가 되는 타인과 은인이 되는 타인도 애초에 정해져 있는 게 아닐까.

남편이 인터넷 쇼핑몰 사업이라는 걸 입에 담기 시작한 건 음반 사업이 망한 지 두 달쯤 됐을 때였다. 애들 학원비를 꾸러 친정에 갔다가 사흘이나 죽치고 왔더니, 그새 더 꺼칠해진 남편이 저녁 수저를 들며 띄엄띄엄 그 얘기를 꺼냈다. 요컨대 굉장히 유망한 신종 벤처 사업 중 하나인데, 경쟁은 심하지만 수익 모델만 확실하다면 얼마든지 틈새시장을 노릴 수 있다는 설명, 아니 설득이었다. 하지만 또 뭔가 새롭게 시작해야 한다는 건 숙용에게 즉각 거부감을 일으켰다. 게다가 또 그 양선배. 비록 그가 살짝 벗어진 앞머리에 결코 면전에서 박대할 수 없는 선량한 인상을 갖고 있긴 했지만, 밥상머리에서 입에 담긴 싫은 이름이었다. 그러나 말이 와신상담이지, 하루가 다르게 뺄 속 깊이 빠져드는 남편을 건져내는 게 급선무였다.

남편이 사회 초년병 시절보다 더한 경건함과 두려움에 차서 집을 나서던 아침, 숙용도 덩달아 철모 쓴 근위병처럼 엄숙해졌다. 남편의 차가 니은자를 그리며 아파트 단지를 빠져나가는 동안, 그녀는 어린애처럼 6층 베란다 난간에 매달려 있었다. 이젠 잘 되는 수밖에, 그 수밖에 없다. 주문인 양 읊조리는 그녀 마음은 메두사의 목처럼 돋아나는 불안과의 사투, 그것이었다.

하지만 그뒤에 일어난 일들이란 그 메두사의 불안이 차례차례 실현되는 과정이었다. 구두계약에 따르면 『미호』의 경영자들이기도 한 하자쯤 투자자들이 백 퍼센트 자본을 대기로 돼 있었으나, 막상 소기호씨가 사장 명패를 차고앉자 딴소리가 나오기 시작했다. 양사장에 대한 어두운 예감은 기어이 들어맞았다. 소기호씨 몫으로 할당된 회사 주식을 매입기 위해 32평 아파트를 저당잡히기에 이르자, 더이상 인간적 이유 따위로 양사장에 대한 적의를 숨길 필요조차 없어졌다. 하지만 더 무서운 건 남편에 대한 염증이었다. 차가운 경멸이나 뜨거운 증오도 아닌 지리멸렬한 환멸.

그와 동시에, 거의 매일이다시피 새벽 두시쯤 낡은 털실처럼 히풀어져 쏟아지는 소기호씨를 참아낼 수 없었다. 문을 따주는 순간 콧속으로 역한 술내가 훅 끼치면, 그녀는 두말 않고 돌아서서 쌍둥이 방의 침대 밑에 베개를 던지고 드러누웠다. 첫 입맞춤이며 감격적인 청혼 따위 그들 사이에서 일어난 중요한 모든 일이 술을 마시던 끝에 이루어졌음에도 불구하고, 이제는 잔뜩 취해 달걀처럼 굶

아버린 남편의 눈동자를 한순간도 바로 볼 수 없었다. 그녀는 점점 말수가 줄어들었다. 이천만원에 집을 저당잡히게 되었을 때조차, 막상 튀어나온 건 이 한마디뿐이었다.

"이제 정말로 술은 마시면 안 돼."

그 말을 내뱉는 숙용은 한때 소기호씨가 나리꽃의 까만 꽃술 같다며 감탄했던 속눈썹이 경련을 하도록 결연했다. 하지만 소기호씨는 늘 그래온 대로 아내의 다소 격정적이고 다혈질적인 기질의 발로일 뿐이라고 가볍게 넘겨버렸다. 그는 숙용이 또래 다른 부인들과는 달리 속되게 까다롭거나 허영심이 없는 점을 은근히 자랑스러워했다. 자유인 기질이야말로 예전부터 둘을 오누이처럼 묶어온 공통분모가 아닌가. 그랬기에 학생 시절엔 아무나 흉내내기 힘든 봉사활동을 했고, 청빈을 지향하며 야학에서도 가르쳤다. 또 숙용이 쌍둥이를 낳기 전 장애자 복지센터 상담사로 근무하던 시절엔, 퇴근길의 소기호씨와 함께 6·29 시민운동 대열에 합세하기도 했다.

"그래, 안 마셔."

그날 밤 소기호씨는 마사이족 용사처럼 맵고 날렵하게 숙용 속으로 쳐들어갔다. 작은 키가 그날 밤엔 적어도 삼 센티는 늘어나 보였다. 하지만 목덜미에 훅 끼치는 술내 속에, 숙용은 왠지 나락으로 떨어지는 듯한 절망감에 눈을 닫았다.

그 환멸은 사이트 개통 보름 만에 마련된 개소식 파티 자리에서 결정적으로 굳어졌다.

휘이…… 나쁜 귀신을 쫓는 축문이 깜부기불처럼 꺼질 듯 말 듯 소지되는 곁에서, 숙용은 심장이 꺼멓게 그슬리는 느낌으로 서 있었다. 회사 창립 고사를 위해 그녀가 몇 날 전부터 정성 들여 장만한 빨간 배추김치와 돼지고기 편육, 찹쌀주먹밥과 오징어초무침 따위가 15평 남짓 공간에 이미 시큼하게 번져버린 탁주 냄새며 한 박스나 들여놓은 2홉들이 소주병의 느낌과 버무려져, 이상하게도 이틀째쯤으로 접어든 상갓집의 청승맞은 분위기를 자아냈다. 새로 사입힌 소기호씨의 검정 캐시미어 정장이 상복처럼 보이기 시작하면서, 디귿자형으로 책상을 이어붙여 흰 종이를 씌운 뷔페 상 주위에서 웃고 있는 사람들조차 허깨비로 보였다. 개중엔 저런 게 사기꾼의 천성적인 특성이지 싶게 보라색 양란 화분을 앞세우고 방명록은 없냐고 서글서글 들어서는 양사장 같은 이도 있었지만, 대부분은 소기호씨와의 관계에 관한 한 어떤 경우에도 관습적인 예의를 생략할 수 있는 오래된 친구들이었다. 바로 그런 지점에서 엄습하는 모호한 뜨악함, 그러니까 익숙한 얼굴보다 처음 보는 얼굴이 많기를 기대했던 자리가 대부분 아는 사람으로 채워져버린 상황 자체가 숙용에겐 어긋남의 전조였다. 하기야 고사가 끝난 뒤, 두 여직원과 함께 음식 수발에만 눈코 뜰 새 없던 한 시간 동안에는 남편이고 손님들이고 누가 어떤지 신경쓸 겨를조차 없었다.

숙용이 한껏 시장해진 여직원들과 비로소 편육 한 점 씹으며 한숨 돌리려는 참에, 테이블 저 끝에서 야, 이 쌔끼, 하고 분에 치받친 고함 소리가 터져나왔다. 뭘 수습하고 말릴 새도 없었다. 아차 하는 순간 누군가 소기호씨와 엉겨붙었다. 흰 상보에 덮여 있던 철제 책상 하나가 모로 비뚤어지면서 회색 몸체를 드러냈고, 소주병 하나가 바닥으로 떨어져 박살이 났다. 종이컵과 고춧물이 든 소독저도 멀리 튀었고, 희뿌연 막걸리 통마저 옆으로 드러누워 젖빛 액체를 꿀렁꿀렁 게위냈다. 서넛이나 되는 장정이 달라붙었지만, 숙용도 안면이 있는 오랜 지인을 타고 앉은 소기호씨의 주먹질은 한참 계속되었다. 심장이 타 없어져버린 듯한 기분으로 숙용이 걸음을 옮긴 것과, 온 얼굴이 피로 칠갑된 상대방이 구두 굽을 질질 끌며 사람들에게 어깨가 떠메어져 나간 것은 동시에 이루어졌다. 모두로부터 약간 떨어진 자리에 그새 이마가 부풀고 입술이 터져버린 소기호씨가 광대처럼 팔을 휘저으면서 욕질을 했다. 누런 막이 끼고 실핏줄이 곤두선 그 눈을 보자 숙용은 그 자리에서 멈춰 섰다.

"야, 최숙용! 쌍영 에미! 너, 나 그렇게 보지 마!"

그녀가 영미에게 전화를 걸어 정신과 상담실을 소개받은 건 그 다음다음날이었다.

우리는 봉사서클에서 만났어요.

주로 활동을 했던 곳이 해원이라고, 정박아 공동자활시설이었어요. 한 달에 두 번쯤 찾아가서 책도 읽어주고, 청소, 빨래, 레크리에이션도 하고 봉투를 접거나 간단한 집단작업도 함께 했어요. 회원들끼리 얼마나 죽이 잘 맞았는지, 몇 개월 안 돼서 진짜 학교 생활보다 서클 활동이 주가 될 지경이었죠. 나중엔 그중 몇 사람이서 야학 강사 노릇도 했는데, 남편은 그 모든 걸 함께 했던 사람이에요. 최초로, 나의 모든 것에 반했다는 고백을 해줬던 사람이기도 했고…… 저요? 글쎄요, 점차 매일 드나들던 찻집이나 주머니를 털어 사먹던 잡탕찌개 냄새처럼 익숙해진 사람이어서요…… 아마 오랫동안 변치 않는 어떤 모습을 보면서, 배우자로 삼아도 괜찮겠다 싶은 신뢰감을 갖게 된 것이었겠죠.

아, 그래요. 그 사람은 참 재주가 많았어요. 복화술 같은 것도 시늉은 곧잘 냈죠. 정박아 시설에서도 그랬지만 특히 야학에서 인기 좋았어요. 어떻게 생각하면 대기업 직원 노릇을 하거나 사업을 할 사람이라기보다, 참교육 선생 노릇 같은 걸 백 번 잘했을 사람이에

134

요. 청백리 타입 같기도 하고. 선량한 사람이고, 누구나 한 번만 얘기를 나눠보면 이 사람의 진실함을 느끼고 대개는 마음을 열죠. 근데, 이게 단가……

아, 근데 실은 그보다 내가 그 사람을 특별한 눈으로 보게 된 건, 그래요, 술자리에서였어요. 그 사람은 술을 잘 이겼죠. 밤새 마셔도 먼저 곯아떨어진다든가 남에게 피해를 주는 법이 거의가 아니라, 전혀 없었어요. 오히려, 취해서 주정을 하거나 토하고 깽판 치는 애들을 토닥이고 거둬서 마지막 한 아이까지 안전하게 집에 가도록 단도리를 다 해줬어요. 심한 경우엔 청량리에서 불광동까지 여자 후배를 데려다준 뒤 본인은 차가 끊겨 그 동네 여인숙에서 자고 학교에 오기도 했어요. 그런 현장을 누차 목격하면서, 그때마다 변함없이 든든하고 품이 넓은, 체구는 가장 작았는데도 말이죠. 그 사람을 존경하게 됐어요. 그 의젓함이 내겐 너무 커 보였죠. 친정아버지가 주사가 심한 분이었거든요. 만취돼 돌아오면 으레 소란이 일어나고 식구들이 시달렸어요. 주로 엄마가 당했지만 우리들도 그 절반쯤은 당하고 살았죠. 지금 생각하면, 그런 아버지에 대한 반작용이었나? 술을 마시고도 깨끗하고, 오히려 그 의젓함이 커 보이는 소기호씨가 바로 그 점 때문에 완벽히 믿음직한 사람으로 보였던 것 같아요. 그냥 믿음직한 정도가 아니라, 완벽하게 믿음직한. 이 완벽이 문제였을까요?

스물일곱에 소기호씨의 아내가 된 이래, 십삼 년 동안 그 믿음에 관한 한 한 점 의심이 없었던 숙용에게 이틀은 감지 않은 듯한 갈색 고수머리를 손빗으로 넘기며 의사는 물었다.

"술을 마시고도 깨끗했다는 건, 그냥 그래야 할 뿐인 것이지 장점이 아닙니다. 그것이 왜 최숙용씨에겐 배우자로 선택하게 할 만큼 큰 장점으로 다가왔던 걸까요?"

소기호씨 부부는 1층과 2층 사이 층계참의 대형 유리창 앞에 서 있었다.

모델하우스 부지 옆 잡풀이 쑥대머리를 이룬 공터에, 원경에 잡히는 고층 오피스텔 무리 위로 우뚝 치솟은 오렌지색 기중기가 화력을 장착한 사이보그의 집게손 같은 외짝 흙손을 느릿느릿 들어올리고 있었다. 소기호씨는 유리창 이편의 정적 속에 잠긴 채, 그 완행의 무늬를 먹먹하게 들이마셨다. 간밤 숙취로 눈알이 노란데다 정신도 숟가락에 갠 가루약처럼 풀어져 있었다. 크리스마스를 한 주 앞둔 일요일. 휑뎅그렁한 실내엔 관제실에서 틀어놓은, 오래된 빙 크로스비의 캐럴송 〈화이트 크리스마스〉가 떠다니고 있었다. 마치 하우스 내벽들이 숨을 쉬듯 뱉어내는 낮은 그 음악을 소기호씨 부부 외엔 들어줄 사람 하나 없었다. 그렇지만 삼 주째 이어져오는 집구경에 대한 아내의 집착만은 그를 느긋하게 안심시켰다. 속되다고 일축해버리기 쉬운 그 평범한 허영이야말로 아내 또래 여자들의 정상적인 증상이었다. 물론 개소식 자리에서 빚어진 언짢은 사건 이래 아내는 '눈에 띄게' 달라졌다. 더군다나 줄무늬 환자복을 입은 상태에서 온라인으로 다운받은 이혼청구서식을 받게 되고부턴, 그역시 온전한 정신으로 지내온 게 아니었다. 엎친 데 덮친 격으로 겹치는 시름 탓이었을까. 나를 버리면 이 자리에서 죽겠다고 무릎을 꿇은 지 보름을 못 넘기고 또다시 술을 입에 대긴 했다. 그렇지만 그건 어디까지나 살짝 목을 축인 정도에 불과했다. 과음이 아니었을뿐더러, 아내의 심장에 무리를 줄 만큼의 사고 따위도 저지르지 않았다. 정말이지 그 정도면 깨끗한 술을 마신 것이다.

그림자처럼 붙어 서 있던 아내가 아직 아무것도 없는 공터에서 저 기중기가 무슨 일을 하느냐고 물었다. 소기호씨는 여전히 그 거구의 완행에 시선을 붙인 채로, 건축에 대한 보통 남자들의 상식 범위 내에서 적당한 대답을 들려주었다. 학생을 가르치듯 자상하면서도 권위가 실린 소기호씨의 설명이 채 끝나기도 전에 숙용은 휑 등을 돌렸다. 층계참에서 2층까지의 몇 안 되는 계단을 재빨리 딛기 시작한 그녀를 따라 소기호씨도 후닥닥 따라붙었다. 시간이 가면 무엇이든 덤덤해지는 게 인생사의 이치다. 액운도 받아들이고, 익숙해지기 나름이었다. 설사 이보다 더 나빠진다 하여도, 그럴수록 굳세게 얼싸안는 것 외에 무슨 방법이 있겠는가. 물론 매섭게 튀는 공처럼 탄력 있게 굴던 아내가, 중추신경 몇 마디를 끊어낸 듯 생기를 잃었다는 게 무섭도록 마음에 걸리기는 했다. 매일 밤 돌아와 벨을 눌러놓고 그녀가 문을 따주길 기다리는 짧은 사이마다, 깊이 잠긴 수렁의 담이 오 센티쯤 더 가까이 눈앞에 다가드는 걸 느끼곤 했다. 그 역시 회복의 필요성을 절감했다. 하지만 회복? 어떻게? 한 달 내내 실어증에 걸린 듯 싸늘했던 아내가 교묘한 정부(情婦)처럼 그를 잡아끄는 이 일요일의 순례 속에 혹여 실마리라도 있을까?

두 평형대의 복층형 오피스텔은 혹성에 지어진 듯 미래파적인 인상을 풍겼다. 크고 노란 초승달과 보랏빛 별 모형을 엮은 모빌이 늘 어뜨려진 탓도 있었지만, 테라스형의 2층뿐 아니라 광장처럼 널찍하게 로비를 잡아놓은 1층까지 개미새끼 한 마리 얼씬 않는 괴괴함 탓이 더 컸다. 소기호씨가 큰 평수 쪽으로 몸을 돌리려는 순간, 숙용이 13평형으로 난딱 들어섰다. 벽지의 밝은 색감과 눈부신 조명이 쪽마루의 맑은 윤기와 합세하여, 빨아들일 듯 눈부신 아가리를 벌렸다. 단순하기 짝이 없는 실내구조도 일별의 대상으로는 담박했다. 지붕밑방처럼 꾸며진 아늑한 침실과 그 가장자리를 둘러친 난간으로 이어지는 계단들이, 월넛 무늬목 핸드레일을 타고 눈썰매를 지치듯 날렵하게 휘어져 있었다. 그 계단 밑 공간에 부엌이 딸려 있다는 점만 빼면, 그 전체 공간이 여느 30평 아파트의 거실쯤으로 느껴질 법했다. 그곳까지 스피커가 설치돼 있는지 〈징글벨〉 소리가 흐리게 흘러다녔다. 다소 가파른 계단을 딛고 올라서기 시작한 건 이번에도 숙용이었다.

"나, 취직했다?"

가장 단순한 서술문의 끝을 올려 뱉는 아내의 목소리가 굼실거리는 듯한 캐롤송에 섞여 어깨 너머로 들려왔다. 소기호씨는 문득 어리둥절한 나머지 뭐라고 반문할 말조차 떠오르지 않았다. 그의 두 발은 아직 바닥에 굳건히 붙어 있었다. 그는 차돌처럼 차고 반지레한 핸드레일에 손바닥을 얹은 채 턱을 치켜들었다. 멀건 동공에 끼는 청바지를 입은 숙용의 엉덩이가 비치는 순간, 소기호씨에겐 크리스마스 나무에 휘둘러진 색전구에 일제히 불이 들어온 것과 같은 변화가 일어났다. 음악이 바뀌었다. 원래의 기름진 낭랑함을 잃어버린 빙 크로스비의 음색이 맥없이 사라지고, 쭉 뻗은 팔로 기지개를 켜듯, 해바라기의 〈사랑으로〉가 흘러나오기 시작한 것이다. 소기호씨에게 그 변화는 기적으로 느껴졌다.

내가 살아가는 동안에 할 일이 또 하나 있지……

"어머, 꼭 인형의 집 같애!"

숙용이 계단 세 칸을 남겨놓고 침실 난간 사이로 목을 집어넣으며 계집아이처럼 탄성을 내질렀다. 소기호씨는 쇳가루처럼 아내를 향해 딸려올라갔다. 어찌나 후끈 달아올랐는지, 아내가 왜 별안간

취직 얘기를 꺼내는지 곱씹어보는 것도 잊었다. 앞면과 옆면 일부가 낮은 난간으로 둘러쳐진 채 트여 있는 그 공간은 침대 하나에 애오라지 바쳐진 장소였다. 원목 침대에 덮인 샌드베이지색 이불과 그보다 더 희끔한 한 쌍의 베개 위로, 사이드테이블에 앉아 고니처럼 목을 늘인 핑크빛 스탠드가 제법 호젓한 분위기를 던져주었다. 한쪽 베갯잇 귀퉁이가 다른 쪽 위로 살짝 겹쳐 올라가 있었다. 소기호씨는 그 한 쌍의 베개를 바로 놓아주고 싶었다.

바람 부는 벌판에 서 있어도 나는 외롭지 않아……

"숙용아."

그는 흥건하게 젖어서 계단을 한 칸 남겨놓고 서 있는 아내의 허리를, 바로 그 한 칸 아래서 꼭 껴안으며 오랫동안 입에 올려보지 않았던 아내의 이름을 불렀다.

"어", 숙용은 허리를 뒤틀어 별안간에 덮친 남편의 거센 손길을 뿌리치며 목청껏 내질렀다.

"나, 수화교사로 취직됐다구!"

바로 다음 순간 소기호씨의 품에 꼼짝 못 하게 안겨버린 숙용의 깡마른 두 발목과 캐주얼 슈즈 앞축이 침실의 낮은 난간 위로 버둥거리며 튀어올랐다. 남자는 작은 거인이 되어 끼엉차 올라섰다. 침대 앞에 다가서자마자, 남자는 한 손으론 샌드베이지의 이불자락을 끌어내려 아내의 아랫도리부터 놓이게 하면서 왼쪽 팔뚝에 받쳐져 있던 아내의 머리채를 포근한 베갯잇 가운데로 급하게 쏟아놓았다.

그러나 솔잎 하나 떨어지면 눈물 따라 흐르고……

남편이 성마르지만 안정된 자세를 취할 때까지 숙용은 버둥거리지 않았다. 아니, 그 다음, 또 다음으로 이어지며 모두 끝날 때까지 숙용의 두 팔은 그 남자의 등뒤로 자물쇠처럼 단단히 채워져 있었다. 낮은 천장을 쳐다보며 누운 소기호씨는 젊은 수사슴처럼 평화롭고 탄탄해졌다. 튼살이 얽힌 숙용의 아랫배에도 예쁜 배꼽만은 숨겨진 샘처럼 빠끔하고 여울 깊었다.

로비로 내려오는 층계참에서, 그들은 다시 한번 멈춰 서 창 밖의 기중기에 눈을 두었다. 어느새 〈루돌프 사슴코〉로 바뀐 캐럴송이 뿌옇게 날리는 분말처럼 허공에 떠다녔다. 여전히 개미새끼 한 마리 얼씬하지 않았지만, 숙용의 등허리로 단단히 팔을 두른 소기호씨는 이제 그 고적함에 주눅들지 않았다. 진심으로 아내에게 미안할 뿐이었다. 다만 술은 마시지 말라고 했던 아내와의 약속을 깬 것, 아니 그밖에도 무수히 깨어온 약속들과 집을 잡힌 이천만원에 대해서 정말이지 가슴이 쪼개지려고 했다. 그래, 여보, 이제 잘해봅시다.

로비의 초록 카펫으로 내려서자, 숙용은 허리에 둘린 소기호씨의 팔을 조심스럽게 떼어냈다. 또 그로부터 충분히 몇 발짝 떨어지기까지 아내는 불현듯 성마르게 굴었다. 이윽고 한 번 숨을 몰아쉰 뒤, 입구에서 오른쪽 멀찍이 자리잡은 사무실을 힐끔거리면서 그녀는 예기치 못한 말을 내뱉었다.

"나, 여기 계약하러 왔어."

소기호씨는 아내가 쌍둥이를 낳기 전의 발랄하고 당돌했던 모습으로 돌아가 자신을 놀리는 것이라고 믿었다.

"이런 걸 뭐 하러 계약해? 가끔 놀러나 오면 되지."

심장에서 따뜻하고 좋은 기운이 솟구쳤던 그의 눈동자는, 누런 막이 벗겨진 듯 훨씬 맑고 또렷해 보였다. 그는 아내의 재치 있는 농담에 재미를 느낀 나머지, 또 한번 그녀의 등허리를 삼손처럼 가뿐하게 들어올려서, 이번엔 그 옆 18평형의 지붕밑방으로 올라가고 싶어질 지경이었다.

"아니, 정말 계약하러 왔다구. 나, 혼자 살 집을."

아내는 초점이 흐르는 눈길을 휘저으며 뭔가 들어 있다는 뜻으로 밤색 가죽가방을 내밀어 보였다.

"뭐야? 거기 뭐가 들었어?"

"신청금하고 도장."

이번에도 공연히 말끝을 올리는 아내는 쓸쓸한 미소를 짓고 있었다.

"먼저 가도 돼."

아내는 돌아섰다. 감색 반코트와 찰랑거리는 단발머리의 아내가 여학생처럼 경쾌하게 멀어졌다. 몇 발짝 떼더니, 아내는 뛰기 시작했다. 그러다 마지나타 류의 쭉쭉 찢어진 잎들이 휘늘어진 관상수를 스칠 때쯤 언뜻 멈춰 서더니 그를 향해 손짓해 보였다.

먼저 가.

예쁘게 손짓하는 아내의 수화는 그 말을 의미했다.

점퍼 호주머니에 두 손을 찌른 채, 도무지 영문을 모르겠다는 듯한 소기호씨의 키는 오 센티쯤 줄어 보였다.

섹스에 관해
너무 많이 지껄인 다음날

섹스, 섹스…… 사람들이 그녀에게 섹스에 관해 지껄일 때, 그들이 솔직하

지 않다는 것쯤은 빈도 알고 있었다. 그녀는 물론 성적으로 숙맥이었다.

그렇지만, 다른 사람들이 그녀에 대해 추측하고 있는 것만큼은 아니었다.

빈의 얼굴은 허옇게 떠버렸다. 선배는 그것도 모른 채 계속 빈의 성적인

무지를 찔러대며 깔깔거렸다. 시간은 새벽 네시를 넘고 있었다.

앞치마

이 년 전 할머니가 돌아가셨을 때, 빈은 한 번도 경험한 적 없는 끔찍한 상실감에 휘말렸다.

인간이 사랑하는 사람들에 대해 그러하듯이 빈도 할머니 없는 삶을 상상할 수 없었다. 아니, 상상키 싫었다. 막 그녀의 서른네번째 생일을 지나치던 시점이었는데, 일 주일 내내 극심하게 고통스러웠던 나머지 결국 장지에도 따라가지 못했다. (이 사건은 친척들 사이에서 두고두고 씹히는 꼬투리가 되었다.)

그녀는 전형적인 할머니 아기였다. 열다섯이 될 때까지 부모가 살고 있는 지방도시 근교의 할머니 슬하에서 양육되었다. 한국적인 전원주택에서 푸른 하늘을 지붕 삼아 그야말로 풍요로운 성장기를 보낸 것이다. 할머니가 갓 태어난 손녀에게 왜 첫눈에 반해버렸는지 정확한 이유는 아무도 알지 못했다. 그 시기에 대해 그녀가 확신하는 유일한 진실은, 할머니의 사랑이 마르지 않는 샘처럼 자신을 적셔주었다는 것뿐이었다.

어린 시절, 시골 마을에서 빈은 '앞치마'로 통했다. 어딜 가든 할머니가 어린 그녀를 앞치마처럼 두르고 다녔기 때문이었다. 또 어떤 때는 '치통'이었다. 이앓이가 심한 어린 빈을 들쳐업은 할머니가 밤새 앞마당을 서성거리는 모습은 흔히 목격되었다.

그러나 통증이 완화되기만 하면 빈은 그 무렵 촌에서는 구경조차 하기 힘든 귀한 초콜릿이며 깡통사탕을 온종일이고 우물거렸다. 할머니 최대의 기쁨은 손녀가 맛있게 먹는 것을 보는 일이었다. 그 때문에 더러는, 한량없는 할머니의 희생에 대한 자신의 유일한 보답이라곤, 성한 데 없이 망가진 치아뿐이라고 느껴지는 때가 있었다. 황금빛으로 번쩍거리는 치아 내부를 들여다볼 때마다 할머니에 대한 그리움으로 가슴이 찡해졌다.

그렇지만 그 모든 기억 가운데서도 빈에게 가장 아름답게 남아 있는 것은 여름철 딸기에 대한 기억이었다. 할머니는 여름이면 매일같이, 조그만 어린아이가 혼자 먹기엔 지나치게 많은 양의 딸기를 대소쿠리 그득, 손녀의 앙상한 가랑이 사이에 걸쳐얹어주었다. 때문에 그녀는 아직껏 어린 시절의 찬란한 전리품인 양, 어떤 사람들 사이에서고 딸기에 대해서라면 오만을 부렸다. 이제 이 세상에 딸기다운 딸기란 소멸되었다. 그때 어린 그녀가 맛본 것만이 딸기의 '형상'이었고, 참다운 인생의 기쁨은 그런 완벽한 딸기를 줄 수 있는 누군가의 손녀로서 살아가는 것이었다.

그런 것들이야말로 그녀 인생에 부인할 수 없는 좋은 영향을 끼쳤다. 왜냐하면 '딸기의 형상'으로 상징되는 할머니의 완벽한 사랑의 그늘에 에운 그녀로서는, 그 누구와도 생존을 위한 경쟁 같은 것을 할 필요성을 느끼지 않았다.

하지만 점차 그 형상도, 참다운 생의 기쁨도 허물어져갔다.

할머니가 시들기 시작하면서 그녀는 정수에 가까웠던 자기 인생의 묘미들이 함께 탈색돼가는 것을 느꼈다. 그리고 할머니의 종말이 왔다. 그녀는 주인 잃은 앞치마처럼 빨랫줄에 걸린 채 초라하게 너불거리는 느낌을 갖지 않을 수 없었다.

그래서인지 그때까지 악착같이 유지해온 젊음 ― 그녀가 의도하지 않았어도 할머니의 손녀임으로 하여 자발적으로 유지되어온 ―이 그 부재와 더불어 어언 까부라져가고 있었다. 모든 건, 마치 잠깐 피었다 지는 봄꽃 같은 과정이었다. 서른다섯번째 생일, 그녀는 대부분의 그 나이의 사람들처럼 자신도 삽시간에 서른다섯이 되어버린 데 비애를 느꼈다.

사실이었다.

무조건적인 사랑의 젖줄이 끊어지자, 단 두 해 사이에 서른다섯 해분의 노쇠가 그녀를 향해 한꺼번에 들이닥친 셈이었다. 하지만 그럼에도 불구하고, 그녀의 개성과 매력을 아는 혹자들에게만은 빈은 여전히 불가사의한 응석으로 가득한 값있는 인간이었다.

아침 전화

그날 아침도 빈을 깨운 건 아버지의 전화였다.

아버지에게 그녀란 하릴없이 나이만 먹어가는 딸로서, 어린 시절의 지극한 총명을 비둔한 허벅지와 맞바꿔먹은 미련퉁이의 극치이자, 아침마다 장거리전화를 요하는 유지비만 많이 드는 애물단지였다. 그러니까 아버지는 빈을 제힘으로 일어날 능력조차 없는 인간으로 보고 있었다. 마음 한구석, 자신이 깨워주지 않으면 딸이 한평생이라도 침상 위에서 꼼짝 못 할 것 같은 강박관념에 짓눌리면서.

하지만 그녀에게 이렇게 말했다간 단숨에 반발에 부딪히리라. 아마도 그녀는 불쾌하게 격앙되어, 그건 무엇도 아닌 자신에 대한 아버지의 지극한 사랑일 뿐이라고 우겨댈 것이다. 더구나 그날 아침처럼, 아버지의 전화가 "굿모닝, 따님?"이라는 유례 없는 아첨으로 시작된 날이라면.

아버지는 모든 면에서 생(生)이라는 직인 조합의 장인이었다. 빈의 아버지는 그녀가 혼자 살고 있는 수도의 오피스텔에서 승용차로 세 시간쯤 떨어진 지방도시 중심가에 버젓한 점방을 두 개나 갖고 있었다. 아버지는 사고 팔고 관리하는 모든 일에 수완이 뛰어났다. 하지만 일생을 사고 팔았다 해서 아버지가 한 번도 속되게 느껴진 적은 없었다. 아버지의 점방에선 격조 있는 고가구들만 거래되었다. 여러 해 전 환갑을 넘겼지만, 오래 전부터 쉰셋쯤에 나이가 고정되었던 아버지는 한결같이 장년의 근력을 유지했다. 단 하나 안타까운 건, 빈 외에 몇 자녀를 두었지만 아버지 수완을 빼어닮은 자식이 없다는 점이었다. 닮지 못했는가, 닮지 않았는가. 사실은 이럴 것이다. 아버지의 수완은 지나치게 뛰어났던 나머지, 또다른 뛰어난 수완가의 존재를 필요로 하지 않았다.

이런 아버지가 매일 아침 일곱시 반 딸에게 전화를 건다.

그날은 "굿모닝, 따님?"이었지만, 날마다 다른 기분에 따라 변화무쌍한 첫마디를 구사하는 게 아버지 전화의 특징이었다. 말하자면 빈에게 수화기를 든 그 시간, 아버지는 하루 중 가장 재치가 넘쳐흘렀다. 다분히, 수화기를 들기 직전 아버지가 온 집 안 청소를 마친 데서 기인하리라. 손걸레를 놓은 아버지는 언제나 유쾌했다. 아버지의 청소는 하루 세 차례. 매끼 식사를 마치고 약 오 분간 휴식을 취한 뒤였다. 점심때도 식사는 집에서 했기 때문에, 세 번의 대청소는 하루도 거르는 법 없이 이어졌다. 쓸고 닦고 구석구석 먼지를 훔치고, 온 마루와 유리창, 창턱 문턱까지 반들반들 윤이 나도록. 가구의 손잡이, 냉장고, 세탁기, 어머니 화장대까지 티끌 한 점 내려앉을 틈을 주지 않았다. 속도감 또한 대단해서 40평이 실히 넘을 공간을 이십 분이면 해치웠다. 놀라운 것은 그럴 때마다 온 집 안이 새삼스럽게 반짝거린다는 것이었다. 문턱이 닳게 쓸고 닦았으니 집 안에 더이상 반짝거릴 구석이 없으련만, 아버지의 비와 걸레만 스치면 새로운 광택이 어른거렸다. 그렇게 반짝거리는 가운데, 아버지는 잠깐 동안 꼼짝 않고 마루에 붙어섰다. 마치 열반에 든 듯, 몰아지경에 빠져 있는 모습이었다.

그렇게 상쾌한 일과 뒤에 빈과의 통화가 놓여 있었다. 그 일은 아버지를 짜증 속으로 몰아넣는다. 하지만 사실은 겉으로만 그런 척할 뿐 속으로는 아닌지 몰랐다. 빈의 염치없음과 한심함을 쥐 잡듯 몰아치면서, 승승장구하는 권위의 쾌감을 만끽하고 있을 수도 있었다.

빈의 입장에서 이 전화는 아버지에게 얹혀 혼자 살아가는 한, 피할 수 없는 숙명의 통화였다. 아울러, 그녀가 어떤 일을 하든 얼마를 벌든, 빈의 일이라는 걸 일로서 받아들일 수 없는 아버지의 편견이 계속되는 한, 역시 피할 수 없는 숙명의 통화였다.

빈은 프리랜서로 다양한 원고들을 썼다. 대학을 갓 졸업했을 때 오히려 많이 벌었고(80년대 후반이었는데 한 달에 백만원 이상 벌었다), 그후 점점 답보상태이다가 현저히 그만 못해졌고, 현재는 연중 띄엄띄엄 약간의 벌이가 있을 뿐 빚만 불어나는 상황이었다. 그나마 일거리가 딱 끊어지지 않은 걸 다행으로 여겨야 할 정도였다.

그런즉, 빈이 무엇을 하든 아버지에겐 아무것도 하지 않는 것과 마찬가지였고, 아침마다 흔들어 깨우지 않으면 안 될 만년 어리보기였다. 심지어 작년 가을께 그 딸은, 오피스텔에만 들어가면 모든 문제가 해결되기라도 할 듯이 거금을 헐어 내갔다. 아버지는 단지 빌려주는 돈일 뿐이라고 으르렁거렸지만, 꿔주는 순간에 떼였다고 포기한 빚쟁이처럼 날이 갈수록 강도 높은 분통을 터뜨렸다.

하지만 그날 아침의 열반에서 무엇을 보았는지 아버지는 유례 없이 상냥했던 것인데, 딸은 너무도 혼곤했던 나머지 평소라면 확연히 느꼈을 중요한 변화조차 도시 종잡고 있지 못했다.

인기

간밤에 지나치게 무리했던 탓이었다. 그렇게 무리하지 않을 수 없었던 건, 아버지가 보는 그녀와는 판이하게도 빈이 너무도 값있는 인간이기 때문이었다.

그녀는 정말 여러 해 동안 고달픈 인생들의 동반자였다.

그녀가 그 일에 얼마나 열심이었는가는, 정식 일을 할 때보다 일과 일 사이의 기약 없이 뚫린 긴 공백기에 얼마나 바빠지는가만 보아도 알 수 있었다.

어떤 사람이든 객관적으로 놀고 있는 시기의 빈을 불러내기란 오히려 결코 쉽지가 않았다. 왜냐하면 그녀에겐 이미 수많은 새로운 만남, 이미 아는 자들과의 온갖 명목의 약속, 누구보다도 그녀가 꼭 오기를 바라는 집들이들, 공짜로 보는 시사회, 전람회, 콘서트들, 심지어 가출했거나 그녀처럼 혼자 사는 여인들의 올나이트 모임들

150

이 빡빡하게 내정돼 있는 것이다. 그녀는 그 언제나 그 모든 모임들의 노른자위였다!

빈이 이 세상에서 가장 잘 할 수 있는 일은, 바로 그같은 모임에서 마주친 인생들의 이야기를 세심히 듣고 적절한 코멘트를 해주는 것이었다. 그것은 그녀가 공공연히 자기가 제일 좋아하는 일이라고 외치는 책읽기와 일맥상통하는 것이기도 했다. 말하자면 한 권의 책을 읽듯이 인생들의 경험을 읽는 것이었다.

물론 그 모든 일은 언제나 지극히 개인적으로 이루어졌다. 그녀는 일체의 공적인 이론이란 것의 객관성을 믿지 않는, '개인적으로 거만한' 부류였다. 이 '개인적인 거만'은 빈과 그녀 지지자들을 묶어 주는 심리적 유대감이기도 했기 때문에, 한때 그들은 스스로가 그런 경향의 소유자들이라는 점을 명예의 주홍글자처럼 받아들였다.

그들은 대개 개인적이지 않고는 자유로울 수 없으며, 자유가 빠진 객관성이란 공허한 개념에 불과하다고 믿었다. 그렇다면 언제까지고 한 사람도 빠짐없이 서로에 대한 관찰자 겸 비평가로서 신의를 지켰어야만 온당했을 것이다. 하지만 그들 중 대부분이 개인적 거만 대신에 지속적인 안정을 찾아 궤도를 이탈해버리는 바람에, 결국은 빈만이 명예의 전당을 지키는 고독한 파수꾼으로 남게 되었다.

친구들은 이제 거의가 누군가의 아내 아니면 남편이었고, 동시에 부모, 혹은 누군가의 애인들이었다. 그들은 그런 역할들의 중첩성에 허덕허덕했다. 또한 동시에 역할의 중첩성이 유한한 인생에 끼치는 무리(無理)와 기만을 번개처럼 알아채고는, 안이한 마음으로 궤도를 이탈했던 과오에 대해 금세 쓰라린 후회의 감정에 사로잡혔다. 왜냐하면 축복의 소란으로 인한 초기의 무분별한 흥분이 가라앉고 나면, 소위 자신들이 택했다는 생의 안전한 내부는 파고들수록 안전지대가 아니라는 진리가 날이 갈수록 뼈저리게 증명되었기 때문이다. 그 증명이 뼈저리게 체득될수록, 그들은 아직도 빈이 도도하게 두 발을 대고 있는 개인적 거만의 영토를 새삼스럽게 동경했다.

마치 유일하게 온전한 마지막 보루처럼, 문제가 생길 때마다 그들은 모든 영험한 귀신들의 자존심을 돌보지 않고 오로지 빈을 통해 푸닥거리를 하려 들었다. 또한 그럴 때마다 재확인되는 빈의 괄목상대할 안목의 성장에 탄복을 금치 못하면서, 미구에 다른 문제를 들고 다급한 목소리로 그녀 이름을 부르게 되고야 말았다.

빈으로서 그런 세월은 대략 스물여덟 어름부터 지금껏(도대체 몇 년인가!), 강도 높게 지속되었다. 그중에 몇 건은, 무려 칠 년에 걸친 사역의 전리품이라 불러 손색이 없을 정도였다. 그간 빈은 고질적인 성격차로 고통받는 세 쌍의 부부를 갈라세우는 데 지대한 공을 세웠으며, 재기 많은 두 후배 여성들의 불륜을 일 년에 걸친 우정 어린 설복으로 끝장을 내게 했다.

이제 빈은 어쩔 수 없이 그 영역의 전문가가 되어, 그녀 스스로 결혼이건 연애건 섹스건 모르는 것이 없는 느낌에 파묻혀버렸다. 물론 얼토당토않은 느낌이었다. 하지만 얼토당토않은 일이란 그것 말고도 이 세상에 발길에 차일 만큼 흔하고 흔하므로, 다소 당치 않은 느낌에 젖어 산다 해서 특별히 부끄러워할 일은 아닐 것이다. 어제 일 같은 것도 그녀에겐 수시로 벌어지는 사건이었다.

마조히즘

어제 오후 빈에게 성적인 문제를 털어놓은 지지는 서른셋밖에 안 되는 비교적 젊은 여자였다. 하지만 빈은 지지에 대해서 언제나 다른 면은 물론이고, 연령적으로까지 뒤처지는 느낌을 받았다. 언제나 뒤지는 느낌을 받으면서도, 유쾌하게 그럴 수 있다는 점이 그들 관계의 바람직한 특징이었다. 둘은 육 개월 전, 외국어회화클럽에서 사귄 사이였다.

혼자 사는 처지는 둘 다 같았지만, 빈의 혼자인 신세와 지지의 혼자인 입장은 알아갈수록 천양지간이었다. 많은 요인 중에서도, 결정적으로 빈의 혼자를 '혼자인 신세'로 만들어버리는 건 지지의 '뚜렷한 직업'이었다. 돈을 다루는 직업에 종사하는 지지는 빈이 알기로 한 번도 지갑이 두툼하지 않았던 적이 없었다. 그에 비하면 빈 자신은 언제 어디서, 무슨 일을, 철야로 하든 불철주야로 하든 뚜렷한 직업이 없다고 해야 옳았다.

빈은 자신에게 너무 생소한 지지의 직업에 언제나 존경심을 품고 있었을 뿐 아니라, 두툼한 지갑, 치마든 바지든 짧게 입는 패션 취향과 통통한데도 미끈해 보이는 두 다리도 좋아했다. 하지만 그중에서도 너무 좋은 건, 일류 레스토랑에서 제대로 된 맛을 즐길 수 있는 지지가 제공하는 식사였다!

맛있게 먹는 빈을 흐뭇한 표정으로 바라보면서, 라자냐 소스 따위가 묻은 언제 보아도 선정적인 입가를 냅킨으로 슬쩍 눌렀다 떼어내면서 "자기야, 그런데 말야" 하는 식으로 지지는 말문을 열곤 한다. 가벼운 이야기든 무거운 이야기든 심각해 죽겠다는 표정으로.

그 지지가 스쿼시 모임에서 만난 열 살 연하의 청년으로부터 애정 공세를 받고 있었다. 따로 만난 첫째 날, 그들은 심야극장에서 공포영화를 보았고, 둘째 날 고속도로를 타고 질주했으며(여기까지는 연하 청년의 제안으로), 셋째 날엔 그녀의 제안으로 특급 호텔 스탠드 바에서 브랜디 종류의 독주를 마셨다. 그 자리에서 청년은 지지에게 육체적이고도 격렬한 사랑의 충동을 고백했다.

"오오……"

어색할 때 양어깨를 훌쭉 밀어올리며 오오 하는 지지의 모습은 매력적이다. 여러 사람이 그런 말을 해왔기 때문에 지지 자신도 그런 매력을 의식하고 있었다.

"그래요, 욕구 자체는 자연스러운 거죠……"

지지의 응답이었다. 자신도 놀랄 만큼 지지도 강렬한 충동에 사로잡혔다. 자연스럽다는 말을 내뱉는 순간, 뇌리엔 일련의 치열한 성적인 몸부림 장면들이 연쇄적으로 떠올랐다. 그런데 그 연상작용이 채 마무리되거나 꺼져버리기도 전에 청년은 다음 사실, 즉 자신이 마조히스트라는 사실을 털어놓았다.

"마조히스트?"

"놀랐나요?"

"아니……"

지지는 청년의 얼굴을 살펴보았다. 실내는 어두웠고, 미색 조명등이 자아내는 환경은 청년의 표정을 슬픈 빛으로 왜곡시켰다. 그녀 자신은 몰랐지만, 그녀를 바라보는 청년의 눈에도 그녀 표정은 슬픈 빛으로 왜곡돼 보였다. 그 순간 차마 지지는 구애자를 실망시키거나 상처 입히는 반응을 보일 수가 없었다.

"아뇨, 난 매우 흥미롭다고 생각해요."

상황은 여기까지였다.

식후에 나온 뜨거운 초콜릿을 마시면서, 빈은 그 상황을 도와야 한다는 의무감 비슷한 감정을 느꼈다. 지지에 대한 순수한 우호감과 성적으로 극단적인 시도들에 대한 공상적인 호기심이 겹겹이 작용한 결과였다. 그리하여 빈은, 가능하다면 지지에게 오랜만에 발생한 섹스의 기회를 지원하고자 했다. 모든 면에서 조건이 좋았음에도 불구하고, 지지는 섹스에 대한 도덕적 부담감으로부터 자유롭지 못해 보였다. 오후 다섯시쯤, 오피스텔 앞까지 태워다준 지지 승용차에서 내리면서, 빈은 사려 깊고도 자상하게 다짐을 두었다.

"너무 두려워하지 마. 나도 남성의 마조히즘에 대해 잘 한번 알아볼게."

"오, 그래? 좀 그래줄래? 난 말야, 도무지 감이 안 잡혀. 안 그래? 사디스트라면 또 몰라도."

지지는 외국인을 상대할 때처럼 엄청난 표현의 에너지를 동원하면서, 막 돌아서는 빈의 껑충한 등에 대고 크게 소리를 질렀다. 지지에겐 차창 밖을 오가는 찌푸린 얼굴의 행인들이 조금치도 의식되지 않는다.

멋진 여자! 라고 빈은 느꼈다.

그러면서 지난밤 일곱시가 지나고 아홉시가 지나도, 마조히스트에 대한 불확실하면서도 엽기적인 공상에서 벗어날 수 없었다. 그 상태는 곧이어 몸 속에 거대한 계곡이 팬 것 같은 공복감을 연출했다.

열시쯤 되자 빈은, 천 밀리 포도주스 팩에서 세 컵을 거푸 따라 마시며 딸기잼과 땅콩잼을 듬뿍 바른 토스트 여덟 조각을 먹었다. 컵과 접시들을 싱크대로 옮기다 말고 다시 냉장고에서 단호박만큼 탱탱하게 자란 신고 배 두 개를 꺼내 깎아먹은 다음, 나무쟁반에 오징어포를 수북이 쌓아놓고 질경질경 씹으면서 전화기를 들었다.

너무 배가 불러 헉헉거릴 지경인데도 속에서는 계속해서 무언가를 요구했고, 물만 마신 것 같은데도 소화불량에라도 걸린 듯한 느낌이었다.

몸이 확확 가고 있는 느낌이었다. 특별히 아픈 곳이 있는 것도 아닌데 시도 때도 없이 배가 고프고, 움직이기 위해 뭔가 먹긴 먹는데 먹고 나면 손가락 하나 까딱하기 싫을 정도로 식곤증이 몰려왔다. 그녀는 엎드렸다. 그러나 등뼈가 앞가슴과 배를 짓누르는 듯했기 때문에, 도저히 그 자세를 오래 유지할 수는 없었다. 도로 반듯이 일어나 앉자 어지럼증이 핑 돌면서, 까닭 모르게 울화가 치밀어올랐다. 바로 그때, 양쪽 전화가 교통되었다. 순간적으로 울화를 억제한 결과, 빈은 꾸르륵 하는 트림 소리로 인사를 대신하고 말았다.

비교적 섹스에 조예가 깊은 선배 여성이었다.

"만약 섹스에 관한 용의가 충분히 있는 상태에서, 상대가 마조히스트라는 사실을 알았다면요…… 지극히 정상적인 섹스밖에 모르는 여자한테 어떤 일들이 생길 수 있을까요?"

급체현상으로 인하여, 빈의 말투는 격앙되게 들렸다. 게다가 오밤중에 마조히스트를 캐야 하는 영문을 알 수 없었던 선배 여성이, 빈의 절박함에 다소 아둔하고 짜증 섞인 반응을 보였다 해서 그녀를 나무랄 일은 아닐 것이다.

"이제 나한테 그런 거 묻지 마."

하지만 선배의 깊은 조예와 여러 해에 걸친 심야통화로 쌓아온 정분을 굳게 믿었던 빈이고 보면 뜨악한 반응이 아닐 수 없었다. 그녀는 고지식하게,

"왜요?"

"왜고 뭐고 관심 없다니까."

156

"어떻게 그런 일이 생길 수 있죠?"

그렇게 시작된 통화가 자정을 넘길 때쯤, 최근 그 선배 여성을 덮친 재앙의 실체가 윤곽을 드러냈다. 그녀는 세번째 아이를 지웠다고 털어놓았다. 내처 자기 친구 중에는 네 번, 다섯 번 그런 경우도 있다고 덧붙이며, 아마도 그 친구는 여섯번째 아이를 지우게 될 때 드디어 남편과 갈라서게 될 거라는 스산한 예언으로 끝을 맺었다.

빈에게 임신중절이란 완벽히 공상적인 개념이었다. 하지만 바로 그러한 이유로, 그녀는 더더욱 원초적이며 주술적이기까지 한 두려움, 아니 거의 공포에 사로잡혔다. 돼지를 잡거나 닭의 먹을 따는 것과 다름없이 느껴지는 동물적 잔혹이었다. 곧이어 그들은 임신을 공격했고, 출산이란 '근본적으로 무책임한 짓거리'일 수밖에 없음을 서로 설득시키면서 혼연일체가 되어갔다.

그러면서 어인 일로 빈은 씻은 듯 원기가 회복되었고 선배 여성의 말투도 종마가 내닫듯 날래어졌다. 그들은 조금도 피로하지 않았다. 이윽고 두 사람은 그런 식의 대화에 내재된 구조적 정점에 도달했다. 빈은 자신이 왜 혼자 살 수밖에 없는지, 언제나 투명했던 그 이유가 새삼 석영처럼 단단해지는 느낌이어서 선배 여성과의 그 밤이 금강석처럼 소중하기만 했다.

새벽 두시 반쯤. 선배가 "그러니까 이제 그 모든 것의 근본적인 발단이라고 할 수 있는 섹스가 싫어. 혐오스러워! 난 불감증이야", 하고 내뱉자 빈은 기다렸다는 듯이 "그럼 이제 안 해요?" 하고 물었다. 그 순간 빈의 머릿속엔 불감증에 대한 하나의 사전적인 의미만이 떠올랐으나, 선배의 입에선 천만뜻밖의 해석이 흘러나왔다.

"그렇지, 그저 겨우 한두 번."

빈은 아차 싶으면서, 속고 있는 듯한 기분에 사로잡혔다.

그러니까 바로 그 순간, 빈은 지난 팔 년간 숱하게 들어왔던 남의 이야기들이 실은 전혀 솔직하지 않았을 가능성에 눈을 떴던 것이다. 그 깨달음은 그간의 자신이 어릿광대로 살아온 듯한 느낌에 쓴웃음을 짓게 했으며, 잠을 설쳐가면서 공허한 이야기를 떠들어댄 자신에 대해서 몹시 화가 났다. 어쩌면 지지조차 이미 문제의 마조히스트와 자신으로선 결코 상상조차 할 수 없는 섹스를 해치웠을 가능성이 농후하다는 데 생각이 미치자, 언짢은 느낌은 극에 달했다.

　　"최근 해외토픽에서 본 바로는, 정상적인 부부의 평균 섹스 횟수가 주 이 회라고 하던데요."

　　"주 이 회? 삼 회 아니니?"

　　"분명히 이 회였어요…… 그러니까 언니가 일 주일에 한두 번이라는 건, 그 평균에 가까워요. 그걸 가지고 불감증이라고 할 수 있는 건가……"

　　"아니! 삼 회였을 거야."

　　"어유, 삼 회는 많죠."

　　"네다섯 번씩, 아니 매일 하는 사람들도 있는데? 그런 게 많은 거지!"

　　"세 번도 많아요."

　　"아니, 세 번은 많은 거 아냐."

　　"많아요."

　　"니가 그걸 어떻게 아니?"

　　"네?"

　　섹스, 섹스…… 사람들이 그녀에게 섹스에 관해 지껄일 때, 그들이 솔직하지 않다는 것쯤은 빈도 알고 있었다. 그녀는 물론 성적으로 숙맥이었다. 그렇지만, 다른 사람들이 그녀에 대해 추측하고 있는 것만큼은 아니었다. 빈의 얼굴은 허옇게 떠버렸다. 선배 여성은 그것도 모른 채 계속 빈의 성적인 무지를 찔러대며 깔깔거렸다. 시간은 새벽 네시를 넘고 있었다.

잠과 꿈 사이

그런 아침의 전화벨 소리는 천지가 진동하는 우레 소리 같다. 물리적으로, 벨소리가 건드린 영역이래야 그녀의 넙죽한 베갯머리 언저리에 지나지 않았지만. 그리하여 빈은 도로 잠을 청할 수 있는 유일한 방편으로 수화기를 들었던 것인데, 전화기는 침대 머리맡과 쓰레기통 하나 떨어진 책상 위에 놓여 있었다. 꼼짝 않고 엎드린 자세에서 오른쪽 팔만 치켜올리면 손쉽게 집을 수 있는 위치였다.

코를 완전히 파묻으면 숨이 막힐 우려가 있기 때문에, 전화가 오기 전 빈은 오른쪽 뺨을 베개에 붙이고 왼쪽 벽면을 바라보는 식으로 엎드려 있었다. 그러한 자세를 그녀는 매우 안락하게 여겼다. 창은 발치에 뚫려 있어, 아침 햇살이 단잠을 들쑤실 염려도 없었다. 그런데 엎드린 채 전화를 받으려면 부득불 베개에 대는 뺨을 오른쪽에서 왼쪽으로 바꾸기는 해야 했다. 빈은 벨소리로 인하여 강요된 그 행위에 성가심을 넘어선 분노를 느끼면서, 왼쪽 귀와 입술 사이에 수화기를 비스듬히 걸쳐놓고 "예, 아버지"라고, 겨우 한마디를 뱉은 다음 다시 서서히 잠들어갔다. 도로 잠들어가는 그녀의 모습은 진정으로 거만하고 동시에 필사적으로 게을러 보였다.

따라서 유례 없는 상냥함으로 무장한 아버지가, 오직 그이만이 고안해낼 수 있는 독창적인 어법으로 "굿모닝, 따님!" 하고 연거푸 외쳐대었지만 더이상 적절한 대꾸를 이어갈 수는 없었다.

"따님, 오늘 아침엔 굿 뉴스가 있습니다"까지 어렴풋이 들었을 까……

건성으로 네, 네 하던 그녀는 아버지를 따라 잠꼬대하듯 굿, 굿 하다가 진짜 까무룩 잠이 들었다.

빈은 비몽사몽, 아버지 집 마루의 소파에 엎드려 있었다.

가위를 밀쳐내려 버둥거리듯, 난 게으르지 않아, 난 게으르지 않아, 라고 쉰 목소리를 쥐어짰다.

"미련퉁이! 게으름뱅이!"

호랑이처럼 무서워 보이는 아버지는 진공청소기를 휘둘렀다.

빈은 잠결에도 아버지의 비난에 승복할 수 없었다. 미련이나 게으름이란 어디까지나 그녀의 반쪽에 대한 묘사에 불과했다. 다시 말해 전적으로 육체라는 측면에 한정된 고정관념이었다. 그녀의 영적, 정신적인 면모를 보라. 그것은 장기간의 휴양이 요망될 정도로 쉼없이 혹사당하고 있다. 그 속에선 끝없는 생각들, 온종일 책을 읽어야 하는 집중으로 인한 정신의 젖산들, 개인적 거만을 유지하기 위한 영적 독기(毒氣)와 희망사항으로 존재하는 작지만 눈부신 미래에 대한 그림들이 끊임없이 굴러다니며 부딪치고 깨어져나갔다. 그런 마당이니 잠조차 노독만을 선사할 뿐이었다. 뿐만 아니라 일년을 두 조각으로 나누어 조울증의 유사증세가 번갈아 그녀를 공격했다. 그러므로 여건이 허락하는 한 쉬지 않을 수 없었고, 쉬어야만 했다. 그리고 그런 그녀에게 부모의 집이란 모든 것이 충족된 하나뿐인 쉼터였다. (그녀는 언제나 이 대목에서 그리운 할머니를 회상한다.) 때문에 집으로 간 첫 사흘 정도는, 어떤 핍박에도 아랑곳없이 먹고 느즈러지고 먹고 느즈러지는 육체적 게으름의 극치를 부리게 되는 것이다.

먹는 시간이 아닌 대개의 시간, 빈은 그녀에게 어쩌면 잠보다 더 달고 고소한 책을 읽는다. 엎드리거나 비스듬히 누워서 책을 읽는다. 마루의 소파나 안방의 보료, 아니면 동생 방의 빈의 덩치엔 다소 바듯한 매트리스 위에서 책을 읽는다. 큼직하게 부려놓은 짐짝처럼 미동도 않고 책을 읽는다.

바로 그때인가보았다. 윙윙거리던 아버지의 진공청소기가 문어다리처럼 쑥쑥 뻗어오더니 소파에 얹힌 빈의 엉덩짝을 빨아들였다. 아아, 악……

정말 소리라도 질렀던 걸까. 진저리를 치며 퍼뜩 깨어나니, 그녀보다 아버지가 대경실색을 했다.

"우리는 결정을 봤다는데 왜 그렇게 놀라? 빈둥거리느니 나가 맛있는 거나 얻어먹어라. 잘 들었지? 일곱시다, 일곱시. 하얀 호텔 커피숍, 이층이란다. 옷도 잘 챙겨입고! 우리끼린 성사 다 본 거나 마찬가지니까, 늬들은 얼굴 구경이나 하는 거다, 알겠지? 파이팅, 따님!"

아버지는 돌연 화급하게 전화를 끊었다.

그녀는 작대기처럼 뻣뻣한 사지를 뻗어보며, 앞으로 펼쳐질 상황을 지난일을 회상하듯 그려보려 애썼다. 하지만 그 대신 몇 해 전일이 불쑥 떠올랐다. 그때도 이처럼 황당한 맞선이 엮어졌었다. 하지만 지금 묵묵부답한 것과는 달리 그때만 해도 그녀는 불같이 펄펄 뛰었던 것이다. 당시 빈에게는 사귀는 남자가 있었다. 아버지는, 말하자면 죽어도 그 남자는 안 된다는 의사의 노골적인 표명으로, 느닷없이 맞선 일시를 통고했었다. 아버지가 천거한 잘난 남자 앞에 빈은 물 날은 알로하 셔츠에 무릎 뚫린 칠부 청바지를 끼고 껄렁하게 나타났다. 그리하여 회전문 내부로 들어서는 순간 첫눈에 서로를 알아보았으면서도, 가만히 못 알아본 체하는 식으로 피차 암묵적인 퇴짜를 놓았던 것이다.

마치 그에 대한 응수처럼, 아버지 역시 빈이 좋아했던 남자를 끝내 내쳐버렸다. 그 남자는 물론 가진 것, 갖춘 것 없는 변변찮은 인간이었다. 하지만 제 밥 덜어줄 샌님 알아보듯 그녀는 그를 알아보았다. 사랑이 움튼 건 그렇고 그런 프리랜서 몇이 어울린 설악산 자락에서였다. 콘도에서 솜씨를 발휘한 남자의 이탈리아식 볶음밥은 맛을 넘어선 한 편의 예술적인 퍼포먼스였다. 빈의 인생에서 남녀를 초월해 요리하는 모습이 그토록 아름다운 인간은 처음 봤던 것이다. 하얀 접시 위로 피어나는 향신료의 냄새는 후각적 기표로 드러난 남자의 인간성이었다.

그 추억이 단비처럼 메마른 뇌리에 스며들자, 빈의 부루퉁했던 얼굴은 금세 좋은 기억이 던져주는 부드러운 마사지로 화사하게 달아올랐다.

세상에는 그렇게 사랑스런 남자도 있었던 것이다!

그것은 어쩌면 앞으로도 그렇게 사랑스런 남자가 있을 수 있는 가능성을 함께 시사했다. 꼭 그런 이유가 아닐지라도, 아직 보지 않은 남자에 대하여 부정적인 편견을 부릴 것까진 없겠지. 그러자 불현듯 미지의 청년이 정겹게 느껴지면서, 세상 모든 것, 그중에서도 특히 그녀가 등을 뉘었던 침대 위의 방사형 자국이 그지없이 다사롭게 느껴졌다. 그녀는 다시 등을 뉘었고, 이번엔 베개 가운데 꼭뒤가 놓이도록 단정하게 자리를 잡았다. 누군가 또다시 전화를 걸어올지 몰랐지만, 이번에는 자신이 일어나고 싶을 때까지 받지 않을 작정이었다.

일곱시, 일곱시라. 빈은 일곱에 대한 좋은 상징들을 떠올리면서

서서히 가수면상태로 빨려들어갔다. 한 시간쯤 지나자, 잠든 그녀의 얼굴은 배냇짓하는 아기처럼 평화로운 미소를 띠고 있었다. 그녀는 무척 오랜만에 할머니 꿈을 꾸었다.

눈을 뜨자 오후 네시가 넘어버렸다. 한순간, 일곱시 약속에 나가는 일이 완벽히 불가능하게 느껴졌다. 빈은 펑크를 낼 수밖에 없던 사정을 나중에 아버지에게 뭐라고 둘러댈까 벌써부터 궁리를 하면서, 침대 측면에 다리를 늘어뜨린 채 멍하니 앉아 있었다.

그녀는 자신이 스무 날 가까이 새 일의 제안을 기다려왔다는 현실을, 비로소 비참하게 받아들였다. 그녀가 관계했던 '미디어'나 '비전'자(字)를 붙이고 있던 고만고만한 프로덕션이나 기획실이 약속이라도 한 듯이 일제히 문을 닫았다. 프로그램들이 일시에 멈춰버린 그 순간, 사실상 그녀 존재가 안개처럼 증발된 것이나 다름없었다. 제작 여건은 나빴지만 가는 똥처럼 소통은 되던 작업의 물꼬가 그나마 비전을 가질 수 없이 막힌 것이다. 이런 문제들은 모세혈관 구실에 그쳐온 그녀 같은 인생에겐 지나치게 전면적이고 핵심적이다.

고개 숙였던 그녀가 얼굴을 돌려, 맞은편 벽면에 붙은 타원형 거울을 쳐다보았을 때였다. 받아들이기 싫은 하나의 모습이, '내가 바로 너야' 하듯 자신을 뚫어져라 보고 있었다. 그 모습 속의, 참을 수 없이 인정하기 싫은 어떤 핵심. 눈만으로도, 코만으로도, 이마만으로도 아닌, 다분히 전체에 걸쳐 서려 있는 아뜩한 그림자가 그녀를 당황케 했다. 늙음이었다. 어떻게 저 모습을, 아직껏 젊고 싱싱하다 느껴올 수 있었는지 아연할 만큼, 이제 늙음은 결코 피할 수 없는 숙명으로서 그녀의 외피부터 공략해들어왔다.

하지만 최초 충격의 강렬함에 비하면 싱거운 느낌이 들 정도로,

그녀는 순순히 늙음 앞에 손을 들었다. 늙음과의 경쟁이란 자신이 회피해온 어떤 경쟁보다 공허하다는 것을 금세 간파한 것이다. 그러자 이즈음 자신을 에우고 있는 절망적인 게으름을 떨쳐내볼 용기가 솟아났다. 그녀는 약속에 나갈 것이다.

샤워를 하고, 생기 꺼져 보이는 뺨에 베이비로션도 펴발랐다. 피부는 여태까지 아기 피부처럼 민감하여, 베이비로션 이외의 어떤 화장품도 받아들이지 않았다. (피부조차 영리하기 짝이 없어, 화장이 그녀를 돋보이게 하지 않는다는 걸 본능적으로 아는 것 같았다.)

여섯시 이십분쯤, 검정 수트에 흰 셔츠를 받쳐입고 바닥이 얇은 회색 모직양말을 신었다. 머리에 빗질을 하고 올리브색 반코트를 걸치자, 나이를 짐작기 어려운 외양이 구성되었다. 전혀 세월을 타지 않은 사십대 초 여성처럼 보이기도 하고, 형편없는 섭생으로 젊음이라곤 느낄 수 없는 이십대 중반의 대학원생처럼 보이기도 해, 누구에게든 질문을 일으킬 법한 자신의 모호한 모습에 빈은 기묘한 쾌감을 느꼈다.

8차선 도로에 면한 고층 오피스텔 앞에서 몇 분 기다리지 않고 택시를 불러세웠다. 쭉 뻗은 몸통을 뽐내는 듯한 영업용 승용차는 만화영화의 한 장면처럼, 멈춰 선 자리에서 몇 미터 후진하여 뒷문의 손잡이를 얌전스럽게 그녀 앞에 갖다대었다. 선뜻한 바람이 옷깃 새로 스며들었다. 가을이 무서웠다. 닥쳐올 찬바람도 두려웠다. 바닥 모를 공황감에 와들와들 어깨가 떨렸다. 빈은 비현실의 덩어리 같은 자신을 차의 안쪽으로 마지못해 집어넣었다. 삼천오백원 거리에 이를 때까지, 빈은 아픈 사람처럼 등을 기대고 마치 아직도 잠이 부족한 듯 눈을 감았다. 잠이 떠나고 섬망이 오자, 할머니 대신 어머니가 슬그머니 다가왔다.

아주 오랫동안 빈에게 어머니란 희끄무레한 그림자였다. 혹은 푸성귀와 열매들로 넌출지게 휘어감긴 야채의 여신이었다. 혹은 삼십 촉 백열등을 썼던 어둑한 부엌 빛 속에서 고개를 숙인 채 도마질을 하거나 이상한 풀들을 무치고, 하얀 면 보자기로 두부를 비틀어 짜던 정물로 남아 있었다. 그녀와 어머니 사이는 부옇게 바래져 있었다. 대부분의 사람들이 어머니 하면 떠올리는 젖내나 분내의 뭉클함조차 없었다. 어머니를 푸는 어떤 키워드도 맞지 않았다. 맞아본 기억조차 없었다. 엄마 냄새를 더듬노라면 할머니의 정겨운 군내만 코끝에 감실거렸다.

　그토록 고즈넉했던 어머니가 옅은 막을 찢고 나온 건, 이 년 전 할머니가 빈의 곁을 떠나면서였다. 공황감에 사로잡힌 빈의 눈앞에서 어머니는 맨 처음 온몸에 친친 감긴 푸성귀 줄기부터 딱딱 끊어 보였다. 넝쿨옷을 벗어던진 어머니는 먼빛으로 보던 것보단 훨씬 키가 큰 여인이었다. 처음 보는 맨얼굴이 빙그레 웃자, 죄책감이 싸하게 가슴을 훑어내렸다. 그 웃음은 할머니와 아버지 그리고 자신으로 이어진 긴 가죽끈이 오랜 세월 어머니를 잡아매어왔음을 깨닫게 했다. 그녀는 어머니에 대한 지나친 깨달음에 아이러니를 느끼며, 어머니라기엔 너무 낯선 그 얼굴을 맹랑하게 쳐다보았다.

　작년 가을, 흩어져 살던 형제들이 대추 따기를 하려고 집에 모였을 때였다. 대추 자루를 진 다섯 중 넷이 이튿날 새벽길로 떠나간 뒤, 혼자 남은 빈은 달콤하고 늦은 오수를 즐겼다. 퍼뜩 눈이 떠졌을 땐, 발등 너머 흐릿하게 퍼져가는 시야로 문틈에 서린 어머니 뒷모습이 어른거렸다. 문 밖, 쪽마루 멀찍이 돌아앉은 어머니는 무언가 골똘히 보고 있었다. 마당으로 난 미닫이 문 두 짝이 활짝 열려 있었다. 그 사이, 눈에 익은 아름드리 나무가 뿌리를 땅에 박은 채로 춤

추듯 나부대었다. 한 잎, 두 잎, 잎새가 졌다. 어머니는 언제까지고 움직이지 않을 모양으로 허공 바람 무늬를 세고 있었다. 빈은 엉거주춤 엉덩이를 치키고, 무릎으로 발발 기어 문틈에 눈을 붙였다.

전에 본 적 없었던 어머니 모습이었다. 이를테면 식물과 어머니 사이의 새로운 차원의 관계 맺음이었다. 떨어지는 것과 동화된 어머니 뒷모습은 막 청소를 마친 아버지 표정처럼 열반에 들어 있었다. 동시에 조락(凋落)을 완성했다. 장면은 차분한 충격의 파장을 일으키면서 빈의 마음속 깊은 면을 건드려왔다.

그때였다.

나타나지 않을 시간인데 아버지가 아연히 들이닥쳤다. 태울 듯한 집중력으로 어딘지 모호한 곳을 뚫어져라 보면서 황황히 들어서다가, 점심때 이미 한바탕 쓸어치운 낙엽 자리에 눈이 가고 말았다.

"저노무 잎싸구들!"

쓸어도 쓸어도 또 쌓이는 잎싸구였다. 아버지는 다짜고짜 담벼락 모서리에 기대둔 싸리비를 씨근덕거리며 집어들었다. 오랫동안 마당을 지켜온 아름드리 둥치를 매로 치듯 철썩 후려갈기곤, 빗자루를 거꾸로 치켜세워 많은 생각으로 야윈 황갈 잎사귀들을 마구 떨구어냈다. 팔방으로 튄 낙엽들이 다시 한번 싹싹 쓸어모아졌다. 그래도 가지 끝에 부숭부숭 매달린 고엽들이 놀림을 주듯 대롱거리자, 아무도 예상 못 한 일, 곧 아버지가 지붕으로 올라가는 사건이 일어났다. 참으로 뜻밖의 광경이었기 때문에 실제 일어나는 일이라기보다 마루의 유리문 틀을 스크린 삼아 펼쳐지는 영화의 한 장면 같았다. 하지만 이내 천장에 이어붙인 널판들이 저렁저렁 울리기 시작했으므로, 그런 비현실감도 오래 가지 않았다. 쿵쿵 울리는 품이, 곧이라도 널의 경계면이 들쑥날쑥 갈라터지며, 그 밑으로 아버지가 쑥 빠질 듯했다.

아버지는 위험을 가중시키리라 여겼던 육중한 체구가 오히려 안전을 지키는 버팀목이 되는 모양으로, 지붕 경사면을 버젓하게 버티고 섰다. 빗자루 대신 긴 장대를 휘어잡고 나무 꼭지를 치고 있는 모습은, 우스꽝스럽긴 했지만 위용(偉容)은 위용이었다. 흠씬 얻어맞은 가지들이 살을 털며 윙윙 우짖었다. 때의 마지막 잎새들이 생각에서 자유로워지는 고행자처럼 가야 할 곳으로 가고 있었다.

빈은 딴청을 부리듯 어머니 앞을 빙 돌아 오디오 기기 옆에 세워둔 인디언 방패 모양의 CD케이스 앞까지 걸어보았다. 어머니의 표정이 궁금했던 그녀는 다시 한차례 찌릿함을 맛보았다. 잎새 대신 아버지를 보고 있는 어머니는 천만뜻밖에 끌끌 웃고 계셨다. 지붕에서 내려온 아버지도 뻘쭘 웃었다. 두 노안 속의 동안이 싱그러웠다. 누가 뭐래도 아버지와 어머니는 보기 흐뭇한 배필이었다.

더러운 매혹

남녀가 P레스토랑에 마주 앉았다는 건 그들이 무어라 둘러댄들, 회색 양말을 신었건 해진 가죽가방을 들었건, 결국은 보기 흐뭇한 한 쌍의 배필이 되기 위해서일 터이다. (처음에야 겸연쩍어 극구 부인할 테지만, 종당에는 빈도 이 점을 인정하리라.)

하지만 막 의자를 빼어 그 H라는 남자의 맞은편에 앉던 참에, 빈의 무의식 속에선 일체의 흐뭇한 가능성에 대한 전적인 포기가 이루어졌다. 요컨대 H는 어느 한 구석 그녀를 사로잡는 매력이라곤 없는 남자였다. 하지만 만만치 않게도, 예컨대 그녀가 순전한 내면의 부르짖음으로 '저런, 매력이라곤 없잖아!' 하면서 H를 외면한 순간, 그녀 마음속에 어떤 비통한 감정의 즙액을 방출시킨 특이한 인간이기는 했다.

그리하여 빈은 남성과 인간 사이의 고랑에서 피는 아련한 혼돈의 안개에 싸이게 되면서, 어영부영하는 자신이 짜증스럽긴 하면서도 차마 그 H를 그냥 내치고 떠날 수는 없는 난처한 지경에서, 세 시간 가까이 붙들려 있게 되었다.

빈의 마음에 일어난 이상현상. 그것은 남자를 내친 순간 불현듯 빈의 누선을 자극해버린 쓰라린 죄의식의 발로였다. 살다보면 그저 보는 것만으로도 까닭 없이 측은지심을 자아내는 슬픈 인상의 사람들을 만나게 된다. 말하자면 웃고 있어도 안돼 보이고 농담을 해도 서글프고, 거드름을 피우면 되레 아무것도 없어 보이는 독특한 개성의 소유자들인데, 마침 그날의 H가 빈에겐 딱 그런 인물이었다.

빈은 보자마자 H를 밀어낸 슬픔에 가득 차 손가락 끝에 눈물까지 찍어내면서, 메뉴판을 펼쳐 종잇장이 패도록 후벼보았다. 미묘하게 회오리치는 내면의 비밀을 H에게 들키지 않으려면, 얼마 동안 고개 숙이고 있을 핑곗거리라도 꽉 잡고 있어야 했다. 따라서 누가 보기에도 지나치리만큼 집요하게 요리 품목 하나하나를 길게 눈여겨보았다. H는 저 여자가 왜 날 보고 대뜸 울기부터 하나, 그들 사이를 중개해줄 웨이터가 올 때까지 말문조차 열지 못했다.

이러는 내가 저 남자는 얼마나 황당할까.

빈은 스스로가 떫게 느껴지면서 자격지심이 일었다. 하지만 그와 동시에, 그런 식의 자기 비하를 하는 데도 거부감이 일어났다. 그녀는 고양이에게 쫓기는 시궁쥐가 되었다.

그리하여 두 손아귀에 그들과는 견줄 수도 없게 호화롭게 꾸며진 메뉴판을 딱 거머쥔 채, 빈은 자못 공손하게 고개를 조아린 웨이터를 딱부리처럼 뚫어보며 자신도 모르게 "여기, 해물 스파게티 둘!"이라고 쩌렁하게 외쳤다. 그렇게 균형은 깨어졌다.

자신의 의사도 묻지 않고 그녀 입에서 스파게티 둘, 하고 튀어나온 순간 그 H의 눈에선 해골의 광채 같은 하얀 빛이 반짝했는데, 선천적으로 타인의 오독을 유발하기 쉬운 H의 골상 및 인상적 요인들로 말미암아, 빈은 아무런 갈등 없이 그 우윳빛 번득임을 자신에 대한 지극한 경탄의 징후로 받아들이는 오류를 범하고 말았다. 양 눈초리가 힘없이 쳐진 H는 지나치게 유순한 인상이었다. 따라서 나름대로는 항의를 전달할 요량으로 눈두덩을 힘껏 부릅떴던 것인데, 애석하게도 분노의 붓질은커녕, 양처럼 선량하게 생긴 눈매에 깜찍함이라는 의도하지 않은 의외성을 부각시켜놓은 것밖에는 아무런 소득도 거두지 못한 것이었다.

하지만 그 점을 감안한다 쳐도 빈 역시 자신의 오해를 철회하기는커녕 증폭시켜가는 입장이었으므로, 눈앞의, 잔뜩 무시당해 기분을 잡친 느려터진 사내에게 하등 해명할 필요를 느끼지 않았고, 단지 남자의 눈매가 몹시 고운 것에 당혹하여 그를 지켜보기가 여간 곤혹스럽지 않다는 점만 반복해서 의식하고 있었다.

그로부터 약 두 시간여에 걸쳐 그들은 어쨌든 호사스런 음식 접시를 말끔히 비웠고, 빈이 자꾸 채워달라고 요구한 커피를 오래 나누어 마시는 동안 H는 맥주를 세 병이나 마셨다. 그러면서 지루하게 대화를 이어가기는 했다. 그 대화의 특징은 하고 있는 당사자들에게는 허리가 틀릴 정도로 지루할 뿐인 반면에, 가령 제3자에게 둘의 대화를 그대로 옮긴다 치면 대번에 우스꽝스러워지는 양면성을 가졌다는 점이었다. 최초의 이십 분쯤인가 흘러갔을 때 빈은 그 점을 어렴풋이 깨달았다. 만약 그 양면성조차 깨우치지 못했더라면, 그녀는 정말로 앉아 있기 난감했을 것이다.

첫 순간의 크나큰 오해에 힘입어, 빈은 포크를 들면서부터 자기 세계에 대한 빈틈없는 주장을 펼쳐 보였지만, 왠지 다시는 H의 눈에서 경탄의 새하얀 빛이 번득이지 않았고, 기대한 반응이 나오지 않자 그녀는 점점 질식할 지경이 되어갔다. 그렇다고 냉정히 일어나자니 예의 측은지심이 발목을 잡고 늘어졌다.

하지만 자신들 대화의 우스꽝스러운 특징을 꿰뚫기 시작한 뒤부터는, 욱신거리던 신경의 통증이 한결 견딜 만하게 가라앉았다. 기대는 접을 것이며, 제3자의 관점에서 대화의 엉뚱함만 실컷 즐긴 뒤, H가 결코 민망하지 않을 어떤 시점에 자연스럽게 일어나리라. 거기까지가 이 H에 대한 나의 최선을 다한 배려이고, 아버지와 결정을 본 H 아버지에 대한 최소한의 예절임과 동시에 아버지에 대한 온당한 처신이라고 할 수 있어…… 그러니까 다소 귀찮더라도,

"회사에선 주로 무슨 일을 하시나요?"

"저 말입니까?"

또 누가 있느냐는 듯 좌우로 턱을 뿌리듯 홱홱 돌려보자,

"아, 예, 주로 컴퓨터를 켜두고 있습니다."

"……"

빈의 짧은 침묵에 H는 현미경적 치밀함이 깃든 표정으로 그녀의 움직임만 좇고 있었다. 그 표정을 감당하는 느낌은 마치 콘택트렌즈 위에 안경을 덧쓴 것과도 같았고, 지나친 존중은 모멸이고 지나친 부지런은 게으름만 못하다는 격언을 상기할 만한 것이었다. 그 부담스런 느낌을 부수고 나가려면 오로지, 마치 그녀 입술에 의해 돌로 다루어지기 위해 그 자리에 나온 것 같은 그 H에 대고 죽으나

170

사나 석수질이나 하는 것 외엔 달리 방편이 없었다. 빈은 그 H에 대한 자신의 문화적 우위를 환기함으로써, 애써 여유를 추슬러,

"문화 쪽에는 통 관심이 없으세요?"

"아, 아닙니다."

H는 수상한 기척에 총부리를 들이대듯,

"있습니다."

"어떤……"

"예, 영화도 보고. 여언극도 보고!"

"어머, 연극도 보세요? 어떤 연극을 보시는데요?"

"아, 예, 그 동숭동에서도 보고, 예술의 전당에서도 보고."

"주말에요?"

"주로…… 평일에 봅니다. 주말은 혼잡해서. 저는 웬만하면 붐비는 장소에는 안 갑니다."

"평일에 그럴 시간이 되시나요?"

"예, 됩니다. 네시에 퇴근해도 됩니다."

"그렇게 일찍? 그럼 영화나 연극을 안 보시는 날에는요?"

"집에 갑니다."

"어머! 심심하시겠어요!"

"아닙니다. 심심하지 않습니다. 가끔 적적할 때는 있지만(여기서 빈이 보기에 H는 분명히 군침을 삼키는 듯한 표정으로 자신을 보았다), 심심한 거하고 적적한 거하고는 다르지 않습니까?"

"어떻게 다른데요?" (그녀는 야비다리를 친 것이다.)

"그게 저, 심심하다 할 때는 정말로 아무 할 일이 없는 상태고…… 저는 그렇지는 않습니다."

"집에서도 일을 많이 하시는 모양이에요?"

"아닙니다, 그렇게 많이 하지는 않습니다."

"……"

짧은 침묵이 끼어들자, H는 다시 꿰뚫어볼 듯한 집중력으로 빈의 입술 언저리에 초점을 모은다. 빈은 그 H에게 또다시 서글픈 연민이 치밀어,

"어쨌든 있으신 거로군……요."

"아, 예."

해죽 웃어본다.

"그게 뭘까요?"

"궁금하십니까?"

"네에."

"뭐, 밥도 해먹고,"

그때였다. 가불거리던 빈의 언동에 자신도 모르게 제동이 걸리면서, 그녀는 H를 놀라게 할 만큼 큰소리로 되물었다.

"네? 사먹는 게 아니시고요?"

"저 밥 잘 해먹습니다."

빈의 가슴에서, 무언가 소르르 무너졌다. 그때까지 H를 향해 마른 먼지만 풀썩이던 마음밭에 촉촉한 기운이 내리기 시작했다. 그 놀라운 변화는 그 자체로 다시 한번 빈의 누선을 찌릿하게 자극했다. 그녀는 코끝이 찡한 나머지 불결하게 젖어 나오는 비음(鼻音)을 어떻게든 맑게 다듬어내려 애쓰며,

"뭘 해드시죠? 그럼 반찬도 직접 만드신단 말이에요?"

"아, 예. 간단한 것은 제가 만들고, 그 있잖습니까, 백화점 지하 같은 데서 만들어 파는 반찬, 그…… 콩, 있잖습니까, 콩! 콩으로 만든 자반도 사먹고 멸치볶음 같은 거하고, 오징어젓이라든가, (제법

긴 사이) 아, 하지만 간단한 일품요리 같은 것은 직접 만들어 먹습니다."

"아, 즉석카레 같은 거요?"

"저는 가급적 인트턴트 식품은 안 먹습니다."

"그리고는요?"

"그렇지만 결혼을 하게 되면 달라지리라 믿습니다."

"네?"

이 순간을 기점으로 그들의 분위기는 다시 한번 미묘하게 뒤틀렸다. 빈의 얼굴에 낭패한 빛이 스치면서, H의 입술은 기름기로 반짝거렸다.

"아, 예! 그리고 일곱시 반쯤부터 신문 스크랩을 합니다."

"스크랩이요?"

빈은 자신이 무슨 말을 내뱉고 있는지도 모른 채 건성으로 중얼거렸다.

"예, 그게 생각보다 분량이, 꽤, 많습니다."

"네?"

"정치, 경제, 사회, 문화, 생활정보, 의학 다 합니다."

빈은 사뭇 어이가 없다.

"그런 걸 왜 하시는데요?"

"그 신문정보라는 게, 모든 정보 중에서 가장 농축된 정보라고 할 수 있지 않습니까?"

"네?"

빈이 거부하는 듯 반문하자,

"저는 그렇게 생각을 하니까, 필요한 것들을 오려둡니다."

"그럼 분야별로 스크랩을 해두시나요?"

"아, 아닙니다. 그냥, 그날 그날치를 한꺼번에 오려서 붙입니다."

"그럼 나중에 헷갈리지 않으세요?"

"안 그렇습니다."

H는 거의 흥겨움으로까지 고조된 자신에 대한 흡족을 주체하지 못하여, 이 대목에서 그만 빈에게는 유일한 장점으로 평가되었던 겸양의 미덕을 놓치고 말았다.

"어디에 뭐가 있는지, 그 어느 때라도 머리에 환합니다. 언제 무슨 신문 무슨 면에서 무엇을 오렸는지, 무슨 색 파일 몇째 쪽에 무엇을 붙였는지, 심지어는 기사 칸막이용의 검은 세로 선을 끼워넣고 오렸는지, 잘라내고 오렸는지, 훤하게 떠오르는 것입니다. 그 덕에 제 딴에는 뭘 내다보는 능력은 제법 쌓였다고 자부를 합니다. 예를 들어서, 저는 옐친이 오늘날 저 모양이 될 줄을 진작에 내다보았습니다. 그 사람에 대해서 스크랩해놓은 기사 중에는 아주 형편없는 내용들이 많습니다. 들어보실래요?"

이 대목에서 H의 태도는 완연히 빈을 무시하여, 그녀는 얼떨떨한 나머지 "네!" 하고 말았다.

"옐친의 폭음은 많은 일화도 생산했다. 아일랜드 방문시, 술에 취해 비행기에서 내리지 못해 그냥 모스크바로 돌아가는 결례를 범했으며, 볼가 강 유람선에서 술을 마시다가 장관들을 밀어서 강물에 빠뜨리기도 했다. 또 크렘린 궁 주방장이 옐친 건강을 우려, 주안상에 물 탄 보드카를 내놓다가 발각돼 해임된 일도 유명하다. 우핫핫, 유람선에서 술 마시다 강물에 빠진 장관들 기분이 어땠을까요? 한번 상상해보십시오, 정말 가관 아닙니까?"

H는 거기서 멈추지 않고, 그 이야기의 스무 배쯤 시시껄렁한 기사 이야기를 좔좔 쏟아내었다. 빈의 입에서 절로 "끙" 하는 신음이

터져나왔을 땐, H도 더는 견딜 수 없다는 표정을 짓고 있었다. 심지어는 어떤 표정에서 다른 어떤 표정으로 이행되는 틈에, 언뜻 어리었다 사라지는 표독한 낯빛으로 "이봐요, 당신!"이라고 지껄이기도 했다. 빈은 분명히 그 말을 들었지만, 그 말이 귀를 스친 그 순간 자체를 잘라내버리고 싶었다. H의 음성은 음험하고 울적하며, 극도로 짧은 순간이었지만 빈을 향한 극도의 혐오감에 사로잡혀 있었다.

빈은 눈앞의 H를 믿을 수 없었다. 이 사람이 누군가. 티를 털어내듯 눈꺼풀을 크게 끔쩍하면서, 방금 본 허깨비를 눈앞의 H로부터 떼어내려고 자신도 모르게 가련할 만치 안간힘을 쓰며 빈은 식은땀을 흘렸다.

"아, 아, 아, 아."

H는 넥타이 매듭을 느슨하게 내린 뒤, 늘어진 매듭 부위를 손아귀에 쥐고 빈을 노려보는 채 좌우로 맹렬히 흔들더니(맥주 빈 병이 어느새 여섯으로 늘어나 있었다),

"갑시다!" 하면서 벌떡 일어났다.

그 겨를에 테이블이 왈칵 흔들리면서 가득 채워진 물잔이 얌전히 옆으로 누웠다. 테이블보 자락을 타고 떨어진 물줄기가 빈의 회색 양말 위에 물갈퀴 무늬를 똑똑 찍어놓았다.

"아직 결론을 못 내렸잖아요!"

빈은 벽력같이 꾸짖으며 H에게 맞섰다.

H는 졸다가 깬 듯 꿈쩍하며 빈을 응시했다. 마치 미치고 싶은 감정 자체를, 어깨에 멘 새끼 양을 메치듯 내던져버린다는 듯한 표정이었다. 그런 순간에도 눈매는 양순해 보였지만, 그 양순 자체가 기만이라고 느껴진 이상 그것은 어떤 앙칼진 눈매보다 교활하게 앙칼진 눈매였다. 분노에 휩싸인 그녀는 의외로 가슴이 얼음처럼 싸늘

해지는 것을 느끼면서, 또박또박 내뱉기 시작했다.

"밥 말이죠, 그 밥 문제에 대해서 나도 할말이 남았거든요. 오늘 해주신 얘기 중에선 H씨의 밥 얘기가 가장 감동적이었어요. 밥이란 정말 중요한 문제잖아요. 나도 물론 밥을 좋아해요. 특히 맛있는 거 먹는 걸 정말 좋아해요. 그래요, 누군가 해주는 사람만 있다면, 얼마나 아름답고 얼마나 행복하게 잘 먹어 보이면서 즐겁게 살아갈 수 있겠어요? 하지만요. 그걸…… 제가 하면서 살고 싶은 생각은 없어요."

빈은 행여 다시 H의 얼굴을 보고 그에 대한 측은지심을 돌이키게 될세라, 높다란 뾰족 모자를 쓴 14세기 프랑스 귀부인처럼 코끝을 들고 화장실을 찾아 나갔다.

가방

전형적인 장마철 날씨였는데, 공기는 잠잠했다.

침침한 복도 저 끝에서, 가늘고 높게 뚫린 들창으로 구름 틈새에서 반짝이는 햇살 두어 줄기가 날카롭게 들이쳤다. 할머니는 그 환상적인 빛에 떠들려서, 색동부채처럼 보이는 조그만 우산을 살랑살랑 흔들며, "빈아" 부르고 있었다.

부드럽지만 축축하고 퀴퀴한 공기를 가르며 빈은 달려나갔다.

어떤 폭발적인 감정이 끓어올랐다. 단지 기쁨도, 반가움도, 은혜에 대한 느꺼움, 사무침만도 아닌, 한 사람이 사람에 대해 품을 수 있는 전적으로 의존적이면서도 아무것도 결여되지 않은 풍요로운 감정의 용광로가, 아직은 작은 소녀였던 빈의 가슴을 형체 없이 녹

176

여버릴 듯 이글이글 끓어올랐던 것이다. 빈은 한 손에 우산을 든 할머니 가슴으로 메뚜기처럼 팔랑 뛰어올랐다. 그러자 천지는 오직 할머니를 중심으로 팽팽 돌아가는 나선형 소용돌이로 빨려들기 시작했다. 그녀는 붉은 고추잠자리가 슬프다고 느끼면서, 주름지고 접힌 할머니의 목에 매달려 아마도 살점이 하나도 없어 야위었을 할머니의 허벅지를 두 다리로 사정없이 굴러댔다. 짧은 원피스의 밑단이 말려 올라가면서, 붉은 점들이 무수히 찍힌 앙증맞고 시리도록 청결한 팬티가, 맞은편 복도 끝에 검은 포도송이처럼 데굴데굴 엉킨 아이들의 눈동자들 속으로 뭉친 흰 눈이 쏘는 화살처럼 반짝반짝 반사되었다. 그러나 아무도 그 삼각형으로 재단된 손바닥만 한 천조각에 빈이 사랑하는 딸기의 이데아가 무수히 모사, 복제되어 있었던 것을 알아보지는 못했다.

빈은 "할머니!" 하고 불러보았다.

도대체 그 할머니를 대신해줄 수 있는 것이라곤 아무것도 없었다. 빈이 그 느낌의 중심으로 자신을 가져가면서 영혼의 안정을 도모할수록, 어쩔 수 없는 일이었다…… 세상은 사막처럼 메말랐고, 꺾인 내면의 충복인 외로움이라는 광대만이 밤낮으로 가불거렸다.

이십 분 후면 지하철이 그녀를 집으로 데려다준다. 그날 밤 그녀에겐 그 지하철만이 새의 둥지처럼 포근하게 느껴진다. 집으로 가는 것. 그것은 추상화된 것에, 다시 외부로부터 관념을 부여한 종류의 할머니 품, 곧 할머니 그림자의 그림자였다. 하지만 그림자면 어때. 그것은 집이라는 형태로부터, 이제는 형태가 없어진 할머니의 품속을 파고들 수 있는 하나밖에 없는 키워드였다.

잠시 지친 눈을 감은 빈의 뇌리에 H 그림자가 스쳐갔다. 오늘밤 본 자신의 H는 H 그림자의 그림자의 그림자쯤 될까. 그녀는 정신적으로 허탈했을 뿐 아니라 육체적으로도 탈진되었다. 그 밤에 그녀는 그 가냘픈 H를 통해서조차, 한 인간이 또다른 인간에게 품을 수 있는 거의 모든 감정의 가능성을 맛보았다.

화장실 앞에서 빈을 기다린 H는 다시 딴사람처럼 깍듯한 멍청이로 되돌아가 있었다. 그리하여 어쩔 수 없이 그들은 마치 우호적인 한 쌍인 듯 기나긴 에스컬레이터를 나란히 타고 내려와 호화로운 로비를 가로질러, 어쩌다 회전문의 한 날개에 함께 끼여들어, 칠면조 벼슬처럼 달아오른 얼굴로 출구를 빠져나오게 되었다.

기나긴 에스컬레이터를 내려오면서 그들 사이에는 이런 대화가 오갔다.

빈이 H 가방의 경탄할 수밖에 없는 낡음에 속으로 혀를 내두르며, 단지 입에 발린 말로 가방이 참 특이해 보인다고 칭찬을 했을 때였다.

"이 가방이 참 좋습니다."

H는 지하철 같은 곳에서 꽂을 곳이 많은 가방을 판매하는 장사꾼처럼, 가방 지퍼를 드르륵 열고 속을 쫙 펼쳐 보여주면서 말했다.

"이 안에 뭘 꽂을 데가 참 많습니다. 벌써 여기 펜이 다섯 자루가 들어가죠, 수첩은 여기에 꽂고, 책이나 서류, 옷가지 같은 것도 어떻게 넣느냐에 따라 보기보다 상당히 들어갑니다. 이렇게 낡아 보여도 얼마나 쓸모가 있는지……"

빈의 눈에 아주 조그만 사각 주머니 같은 게 눈에 띄어 그건 뭘 꽂는 곳인가 물어보니,

"글쎄 말입니다. 분명 뭔가 들어맞을 텐데……"

H는 내려오는 에스컬레이터에서 기우뚱거리지 않게끔 그 주머니를 들여다보면서 잠시 생각한 뒤,

"아! 여긴 주민등록증을 꽂아두면 되겠습니다."

굳이 또다른 주머니에 꽂힌 수첩을 뽑아내선, 그 갈피에서 주민등록증 같은 것을 끄집어내더니 조그만 주머니에 우겨넣고는,

"아, 이거네요? 정말 안성맞춤 아닙니까? 이제 보니 주민등록증을 꽂으라는 주머니였습니다."

드디어 회전문 밖으로 나오자, H는 비로소 한숨 돌리듯 눈초리에 다소 안되어하는 빛을 섞어(마치 지금껏 견뎌준 쪽은 다름아닌 자신이었다는 듯이),

"벌써 칠 년을 들고 다녔는데도 워낙 마음에 들어서…… 이만한 가방이 없습니다. (그냥 뒤돌아 서려다 다시 한번 안쓰럽다는 듯이 빈을 눈여겨보면서) 추, 추울 때 있잖습니까? (H는 마침 불어오는 된바람에 부르르 진저리를 쳤다.) 추울 때는 뭐든 하기 귀찮지 않습니까? 그때는 볼펜 같은 걸, 이쪽, 가방 거죽에,"

H는 가방을 들어올려 좁은 옆면의 중간쯤에 박음질되어 있는 서너 개의 구멍을 가리켰다.

"여기 꽂아두고 쓰면 참 편리합니다. 가방은 뭐니 뭐니 해도 쓰는 사람이 편리해야 하지 않습니까?"

그리곤 도무지 더는 요령부득이라는 듯, 참으로 딱하고 참으로 측은해하는 마지막 눈길로 빈이라는 존재에 대한 경험 자체를 깔끔히 잘라내곤, 깊이 뚫린 지하철 입구 속으로 총총히 사라졌다.

쿠키 모양의 호수

만약 집을 나서기 전 승재로부터 연락이 온다면, 오늘은 무척 다행한 하루

가 될 것이다. 또, 또, 발신음이 가는 소리에 영수증을 손수건인 양 손에

꼭 거머쥐었다. 무어라고 첫마디를 떼나. 눈 아래 깔린 지도가 번져 보이

기 시작했다. 누군가 받는 것 같다. 어, 여보세요? 쿠키 모양의 호수로 눈

물 한 방울이 똑 떨어진다.

오직 무서운 마음으로 그녀는 막 옥외주차장 입구로 들어섰다. 아파트에서 자동차로 왕복 삼십 분 거리밖에 안 되는 길을 백 바퀴쯤 뺑뺑 돌다 온 느낌이었다. 모든 곳에 길은 있지만 그 길은 유난히, 영주 부부에겐 자기네 길처럼 느껴지던 코스였다. 세 군데에서 주차금지 표지판이 나타났고, 단지 입구에서 좌회전하여 신호등 두 군데를 지나 달리다가 다시 왼쪽으로 틀어 일 분쯤 가다보면 '스쿨존' 표지판이 나타났다. 그곳은 아주 안전한 느낌을 주는 장소였다. 영주는 아늑해지는 기분 속에 빠져서, 언제나 그곳을 벗어나기 싫은 듯이 삼십 킬로 미만으로 속도를 줄이곤 했다.

"당신은 좀더 과감해질 필요가 있어!"

승재는 못마땅한 표정으로 짤짤 고개를 젓곤 했다. 그런 남편의 표현이 과장돼 있다는 걸 알면서도 영주는 그때마다 움츠러들었다. 물론 그들은 사소한 불만거리에 대해 애정 어린 면박을 주고받는 데 익숙해서, 그럴 때면 도리어 남녀가 아니라 피붙이처럼 편안해지기도 했다. 그것은, 영주가 무좀이 있는 승재의 양말을 곧게 펴서 세탁조 속에 던져넣을 때라든가, 승재가 생리대를 갈아끼는 영주의 다리 뒤쪽에 엉거주춤 엎드려 세심하게 방을 닦을 때 무심결에 오가던 기운과도 흡사한 감정이었다.

'여보……'

푸릉, 하던 차의 시동이 꺼졌다.

맙소사, 이렇게 깜깜했던 날은 없었다. 하늘까지 차오른 듯한 어둠의 늪 속에서, 계기판 숫자들만이 야광물체처럼 빛났다. 여덟시 반도 되지 않은 시각이었다. 집을 나섰던 게 일곱시 약간 지나서였으므로, 한 시간 반가량 자동차를 몰고 헤맸던 셈이었다.

지나! 비로소 딸의 모습이 확 지펴졌다. 그 어린애가 이 어둠 속에 유기돼 있다고 생각하니, 마음이 미칠 듯이 급해졌다. 영주는 다시 시동을 켜고, 자동차를 조금 더 앞으로 몰기 위해 클러치에서 발을 떼려고 했다. 하지만 일종의 코마 상태가 그녀를 놓아주지 않았다. 칼이라도 있다면, 푹 찔러넣어 가시거리를 발라내련만. 흰자위가 희번덕거리도록 눈을 부릅떴지만, 그럴수록 새까만 양동이 속으로 가라앉는 듯해질 뿐이었다. 서서히 차가 구르기 시작했다.

쿵!

둔탁하게 울리는 소리가 저 깊은 바닥을 흔들며 진흙 입자의 안개를 일으켰다.

아무것도 보이지 않았다. 뻑뻑해진 그녀는 그저 핸들만 왼쪽으로 틀었다 다시 오른쪽으로 돌렸다 하며 갈팡질팡할 뿐이었다. 다음 순간 차의 옆구리 쪽에서 다시 끼이익 하고 긁히는 소리가 났다. 그 진동이 고스란히 심장으로 옮겨붙더니, 가슴팍을 쭈욱 긁고 나서야 끝이 났다.

'이 남잔 도대체 어딜 간 거야!'

그녀는 자신을 에운 우물 밑바닥 같은 어둠을 휘둘러보았다. 비로소 가로등들이 모두 꺼져 있음을 알아차릴 수 있었다. 뿐만 아니라, 자동차의 전조등과 흐린 실내등을 제외하곤 스무 동이나 되는 단지 전체가 새까맣게 꺼져 있었다.

미지근한 땀방울이 스웨터 속으로 흘러들었다. 그녀는 키를 뽑아들고 자동차 밖으로 나왔다. 도대체 무슨 짓을 저지른 거지? 손바닥으로 차체를 쓸면서 반 바퀴쯤 돌아보았다. 아무래도 그네의 소형차는 별반 손상을 받은 것 같지 않았다. 하지만 이번엔 매서운 칼바람이 그녀를 얼어붙게 했다. 응당 그 자리에 좀더 머물러 세심하게 살피고 자신의 부주의가 초래한 사고에 책임을 지는 단계를 거쳐야 했지만, 공동경비실에서 졸고 있을 경비아저씨를 불러낼 엄두조차 나지 않았다. 이 정전에 차는 왜 몰고 다녔냐고 신경질부터 내리라. 아직, 일곱 동이나 되는 아파트 어디에도 불빛 하나 새나오지 않았다.

엘리베이터 앞에 서자, 거짓말처럼 불이 들어왔다.

7층 집 앞까지 아무와도 마주치지 않았음에 가슴을 쓸어내리는 그녀는, 어리석은 꼬락서니였다. 지나는 안전하게 잠들어 있었다. 소파 발치에 다이아몬드 꼴로 깔아놓은 러그에 웅크려. 러그에는 흰 고양이와 검은 고양이 전사들이, 기하학적으로 그려진 두 대의 전함에 나누어 타고 검고 뾰족한 창을 사십오 도 각도로 마주 겨누고 있다. 승재는 흰 고양이, 영주는 검은 고양이 부대였고, 공평한 지나는 이쪽 저쪽을 넘나들었다.

영주는 낮에 산에서 묻혀온 진흙이 말라 떨어지는 운동화를 벗고 마루로 올라섰다. 도대체 무슨 짓을 한 것인가. 집 안을 채운 모든 것들이 얼마나 정답고, 사랑에 넘치는 것들인지. 잘 자란 파피루스의 댓잎과 승재와 함께 마스킹테이프를 둘러가며 비둘기빛 페인트로 덧칠했던 몰딩의 세련된 부드러움, 오렌지색 바탕에 푸르스름한 성운이 찍혀 있는 지나 방 벽지까지. 영주는 불과 두어 시간 전에, 자신이 그토록 확신에 차서 저지른 악행을 도무지 납득할 수 없었다. 왜 그때는 이 똑같은 사물들이 다만 재앙에 씌어 보였던지. 물론 그녀는 그날 오후 일제히 날아든 청구서들 때문에 무게중심을 잃고 있었다. 하지만 가족 중 누구도 청구서 같은 것을 놓고 언짢은 심기를 드러내는 성품들은 아니었다. 가족이래야 승재와 그녀, 일곱 살 난 지나가 전부였지만.

어쩌면 오늘의 지옥은, 갑자기 쇄도한 개운찮은 전화들에서 비롯된 것인지도 몰랐다. 그 전화들이 이상한 파장으로, 그들을 너무 유쾌해서 도저히 견딜 수 없다는 듯 깔깔깔 웃게 하면서, 서서히 헤어나올 수 없는 우울 속으로 처박아버렸다. 목젖에서 턱, 턱 끊기던 승재의 웃음소리가 떠오른다. 정오의 도끼날 같은 햇살이 유리창에 쨍쨍 찍히고 있었다. 십여 초씩 몇 차례나 이어졌다간 턱, 턱, 끊겨버리던 그 너털웃음에서, 그가 쇠잔했음이 뼈처럼 드러났다. 처음 몇 통의 전화는 일 년 전 승재가 다녔던 직장의 동료? 후배? 그런 인간관계에 묶이는 몇 명의 남녀였다. 지나는 저 러그 위에서 색종이로 네 가지 모양의 텔레토비를 오리고 있었고, 그들은 산에 가기로 했다.

일괄사표에 묻힌 승재의 사표가 "어, 어?" 하는 사이 어이없이 수리된 게 어느새 일 년 전이었다. 누가 그 사다리타기 식의 '살생게임'을 조종했는지, 어째서 승재의 이름이 파기문서 속에 휩쓸리게 되었는지 켯속이야 알 수 없었다. 또 그 사고가 시간과 함께 그들 앞에 풀어놓게 될 실제적인 의미도 알 수 없었다.

하지만 사건 초기의 비일상적인 흥분이 지나자, '시간' 그 자체가 화두로 덮쳐오기 시작했다. 매일 아침 같은 시간 검은 두건을 쓴 배달부가 벨을 울리고, 파자마 바람으로 허둥지둥 문을 여는 그들에게 커다란 상자를 떠안기며, 이렇게 말하기라도 하듯. "자, 이것이 당신들의 하루요. 잘 요리해보기 바라오." 그게 창졸간에 당한 일의 실제적 의미라는 걸 깨닫게 됐을 즈음엔, 그 사고가 순간적이며, 보험 처리로 간단히 해결될 수 있는 가벼운 접촉사고 같은 것에 불과하리라는 애초의 낙관은 무너진 상태였다. 그러자 그 '시간'으로부터 도망치는 것만이 필사적인 사명이 되었다.

처음 두어 달가량, 승재는 상자가 날아드는 즉시 운동화를 꿰어 신고 스포츠센터로 달려나갔다.

"여보, 운동을 해보려고 해. 무슨 일을 다시 하든 체력은 필요하니까. 사실 나도 한 번쯤은 이런 여유 있는 시간이 있었으면 하고 바라기도 했었어. 나중에 가선 분명 내 생애 꿀맛처럼 달콤하게 기억될 시기가 될 거라고 생각해."

종일 라켓을 휘두르다, 햇살이 꺾일 무렵 돌아온 그의 머리카락은 땀에 절어 끝이 뾰족뾰족 갈라져 있었다. 승재는 맑은 땀에 젖은 속옷과 얇은 겉옷을 훌훌 벗어 세탁조 속에 던져넣으며, 무심코 생각난 듯이 물어보곤 했다.

"전화 온 데 없었어?"

"응, 없었어."

무슨 일이든 해보려고, 얼굴을 붉히지 않고 말을 낼 수 있는 모든 곳에 촉수를 뻗쳐놓았으나, 신통한 대답이 돌아오는 곳이 없었다. 설령 답신이 왔다 해도 정치꾼이 된 친구의 일과성 제안이나, 위험해 보이는 벤처 사업에 동업자로 끼어보라는 둥 그야말로 비현실적인 것뿐이었다. 나중엔 얼굴을 붉혀야만 말을 낼 수 있는 곳까지 줄을 대보았으나 안쓰러운 발버둥에 그치고 말았다. 하지만 그 무렵까지만 해도, 승재는 결딴난 현실에 아랑곳 않는 왕성함을 유지했다.

하지만 결국 부슬부슬 비 뿌리던 그날 오후가 찾아왔다. 빨랫감이 잔뜩 재어진 세탁기가 털거덕 턱턱 돌고 있었다. 오후 늦게 뿌얀 비안개 속을 걸어온 승재는, 세탁기 옆 플라스틱 바구니 속에 막 벗은 옷가지를 뭉쳐 던졌다. 우울한 날씨에 눌려서인지 아무 말도 하지 않았고, 이리 돌고 저리 도는 물살의 흐름을 세고 있던 영주도 남편의 기척을 느끼지 못한 척했다. 그렇지만 승재가 일정 거리 밖으로 멀어졌을 때, 영주는 던져진 뭉치를 도로 끄집어냈다. 그냥 무의식적인 행동이었다. 그날 따라 그 뭉치가 그냥 벗은 옷가지가 아니라, 승재가 막 빠져나온 허물 같다는 느낌이 들었다. 속옷과 가벼운 옷가지 넷이 돌돌 말려 있었고, 모두 축축했다. 그녀는 냄새를 맡았다. 절망적인 현실에 대한 축축한 암시를. 지금의 시간은 결코, 그들 생애 꿀맛처럼 달콤하게 기억될 시기가 되지 않으리라. 그녀는 옷뭉치가 아닌 다른 무엇을 버리듯, 팽팽 돌고 있는 세탁조 속에 승재의 허물을 던져넣었다.

다음 두어 달가량이 좀이 슨 겨울 외투 같은 모습으로 아침을 두드렸을 때, 부부는 하루하루 번갈아 앓고 있었다. 오전 열시 반이 되기 전까진 꼼짝없이 몸져누워 있었다. 승재 쪽은 대개 오한과 섬망증으로 인한 헛소리로 시작돼, 약간의 발열 끝에 요가 젖도록 식은땀을 쭉 뺐다. 영주의 증상에는 그런 기승전결이 없었다. 그저 밋밋하지만, 고도의 저기압이 영혼까지 짓누르는 증상이었다. 뚜렷한 발열도, 통증도 없는 채로 아프게 아프게 심연으로 가라앉는 듯했다. 지나를 유치원 보내기 위해 하루씩 번갈아 시중드는 일마저 없었다면, 한낮 한시에 잠들어버린 시체처럼 보였을지 몰랐다. 지나는 여전히 행복해 보였다.

하지만 그런 시간조차 묵은김치에서 나는 군내를 풍기자, 다음으론 움직일수록 죄어드는 족쇄 같은 시간이 찾아왔다. 미치지 않기위해, 그녀는 성경을 집어들었다. 몇 해째 집에 그런 책이 있다는 사실조차 잊고 살아온 물건이었다. 불면의 해코지에 좀이 슬던 어느 날, 손 닿는 대로 펼쳐본 그 책 속에선 '눈의 아들' 여호수아라는 사람이 죽도록 전쟁만 하고 있었다.

눈? eye? snow? 눈의 아들? 통찰력? 새하얀 눈의 순수? 신 앞에 신실함으로 명철해진 자라는 뜻인가?

그 혼란스런 오해가 불식되고, '눈' 이란 순전히 그 남자를 낳아준 아비의 이름일 뿐이라는 가닥을 잡기까지 육 개월이 흘러버렸다. 영주는 얼빠진 짓에 사로잡혀 있었다. 매일처럼 사등분된 A4 용지에 북에서 남으로 길게 줄을 그어놓고, 그 동·서편으로 잘게 분할된 땅덩이를 그려넣길 되풀이했다. 그 땅의 이름은 가나안. 여호와 신이 이스라엘에게 주마고 언약했던 '약속의 땅' 이라는 모양이었다.

가운데 길게 그어내려진 금은 강줄기였다. 그 강의 북편에 속하며, 동북쪽 첫번째 땅덩어리와 스치는 지점에는 긴네렛 바다라고 불렸던 자그마한 호수가 맺혀 있었다. 3200년 전, 작은 호수를 바다라고 부를 수밖에 없었던 시간과 인류가 존재했던 것이다.

어떤 날은 열세 조각이 한데 이어붙여진 땅덩이 전체를 그렸고, 어떤 날은 한 조각을 중심으로 그 주변으로 퍼진 윤곽선의 일부만을 그렸다. 그 땅은 또, 모세의 인도로 애굽을 빠져나온 이스라엘 난민이, 모세 사후의 새 지도자 여호수아의 지휘를 받아 가나안 원

주민을 쫓아내고 얻어낸 '정복의 땅'이기도 하다 했다. 영주는 지도 상에 나타난 지형의 굴곡을 세밀하게 모사하는 행위를 반복하면서, 점점 더 깊이 빠져들었다. 긴 강의 이름은 요단. 그 동편 땅은 세 조 각으로 갈라지며, 서편 땅은 열 조각으로 갈라진다. 한 조각씩의 공 들인 모사가 끝나면, 새긴 듯한 글씨로 지명도 적어넣었다. 헤브론 과 실로, 미스바와 예루살렘, 스블론 땅과 잇사갈 땅의 남쪽 경계를 따라 흐르는 기손 강도 대개는 표시했다. 그러노라면 그림의 선, 지 명, 하나하나가 뜻 모를 뜻으로 마음을 어루만졌다. 특히 땅 북편, 동서 경계에 쿠키 모양으로 맺혀 있는 호수에 눈이 멎을 때면 빠져 죽고 싶을 정도로 아늑해졌다.

쿠키. 긴네렛, 혹은 겐네살이라는 이름의 어원은 거문고 모양을 가리켰던 모양이지만, 영주에게 그것은 지나가 좋아하는, 하얀 별 사탕이 점점이 박힌 홈메이드 쿠키 모양으로 보였다.

그녀가 젖과 꿀이 흐르는 늪 속으로 다만 고요하게 가라앉고 있 는 동안, 승재는 닫힌 문 밖에서 시시각각 석고처럼 굳어갔다. 불현 듯 문을 열면, 멀찍이 떨어진 소파에서, 윗몸을 구부정하게 내밀고 정강이는 스르르 벌어진 채 꼼짝도 하지 않았다.

"여보……"

영주의 손에는, 아직 그녀가 땅덩이마다 지명들을 새겨넣었던 붉 은 펜이 들려 있었다. 그 영적 암호들은, 같은 지도가 매번 새롭게 완성될 때마다 조금씩 다른 위치에 놓였다. 두 자, 석 자, 넉 자 혹 은 여섯 자로 이루어진 영혼의 지번을 매길 때마다, 어두운 대지에 붉은 꽃밭이 수놓아지는 느낌이었다.

승재는 여전히 손가락 하나 까딱하지 않았다. 마룻바닥에 비스듬 히 던져진 그림자의 오기도 점점 꺾여드는 시간이었다. 한식경이나

190

흐른 것이다.

"여보", 영주는 여전히 방문 안쪽에 서서 다시 한번 불렀다.

역시 아무 반응이 없었다. 영주는 방 밖으로 한 발을 내디뎠다. 비로소 승재도 꿈틀, 했다. 머릿속의 어지러움을 털어내려는 듯 골을 흔들면서. 그렇지만 그녀 쪽으로 시선을 주진 않았다. 대신 메마른 손을 느리게 들어올려서, 천천히 안경을 벗어냈다. 거북이처럼 목을 쑥 뽑는가 싶더니, 눈두덩을 비볐다. "아파?" 하자, 된불 맞은 짐승처럼 충혈된 눈이 그녀에게 날아왔다. 영주는 펜을 떨어뜨렸다.

이날 뒷산에 올라간 건 오후 두시가 다 되어서였다. 그쯤 되자 아이를 데리고 산으로 가도 될 만큼 날씨가 누그러졌다. 떨어질 것은 죄 떨어진 산이었다. 가운데 긴 지나는 비탈진 흙길에 첫발을 댈 때부터 다람쥐 노래를 불렀다. 승재가 "다람쥐는 겨울잠을 잔단다, 밤이랑 도토리랑 잔뜩 먹고" 했을 때, 슬그머니 둘의 뒤로 처진 영주의 입에서 무심코 "우리처럼!"이란 말이 흘러나왔다. 그러자 갑자기 갈색의 변주곡으로 퇴색돼버린 산 전체가 음산하게 얼어붙었다. 앞서 재바르게 움직여가던 승재의 운동화 밑창이 잠깐 떠들린 채 머뭇거리더니, 픽, 하고 제자리에 발자국을 찍었다. 영주는 아차, 싶었다. 하지만 자신이 틀린 말을 한 건 아니라는 자의식이 남편에 대한 배려를 눌러버렸다. 지나가 꼭 붙든 아빠 손을 시계추처럼 흔들며 "아빠, 뭐 해?"라고 보챘기 때문에, 승재는 아무 일 없었다는 듯 나아가기로 마음먹은 것 같았다. 영주를 돌아보는 그의 얼굴에 개운한 기분을 회복하려 애쓰는 활성(活性)이 빛나는 무늬처럼 어른거렸다 사라지기를 반복했다. "벌써 피곤하니?" 하고 부드럽게 물어오는 것을, 영주는 "뭐가?"라고 되돌려주었다. 그러자 이번엔 제대로, 갈색 안경테 속의, 십 년쯤 쇠잔해버린 듯한 승재의 눈동자 속에서 사춘기 소년보다 더 격정적인 불꽃이 튀었다.

아삭, 사탕을 깨무는 것 같은 감촉이 발 밑에서 뽀득거렸다. 잔돌이 많이 섞인 진흙으로 이루어진 비탈진 소로가 살얼음을 머금고 굳어 있었다.

미끈, 영주는 한쪽 팔을 치켜들며 균형을 잃었다. 지나가 "엄마!"라고 소리쳤고, 놀라 치켜든 영주의 팔에, 아내보다 더 놀란 승재의 손아귀가 밴드처럼 찰싹 휘어감겼다. 손아귀에 감긴 감촉이 열선처럼 뜨거웠다. 균형을 되찾은 영주는 멋쩍게 웃었다. 딱히 이유를 댈 수 없는 다정함이 되살아났다. 덧없는 온기에 취한 그녀가, 뭔가 싱거운 말거리라도 입에 올리려고 했을 때였다. 그는 단단히 쥐었던 아내의 손을, 비탈길 옆 경사면에 휘우듬 구부러진 가느다란 나무 몸통으로 슬쩍 옮겨붙여버렸다. 애먼 곳에 뿌리를 박은 나무였다. 퉤, 고개를 돌린 그는 침을 뱉었다.

살아 움직이는 것이라곤 소개(疏開)된 듯 자취를 감추고 없었다. 언제나 빈 물통들이 길게 늘어섰던 약수터 수도꼭지에도 흰 수염만 맺혀 있었다. 거기까지가 등산로라기보다는 산책로의 끝이었다. 더 들어가자 치면 차림새도, 마음가짐도 그들이 차린 정도로는 곤란했다. 또 지나가 딸려 있었다. 아니 그보다도 그들 가족은 그 이상 무리하려고 해본 적이 없었다.

"이런, 얼어붙어버렸네."

승재는 마치 그럴 줄 몰랐었다는 듯이 약수터 앞에서 머뭇거렸다. 부녀는 신기한 구경거리라도 만난 듯이, 수도꼭지 밑에 맺힌 고드름을 맨손으로 만지작거렸다.

"아빠, 이거 깨서 먹으면 안 돼?"

192

"그래? 지나 먹고 싶니?"

"응, 나 얼음 좋아하잖아."

승재는 고드름을 바숴뜨릴 도구를 찾는듯 주위를 두리번거렸다.

"관둬. 그런 거 깨먹고 배탈이라도 나면 어쩌려구."

영주는 냉큼 돌아서서 왔던 길을 되밟기 시작했다. 양편에 지지대를 설치해놓은 제법 가파른 비탈길도 혼자서 성큼성큼 내려딛었다.

"지나야, 아빠가 목말 태워줄까?"

딸을 번쩍 들어올려 무등을 태우는 승재의 모습이 뒤통수에 읽혔다. 잠시 후, 벌써 간격이 벌어져버린 비탈 위쪽에서 지나의 좋아 자지러지는 웃음소리가 깨부숴졌다. 메마른 산 전체로 빠짓빠짓 튀어 번지는 불티처럼……

고불고불한 내리막길 왼쪽은 어깨 높이보다 더 높이 부풀어오른 둔덕이었고, 오른쪽은 움푹 꺼진 고랑이었다. 고랑 바닥을 투명하게 핥아내리곤 했던 실개울은, 겨울 가뭄에 흙이 말라붙은 풀더미를 누더기처럼 덮어쓰고 있었다.

'이 고삐는 (우리를) 쉽사리 풀어줄 것 같지 않아……'

나뭇가지들 사이로 마른버짐이 필 것 같은 하늘이 답답하게 걸쳐져 있었다. 왼쪽 둔덕 깊숙이 들어앉은 곳에서 무언가 '푸드덕' 죽지를 퍼득이며 멀찍이 달아났다. 언뜻 까치를 본 것 같기도 했다. 살아 움직이는 것이 있었던 것이다. 말라 뒤틀어질 것 같은 산속에, 그래도.

높이 지나를 메고 털레털레 내려오는 승재는 수분이 다 빠져나간 가랑잎처럼 가벼워 보였다. 맨땅을 퍼석 굴리며 내려온 어린애의 무심한 생기마저 없었다면, 그 시간 이후 그들은 집으로 가는 길조차 찾지 못했을 것이다. 자줏빛 자동차만이, 아스팔트를 갓 깔아놓은 산기슭 이면도로에서 의무에 복무하듯 반짝거렸다. 하지만 차가 윤기를 뿜내며 그들을 기다리고 있는 풍경 자체가 소리를 지르고 싶을 만치 지루했다. 보닛이 탁 튀어오르며, 아함, 하고 하품이라도 할 것 같지 않은가. 저 차를 또 함께 타야 하는가.

증명되었듯이 맑음이란 어떤 산이나 들판에 있는 게 아니었다.

711동 입구에 들어섰을 땐 오후 네시가 채 안 되었다.

"편지 왔다!"

눈이 밝은 아이가 먼저 반색을 하면서 현관 안으로 뛰어들었다. 막 우편배달부가 다녀갔는지, 사십 가구가 든 영주네 라인 우편함 전체에 무언가 하나씩은 꽂혀 있었다. 투입구 밖으로 삐죽 튀어나왔거나 휘어져 늘어진 그것들은 보나마나 청구서 아니면 통신판매 상품뉴스지, 인근 학원이나 무슨 센터에서 쑤셔박고 간 광고 전단 따위들이다. 혹시나 반가운 소식이라도 왔을까 얼른 뽑아보았지만, 정식으로 봉함을 한 몇 개의 사각봉투들조차도 투명한 비닐막 밑으로 '유승재님 귀하'라고 하는 이쪽의 주소를 내비치고 있을 뿐이었다. 그같은 것들치고 청구서가 아닌 것은 거의 없었다.

아아, 영주는 눈을 내리깔며 고개를 내저었다. 아내의 손에서 청구서 다발을 인수한 승재도 어금니를 지그시 깨물었다. 원한다고 끝장낼 수 있는 것이기만 하다면, 무 도막 치듯 이미 찍어내버렸을 것이다. 추위란 차라리 걸맞은 세팅이었다. 거리에, 대합실에, 구겨진 신문지 위에서 뒹굴고 있는 추레한 남자들. 왜 '희망의 집'에 가지 않으십니까. 술, 담배도 못하고 자유가 없어서…… 높은 봉우리 바윗돌에 걸터앉은, 점퍼를 입은 남자의 뒷모습이란 차라리 '화백'이었다…… 화백이란, 실직 일 년차쯤 된, 화려한 백수를 말하지요…… 피워문 담배에서 연기가 피어나는 족족, 사나운 바람이 달려들어 여러 갈래로 쭉쭉 찢어발겼다. 그런 식으로 보편성을 획득한 남자들의 모습은 공통의 연민과 공통의 두려움과, 아마 지금도 어딘가에서는 지직거리는 라디오 뉴스의 전파를 타고 공통의 근심을 불러일으키고 있을 것이다. 그렇다면 그들이 덜 외로운 자들인가.

그에 비해 자신은 더 외로운 자라고 특별대우하기도 멋쩍었다. 그의 곁에는 영주도 있고, 지나도 있다. 그들은 가족이 아닌가. 냉장고도 반쯤은 차 있고, 몇 달 정도는 더 근근히 버틸 현금도 남아 있었다. 몇 달을 버틸 액수!

적금은 정확히 십오 회 불입에서 끝났다. 노년의 여유를 설계했던 연금보험도 일 년 만에 원금 손해를 감수하며 해약했고, 아무것도 모른 채 초롱초롱한 눈망울을 빛내는 지나의 얼굴을 더듬거리다, 용단을 내리듯 수화기를 들고 교육보험도 해약했다. 그밖에도, 가죽지갑 칸칸이 얌전스레 꽂혀 있던 세 종류의 카드를 꺾어버렸고, 회사 근처 지점들에 분산돼 있던 통장들을 한데 모아 집과 가장 가까운 은행으로 정리해버렸다. 그 모든 일을 밀린 빚을 청산하듯 해치운 날, '퇴사우' 들과 퇴직금 청구소송을 위한 첫번째 대책회의를 가지려고 시내로 달려나갔다. 그들은 불과 얼마 전까지만 해도 자신들의 직장이었던, 성산대교가 굽어보이는 15층 빌딩을 뿌리째 떠내버릴 듯 혈기등등했다. 소정의 실직자 수당의 유효기간은 가감 없는 삼 개월. 그런 일들을 빈틈없이 처리하는 승재는 세상 뜰 날을 받아놓은 노인네처럼 깔끔하기 그지없었다.

그 동안 영주는 침묵만 지키고 있었다. 하지만 그때만 해도 올빼미처럼 큼직한 아내의 두 눈이 지금처럼 두렵지는 않았다. 아니 오히려 자신의 연약한 노른자를 지키기에 가장 알맞은 두께의 보호

막인 양 든든했었다. 그러나 일 년 반이 성큼 흘러버린 지금, 모든 게 달라졌다. 도무지 어디를 보아야 할지 알 수 없었다. 그즈음부터였다. 영주는 골방에 틀어박힌 자폐아처럼, 승재 눈에는 꼭 쥐오줌 자국처럼 보이는 지도를 끼적이기 시작했다. 어쩌다 방에 들어서기라도 할 양이면, 흠칫 놀라 손아귀로 가리면서 남편을 무단침입자 취급했다.

"뭐 하니?"

그때 아내가 저도 모르게 짓던 불쾌한 표정이라니.

물론 그 순간의 영주는 쿠키 모양의 호수에 코를 박고, '응, 내 무덤이야'라고 내뱉고 싶은 충동을 겨우 억누르던 참이었다.

청구서 다발을 들고 들어선 그들은 멍한 표정으로 시계부터 보았다. 적어도 그날 그들은, 다른 날처럼 위선적인 식사를 하고, 위선적으로 티브이를 본 뒤, 위선적으로 잠들지 못하리라. 식탁 의자를 끄집어내어 털썩 주저앉은 영주가 터뜨리듯 말문을 열었다.

"그래도 따뜻한 편이야, 올 겨울."

동시에 머릿속에선, 전화요금 이만팔천오십원과 은행 카드 청구액 십삼만구천구백원을 합산하려는 흐름으로 윙윙댄다.

"굉장히 호들갑들 떨었잖아, 기상청에서. 라니냔지 뭔지."

영주는 한 움큼 거머쥔 청구서 다발에서 하나씩 뽑아 대충 훑어 보곤 카드패처럼 식탁 위에 쭈르르 펼쳐놓았다.

"엘리뇨 사촌이라지?"

식탁 유리 밑에는 지나 보라고 깔아둔 세계 전도가, 주차위반 과태료와 지역 의료보험 청구서에 의해 들쭉날쭉 덮여나갔다.

"누이동생인가?"

유라시아 대륙을 덮은 과태료 청구서와 아프리카 대륙을 덮은 의

196

료보험 청구서 옆으로, 관리사무소에서 보낸 알림장 한 장이 날짜 변경선 왼쪽의 태평양과 오세아니아 위에 살픈 떨어진다. 파리한 형광빛을 되쏘는 새하얀 십육절지엔 촌스럽고 굵직한 궁서체로 이렇게 씌어 있다.

'당 아파트 각 세대별 난방기기(온도조절기, 열량측정기)의 고장에 대한 수리업체를 지정하여 고장 세대별로 방문하여 고장 원인 파악 및 수리를 실시할 예정이오니 각 세대에서는 많은 협조를 부탁드립니다. 아울러 당 아파트 각종 계량기 관리규정 제2조에 의거하여 열량 측정기 고장 세대에서 고장 통보일로부터 30일 이내에 교체 수리하지 않을 경우 해당동 동일평수의 최고치가 부과되오니 인지하시기 바랍니다.

(고장 부분별 수리비 내역)

1. 열량측정기

연산부: 50,000원 유량부(20mm): 45,000원

밧데리(3.6v×2 ; 7.2v): 20,000원

교체시 인건비 10,000원 별도 추가, 교체시 1년 보증……'

"죽어라 죽어라 하는구만. 동일평수 최고치? 누구 맘대로 동일평수 최고치야?"

영주는 신랄하게 이죽거렸다. 승재는 그런 아내로부터 비껴서서 패딩 점퍼의 앞 지퍼를 죽 끌어내렸다.

"도대체 얼마를 내야 한다는 거야? 계산기 어딨지? 참, 그것도 고 장나버렸지."

영주는 혀를 끌끌 찼다. 하지만 그 미미한 이죽거림이 승재를 향

한 원망의 메시지를 훌륭하게 표현해버렸다고 느끼는 순간, 동시에 등골이 오싹해졌다.

"왜, 또 그러는 거야?"

승재는 아직 지퍼만 내린 패딩 점퍼를 벗지도 못한 채였다.

"또라니? 내가 언제 뭐랬다고!"

"지금 이러는 건 뭐야?"

"지금이야 지금이고 어쨌든 또, 라는 건 말이 안 되지."

영주는 강변을 할 때의 무의식적인 습관으로, 오른손을 권총 모양으로 만들어 빵빵 두 번 쏘았다.

"너, 손가락질하지 마. 또고 뭐고 도대체 왜 그러냐구. 나 정말 미치는 거 보고 싶니?"

"미치면 내가 먼저 미치는 거고, 어쨌든 나한테 그런 식으로 덮어 씌우면 안 되지. 왜냐고? 진실이 아니니까."

피차, 그간 상대를 배려하노라고 저편 모르게 감수해왔던 외로운 노력들이 억울해서 견딜 수 없는 표정이었다.

"도대체 왜 그래!"

승재는 같은 말만 반복했다. 말이란 것으론 자신의 심정을 담아낼 수 없었다. 칠 년 전 결혼을 앞두고, 좀더 탄탄하고 큰 조직의 입사 시험 재수를 포기하고, 대학 은사가 알음알음으로 소개해준 박봉의 작은 회사에서 생활비부터 버는 편을 택했던 자신이, 그 순간 밟아 뭉개버리고 싶을 만큼 병신 같았다. 그래, 저 여자와 소박하지만 행복하게 살기 위해서 말이지.

"왜 그러긴, 그걸 꼭 말로 설명해야 아니?"

"그래 너 잘났다."

노염과 자괴감 때문에 보랏빛으로 변한 승재의 입술에서 "아" 하는 탄식이 터지는가 싶더니, 손등으로 이마에 차양을 치면서 고개를 돌려버린다. 그 모습에 찔린 영주도 놀랍고 후회스러워 어쩔 줄 몰랐지만, 이미 엎질러진 물이었다.

"그 청구서들 때문에 이렇게 갈구는 거야? 청구서 처음 받니?"

그때부터 승재는 마구 소리치기 시작했다. 이상했다. 승재가 그렇게 소리치기 시작하자, 영주의 두 귀는 먹통이 된 것처럼 아무 소리도 들을 수가 없었다. 뇌리엔 보름 전 통장정리 때 찍혀나오던 액수만 또렷이 떠올랐다. 또 통장정리기 옆의 수족관과. 점박이, 황금 오렌지빛, 가오리연처럼 생긴 줄무늬 관상어들이 뽀글뽀글 숨을 내뿜던 광경들. 어쩔 수 없었다. 숫자에 관한 문제는 숫자로 해결될 수 있을 뿐, 천 개의 지나가 있다 하여도 속수무책이었다.

문을 박차고 나간 승재는 의심할 나위 없이 도망쳐버렸다. 자신을 내쫓아준 아내에 대한 불길 같은 염증이 서글픔이라는 결석으로 굳기까지, 몇 가치나 되는 담배를 피게 될지 알 수 없었다. 그 후 들거리는 시간을 가누기 위해, 영주는 또 죽도록 싸우는 눈의 아들 여호수아를 물고 늘어졌다.

그래, 여호수아의 첫 전쟁. 여리고 성 싸움은 애들 전쟁놀이보다도 우스꽝스러워. 성을 일곱 번 돌고 나팔 불고 외쳤더니 성이 무너졌다니, 동화 같은 얘기지 뭐야. 하지만 다음 차례인 아이 성으로 가면, 사정이 좀 달라져. 이번에도 잔뜩 겁에 질린 여호수아 아저씨가 군사를 나누어 매복하고, 아침에 일찍 일어나 별짓 다 하지만, 견훤의 억세게 운 나쁜 태자 신검처럼 망신만 당하고 끝났던 거야. 주여, 왜 우리가 망했습니까. 신탁을 청했더니, 놀라운 사실이 밝혀졌어. 백성 중 아간이라는 자가 여리고 성 싸움의 전리품이었던 시날 산의 아름다운 외투 한 벌과 은과 금을 한 덩이씩 빼돌려 꿀꺽했다는 거지. 그래서 불같이 노한 여호와 신이 이스라엘에게서 승리를 빼앗았던 거야. 성난 이스라엘이 아간을 삥 둘러 모였어. 그 살의. 아간의 공포를 상상해봐. 아내, 자식까지 돌로 쳐죽여버린 건 너무했지만, 아름다운 시날 산의 외투 한 벌까지 모조리 불태우고 돌무더기를 쌓았더니, 신은 드디어 극렬한 분노를 그쳤대. 아, 하지만 그후에도 죽이고 죽여, 수많은 왕들을 높이 매다는 지긋지긋한 싸움은 끝나지 않아. 그가 평화를 알았을까. 죽도록 전쟁만 하다 간 눈의 아들, 여호수아가.

영주는 수십 번 반복해서 능숙해진 손길로 북에서 남으로 흐르는 요단 강의 굴곡을 북, 그어내렸다. 그것만이 홍수 같은 현실에서 자신을 갈무리할 수 있는 유일한 방주였다. 마지막으론 언제나 요단 강 북편, 한때 긴네렛 바다라고 불렸던 쿠키 모양의 호수를 새겨넣었다. 완성된 지도는, 성경책 말미에 부록으로 끼워져 있는 열두 지파 땅 분배지도와 거의 흡사한 모양이었다. 실제 지도상에서 쿠키 모양의 호수는 파스텔조의 하늘빛으로 채색돼 있었다. 그녀도 원통형 연필꽂이를 헤집어, 막 하늘색 색연필을 집어들려 했을 참이었다. 전화벨 소리가 울리기 시작했다. 얼른 수화기를 들어올렸으나 바로 끊겨버렸다. 승재였을까.

영주는 벽시계를 쳐다보았다. 어느새 일곱시. 창 밖에 새떼 같은 어둠이 모이고 있었다. 두 시간이나 지났는데 승재는 돌아오지 않았다. 박차고 나가는 그의 뒷모습에 눈길조차 주지 않았던 건, 그 전쟁 또한 무수히 치르게 될 길고 긴 전쟁 중의 하나일 뿐이라는 안이한 절망 때문이었다. 아니, 어쩌면 방문 밖엔 이미 승재가 소리없이 돌아와 있을지도 몰랐다. 그러나 문을 열어보자 어둑신한 거실엔 지나만, 어린이 프로그램의 마지막 순서에 넋을 놓고 있었다. 영주는 거실 소파 옆 협탁 위에 놓인 전화기를 들고 승재의 휴대폰 번호를 눌러보았다. 잠시 졸아드는 숨을 삼키고 있으려니, 방금 전까지 제가 틀어박혀 있었던 바로 그 방 속에서 띠리리 하는 차임벨 소리 같은 것이 흘러나왔다.

"지나야, 저 방에서 무슨 소리 나니?"

지나가 쪼르르 뛰어들어갔다. 영주는 승재의 휴대폰을 향해 또, 또 하는 발신음을 보내는 전화 수화기를 든 채 못 박힌 듯 붙어 서 있었다.

"아빠 휴대폰!"

영주는 귀에서 내린 수화기를 멍청하게 내려다보았다. 또, 또, 미약하게 멀어진 발신음에 화답하듯, 지나 손에 들린 승재 휴대폰이 띠리리, 띠리리 낭랑하게 울려퍼졌다.

영주는 서둘러 운동화를 꿰어신고 눈빛이 흔들리기 시작하는 지나에게 열쇠를 흔들어 보였다.

"엄마, 요 밑에 다녀올게. 혹시 전화 오면 잘 받고, 열쇠 갖고 나가니까 아무도 문 열어주지 마!"

등뒤에서 딸이, "싫어, 그럼 아빠도 안 돼?"라고 외쳤지만, 대꾸할 정신도 없이 운동화 뒤축을 꺾어신고 옥외주차장으로 내려갔다.

차는 산에서 내려와 세워둔 곳에 그대로 있었다.

'어디로 간 거야, 정말.'

영주는 불미스런 상상으로부터 몸을 숨기듯 운전석으로 들어갔다. 크왕, 시동 걸리는 소리에 어깨가 움츠러들었다. 그녀는 서툰 운전자였다. 후진을 하면서 거세게 일어난 불안은, 눈에 익은 모퉁이들을 돌아, 항상 통행이 뜸한 편인 사차선 도로로 완만하게 구부러들 때쯤에야 서서히 가라앉았다. 두 블록쯤 곧장 내려가 좌회전하면, '스쿨 존'이란 표지판이 나타나는 한적한 이면도로로 이어졌고, 길게 흐르는 하천을 따라 달리게 되어 있었다. 햇살 바른 오후면 바늘꽃이 무수히 핀 듯 반짝이는 하천을 굽어보며, 승재는 대개 다시 좌회전을 하거나 직진해서 더 내려가보라고 지시하곤 했다. 아파트 뒷주차장에서 왕복 삼십 분 남짓 되는 그 코스는 승재가 정한 주행훈련구간이었다.

"아직도 코너링은 엉망이야."

그 소리가 들리는 것 같아 영주는 흠칫 옆을 보았다. 클러치 페달에 얹힌 거친 발놀림에, 차가 꿀럭꿀럭 흔들렸다. 검붉게 내려앉은 하늘과 제법 광활하게 어우러진 천변 풍경이, 어린 시절 보았던 중국영화의 환상적이고 무서운 장면처럼 앞창으로 밀려들었다. 승재가 "여기서만이라도 과감하게 액셀 좀 밟아봐!" 하고 애가 타 소리치던 구간이기도 했다. 이번엔 머리 뒤편 실내등에서 남편의 목소리가 툭 떨어졌다. 저 길목 어딘가에서 승재가 쑥 튀어나오지 않을까. 저기, 맞은편 횡단보도의 가로수 밑에서 서성대는 남자가 승재였으면. 휙 지나치면서 보니, 군복풍 점퍼를 걸친 꽤나 몸집이 큰 여자였다. 비스듬히 휘어져 뵈는 가로등들만이 하늘 가장자리를 떠받친 채, 육각형의 큐빅처럼 반짝거렸다. 그렇게 영주는 집에서 천변까지 세 차례나 뱅뱅 돌았다. 하지만 결국 혼자 돌아왔고, 일시 정전이 된 옥외주차장에서 남의 차를 박은 것이다.

"제발 좀 조심해! 오르막에서 뒤로 미끄러질 땐 브레이크부터 꽉 밟으란 말야. 뒤차 범퍼라도 들이받으면 기분 엿같이 잡치고 수십만 원 깨지는 거야. 재수 없게 외제차라도 들이받으면 면허 딴 게 우환이지. 클러치에서 발을 뗄 만큼 떼다가 액셀, 클러치를 그냥 밟으면서 액셀을 밟으니까 알피엠만 올라가잖아. 알피엠이 사천이면……
와이구, 차가 배겨나겠냐? 이 차 벌써 달릴 때 이상하게 윙윙대잖
아. 어어, 또 왜 이래. 브레이크! 브레이크!"

알피엠이 치솟은 승재의 타박이 바로 곁에서 귓전을 때려대는 듯
했다. 그 남편이 잡히기라도 할 듯, 영주의 손이 헛되이 허공을 더
듬었다.

지나를 침대로 옮겨놓고 나자, 그제야 겨우 뜨거운 차라도 한잔
마셔야겠다는 정신이 났다. 그녀는 "멍청해, 정말 멍청해"라고 중
얼거리며 가스레인지의 점화 버튼을 눌렀다. 훅 날아오르는 불꽃
바람이 화끈하게 뺨에 끼쳤다. 비로소 그녀는 그 순간의 가장 견딜
수 없는 걱정은 전화 한 통 없는 승재보다 일시 정전이 됐던 주차장
에서 긁어놓은 남의 자동차라는 것을 깨달았다. 여호수아서의 표현
대로, '마음이 녹았다'.

박은 건 범퍼 쪽일 테고, 긁어놓은 건 운전석 문짝쯤인가. 아냐, 차
를 주차선 바깥에 놓아둔 책임도 있잖아. 게다가 질펀한 어둠하며.

'어디까지나 예고 없이 정전을 야기한 당국의 책임이야.'

사고 난 지점인 주차장 윗길 부근은 아직도 매우 어둑했다. 두 개
의 가로등 중 한쪽에만 들어온 빛이 서릿발처럼 시려 보였다.

그사이 주전자는 단내가 나도록 가열되어, 부리를 컵 쪽으로 기
울이자 금세 타닥거리며 뜨거운 방울이 손등으로 튀었다. '호', 좁쌀
만큼 부풀어오른 부위에 입김을 불고 있으려니 전화벨이 울렸다.
환청인가. 아니었다. 승재인가. 그녀는 타조처럼 뛰어가 수화기를
집어챘다.

"네?"

"아직 안 잤어요?"

맥이 턱 풀리다 못해, 왈칵 짜증이 돋게 하는 목소리였다. 문희 엄마. 작년부터 유치원에서 알게 된 지나 친구의 엄마였다. 이즈음 하이큐빅이라는 아이들 영어학습지 회원 모집인으로 뛰기 시작하면서 좀 이상해졌다는 말을 듣기도 하는 여자였다.

"아홉신데……"

영주는 그냥 끊어버리고 싶은 기분을 그렇게 표현했다.

"아니이, 시간도 시간이지만 지나 엄마 요새 심정이 좀 편치 못하잖아. 그래서 몇 번이나 수화기를 들었다 놨다 하다가, 그래도 지나 네가 누구야? 두 번 다시는 없을 워낙에 좋은 기횐데, 도저히 지나 네를 빠뜨리고 갈 수가 없잖아!"

"네?"

응, 아까 오후에 본사 부장한테서 또 전화가 왔어. 글쎄 회원 가입 조건이, 일 주일 전보다 두 배는 더 좋아진 거야……

삼십 분이나 계속된 고문이 끝났을 땐, 도자기잔 속의 차는 싸늘하게 식어 있었다. 매우 안차고 다라진 여자였다. 영주는 엉치에 깔린 리모컨을 끄집어내 들고, 소파 등받이에 뒤통수를 기대면서 눈을 감았다.

이편의 거절 패턴에 따라 다채로운 미끼를 던져가며 능수능란 완급을 조절하던 여자의 공세는, 생급스럽게도 제가 울어버림으로써 묘하게 끝이 났다. 아무리 해도 완곡한 거절이 통하지 않자 영주는 너무 지쳤다. 뭣보다 부질없는 승강이를 하고 있는 동안 혹시라도 승재가 전화를 걸지도 모른다는 조바심에 균형감각을 잃어버렸다. 확실한 방법은 딱 잘라 거절하는 것이었지만, 문희네 마당발과 이러쿵저러쿵 재깔여댈 입심을 떠올리면 솔직히 두려움이 일었다. 지나를 낳은 뒤론, 세상에 그냥 무시해도 좋을 것이란 없어졌다. 그렇지만 이쪽 형편이라는 민감한 상처까지 건드리며, 입회비 삼만원까지도 만원씩 삼 개월에 나누어낼 수 있도록 선처해주겠다는 둥 지나친 너스레를 떨고 나왔기 때문에 기어코 볼멘소리를 터뜨리게 되었던 거다.

아니, 문희 엄마. 우리 형편에 대해서 문희 엄마가 이래라, 저래라 할 건 아니잖아요.

그 소리에 여자는 바퀴살이 부러진 듯 뚝 멎었다. 가슴이 철렁 내려앉아 문희 엄마? 해보았지만 그 길로 아무 대꾸가 없었다. 여보세요? 이편의 조바심이 고통에 이르도록 충분히 뜸을 들이던 여자는, 마침내 치적치적 추레한 밤비 소리로 흐느끼기 시작했다. 여자의 대단한 점은, 그런 와중에도 영주의 불민함을 꼬집고, 하이큐빅 영어클래스의 경쟁 학습지 두 종을 깎아내리는 내용을 아금받게 비벼넣는 능력이었다.

어쨌든 크릉, 이건 안 하면 안 하는 사람이 자동으로 후회하게 돼 있는 거야.

영주는 제풀에 도리질을 하면서, 리모컨 단추를 눌렀다. 높이 들뜬 기자의 음성과 함께, 식료품 유통기한을 위조하여 판매한 대형 할인마트의 물품 창고가 화면에 떠올랐다. 자주 이용하는 곳은 아니지만, 한 달에 한 번 정도는 그녀도 드나들곤 하는 브랜드 체인 스토어의 일부 매장들이었다.

나, 정말, 밤낮 남 밑 닦아주는 일 해주고 다니면서 왜 이렇게 모진 소리만 듣는지……

우회적인 비난 속에는, 머잖아 합당한 해코지를 해주겠다는 결의가 스며 있었다. 영주는 차갑게 식은 차를 훌렁 들이켰다. 이미 먹여놓고, 당신 썩은 음식을 먹었다고 알려주는 당국에 대한 언짢음과 함께, 승재에 대한 역정이 팽팽하게 되살아났다. 하지만 그것은 곧 연민이 되고 동병상련이 되었다. 그들은 너무도 약해빠졌다. 자신이라고 큰소리칠 것이 없었다. 동네 아낙 하나 감당 못 해 쩔쩔매는 주제가 아닌가. 그녀는 티브이를 끄면서 벌떡 일어났다. 다시 차를 구덩이에 처박는 한이 있더라도, 승재, 그 웬수부터 찾아놓고 볼 일이었다.

리리링, 초인종이 울린 건 그참이었다.

직감적으로, 승재로구나 싶었다. 하지만 화들짝 달려가 들여다본 인터폰 화면에는, 전혀 엉뚱한 얼굴이 맺혀 있었다.

누구지? 그 낯모를 얼굴이 생뚱맞다 못해, 오싹한 기분마저 일으켰다. 어느새 아홉시 삼십분이 지나 있었다. 밑에 긁어놓고 온 자동차 주인인가? 방문자는 아무 기척 없는 게 이상하다는 듯, 다시 한 번 벨을 누르려는 분위기로 팔을 들었다. 이미 저 아래서 영주네에 불이 들어와 있는 걸 확인하고 올라왔을 터였다. 영주는 그 얼굴을 알아보려고 기억을 모아보았다. 고개를 좀 숙인 자세 때문에 잘 보이진 않았지만, 틀림없이 처음 보는 남자였다. 이마 위쪽이 벗어져 보이는 게 아주 젊은 사람은 아닌 듯했다. 무시하고 아무도 없는 척할까 싶기도 했지만 혹 승재와 관계된 일인지도 알 수 없었다. 그래도 마뜩찮아 머뭇거리는 참에 리리링, 세번째로 벨이 울렸다.

"누구세요?"

그러자 저편에서 뭐라고 하긴 하는데, 알아먹을 수 있을 만큼 또렷한 소리는 아니었다.

"누구세요?"

그녀는 좀더 거칠고 퉁명스런 반응을 내보냈다. 그 짧은 접촉만으로도, 심야의 방문자가 자신보다 강자가 아니라는 직감이 왔다. 남자는 다시 뭐라고 했다. 하지만 여전히 아, 예 하고 시작하는 말과 끝에 '니다'라고 우물거리는 소리 외엔 뭐라고 하는지 알아먹히지 않았다. "네?" 세번째로 날아간 그녀의 말투는 사뭇 고압적이었다.. 그래도 남자는 사흘에 피죽 한 그릇 못 얻어먹은 소리로 웅얼거릴 뿐이었지만, 겨우 뭐라고 하는지는 알아먹을 만했다. 상대의 신분을 알게 된 그녀는 온몸에서 불쾌한 에너지가 곤두서는 걸 느꼈다. 남자는 끈질기게 영주네가 구독해온 일간신문 이름을 대고 있었다. 영주는 벌컥 문을 열고, 덤벼들듯 외쳤다.

"뭐라고요?"

남자는 여전히 옹송그리면서, 영주네 지난달치 신문 구독료가 미납되었다고 죄지은 듯한 목소리로 웅알거렸다.

"네?"

그녀가 재차 캐묻자, 남자도 재차 같은 대답을 되돌려주었다.

지난달치 구독료가 미납되었다는 건 물론 말도 안 되는 소리였다. 지난달치 신문이라면 한 달 끊겠다고 분명히 미리 말해두었던 내용이 아닌가.

"한 달 쉬겠다고 했는데 집어넣은 건 그쪽 마음대로 그런 거잖아요. 분명히 사전에 알렸던 내용에 대해서 불쑥 찾아와서 이상한 말씀을 하시면 안 되죠!"

"아, 예, 그건 우리도 압니다."

하지만 한 달 쉬겠다고 미리 말해두었던 건, 지난달이 아니라 지지난달이었다는 설명이었다.

"지지난달치에 대해선 미리 그렇게 말씀하셔서 저희도 그렇게 처리를 했었고요. 신문이 계속 들어갔던 건 그냥 서비스 차원에서……

우리 신문을 벌써 오 년째 봐주고 계시니까요."

"지지난달이라구요?"

그럴 리가 없었다. 영주는 분명히 지난달이었다고 강하게 반박했다. 하지만 남자는 그녀가 씨근덕거리며 반발할수록, 거듭 고개를 조아리면서 지난달이 아니라 지지난달이었다고 앵무새처럼 되풀이했다. 계속 그렇게 나오자 영주도 문득 석연찮은 느낌이 들면서, 혹시 자신이 착각하고 있는 게 아닐까 싶기도 했다. 착각이야 할 수도 있는 문제지만, 이미 완강하게 우긴 내용을 다시 뒤집어야 될지도 모른다고 생각하니 언짢도록 뒤숭숭했다.

"지지난달입니다."

남자는 처음과 똑같이 공손한 어조로, 정 지난달이라고 생각되시면 영수증을 한번 확인해보시는 게 어떻겠는가 방법까지 제시하고 나왔다.

"그럴 리가 없는데……"

그래도 영주가 버팅길 기미를 내보이자, 남자는 고개가 아닌 허리를 굽실거리며 제발이지, 하는 눈빛을 보내왔다. 어찌나 간절한 눈빛이던지, 퉁명스럽지만 잠깐만 기다려보라는 말을 남기고 방으로 들어와보지 않을 수 없었다. 영수증을 모아두는 상자 뚜껑을 열자, 맨 위에 지난달치 영수증 묶음이 나타났다.

그녀는 그 영수증 묶음부터 몇 차례나 되넘겨보았다. 맹랑하게도 신문구독료 영수증은 그 속에 끼어 있지 않았다. 설마 하는 마음으로 다시 한번 꼼꼼히 확인했으나 역시 없었다. 결국 지지난달치 신문 한 달을 끊기로 했고, 지난달엔 구독료 청구서 자체를 받지 않았으며, 그럼에도 계속 신문은 받아왔다는 남자의 말이 옳았던 것이었다.

"확인했는데요."

그녀는 코맹맹이 소리를 내며 게걸음치듯 삐딱하게 걸어나가서, 지지난달이 맞네요, 라고 쌀쌀맞게 시인했다.

"아, 네!"

남자의 음색엔 반가움이 묻어났다. 하지만 추호도 이쪽의 비위를 거스르는 실수 따윈 범하지 않으려고, 어쩔 수 없이 떠오르는 안도의 표정조차 감추려는 기색이 역력했다. 남자의 그런 표정을 보는 순간, 그녀 속에선 아주 질 나쁜 생각 하나가 떠올랐는데, 그것에 대해 어떤 저울질을 해보기도 전에 재빨리 실행에 옮겨버려야 한다는 불길 같은 충동에 휘말려버렸다.

"그러니까 이제 생각났는데요."

"아, 예."

그녀는 이번달에도 지난달치 구독료를 청구하는 지로용지 자체를 받지 못했다고 새침하게 뇌까렸다.

"아, 예, 그건, 상관없습니다. 그냥 지금 저한테 주시면 바로 영수증을 해드리겠습니다."

영주는 그건 그럴 수 없으니, 내일 이곳으로 다시 지로용지를 보내달라고 딱 잘라 거절했다.

"그리고요. 다음달부터 저희 집에 신문 넣지 마세요."

"어……"

남자는 뺨이라도 맞은 것처럼 비틀거렸다.

"아셨죠?"

"어, 저기,"

"안녕히 가세요."

"저," 남자는 그녀가 바로 문이라도 닫을세라 다급하게 외쳤다.

"사, 사모님, 저, 지, 지난달 구독료, 안 받아도 됩니다!"

"네?"

"어, 어차피 한 달 쉬어 보셨던 건데, 하, 한 달 쉬나 두 달 쉬나…… 결손 부분은 저희가 달리 처리할 방법이 있으니까 맡겨주시고, 시, 신문," 남자는 새하얗게 마른 입술 사이로 하아, 하아 숨을 토했다. "신문은 그냥 보시죠……"

엉뚱하게 신문을 보느냐 안 보느냐로 빗나간 승강이질이 이삼 분 계속되었을까. 그러나 남자가 몸을 낮출수록 그녀는 강퍅해지다 못해 결국 그악스럽게 남자를 밀쳐내고, 면전에서 꽝 하고 문을 처닫았다.

"안 봐요!"

그런 자신이 악마 같아 식은땀이 끼친 것도 한순간이었다. 영주는 스멀스멀하면서도 불길처럼 자신을 범해버린 에너지에 저항할 힘이 없었다. 끌리듯 인터폰 쪽으로 뛰어오른 그녀는 화면 버튼을 눌렀다. 남자가 어떻게 하고 있나, 눈동자가 하이에나처럼 빛이 났다. 분명히 다시 벨을 누르고, 누구세요? 하면 제발, 신문은 그냥 보시죠 하고 우는소릴 늘어놓겠지. 문고리를 잡고 킬킬대고 싶을 만큼 온몸으로 야비한 희열이 번져나갔다.

남자는 잠깐 꼼짝도 하지 않고 영주네 문 앞에 서 있었다. 그녀는 얼굴이 후끈 달아오른 채 속으로 숫자를 셌다. 다섯, 둘, 하나, 열, 아홉, 셋…… 남자는 그대로 돌아섰다. 이상한 허전함에 무릎이 후들후들 떨렸다.

영주는 활활 타는 듯한 두 빰을 손바닥으로 싸쥐며 돌아섰다. 방문 앞에 지나가 꿈결처럼 서 있었다. 빨간 뽀 인형을 안고. 인형 정수리에 붙은 빨간 고리 장식이 물음표처럼 솟아 있었다. 도대체 뭐 하세요? 아이의 눈도 그렇게 묻고 있었다. 마치 누군가에 의해 보내진 사자처럼, 신비로운 침묵에 의한 질책이었다. 아이는 언제부터 저기 있었을까.

"왜 깼어?"

영주는 아이를 향해 허리를 낮추며 안아주겠다는 뜻으로 팔을 벌려 보였다.

"뽀가 울었어."

꿈을 꾼 건가.

"열이 나서, 엉엉."

영주는 새삼 주위를 두리번거렸다. 현관 신발장 위, 라벤더 덩굴의 누렇게 시든 잎새들이 눈에 들어왔다.

"하지만 약을 줬더니 그쳤어. 이젠 안 울 거야. 우리 뽀는 용감하니까."

열에 달뜬 아이의 말은 누군가가 부어준 대사를 쏟아내듯 일상적인 톤을 벗어나 있었다.

다시 한번 '삐리릿' 하고 귓전을 치는 소리에 소스라쳤다. 열시 십 분 전. 중국의 쌍십절은 좋은 날이라 했다. 환청이었다. 승재는 정말 오지 않을 참인가. 차들이 질주하는 다리 위. 빠져들라 꼬시는 듯한 강줄기를 굽어보는 승재가 눈에 보인다. 아, 그래, 아가, 이젠 안 울 거야. 뽀는 용감하니까 말야.

"됐어, 그만 자야지."

아이를 들여보내고, 방으로 들어선 영주 속엔 여전히 출구를 찾지 못한 열류가 펄펄 끓고 있었다. 북풍이 창의 비둘기색 프레임을 흔들었다. 승재가 담배를 피느라 조금 열어두곤 하는, 북향 베란다

쪽 새시 문이 여태 열려 있었던 모양이었다. 기온이 급속도로 떨어져간다는 게, 아늑한 방 안에서 더욱 사위스럽게 느껴졌다. 아냐, 그는 비슷한 처지의 지인이라도 불러내어 이런 밤에 제격인 포장마차에서 개조개 구이와 독주로 언 몸을 녹이고 있을지도 몰라. 하지만, 독한 술이란 장기의 온도를 더 떨어뜨리는 법이지. 나쁜 짓을 많이 한 날의 끝이란 불길한 점괘처럼 되어버려. 그가 남 눈을 피해 볼일 볼 곳을 찾아 으슥한 골목으로 접어들 때, 헤드라이트가 깨진 자동차가 코너를 돌아나와 그의 앞이라도 덮칠지 누가 알아. 아니, 아니, 그런 일은 절대 없을 테지만, 엄동설한의 밤거리에서, 집에 전화를 걸 동전조차 없어, 누군가 걸고 남겨둔 동전이 있는 공중전화를 찾아 부스들 사이를 헤매고 다닐 가능성이라면 확률이 높아. 그러다보면 절로 욕지기가 나서 세상을 탓하다 말고, 자신의 서글픈 처지에 심장이 녹아버리겠지. 아, 이런. 그녀는 수화기는 제대로 놓여 있는지 떨리는 손으로 들었다 다시 놓기를 되풀이했다.

분명한 건, 그가 아직 돌아오지 않았다는 것이었다.

그녀는 그리다 만 지도를 펼쳐들었다. 하늘색으로 메우려 했던 쿠키 모양의 호수가, 장님 소녀의 눈처럼 맑디맑게 그녀를 보고 있었다.

불현듯 가슴이 먹먹해졌다. 이 하루, 독을 마신 듯 파닥거리게 했던 나쁜 전기가, 어딘가에 묻혀 있는 접지를 타고 쑥 빠져 달아난 느낌이었다.

영주는 벽걸이에 걸린 검은 모직 외투를 벗겨내어 소매에 팔을 끼웠다. 열시였다. 하지만 나가기 전에 제대로 돌려놓을 게 있었다. 그녀는 단추를 더듬어 채우며 의자에 도로 걸터앉았다. 책상 위에 던져진 영수증 한 묶음이 돌덩이처럼 무겁게 손목을 압박했다. 신문보급소 전화번호는 수납인 자리 쪽에 아래위로 두 개나 찍혀 있었다. 수화기를 든 그녀는 여전히 곤혹스러움이 남아 있는 표정으로, 아래쪽 번호를 지그시 눌러가기 시작했다.

만약 집을 나서기 전 승재로부터 연락이 온다면, 오늘은 무척 다행한 하루가 될 것이다. 또, 또, 발신음이 가는 소리에 영수증을 손수건인 양 손에 꼭 거머쥐었다. 무어라고 첫마디를 떼나. 눈 아래 깔린 지도가 번져 보이기 시작했다. 누군가 받는 것 같다. 어, 여보세요?

쿠키 모양의 호수로 눈물 한 방울이 뚝 떨어진다.

달팽이마차

여름에 본 동생은 끔찍했다. 그들은 막 장례식에서 돌아온 참이었고, 어머

니가 막둥이 아들 성주를 끼고 임종시까지 지냈던 13평 아파트에 모두 둘

러 모여 있었다. 성주의 몸이 병적으로 붙기 시작한 건 물론 꽤 오래 전,

하지만 그즈음 동생의 몸집은, 저게 사람인가 싶을 정도로 더욱 비대해졌

고, 그 인상은 그날 이후 수미의 머릿속에서 한시도 지워지지 않는 끔찍한

기억으로 자리잡았다.

여름에 본 동생은 끔찍했다. 그들은 막 장례식에서 돌아온 참이었고, 어머니가 막둥이 아들 성주를 끼고 임종시까지 지냈던 13평 아파트에 모두 둘러 모여 있었다. 모두래야 콘크리트 내벽에 칠조차 되어 있지 않은 어머니의 낡은 아파트를 이제 정식으로 물려받게 될 성주와 외지에서 온 큰누이와 작은누이 식구들뿐이었다. 성주의 몸이 병적으로 붇기 시작한 건 물론 꽤 오래 전, 적어도 대여섯 해 이전부터 서서히 시간을 두고 진행돼온 것이긴 했다. 하지만 그즈음 들어 모처럼 보게 된 성주의 모습이란 더는 나빠질 것도 없고 나빠져서도 안 될 일종의 포화상태였다. 영안실에서부터 줄곧 눈을 의심하며 뚫어져라 보았다 화들짝 눈길을 뗐다 하며 어쩔 줄 모르게 했던 동생의 몸집은, 아홉 식구가 모두 모여 앉을 수조차 없는 길쭉한 방 하나와 부엌뿐인 비좁은 집 안으로 옮겨오자 저게 사람인가 싶을 정도로 더욱 비대하게 느껴졌고, 그 인상은 그날 이후 수미의 머릿속에서 한시도 지워지지 않는 끔찍한 기억으로 자리잡았다.

집 안에 들어서자마자 홀렁홀렁 갈아입은 홈웨어 반바지는 할머니 고쟁이처럼 속이 비쳐 보였지만, 신축성 하나는 좋아 보였다. 하지만 그걸 궁둥이에 끼어입는 순간 허리고무줄이 당장이라도 끊어질 듯 팽팽해졌는가 하면, 좁은 공간을 쿵쿵 구르고 다닐 적마다 가랑이 솔기는 쫙 뜯길 것만 같았다. 적은 움직임에도 팥죽 같은 땀을 흘리며, 걷잡을 수 없이 빨라지고 커지는 제 말의 속도와 크기에 숨쉬기조차 벅차 헐떡거렸다. 물론 기름한 목과 무심해 보이는 흰 얼굴 때문에, 백 킬로에 육박하는 큰 덩치조차 위압적이라기보단 초식공룡 브라키오사우루스의 무심함을 연상시켰지만. 그래도 그 상하고 곯아 보이는 거대한 몸집의 주인 성주는 누가 보아도 '오래 가지 못할 사람'이었다. 그 느낌은 문득 쇠망치로 머리를 맞은 듯한 아뜩한 충격, 아니 서늘한 공포로 내려앉았다. 그들은 막 어머니를 여읜 참이었고, 성주는 서른밖에 안 된 어린 동생이었다.

불과 몇 해 사이의 그 기괴한 망가짐은 막 어머니를 사위고 온 슬픔마저 압도했다. 괴물스런 성주의 존재 자체가 아홉 식구가 옆구리를 붙이고 앉은 비좁은 집의 불편함, 삼일장의 피로며 허탈한 비애를 서로 치대고 비비적거릴 틈새조차 없이 단단히 막아버렸다. 무엇을 하다가도 그들은 성주에 넋이 홀렸고, 멍하게 입을 벌렸다. 씨근덕거리며 콜라를 들이켜던 성주의 이상함은 두 누이가 어머니 옷가지를 정리하고자 삼층장을 비워낼 때 절정에 이르렀다. 무슨 강박증이라도 발동한 것처럼 집 안 이 구석 저 구석 뒤지기 시작한 성주는, 아무리 말려도 서랍장 칸칸이 처박힌 잡동사니를 꺼내 던지는 짓을 멈추지 않았다. 자제력을 완전히 잃은 사람의 행동이랄까. 저는 멈추고 싶어도 속에 있는 다른 무엇이 건전지 끼운 인형인양 그애를 소모시키는 듯했다. 온갖 것, 이를테면 낡은 수첩부터 삭은 손거울, 노란 파마머리용 빗, 속이 굳은 매니큐어병과 지금은 없어진 브랜드의 미용 안약, 금은방에서 받아온 색동주머니며 뚜껑의 금박 상호가 벗겨진 분홍 반지상자들, 손잡이의 옥색 술이 아직도 하늘거리는 살 빠진 향나무 부채, 귀이개, 외짝 덧버선과 찰랑거리는 은단갑, 구슬 사이사이 새까만 때가 낀 반짝이 핸드백, 누레진 가제수건과 빈 안경집, 고만고만한 약병이며 얼룩진 약봉지들에 스카프도 보자기도 아닌 애매한 천쪼가리들까지 꾸깃꾸깃 딸려나왔는데, 그것들은 옷가지를 개키며 마주 앉은 두 누이의 오지랖 사이로 툭 떨어지기도 했지만 그 뒷전에 엎드려 그날까지 들고 난 모든 돈 계산에 열중한 큰 매형 목덜미로 튀어가기도 했고, 방과 부엌 사이의 장지를 너머 싱크대에 무료하게 기대앉은 작은 매형의 오금 사이에 풍당 처박히기도 했다. 제발 좀 그만 해. 짜증 받친 누이들이 번갈아 비명을 처지를수록 성주는 더욱 뻔뻔스럽고 맹랑하게, 제 속을 저도 어쩌지 못하는 얄궂은 고집으로 능글맞아졌다. 그예 여러 단 높직이 쌓인 옷가지 사이로 하얗게 닳은 은박지 껍질 같은 것까지 튀어왔을 땐, 용케 참아내며 간종그리는가 싶던 누이들마저도 성주는 저리 가라 싶게 감때사나워졌다. 그 자리에 처음 앉았을 때만 해도 쓸 만한 옷가지, 버릴 옷가지 깔끔스레 추려서 미리 얘기가 들어왔던 동네 여선교회의 구호품 수집에도 보낼 요량이었고, 오랜 병인의 더께가 덕지덕지 찌든 단칸방도 개운하게 치워내어 누추하지만 살 만한 남동생 보금자리로 꾸며볼 작정이었다. 하지만 그 순간 이후 오누이들간에 오간 사나운 악다구니란 그들 마음골 깊숙이 묶여 있던 한 오라기의 연민과 신뢰감마저 싹둑 끊어놓는 것이었다.

그래, 나는 무식한 놈이 돼서 그렇다.

제발 그만두란 비명과 함께 무슨 애가 그리도 몰상식하냐는 작은 누이의 쇳소리에, 성주도 뒤질세라 코끼리 같은 다리 한 짝을 번쩍 들어 쩌렁 하고 구르면서 우렁우렁 대거리했다. 그리고 맨발바닥에 콕콕 밟히는 잡동사니를 함부로 차대며, 현관 바닥과 기역자로 분리된 마루턱 선에 바짝 물려 세워둔 하얀 냉장고 앞으로 벌컥벌컥 걸어갔다. 그 문이 벌컥 젖혀지자, 순간 수미에겐 모질게도 짧게 깎은 성주의 밤송이 머리통과 문짝 옆으로 불룩 치켜들린 어마어마한 궁둥짝의 일부밖에 눈에 들어오지 않았다. 곧이어 너무 불어난 배와 엉치 탓에 허리조차 곧게 펴지 못하는 성주의, 유일하게 갈쭘한 얼굴이 불쑥 떠오르는가 싶더니 어느 순간 나뭇잎을 잔뜩 뜯고 목이 메어 물을 켜는 브라키오사우루스의 몽롱한 표정이 만들어졌다. 이윽고 냉장고 문이 닫히자, 이번엔 민소매 러닝셔츠의 가슴께가 땀에 찰싹 달라붙은 안쓰러운 모습이 잠시나마 딱딱하게 굳었던 수미의 마음을 불에 단 꼬챙이처럼 쑤욱 찔러들어왔다. 깊고도 잔인한 아픔이었다. 흡족히 마셨는지 번들거리는 입가를 손등으로 쓱 훔쳐낸 성주는 마치 아무 일도 없었다는 듯, 물끄러미 저만 보고 있는 누이며 매형 들에게 방금 제가 물을 덜어냈던 파란 마개의 플라스틱 물통을 삐쭉 들어 보였다.

저, 혹시 물 마시고 싶으신 분 안 계십니까?

성주의 거동은 문득 홍소를 터뜨리고 싶을 만큼 능청스러웠다. 두 누이가 참 딱하다는 표정으로 싱거운 수작은 그만 하라는 신호를 대신했건만, 성주는 언뜻 가느스름하고 냉정해진 눈빛으로 그것을 비껴갔다. 그리곤 순서대로 호명하듯 큰 매형과 네 조카들에게 일일이 이 시원한 물을 한 잔 들지 않겠냐고 의사를 물었지만 모두에게서 거절당하자, 끝으로 싱크대 찬장 앞의 작은 매형 쪽으로 딱

딱하고도 정중해진 표정으로 돌아섰다. 턱 언저리가 야무지게 씰룩이고 있었다.

작은 매형, 저, 물 한 잔 드시지 않겠습니까?

그 기이하게 고집스런 성주의 표정과 끔쩍 놀란 듯한 여동생의 남편을 번갈아 보는 동안 시간이 흘렀으나, 성주는 그대로였다.

그래, 줘.

선선히 손을 내미는 제부의 얼굴은 처남을 향한 놀람과 안쓰러움으로 새삼스레 얼룩져 있었다. 벌꺽, 벌꺽. 목젖의 움직임에 따라 기울인 물잔 속의 수면이 조금씩 낮아지면서, 붉게 차올랐던 성주의 호흡도 조금씩 가라앉아갔다. 물을 들이켜는 작은 매형의 모습을 흐뭇한 표정으로 지켜보는 그애의 얼굴은 불현듯, 방과 부엌을 가르는 장지틀 양쪽에 엎드려 모형탱크를 조립하는 제 조카들의 그것보다 희고 순진해 보였다. 다 비운 잔을 받아들 때, 핏기 없는 입술 위로 희미한 미소가 스쳐갔다.

뭐, 기숙사?

성주는 대갈일성을 쳤다. 대장간의 신 불칸이 쇠망치를 내리치는 기세였다. 친정집에 성주를 홀로 둔 지 두어 달 만에 수미 입에서 '장애인 기숙사'란 말이 튀어나가면서였다. 사실 장례식 전후, 성주를 어찌할 작정이냐는 친지들의 질문이 빗발처럼 쏟아지는 와중에도 수미의 마음은 닫혀 있었다. 아니 석고처럼 굳어 있었다. 관심을 가장한 그 성가신 참견들은 잠시 처마 밑에서 긋다 가면 그만인 변덕스런 소나기일 뿐이었다. 일마다 때마다 어찌할 작정이냐고 겁주듯 치근대곤 하는 그들의 반짝 관심이, 그후에 죽음처럼 이어질 무관심에 대한 인간적인 변명이자 비인간적인 월권임을 이제는 모르지 않았다. 그래, 삼십 년. 사람 구실 못 하고 살아온 성주의 서른 해가 나이 그 자체만으로도 막다른 벽에 부딪힌 건 분명했다. 이제 병든 어머니조차 없이 슬럼이 되어버린 아파트에서, 예쁘게 시간 죽일 그럴싸한 취미 하나 없이, 뒤집힌 밤낮으로 백 킬로도 모자라다는 듯 체중이나 불려가는 황폐한 삶을 살게 될 건 불을 보듯 뻔했다. 누이들의 성화에 받쳐 거의 십여 년 만에 받은 종합검진 보고서의 수치들은 더욱 절망적이었다. 신장염에 의한 고혈압. 약물, 식이 요법과 더불어 절대적인 체중감량을 요한다는 지침이었다. 물론 그걸 알기 위해 꽤 비용이 드는 종합검진 따윌 거칠 필요도 없었다. 그애가 생활을 가져야 하고, 무엇보다 체중부터 줄여나가야 한다는 건, 성주를 본 사람이라면 누구든 한 시간 안에 깨칠 수 있는 사실이었다. 다만 책임질 게 없는 사람들만이 너무도 쉽게 그런 말을 뱉으며, 수미 자매와 그 가족을 흔들고 재촉해댔다. 때문에 한두 번 당한 것이 아닌 그런 상황을 맞을 때마다, 수미가 그들 이상으로 쉽고 간단하게 해치울 수 있는 것이란 그런 그들을 혐오하고 무시해버리는 것뿐이었다. 그렇지 않으면 항상 모든 것을 꿰뚫어보면서도 거대한 바윗덩어리를 껴안을 때처럼 무력할 수밖에 없었다. 그런데 어쩌자고 기숙사 이야기는 꺼냈을까.

기실 그 단어를 입에 담으면서도 맏누이다운 권위는커녕, 그걸 행사할 수 없기에 도리어 날카로워지는 조바심과 함께 수미는 덜덜 떨고 있었다. 점점 세지는 성주의 철갑 고집에 모든 희망의 불씨를 밟아 끄게 된 건 지난 두어 달만으로도 충분했다. 툭하면 통신부터 두절시켜버리는 그애의 잔인하기까지 한 완강함은 아무리 되새겨도 자폐를 향한 집요한 집념이었다. 홀로 살게 된 동생은 전혀 전화를 받지 않았다. 그애가 원치 않으면 일 주일이고 보름이고 그 기간은 엿가락처럼 늘어났다 줄어들곤 했다. 그저 안부를 묻겠다는 것 외에 뾰족한 용건이 없을 때에도, 그렇게 통화가 안 되기 시작하면 그 소통불능 자체가 충분한 고문이 되었고, 그러다가도 철커덕 통신이 이루어진 기막힌 순간에 듣게 되는 변명 또한 쌓일 때로 쌓인 걱정과 의구심을 풀어주기엔 너무나 터무니없는 것이기만 했다.

장난전화가 너무 와서.

밤에 불면증이 심해서 낮에라도 좀 자야 하니까.

음…… 그냥.

그래서 이번엔 이편이 그 어이없음을 가족이라는 1차 집단 내에서나 통할 법한 여과되지 않은 표현으로 드러낸다거나 약간 사회화시켜 훈화조의 엄격함을 딸라치면, 그 며칠 뒤엔 그저 통신이 두절되는 차원이 아니라 동생의 존재 자체가 오리무중이 되어버렸다. 지금 거신 번호는 결번이오니…… 집 전화를 비롯해, 팔꿈치뼈 발육 부전으로 '취득한' 지체장애 5급 장애인증의 효력으로 요금 감면 혜택을 받아 쓰는 휴대폰 번호까지 허공으로 증발되고 없었다. 일단 그리 되면, 직접 찾아나서는 것 외에는 비행기로 한 시간가량 떨어진 동생과의 공간적 단절을 허물 방법이라곤 없었다. 하다못해 동생의 주소지 지역 114번으로 그 결번의 종적을 추적해보려 해도, '변경 번호 안내 거부 신청'이 되어 있다는 상냥한 목소리가 접근 자체를 가로막았다. 고등학교까지 가방만 들고 다닌 골수 학습장애자의 잠수작전치곤 기상천외한 두뇌 회전이 아닐 수 없었다. 이 아이가 정말 모자란가, 나보다 영악한가. 수미는 절레절레 고개를 가로저었다. 동시에 이편의 허물은 되새겨볼 겨를도 없이, 무도하게 숨어버리는 성주의 난폭함에 저도 모를 안도감을 쉽게 되는 것도 사실이었다. 그랬다. 확실히 수미 자매들에겐 소식이 두절되었다고 부리나케 달려가볼 만치 성주가 가까운 거리에 있지 않음도, 양심의 가책을 받지 않고 적당한 무관심을 둘러댈 편리한 핑계가 되었다. 그랬던 수미가 특수교육을 전공한 친구 정희의 귀띔에 솔깃해진 진짜 속셈은, 어쩌면 성주에 대한 걱정을 영원히 끊어버릴 수 있을지도 모른다는 철저한 이기심에 불과했는지도 모른다. 하지만 그럴 만한 명분이 있어야 했다.

뒤늦게 부의금 봉투를 들고 집으로 왔던 정희는 수미를 다그쳤다.

너 아직도 정신 못 차렸니? 망설이고 자시고 할 게 어딨어? 걔도 이제 서른이라며. 여기서 또 주춤하면 정말 끝이야. 더이상의 기회는 없는 거라구.

얼굴 한 번 못 본 친구의 장애인 동생에게 오랫동안 관심을 끊지 않아온 정희는 그날 따라 '장재훈 실장'이라는 구체적인 카드를 들고 나왔다. 02-538-8277. 접착용 메모지에 또박또박 눌러쓴 전화번호까지 건네주면서, '마돈나 복지관' 상담실로 성주를 한번 데려가보기나 하라고 등을 떠밀다시피 했다. 네 동생이 어떤 상태인지는 잘 모르지만, 하고 시작된 정희의 제안은 그 내용이 사뭇 구체적이어서, 지난날에 어쩌다 떠오르면 주워섬기곤 했던 막연하면서도 온정적인 충고들 따위와는 차원이 다른 것이었다. 정희가 늘 들먹여온 대로 '네 동생보다 훨씬 못한 애들도 다 자기 일 찾고, 자기 짝도 찾아서 제 힘으로 제 인생 잘 사는 경우'가 얼마나 많은지는 수미도 익히 알고 있는 사실이었다. 문제는, 이미 그게 안 되게 되어버린 성주로 하여금 어떻게 그런 게 가능할 수도 있는 첫 단추를 채우게 할 것인가, 였다. 그 최초의 한 걸음이 늘 난제였고, 늘 좌절이었으며, 더이상의 섣부른 시도로 덧나게 하고 싶지 않은 예정된 상처였다.

어머니 생전, 비관론만 내놓는 누이들 반대를 무릅쓴 채 몇 다리

건너라는 가냘픈 연고 하나 믿고, 타관 슈퍼마켓 점원으로 보내졌을 때도 그랬었다. 그즈음만 해도 무섭디무서운 어머니의 희망뿐 아니라 멋모르고 세상살이 해보겠다는 성주 본인의 의욕도 날이 시퍼렇게 살아 있었지만, 첫날 저녁부터 수미네에서 노심초사하던 어머니 귀에 들려온 소식이란 배달을 나가야 하는데 오토바이를 탈 수가 없다는 간담 서늘해지는 기별일 뿐이었다. 즉시 낙심에 사로잡힌 가족은 이구동성으로 그냥 돌아오라는 응답을 보냈지만, 그냥 걸어서 배달을 다녀보라는 사장 아저씨의 너그러운 배려로 하룻밤은 가게에 딸린 방에서 잠을 청할 수 있었다. 그러나 이튿날 오전, 이십 킬로짜리 쌀 포대와 18.9리터 들이 생수통을 발 앞에 놓은 성주는 또다시 전화를 걸어왔다. 지체장애 5급 장애인증 발급의 법적 근거가 된 양쪽 팔꿈치 뼈가 그토록 무거운 중량을 감당할 수 없었던 것이다.

네 동생 상황을 정확히 알기만 하면, 적당한 곳을 소개받을 수 있을 거야. 혹시라도 맞으면 그 복지관 프로그램을 이용할 수도 있고.

정희의 짐작은 장애자들이 모여서 생활하는 자립형 공동체인 '그룹 홈'이나 복지관 시설을 통한 직업교육, 혹은 일이 년 기숙사 생활을 하면서 자립을 준비하는 장애자 직업학교 중 한 곳 정도는 성주 경우에 들어맞을 것이었는데, 오늘날 성주 문제가 빼도 박도 못 하게 된 건 수미네 부모님 생전부터 그애 문제를 사회적으로 풀지 않고 집에서 끼고 돌았던 탓이라는 분석으로 나아갔다. 일리 있는 얘기였다. 하지만 원할 때 전화 걸어 목소리 한번 쉬이 들을 수 없는 동생이 아닌가. 수미에겐 세상에서 하나밖에 없는 둥지인 양 13평 슬럼에 처박힌 그애를 끌어내어, 기차로 다섯 시간 이상을 달려야만 갈 수 있는 '마돈나 복지관'으로 이끌어낼 자신이 없었다. 그런데 곧 마지막 발버둥이라도 치지 않을 수 없게 만드는 결정적인 계기가 생겼다.

두어 달 동안 두 번씩이나 집 전화와 휴대폰 번호를 바꾸어 자신을 숨겨온 성주가 안 하던 짓을 하기 시작했다. 거의 매일이다시피 제 손으로 수미네에 전화를 걸어댔던 것이다. 이른 아침이든 야심한 시각이든 개의치 않고 두 누이를 찾아대는 성주의 긴급한 용건이란, 어머니 생전부터 생계비 정도를 조달해온 삼십 년 넘은 2층 가겟집에 대한 누이들 몫의 임대사업자 권리 포기서를 받아야겠다는 것이었다. 물론 성주의 벅벅거리는 말만으론 너무 두서가 없어서 누군가 이 아이를 휘둘러 이용해먹으려는 농간이 아닌가, 의구심이 일 정도였다. 하지만 찬찬히 정황을 가늠하고 성주 말의 행간을 헤아리면, 요컨대 상속절차를 맡겼던 세무사로부터 그 2층 가겟집의 임대사업자 등록증의 명의를 돌아가신 어머니에서 성주로 바꾸어야 한다는 말을 듣고 세무서로 갔더니, 그곳 담당자가 누이들한테서 '무슨 포기서' 라는 걸 받아와야만 새 등록증을 내줄 수 있다고 했던 모양이었다. 그같은 의미를 거칠고 성글게 받아들인 성주가 누이들에게 전화통을 들자마자 포기서! 포기서! 라고 내지르게 된 영문이었다.

그런데 그 '포기서' 라는 말이 잠잠했던 수미 마음에 파문을 일으켰다. 어차피 챙겨오지도 않은 임대사업에 대한 권리를 새삼스레 포기한다는 자체가 법률적 요식절차이자 사실 확인에 지나지 않을 뿐 아니라, 말이 임대사업이지 적당한 거래가치조차 잃은 그 2층집이 일종의 애물이 된 건 성주가 그래온 세월만큼이나 오래된 사정이었다. 포기서를 써주고 자시고 할 것도 없이 이미 포기되어 있는 상황에 대한 문서상의 확인을 꺼릴 만한 이유는 없었다. 그녀 마음에 생긴 파문은, 어찌 됐건 그 포기서 한 장이 이제 자신과 동생 사이를 영원히 떼어놓을지도 모른다는 두려운 예감 때문이었다. 하지만 성주는 그렇게 끊어져 마음마저 멀어지기엔 너무도 위태롭고 아슬아슬한 상태였다. 병원에서 위험 경고를 받은 다음에도 여전히 뒤바뀐 밤낮의 사슬을 끊지 못했고, 자정이 넘은 시간에야 다량의 곡류나 탄산음료를 섭취하여 섭생을 망쳐갔다. 예전부터 해온 버릇대로, 잡지나 신문광고 따위를 조각조각 오려 상자 속에 모으는 따위나 날마다 한 편 정도씩 보는 비디오테이프의 목록들을 깨알같이 적어나가는 짓을 계속하고 있었으며, 아는 사람들의 연락처를 증발시켰고, 친구 따윈 애초부터 하나도 없었다. 그런데 이제 그 포기서라는 것에 의해 혈연조차 썩은 동아줄처럼 툭 끊어져버린다면 그처럼 무서운 일도 없을 것이었다.

그 두려움이 그녀로 하여금 엉겁결에 마지막 거래 같은 것을 제안하게 했다. 물론 수미에겐 잘 귀담아들어두지도 않은 마돈나 복지관이라는 곳에 대해 정희만큼 조리 있게 설명해줄 능력 따윈 없었다. 단지 그녀는 자신도 거의 믿지 않는 희망을 부풀릴 뿐이었다. 그런데 그중의 한 단어에 불과했던 '장애인 기숙사'라는 말에, 성주는 숯화로를 안은 듯이 팔팔 뛰고 나선 것이었다. 결국 제 버릇개 못 주는지 이쪽의 말이 채 끝나기도 전에 철커덕 전화를 끊어버렸다. 모욕감에 달아오른 수미가 즉시 재통화를 시도했지만 성주는 받아주지 않았다. 수화기 안에서 규칙적으로 울려퍼지는 신호음에 입술을 지그시 씹어대면서도, 이번엔 그리 초조하지 않았다. 그녀에겐 포기서란 무기가 있었다. 외곬수 성주가 일단 그걸 받아내야 한다는 강박관념에 걸려버린 이상, 결국은 제풀에 다시 연락을 취해올 거였고 마돈나 복지관 아니라 무엇이라도 한 번쯤은 감수할 것이었기 때문이다.

　이틀 뒤, 48시간 동안 일부러 따돌렸던 성주의 전화를 받아주었을 때, 역시나 불칸은 민들레 홀씨처럼 어디든 홀홀 날아오를 준비가 되어 있었다.

　알았다니까! 나도 알아. 변하면 되잖아.

　견물생심인가보았다. 마돈나 복지관의 전경이 눈앞으로 다가든 순간, 수미는 주책없이 부푸는 희망에 무릎이 다 휘청거릴 지경이었다. 무심히 들쑤셔진 마음이 그리 갈급한 비원(悲願)으로 뭉치리라곤…… 모진 폭우를 뚫고 온 고생스러움이 단숨에 씻길 만큼 마돈나 복지관은 쾌적하고 버젓한 시설이었다. 건물 주위 어딘가에 군락을 이룬 듯한 솔숲이 싸한 향내를 비바람에 실어 보냈다. 그 싱그러운 청량함에, 우산꼭지를 타고 철철 흐르는 빗방울과 흙 묻은 구둣발이 거울처럼 반질거리는 바닥을 더럽히지 않을까 공연히 신경이 쓰일 정도였다. 넓은 로비와 드높은 천장 사이에 서자, 13평 집에선 브라키오사우루스인 양 주체 못 할 것이었던 성주의 몸집도 더이상 괴물 같아 보이지 않았다. 물론 누이의 세 치 혀로 부풀려진 희망 하나에 붙들려온 성주는, 그 최신식 시설물과 재래식 양변기의 화장실조차 층별 공동으로 써야 하는 지린내 나는 13평 아파트가 무슨 차이가 있느냐는 듯, 그새 더 굵직해진 목덜미나 쓰적쓰적 긁적일 뿐 멀뚱하기 짝이 없었다.

　역시 특수교육 전공자인 정희 친구의 가까운 지인쯤 되는 장실장은, '장애인의 친구'라는 표현이 무색하게 교양 있고 깔끔한 책상물림의 분위기를 갖고 있었다. 상담실장이란 직함이 박힌 명함을 내민 뒤, 그는 권위를 상징하는 듯한 드넓은 책상 너머로 악수를 청하는 시늉으로 하얀 손을 내뻗어 보였다. 이편을 박대할 수도, 그렇다고 선뜻 다가들게 할 수도 없는 이중적 망설임이 어색하게 뒤섞인 제스처였다. 그런 장실장의 모습 위로, 성주의 처음이자 마지막 직장이었던 한성슈퍼 사장 남자의 얼굴이 불현듯 겹쳐졌다. 장실장 얼굴에서 냉정한 부드러움이라는 교양의 마스크만 한 겹 벗겨내면, 말로만 들었던 성주를 막상 실물로 보게 됐을 때 슈퍼 아저씨가 짓던 그 빼도 박도 못 할 듯 착잡해하던 표정이 될까. 장실장은 수미에게, 정희 친구를 내세워 그들 사이에 한 다리 건너쯤의 연고자 관계는 성립된다는 친밀감부터 다지고 들어갈 곁을 주지 않았다. 육하원칙에 따라 심문을 하듯 성주를 대상으로 고향, 생년월일, 가족 관계, 현재 상황 따위에 대한 사소한 문답으로 바로 들어가버린 사이, 수미는 벽 한 면을 꽉 채운 유리문 딸린 육중해 뵈는 책장들과 그 속의 장서 제목들을 우두커니 쳐다보았다. 저 책 속의 내용들이, 저마다 다른 뿌리에서 뻗어나온 현실의 정신지체아들에게 얼마나 쓸모 있는 지침으로 적용될 수 있을까. 간간이 걸려오는 전화에 알맞은 역정이나 질책을 섞어 사무적인 지시를 내리는 장실장은 어떤 일보다 판에 박힌 문서 작성에 까다롭고 능숙해 보이는 사람이었다.

— 그럼 혼자 생활은 하실 수 있는 거네요? 어머니가 돌아가신 뒤부터 두 달이나마 혼자 지내온 걸 보면.

혼자 시장 가서 간단한 쇼핑이라도 할 수 있는 겁니다? 밥도 하고, 반찬도 사서 먹을 수는 있고요. 예컨대 버스나 지하철을 타고, 출발지에서 목적지까지 중간에 길을 잃거나 헤매지 않고 왔다갔다 할 수도 있는 겁니다?

— 예? 저, 귀가 잘 안 들려서.

— 그러니까 이번에 서울 누나네에 올 적에도 혼자 기차를 타고

오신 겁니다?

—아, 예! 저 혼자 왔습니다.

그 대답을 하는 성주의 표정이 어찌나 옹골진지, 수미는 조바심 치던 것도 잊고 피식 웃고 말았다.

—혼자 사는 게 무섭다거나 외롭다는 생각은 안 들어요?

—외롭다는 생각이오?

—음, 그러니까, 가족과 함께 살았으면 좋겠다는 느낌하고 통하 겠지요.

—저는 별로 그런 생각 해본 일이 없습니다.

—불편하지도 않고요?

—예, 아아주 편합니다!

마주 앉은 수미를 의식해서 잠시 예의로나마 요량해주는 척하는 기색도 없이, 성주는 제격 그렇게 내뱉었다.

그 순간 수미는 억지로 미소짓고 있던 자신의 표정이 벌레 씹은 듯 일그러지고 있음을 알 수 있었다. 이런 게 아니었다. 그러자 장 실장에게 해줄 말이 터진 창자 속처럼 꾸역꾸역 꿰어져나오려는 욕 망을 억제한다는 게 거의 고통스러울 지경이 되었다. 볶음밥과 감 자밖에 안 먹는 성주의 식성, 부쩍 심해지는 자폐적 증상들, 광고지 따위를 조각조각 오려 상자에 모아두는 짓, 깨알같이 작성된 조잡 한 비디오테이프 목록을 어쩌다 보게 되는 느낌이 얼마나 끔찍한지 에 대해서, 또 늦은 밤에 철시중인 시장을 혼자 배회하는 버릇이며, 사실인지 망상인지 알 수 없는 누군가의 장난전화 때문에 결국 어 떤 전화도 받지 않으면서 습관적으로 전화번호들을 교체하는 강박 증이며 이태 동안 사십 킬로그램이나 불어난 악마적인 비만. 또 있 었다. 아무리 해도 치료되지 않는 귓바퀴의 부스럼과 서른이 안 되어 시작된 난청현상, 게다가 도무지 해결할 길 없는 성적 문제, 그리하여 스포츠지 광고란에 실리는 7자 따위로 시작되는 수상한 번호로 자주 전화를 걸어 수화기 구멍 속에서 나오는 이상한 소리에 하염없이 몰입되는 병적인 탐닉에 대해서, 수틀리면 누이인 자신에게도 어떻게 와일드 피치를 해버리는지, 또 그런 꼴을 당할 때 심장위로 독한 산(酸)이 뚝, 뚝 떨어지는 듯한 그 느낌이 어떤 것인지, 그밖에도 서른 해가 될 때까지 그 아이와 식구들이 겪어온 시시콜콜한 모든 고통의 기억들에 대해서, 말 못 해 죽을 지경이 되어 대밭으로 뛰어간 임금님의 두건장이처럼 임금님 귀는 당나귀 귀! 라고 미친 듯이 내지르고 싶었다. 그러자 아직도 새파랗게 날 서 있던 희망의 칼날이 의식의 오장육부를 무자비하게 난자했다. 그러니 그녀가 진정 두려워해야 할 건 좌절 그 자체가 아니었다. 도리어 메두사의 목처럼 돋아나는 희망의 불가해한 괴력이었다. 하지만 어차피 이리 굴러든 것도 운명일 것이었고, 이렇게 된 이상 불현듯 천지간에 공명되는 희망의 뿔피리 소리를 틀어막을 재간 또한 그녀에겐 없었다. 수미는 정맥류처럼 불거지는 제 안의 열망을 잔인하게 비웃으면서도, 운명이 그리 만든 연기자처럼 갈급한 표정으로 장실장에게 매달리게 되었다. 그녀는 동생의 비정상을 입증하기에 혈안이 되었다. 만에 하나라도 성주가 정상에 가깝다는 조짐이 드러날까봐, 신경 돋기들이 바늘 끝처럼 곤두서기 시작했다.

　―자폐? 동생은 자폐 같은 것하곤 아무 상관 없습니다.

　성주를 복도로 내보낸 뒤, 수미가 들이민 첫번째 의혹에 장실장은 그렇게 못을 박았다. 일정 기간 이런 시설의 도움을 받아서라도 새롭게 사회화되지 않으면 안 된다고 목 졸리듯 집착하게 된 절박함의 근거는, 이미 입증된 지체 5급 장애나 생존능력 부재 따위의 문제가 아니라 무서울 정도로 심각해지는 자폐적 경향이었다. 하지만 장실장은 그런 수미의 미혹을 가볍게 일축한 뒤, 복지관과 성주가 관계를 맺을 수도 있는 유일한 끈으로서 지능검사와 적성검사 두 가지를 제안해주었다. 아울러 지능지수의 범위와 우수, 정상, 정신지체 그룹과의 상관관계를 간략히 짚어주면서, 마돈나 복지관에서 직업재활훈련 프로그램의 수혜를 받으려면 적어도 지능지수 70 이하의 정신지체 장애 그룹에 속한다는 '객관적 자격'이 있어야 함을 분명하게 주지시켰다. 그런데 면담한 것만으로 보면 동생분은 정상도 정신지체 그룹도 아닌, 지능지수 70 이상 90 미만대에 속하는 '경계선급'에 걸리는 친구처럼 보인다고 덧붙이는 것이었다.

— 이 경계선급에 속하는 친구들은 정상이다, 장애다 하기에 애매한 친구들이에요. 그래도 이런 친구들은 말이죠, 단순직이라도 얻게 되면 월급 받고 출퇴근하면서 얼마든지 혼자 살아갈 수 있는 그런 친구들이에요. 이 경우 근본적인 장애 사유가 되는 건 오히려 본인의 의지 여부죠.

그 말에 덧나지 않으려고 꽁꽁 처매온 매듭이 누가 싹둑 가위질이라도 한 것처럼 허무하게 풀려버렸다. 서늘하게 저무는 수미의 표정을 읽었는지, 처음으로 장실장은 이편의 감정을 배려하는 듯 말했다.

— 아, 물론 검사 결과를 봐야 알겠지만, 동생분이 우리 시설과 지속적인 관계를 맺게 될 가능성도 있지요. 그렇게 되면 아마 이 근처로 이사를 와서 자취생활을 하면서 매일 정해진 시간에 출퇴근하는 연습부터 하게 될 텐데, 사실 그게 집에서 식구들 보호만 받고 살아온 친구들에겐 가장 어렵고도 중요한 훈련이에요. 거기서부터가 사회생활의 시작이라고, 우리는 보는 거죠…… 음, 지금 여기 있는 친

구들 중에도 거의 경계선급이라고 할 만한 친구들이 더러 있어요. 조금 전에 이 방에 들렀던 그 반장 친구 보셨죠? 그 친구도 상태가 굉장히 좋은 편에 속해요.

그 말을 끝으로 작업장을 한번 보여주겠노라 일어선 장실장은 들어설 때만 해도 팽팽했던 희망의 탄력이 시든 꽃처럼 쭈글쭈글해진 수미가 안돼 보였는지, 아님 혹시라도 곤란한 부탁을 하며 엉겨붙을까 미연에 걸쳐둔 거리감이 이만하면 됐다는 판단이 들었는지 목소리와 표정에 살얼음처럼 깔려 있던 방어막을 조심스레 걷어냈다. 그러자 금세 눈부시도록 밝고 온전한 휴머니스트의 표정이 튀어나왔고, 수미는 정회 친구가 왜 그를 스스럼없이 '장애인의 친구'라고 불렀는지 비로소 알 것 같았다.

—그래도 말이죠, 나성주씨가 지금 갖고 있는 지체장애 5급 장애 인증만으로도 찾아먹을 수 있는 혜택이 꽤 쏠쏠해요. 자세한 내용은 구청이나 동사무소에 가면 쫙 나오겠지만, 일단 지하철, 철도, 전화 같은 공공요금 할인 혜택 있죠, 또 각종 세금 감면 혜택도 그렇고……

하지만 의자등받이에 걸쳐둔 가을코트 소매에 팔을 끼면서, 수미는 못다 한 항변의 말들에 골똘히 사로잡혔다. 자폐랑 아무 상관이 없다고? 줄곧 전화를 받지 않다가 홀연히 없는 국번으로 증발되고, 그 변경 번호조차 접근 불가에 몇 안 되는 혈족과의 관계조차 씨를 말리려 드는 저것이 자폐가 아니라고? 열흘이고 스무 날이고 연락이 되지 않던 어느 날, 수미는 저도 모르게 자폐증 연구자가 되어, 샅샅이 뒤져낸 장애자 관계 사이트를 모조리 즐겨찾기에 묻어두고 주야로 애태우며 드나들었다. 자폐, 오티즘(Autism). 기본적인 특성은 주위—사람이나 사물—와의 상호관계 형성이 일어나지 않아서, 의미 있는 대인관계가 형성이 안 되고, 의사소통이 이루어지지 않으며, 활동범위가 지나치게 제한되어, 대부분의 시간을 홀로 의미 없이 지내는 가운데…… 의미 없이 홀로 지내는, 의미 없이 홀로, 홀로, 의미…… 결국 그 시간들의 쓰라림은 동생을 홀로 '미스터 오티'라 명명하는 가장 쓸쓸한 결론으로 맺어졌다.

—가보시죠.

하얀 벽을 등지고 벤치에 앉아 있던 미스터 오티가 시부저기 엉치를 들어세웠다. 그것은 이제 배도 푸지게 채웠겠다 오수에 젖고픈 욕망만이 밀려들 뿐, 그밖엔 아무 욕망이 없는 초식공룡 브라키오사우루스의 모습이었다.

수미는 막 동생이 들어간 검사실 맞은편 방에 맥을 놓고 앉아 있었다. 큼직한 테이블 둘레에 의자들만 비뚜름히 놓여 있는 두세 평 규모의 작은 회의실이었다. 폭우를 뚫고 마돈나 복지관에 들어선 지 두어 시간 만에, 지능 및 적성검사를 받으려고 들어가는 성주의 뒷모습이 말할 수 없이 착잡한 감정을 일으켰던 것이다. 역시나 희망 따윈…… 엉덩이에 스미는 비닐커버의 촉감마저, 감히 그런 것을 품었던 그녀의 허술함을 얇게 비웃듯 싸늘하기만 했다. 억수처럼 퍼붓던 가을비가 걷힌 창 밖의 하늘, 맨질맨질 씻긴 회색 콘크리트 화단과 아직도 솔향이 감돌고 있을 앞마당 부지마저도 이제는 넘볼 길 없는 부자 동네 아가씨처럼 새침하게 겉돌아 보였다. 학원가로 떠오른 대치동 집값 폭등기사가 실린 신문지 귀퉁이가 혹 뿜어져나오는 그녀의 한숨에 타르르 살을 털었다. 이 무슨 얄궂은 심사인가. 수미는 저도 모르게 성주의 지능지수가 70 이하로 나와주길 빌고 있는 자신에게 소스라쳤다.

장실장의 안내를 받아 들어섰던 3층 작업장 역시 쾌적하고 청결한 공간이었다. 널찍널찍한 작업대도, 너무 성글지도 촘촘하지도 않은 간격으로 가로 세로 보기 좋게 이어져 있었다. 바로 그 앞에서 옆사람과 꽤 여유 있게 벌려 앉은 '경계선급 이하 정신지체장애자'들이 접선에 따라 종이가방을 접고 있었다. 소란스럽거나 산만하지 않으면서 편하고 느린 호흡으로 작업하는 모습들에서, 장실장이 '좋은 친구'라고 표현했던 반장 소녀와는 비교도 안 되게 상태가 나쁜 축인 경한 뇌성마비 소년들마저도 착실히 훈련된 상태로구나, 하는 인상을 주었다. 하지만 '미스터 오티'의 호기심 없는 눈은 그저 무심하고 완만하게 그들 머리 위를 붕붕 떠다니고 있을 뿐이었다. 그 광경 자체만으론 너무 단조로워서 힐끗 둘러보기만 하고 나가도 좋을 것이었지만 장실장이 뒷자리의 한 소년에게 뚜벅뚜벅 다가가 다짜고짜 쩌렁거리는 소리로 호통을 치기 시작했기 때문에 엉거주춤 지체하게 되었다. 한쪽 손에 붕대를 친친 감은 소년은 상당히 뚱뚱했을 뿐 아니라 언뜻 보기에도 눈의 초점이 없어 보였다. 상담실에서 성주 문제 외에도 보고 들은 게 있었던 수미는 무슨 영문인지 즉시 짐작이 갔다. 아직 성주를 복도로 내보내기 전이었는데, 반장이라는 나름대로 총기 있어 보이는 한 소녀가 들어와서 훈련생 중 누군가가 주먹으로 작업실 유리창을 쳐 깨뜨렸다고 보고했던 것이다. 그것도 티격태격하던 끝에 빚어진 불상사도 아니고, 순전히 엊그제 티브이에서 본 장면을 한번 흉내내본 거라는 어처구니없는 이유 때문이라고 했다. 그 보고를 접한 순간, 장실장은 대단했다. 대경실색하여 이곳 저곳으로 인터폰을 돌려 크게 고함을 지르다 말고, 소년의 어머니로 짐작되는 대상에게까지 전화를 건 것이다.

—야, 오경철! 너 앞으로 또 그러면 그땐 주먹이 아니라 대갈통으

로 처박는 거다, 알겠어?

저쪽이 지극한 위험을 저지를 가능성이 있을 땐, 이쪽도 확실한 막말로 위협을 해두는 게 기왕 하는 잡도리의 효과를 높일 수 있는 모양이었다.

하지만 그런 해프닝보다 수미의 마음을 보석처럼 사로잡은 건, 스물다섯 명쯤 됨직한 젊디젊은 남녀 훈련생들이 성주를 향해 지어 보인 맑고 따뜻한 표정들이었다. 안녕하세요? 어서 오세요! 빤히 보기도 하고, 씩 웃기도 하고, 소리내어 인사 건네기도 하는 눈동자 하나하나가 투명한 하늘처럼 개운하게 뚫려 있었다. 아무도 말로 확인해주진 않았지만, 정작 아무 생각 없이 노인네처럼 뒷짐 지고 느릿느릿 작업대 사이를 돌아다니는 성주가 미구에 그들과 한 식구가 되리라 여겨주는 분위기였다. 그 '소속감'의 따뜻한 혈류가 성주가 아닌 수미의 속내로 뭉클하게 스며들었다. 그러자 순간적으로 현기증이 일듯, 또 그놈의 희망이 비렁뱅이의 때 낀 손바닥을 누추하게 펼쳐들었다. 이제 성주가 저 훈련생들 사이에 앉아 종이가방만 접을 수 있게 된다면 더이상 의미 없이 홀로 지내지 않게 되리라. 하지만 유리창을 주먹으로 깨는 따위와는 다른 종류의 문제를 이따금 일으키겠지. 그 때문에 그녀도 더러는 장실장의 갑작스런 호출에 당황하게 되리라. 하지만, 하고 다음 장면으로 넘어가는 순간 수미의 입술 끝은 저도 모르게 귀밑까지 찢겨올라갔다. 하지만 나 역시 저 뚱뚱한 소년의 엄마처럼 장실장의 느닷없는 혈기에 호락호락 꼬리를 내리진 않을 거야. 아니, 훨씬 더 질기고 뻔뻔스럽게, 도저히 갈 만한 시간도 안 되고 그럴 형편도 못 된다고 끝까지 버텨야지……

마지막 서비스 코스로 지정된 1층 검사실로 내려가는 도중에 오누이는 장실장에게서 김과장이라는 실무자에게 인계되었다. 분명 인사도 나누고 할 걸 다 했음에도, 장실장과 어디서 떨어졌는지 뚜렷이 남아 있지 않았다. 그저 뒤따르던 성주가 말짱히 마른 장우산 꼭지를 질질 끄는 소리만이 소름 끼치게 거슬렸던 기억만 났다. 슬금슬금 톱질하듯 저 혼자 숫국 티를 내는 성주를 무슨 흉증을 부리는가 도끼눈을 뜨고 볼 이유도 없었다. 기대 없이 따라온 그애에게 실망할 것이 없는 것도 당연하리라.

역한 냄새가 숨통을 틀어막았다. 얼핏 보아서는 웬만큼 사는 자식들처럼 피부 때깔이며 차림새가 멀쩡했지만, 버스에서 나는 냄새만은 영락없이 그렇고 그랬다. 그 후미진 속까지 타고 들어온 택시 같은 걸 어디서 또 잡아탈 수 있을까 아득하던 참에, 그 셔틀버스가 수서역에 설 뿐 아니라 마침 떠날 시간도 됐으니 함께 타고 나가라는 김과장의 권유에 덜렁 올라탔던 걸 그 순간 후회했을 정도였다. 그래도 이미 타고 있던 친구들이 그새 아는 체하며 여기저기서 인사말까지 던져주니, 낯이나마 환하게 펴 보이지 않을 수 없었다. 탈것에 오르면 무심히 바깥 보기에 빠져드는 성주를 창측으로 밀어넣으면서, 수미는 다섯째 칸에 나란히 성주와 등을 붙이고 앉았다. 시끌시끌 들뜬 품이 흡사 학교 때 소풍 길에 오른 버스 안을 연상시켰다. 어쩌다 경계선급에도 못 들게 되어버린 청춘남녀들이 저희끼리 군것질거리를 주고받기도 하고, 앞, 뒤칸끼리 연신 돌아보며 무슨 얘긴지를 나누고 의견이 틀리는지 투덕거리기도 하는 등, 너나없이 꽥꽥 질러대는 소리들이 하나 예외 없이 아우성이라 이를 만했다. 그 틈바구니에서 점잔을 빼고 있는 성주란 솎아내야 마땅한 잡풀이기도 했고, 키 한 대가리만 껑충 솟은 미운 오리새끼이기도 했다.

장실장의 직관 아니 직업적 육감이 틀린 것은 아닌 듯했다. 뭘 잘못 먹은 듯 갑자기 애면글면 천지개벽이 일어나길 바랐지만, 두어 주 기다려야 나온다는 검사 결과가 수미 뜻대로 경계선급이 아닌 당당한 정신지체급으로 나타나주기란 아무래도 수틀린 노릇 같았다. 어린 시절, 그애가 학습장애아가 아니라 좀 늦된 우수아임이 언젠가는 드러나길 기대했던 오랜 속 태움과 내용만 달랐지 같은 애끓음이었다. 하지만 이곳에서마저 틀어지면 더는 어디서 성주의 비빌 언덕을 구해야 할지 묘연했을뿐더러, 설사 또다른 지상낙원이 있다 해도 그 지린내 나는 13평 아파트에서 성주를 다시 불러올릴 재간이 없는 수미에겐 장실장의 교양 있는 똘똘함이 야속하기만 했다. 저 있잖아, 아까 나한테 무슨 문제가 나왔냐고 물었었지?

공회전만 하던 관광버스 크기의 차가 앞마당 중심에 조성된 화단을 둥글게 돌아 철책문 사이를 빠져나갈 때야, 성주는 슬그머니 점퍼 호주머니 속에서 누가사탕 비슷한 걸 꺼내어 내밀며 이젠 알고 싶지도 않게 된 것에 대하여 시부저기 말문을 열기 시작했다. 막 검사실 문을 나서는 녀석에게 다가들어 이것저것 두서없이 묻자고 들었을 땐, 세 겹 턱이 지는 입술 언저리를 야무지게 앙다물며 끝끝내 지금 꼭 알아야겠어? 하고 면박을 주는 것 외엔 아무 대꾸도 안 해주었던 동생이었다. 어쨌든 입을 놀리기 시작한 성주에게 멍하니 귀를 대어주긴 했지만, 무슨 대화라는 걸 주고받기엔 애시당초 글러먹은 상황이었다. 버스 안이 그저 소란스러운 정도가 아니라 귀엣말을 주고받더라도 악을 써야 들릴 만큼 와글와글 들끓고 있었다. 그 열광적인 분위기의 진원은 워낙 데시벨 수치가 높은 낱낱의 목소리이기도 했지만, 결정적인 건 그들 중 몇몇이 기사 아저씨에게 청을 넣는답시고 고래고래 소리를 질러 틀어놓은 녹음테이프 소

238

리였다. 아프리카 야생동물들이 떼 지어 우는 듯한 엄청난 볼륨의 그 노래는 아마 한 날, 모두 함께 노래방에 가서 기념으로 녹음했음 직한 그네들 자신의 것인 듯했다. 분명 그들 또래 가수들의 유행가를 흉내낸 소리들이련만, 김건모의 〈짱가〉인지 윤종신의 〈팥빙수〉인지 도무지 분간 가지 않는 노래들. 하지만 그들끼리는 그 소리들이 누구 차례의 무슨 곡목이었는지 콕콕 찍어낼 수 있는 모양으로, 피차 손가락질까지 해대면서 마냥 즐거워라 신명들을 냈다. 그런 소음의 도가니에서 도리어 수미는 조금씩 나른해졌다. 입 안에서 사탕을 굴려대는 성주도 게슴츠레 풀어지려는 누이의 눈시울을 마주 보며, 배냇짓 같은 미소를 머금어 보였다. 창 밖으로 휙휙 지나치는 잘 자란 가로수들. 그 우듬지에, 그예 희끔해진 먹구름의 갈라진 틈을 타고 웃을 때마다 드러나는 금니처럼 황혼이 번쩍거렸다. 바다 같은 차도에 둥둥 뜬 차들, 자전거를 탄 행인. 모든 것이 현실의 풍경 같지 않았다. 문득 형언할 수 없는 행복감이 마춰제처럼 스며들었다. 그 차를 타고 끝까지 달리면 그들 모두가 어린애처럼 뒹굴 수 있는 에덴의 동쪽으로 가 닿을 것 같았다. 노랫가락의 아우성과 그들 존재 자체로 인생의 정곡을 꿰뚫어버린 듯한 평화로운 표정들이 성주마저 꾸벅꾸벅 졸음 속으로 밀어넣었다. 정수리를 부딪칠 듯 게슴츠레 흔들리는 오누이의 얼굴은 신통하게도 닮아 보였다.

─마돈나 복지관입니다, 마돈나 복지관.

차가 쭉 멎는 정지감과 함께 동굴 속에서 울리는 메아리처럼 안내방송이 귓전을 흔들었다. 마돈나 복지관? 우린 수서역에서 내려야 하는데. 성주를 흔들어 깨우려던 수미의 한쪽 손이 허공에서 툭 떨어졌다.

오누이는 손을 잡고 놀이동산으로 들어갔다. 파시된 장처럼 쓸쓸한 그곳은, 어머니 장례식 다음날에 찾아갔던 해안산책도로 부근의 자그만 놀이동산과 똑같은 모습이었다. 가까운 바다에서 해풍이 몰아쳤고, 옅은 먹빛 구름으로 꽉 들어찬 하늘은 음산했다. 행락객이라기보다 어쩌다 그곳으로 흘러든 작은 무리의 사람들에 의해 그 비어 있음이 더욱 을씨년스럽게 휘감기는 그런 곳이었다. 어디선가 죽음보다 나쁜 삶의 피로를 견디는 늙은 돛이 질기게 퍼덕거렸다. 탈것의 종류로만 보면 중간 정도 규모와 설비는 되었고 내부에 야외 해수풀장까지 갖춰져 있었으나, 드나드는 사람이 적은 탓에 거의 작동이 멈췄거나 설령 돌고 있다고 해도 멀리서 보면 밥풀 몇 알붙어 있는 것처럼 두어 사람 묶여 있을 뿐이어서 그 주제에 무슨 '랜드'라는 이름을 끌어다붙인 자체가 우스울 정도로 어설퍼 보였다. 어느새 장례식 다음날처럼 그들은 아홉 식구가 뭉쳐 있었다. 비록 초라했지만, 거저는 떨어지지 않을 슬픔의 비늘을 칼날로 훑어보낼 마지막 제의 장소로선 그런대로 나쁘지 않았다. 잔잔한 듯하다가 이따금씩 몰아치는 흉용한 해풍이 허공을 큰 태양 모양으로 수놓은 윈드밀에 부딪쳐 요오, 요오 울부짖었다. 조무래기 네 녀석의 마른 환호성과 함께, 잿빛 장원처럼 시르죽어 있던 '돌고래랜드'에도 생명의 레일이 돌기 시작했다.

수미 부부와 수연네 두 조카, 수연 부부와 수미네 두 아이가 짝을 맞췄다. 이미 첨단 롤러코스터의 맛에 길들여져 간에 기별도 안 가는 수준이긴 했지만 그 돌고래랜드의 시설물치고는 스릴 있는, '빅 파이브'라는 이용권 명칭이 그나마 덜 무색한 바이킹, 청룡열차, 스페이스 루프 따위를 귀청을 찢는 댄스뮤직과 함께 타고 돌거나, 아이들이 오줌을 지리며 자지러지는 '귀신의 집' 굴 속 같은 통로를

240

요리조리 누비면서 지난 며칠 애이불비하며 억눌러온 상실감의 비명을 있는 대로 처지르느라 금세 혼비백산해버렸다. 그 지경이 된 그들이 내친 김에 '빅파이브'를 채우고야 말겠다는 이상한 기갈에 그악스럽게 공중자전거의 페달을 뻑뻑 돌려대는 진풍경을, 성주는 저 밑, 오가는 행인도 없는 덩그런 빈터의 한가운데서 해죽이 웃으며 삼삼한 듯 바라보고 있었다. 그 아이의 표정은 평화로웠다. 서른이 넘어 아이라기엔 너무 징그러운 동생이었지만, 허공에 설치된 레일 커브를 도는 순간 프레임에 딱 잡혔다가 순식간에 쑥 멀어지곤 하는 성주를 향해 가래침을 탁 뱉듯 너도 타! 라고 오달지게 내뱉는 순간, 문득 그 아이에 대한 아련한 추억이 천지에 수증기로 스민 어머니 영혼인 양 온몸에 휘어감겼다. 그애의 잦은 병치레도, 말문이 안 트이는 것도 심각한 걱정거리가 안 될 만치 어렸던 어느날. 등과 뒤통수를 태울 듯 지글거리는 직사광선을 받으며, 고무함지에 남실거리도록 그득 채운 맑은 물 속에 겨우 허리를 가눌 수 있게 된 성주를 앉혀놓고 물놀이를 시키던 한낮의 마당, 물탱크 앞이었다. 성주는 세상에서 가장 예쁜 아기였다. 지금껏 살아오면서 본 많은 아기들, 심지어 수미 제 속에서 빠진 두 아이의 아깃적 모습보다 어쩌면 더 예뻤는지도 모를 성주는 그들 가족이 가장 자랑스럽게 여긴 사랑스런 아기였다. 포동포동 젖살 오른 단풍잎 같은 손가락으로 수면을 찰싹 치면, 땀방울이 맺힌 누이의 콧잔등 위로 차가운 이슬방울이 송골송골 올라앉았다. 그 아이의 겨드랑이와 사타구니에 밀가루처럼 곱고 하얀 분을 발라줄 때 행복한 어머니는 자지러졌다. 요오, 요오. 거친 바람에 공명하는 윈드밀의 울음이 구성지게 울려퍼졌다.

한 시간가량 땀을 빼게 뛰었지만 '빅파이브'를 다 채우지 못한 그들은 회전목마 앞에 둘러모였다. 성에 차든 안 차든 더 머물 이유가 없어진 그들은 다시 한번 성주에게 애타게 청했다. 사정 모르는 사람들에겐 그저 권유가 아니라 을러서 내모는 것으로 보일 법한 강권이었다. 하지만 자신은 멀미를 하므로 회전이 심하거나 높이 요동치며 오르는 것들을 탈 수 없노라는 성주의 황고집은 요령부득이었다.

그럼, 애들하고 같이 회전목마라도 타.

조무래기들의 마지막 코스로는 진작부터 회전목마가 정해져 있었다. 한창 소리를 지르고 씽씽 달릴 땐 못 느꼈던 끈끈한 해풍이 다시금 헤적질하듯 그들의 머리칼을 뒤집어놓고, 얇은 겉옷 자락 속을 후비고 들어와 셔츠며 점퍼 통을 고무풍선처럼 부풀리기 시작했다.

그래, 타.

타.

타요, 삼촌.

조카들도 그랬지만, 특히 어른들은 성주가 그거라도 타지 않으면 문득 그 쾌적하지 못함이 사무쳐오는 돌고래랜드에서 영원히 철수하지 않을 듯이 완강하게 재촉해대자, 성주도 마침내는 역부족인 모양이었다. 그애는 저를 빙 에워싸고 애가 타서 외쳐대는 그 상황이 흐뭇해서 그러는지 어쩐지, 예의 또 그 초식공룡 같은 흐늘흐늘한 미소를 지으면서 회전목마의 돌림판 앞으로 꺼떡꺼떡 나아가기 시작했다. 누이들이 박수를 쳤다. 하지만 정작 먼저 자리잡은 건, 삼촌보다 몇 발짝 늦게 팔짝거리며 뛰어오른 네 조카들이었다. 아이들은 하나같이 개중에 가장 큼직할뿐더러 안장의 무늬도 화려하게 채색된 백마 한 필씩을 골라잡느라, 몇 번이고 다시 뛰어내리고 올라타는 소란을 떨었다. 탈 사람은 성주와 네 아이 외에 다른 손님은 없었으므로, 아이들이 그 극성을 떨고 성주가 그 위에서조차 호주머니에 한쪽 손을 찌른 채 웃고 서 있는 동안, 수연의 남편이 바이킹과 범퍼카가 돌고 있는 쪽으로 가서 회전목마를 가동시켜줄 직원을 부르러 갔다 와야 했다.

아저씨도 빨리 타세요. 돌아갑니다.

하지만 박스 안으로 들어간 직원이 네모난 창구멍을 통해 이렇게 말한 것과 때를 같이하여 아무도 상상조차 못 했던 장면이 펼쳐졌다. 멀대처럼 서 있던 성주가 이윽고, 멋진 갈기를 새겨놓거나 앞다리를 들어올린 품이 제법 달리는 말 흉내를 낸 잘생긴 백마가 아닌 아무도 시선조차 두지 않았던 뎅그런 마차 속으로 엉금엉금 기어들어가 앉아버린 것이었다. 이왕이면 말을 타라고 권유해볼 틈도 없이, 안장 위에 야무지게 올라앉은 아이들이 와, 하고 내지르는 함성과 함께 목마판이 빙글빙글 돌아가기 시작했다. 그때까지 어안이 벙벙한 표정으로 곁만 두리번거리던 수연이 그예 푸풋, 웃음보를 터뜨렸다. 하지만 더더욱 절정인 건 때맞춰 굼실굼실 울려퍼지기 시작한 추억의 팝송, '아이 드 래더 비 어 스웰로우 댄 어 스네일, 예스 아이 우드, 이프 아이 쿠드……'라고 주워섬기는 파리하고 처량한 노랫가락이었다. 그 가사의 뜻은 이런 것일 터였다. '나는 달팽이보다는 하늘을 나는 제비가 되고 싶어, 그래, 그러겠어, 그럴 수만 있다면.'

열 바퀴쯤 돌았는가 했던 회전목마가 이윽고 멎는가 싶더니, 잠시 주춤하다 말고 다시 슬그머니 돌아가기 시작했다. 동시에 멋대가리 없이 툭 끊겼던 '아이 드 래더 비 어 스웰로우 댄 어 스네일'도 사흘에 피죽 한 그릇 못 얻어먹은 볼륨으로 세월 저편의 가락을 다시금 이어나갔다. 녀석을 보고 있자면 노래가사는 '나는 제비가 아닌, 느리게 기어가는 달팽이가 되고 싶어' 라고 바뀌는 게 더 어울릴 듯했다. 박스 속의 직원이 초록색 캡을 까딱거리며 구멍 밖으로 손짓을 해 보였다. 손님도 없는데 까짓것 한 차례 더 돌려주기로 한 제 선심이 제 깜냥에도 흡족한 모양이었다. 뒤로 사라진 아이들이 용사처럼 되돌아올 때마다 손을 흔들어주기 위해 제각기 편한 자리를 잡고 울 밖에 늘어선 네 어른도, 게슴츠레 풀어져 꿈꾸듯이 웃고 있는 성주의 마차 박스가 닥칠라치면 뜨끔뜨끔 자지러지면서 그의 모습에서 눈을 떼지 못했다. 녀석은 지극히 고즈넉하고 평화롭게, 느리게 돌아가는 스무 바퀴의 완행을 마쳤다. 정말이지 제비보다는 차라리 달팽이가 되고 싶은 성주가 틀림없었다.

아, 아, 아저씨이!
거품을 문 소년의 격정이 수미의 얕은 잠을 머리채를 잡아채듯 흩어놓았다. 끔쩍 놀라 마주 본 오누이의 두 눈이 기사 아저씨를 향해 아귀차게 외쳐대는 소년의 등 쪽으로 쏟아졌을 땐, 여태 재생돼 온 테이프의 노랫마디마저 끔쩍한 괴성으로 치닫고 있었다.
꺼, 끄어, 제에발, 끄으란 말야.
발랄한 면 후드티를 입고 브랜드 색을 멘 소년은 운전석 뒤의 가느다란 쇠기둥을 붙든 채, 좋은 운동화를 신었을 두 발을 굴러대며 고래고래 악을 썼다.
아이, 씨, 씨이발, 아, 안 꺼? 꺼, 끄어, 끄으란 말야.
의구심으로 가득한 표정들이 통로의 빈 공간으로 게임기의 두더지 머리처럼 볼록볼록 튀어나왔다. 갑자기 튀어나온 소년에게 떼로 덤비듯 으르렁거리기 시작하는 아이들의 표정이 순식간에 발작적인 긴장감을 자아냈다. 성냥 한 개비만 그으면 그대로 폭발할 듯한 불기운에 수미는 눈을 감아버렸다. 하지만 바로 다음 순간, 아수라 장 같은 소란스러움이 뚝 그쳤다. 눈치 빠른 기사 아저씨가 바람처 럼 테이프를 꺼버리면서 불꽃 튀기던 고함질도 딸꾹질 멎듯 뚝 그 쳐버린 것이었다. 난동과 진정, 아우성과 침묵 사이의 수초도 안 되 는 시간 속에서 신비로운 마술이라도 일어난 듯했다. 마치 오디오 작동 버튼과 승객들 몸 속에 삽입된 마이크로칩 사이에 일종의 신 호전달체계가 이어져 있어, 조용히 하라는 지시가 전달되기라도 한 듯한 현상이었다. 일시에 전원이 빠진 것처럼 차 안이 고요해졌다.

아마도 그 소년은 무슨 까닭인지 모르게 도저히 그 아우성의 도 가니를 견딜 수 없었던가보았다. 뜻을 이룬 소년이 아직 식지 않은 두 뺨에 머쓱한 표정을 담고 돌아선 순간, 수미는 화들짝 놀랐다. 소년의 얼굴이나 거동에 그렇게 소스라칠 만큼 이상한 점이 있어서 는 아니었다. 단지 그 순간, 그녀는 자신들이 이미 내렸어야 할 수 서역을 지나쳐버렸다는 사실을 감지했을 뿐이었다. 그녀는 어쩌지? 하는 표정으로 아직도 재미있다는 듯 빙글거리며 소년한테서 눈을 떼지 못하는 성주의 옆얼굴을 약간 치어다보았다. 좌우 좌석들의 모서리를 양손아귀에 쥐어나가며 꿋꿋하게 제 자리로 나아가던 소 년은, 바로 그들의 자리쯤에서 걸음을 멈추었다. 갑자기 떠오른 생 각에 걸음이 묶인 듯한 표정이었다. 소년은 그 자리에서 다시 기사 아저씨를 향해 몸을 돌렸다. 출입문 바로 옆자리에 앉아 있던 주방 아줌마의 자상한 눈길이 무슨 일인가? 하는 빛으로 소년의 거동을 따라갔다. 출발 호루라기를 기다리듯 소년을 향해 돌린 수미와 성 주의 얼굴 각도는 똑같았다.

이윽고 소년의 입에서 무언가 터져나왔다. 마치 소리만 겨우 낼 줄 아는 벙어리가 부르짖는 것 같은 소년의 소리는 두번째 마디까지 뱉고 나야만 첫번째 마디를 알아들을 수 있는 식으로, 그의 말 속도에 두 곱쯤 뒤처지는 속도로 겨우겨우 해독되어졌다. 길게 버벅거리며 우짖는 듯한 소년의 말에 신경을 집중한 결과 무슨 말인지 완벽하게 알아들은 남매는 약속이나 한 듯이 마주 보며 빙그레 웃어버렸다. 물론 소년이 왜 그런 말을 뱉었는지는 유추해야 할 부분으로 남아 있었다. 소년의 말은 이런 것이었다.

시, 신경 쓰으지 마세요, 아저씨. 그, 그으냥, 지, 지지, 지, 지나…… 가는 개, 개개, 개가아, 지지저따새, 생가악하…… 고오…… 이, 이이, 이저 버, 버리세, 요오……

이상하게도 그 말을 알아듣는 순간 놓쳐버린 수서역이 아쉽지가 않았다. 그런 말도 할 줄 아는 소년이 너무 예뻤다.

보름 후 성주의 지능지수는 경계선급 79로 드러났다.

더티 댄씽

그것은 분명히 비극적인 현실이었다. 묘한 것은 그녀가 마침내 그 현실의

비극성을 완벽히 받아들인 순간, 거기엔 어떤 감상도 끼어들 틈이 없어졌

다는 진실이다. 그녀는 조금도 슬프지 않았다. 분노도 일어나지 않았다.

이제 끝났다. 모든 게 너무너무 감사하게. 그것은 더이상 공정할 수 없는

'더티 댄씽' 게임이었다.

1

십 년 전 첫 출근을 하던 날, 시골 중학생 단발머리 스타일의 심정애는 검정 타이트스커트 속에 줄무늬 남방셔츠를 받쳐입었다.

V자로 팬 가슴선 안으로 새가슴이 불거져 있었지만 허리는 날씬했다. 정강이뼈를 절반쯤 덮은 타이트스커트 밑의 두 다리는 닭뼈처럼 가늘고 딱딱해 보였는데, 신고 있는 살색 스타킹도 때가 6월 말이라는 걸 생각하면 지나치게 두꺼웠다. 하지만 그것조차 싸구려 티가 물씬 나는 밤색 비닐가죽 단화만큼 눈에 거슬리진 않았다. 야간학교에 다니며 주간 근무를 하는 그 회사의 사환 아이들조차 그런 것은 신지 않았던 것이다. 하지만 1987년 6월 28일 아침. 그 밤색 단화가 '무비스' 편집부 문턱을 처음 넘어선 그 순간만큼은, 그녀는 머리끝에서부터 발끝까지 반짝반짝 빛났다. 날이 선 셔츠 깃은 사각사각 소리가 날 듯 청결했고, 새까만 눈동자는 새앙쥐처럼 깜빡거렸다.

"심, 정애라고 합니다. 잘 부탁드릴게요."

책상 사이를 돌며 나긋나긋 인사하는 목소리 끝이 젖어서 갈라졌다. 너무나도 벅찬 나머지 당장이라도 울어버릴 듯한 얼굴이었다. 그건 아침부터 산만하게 떠들어대고 있었던, 무엇을 보든지 대뜸 배꼽부터 잡고 포복절도해버리는 편집부 사람들로서도 선뜻 얕잡아보기 힘든, 우스꽝스럽고도 낯선 진실함이었다.

일어를 하는 여자라서 그런가?

그녀가 새 자료실 실장 천영애를 따라 또각또각 구두 굽을 울리며 물러나는 뒷모습을 흘끔대며, 사람들은 그저 그 한 가지를 야릇한 기분으로 떠올려보았을 뿐이다.

2

그달 10일 무비스 일어 번역기자 공채시험에 응시해서 딱 열흘만에 합격통보를 받고, 거기서 또 일 주일쯤 지나자마자 8월호 편집회의 시점에 맞춰 발령을 받은 것이다. 일이 되려 하니 순풍에 돛 단 듯이 풀려버렸다. 그것도 '청산가리 안 섞인 파마약'을 수입하는 오퍼상에 꼬박꼬박 출퇴근을 해가면서 감쪽같이 진행된 일이었다. 사흘 전 사표를 던졌을 때 배불뚝이 신사장 눈이 휘둥그레지던 꼴을 떠올리면, 자다가도 배시시 입이 벌어졌다. 정식사원, 초봉 삼십삼만원에서 세금 약간을 떼는 편집부 소속 자료실 일어 번역기자. 당당한 타이틀이 붙은 명함이 어찌나 대견한지 비로소 제 궤도로 들어선 제 인생에 만감이 교차했다. 하지만 그리도 오진 무비스 정식사원이 되기까지 당사자는 모르는 얄궂은 곡절이 있었다.

심정애의 첫 직속상관이 된 천영애는 제가 다른 무엇도 아닌 영화잡지사 무비스 자료실장이라는 사실이 세상에서 가장 우울한 여자였다.

실상은 동갑내기지만 심정애의 입사 삼 년 선배뻘 되는 천영애에겐 원래 대한민국에서 제일 좋은 책 열 권은 만들겠다는 당찬 포부가 있었다. 말하자면 그 회사 모태 격인 출판부 소속이었던 그녀는 책이라면 사족을 못 쓰는 인간이었다. 책꽂이에 신주단지처럼 모셔진 여섯 종의 단행본들은 단순히 월급 받는 직원으로서가 아니라, 글을 다루는 신성한 장인정신으로 한 권 한 권 만들어온 저의 분신이나 다름없었다. 그런데 심정애가 낮시간에 오퍼상을 빠져나와 무비스 입사시험을 치른다 어쩐다 할 즈음, 그 출판부가 무비스 편집부로 흡수되는 사단이 났던 것이다. 칠 년씩이나 이렇다 할 성과를 내지 못해 시나브로 월간지인 『무비스』 더부살이 신세로 전락해가던 중에, 부서장 노릇을 해온 천영애의 상사가 회사를 옮긴 것도 계기가 되었다. 졸지에 그녀의 신분도 무비스 소속 자료실장이라는 이상한 모양새로 바뀌어, 주로 일어 번역을 시키게 될 수하(手下) 한 사람까지 뽑게 된 것이다. 거의가 영화관계 책자인 자료들 과반수가 일어로 돼 있고 나머지는 영어인데, 주로 참고해서 써야 할 편집부 기자 전체가 일어엔 까막눈인 탓이었다. 회사측에선 겸사겸사 일어를 읽어주거나 풀어 써줄 수 있는 붙박이 요원이 없어 마감이 늦는다는 편집부의 핑계를 일소에 부치자는 뜻도 있었다.

하지만 당찬 포부가 삼 년 만에 깜부기불 꼴이 된 천영애는 저도 모르게 우울증에 빠져들었다. 그녀는 저의 새 자리가 된 무비스 자료실을 세상에서 가장 비천한 부서라고 하염없이 깎아내린 나머지, 자신은 물론이고 너무도 싫지만 뽑지 않으면 안 되게 생긴 수하까지도 가장 남루하고 하찮은 인간이 아니면 안 되겠다는 극단적인 결심을 했다. 일어에 아주 까막눈은 아니었던 천은 직접 일본 잡지 따위를 뒤져 시험에 쓸 문단을 골라내고, 시험지를 복사하여 사장실 빈 공간에 책상 몇 개 갖다놓고 임시로 꾸민 고사장에서 시험감독 노릇을 하면서도, 지독한 의욕상실에서 벗어나지 못했다. 응시자가 고작 둘뿐이었던 것도 모멸감을 부채질했다.

단둘뿐인 응시자 중, 넥타이를 착용한 26세의 남자 쪽은 다소 숫기가 없어 뵈는 아쉬움만 빼면 퍽 쓸 만해 보였다. 답안의 번역도 깔끔했고 글씨 또한 반듯했다. 창의적 능력과 의욕만 겸비된다면, 그저 번역기자 정도가 아니라 편집부 기자를 시켜도 될 성싶은 인물이었다. 또다른 스물다섯 살 여자. 피사의 사탑처럼 기울어진 글씨가 어딘지 덜떨어져 보이고, 원고지 세 장 분량밖에 안 되는 원문의 단어들은 제대로 옮겨놓았음에도 불구하고 도무지 우리말 구문이 이루어지지 않는, 기이한 답안을 제출한 이가 저 심정애였다.

그러나 막상 면접 자리에 앉혀놓고 보니, 그 볼품없는 여자의 눈은 몹시 맑고 절박한 열의에 찰랑거렸다. 훨씬 쓸 만해 뵈는 또다른 인간의 눈이 되레 이편을 탐색하듯 흔들리고, 응시자다운 열의조차 내보이지 않는 것과 사뭇 대조적이었다. 둘을 내보낸 사장도 넌지시 떠보듯 물었다.

"저 남자, 오래 다닐 것 같지 않은데?"

뽑아놔도 금세 딴 자리를 보아 나갈 사람이란 뜻이었다.

천영애도 그 부분에서는 생각이 다르지 않아 고개를 주억거렸다.

"그 아가씨는…… 촌닭 같긴 하지만, 뽑아주면 죽어라고 열심히 일할 것은 같은데?"

아무려면 어때. 어차피 막가는 판이었다. 천영애는 죽어가는 원

252

숭이 상으로 끙끙거리면서도, 그 촌닭의 번역 솜씨에 대해 끝내 입을 닫았다.

그런 내막이 있었기에 저 혼자 아침 햇살을 뒤집어쓴 것처럼 반짝거리는 심정애를 눈앞에 두게 된 마음은 한없이 심란하면서도 안쓰러웠다.

"우리 회사, 어떤 것 같아요?"

천영애는 제 표정에 이미 찍혔을지도 모를 일종의 죄책감을 들킬까봐 눈조차 똑바로 맞추지 못했다.

"참 좋네요. 저한테 딱 맞는 것 같고."

정애는 탁 트이게 내지르곤 합쭉 웃어 보였다.

"그래요?"

"네! 위치도 딱 좋고, 일도 저한테 딱 맞고."

"……"

입사지원서를 통해 이미 심정애 동네가 회사에서 대중교통 편으로 사오십 분 거리는 떨어져 있다는 걸 알고 있던 천영애는 무에 위치가 딱 좋다는 것인지 잠시 어리둥절했다.

"실장님 인상도 참 좋으시고, 사람들도 차암 좋네요. 사장님도 자상하실 것 같은데요?"

젖은 방울 소리가 저럴까. 사근사근 파고드는 목소리 하나만은 참 듣기 좋았다.

"저는 번역일 하는 것이 소원이었어요!"

앉으라고 일러주지 않아 제 자리를 놓고도 엉덩이를 붙이지 못한 정애는 두 손을 앞으로 모은 채 기쁜 낯으로 소리쳤다.

아, 그랬겠구나. 지방대 일어일문과 출신. 아니 그녀는 고등학교 시절부터 고향 섬마을을 떠나 육지에서 유학생활을 했던 이력을 갖고 있었다. 나이는 저와 동갑인데도 학교는 일 년 늦게 들어간 모양이고. 천영애는 불현듯 아득해, 실상 궁금치도 않았던 것을 묻고 말았다.

"그럼, 먼젓번 회사에선 무슨 일을 했어요?"

고향친구 오빠가 하는 영등포 천 샘플 공장에서 폭폭 삭았던 서너 달, 그뒤 고향집 눈치만 보며 막막하게 팔 개월을 연명하고, 물에 빠진 사람 지푸라기 잡는 심정으로 감지덕지 출근을 하게 된 '청산가리 안 섞인 파마약' 오퍼상은 망측하기가 해괴한 수준이었다. 그 일 년 반 동안의 끔찍함에 비하면, 무비스 자료실은 그야말로 천국의 행랑채였다. 때문에 천영애에겐 죽을 맛이고 숨통이 막힐 지경인 작업 환경조차 심정애에겐 아무런 문제가 안 됐다.

여섯 대의 전화기가 쉴새없이 울려대는 편집부의 소란으로부터 차단도 시킬 겸, 자료실 공간을 베니어 판때기로 가로막아준 것까지는 천영애도 바라던 바였다. 하지만 그 바람에 편집부 한가운데 놓인 에어컨 바람까지 차단돼버린 건 섭씨 삼사십 도를 오르내리는 복중에 국으로 배길 만한 고역은 아니었다. 그러나 천영애가 점차 찜솥을 방불케 하는 오후 두세시경으로 갈수록 울컥거리다 못해 발광을 할 지경으로 심신이 망가져버리는 데 비해, 심정애는 불평은 커녕 단비 맞은 채마밭처럼 새록새록 싱싱해지기만 했다.

좀 한증막 같으면 어떠랴. 경이롭고 눈부신 꿈의 공장 속에서. 그곳은 잡지라는 코드로 옮겨놓은 작은 할리우드랄까. 젊은 윌리엄 홀덴을 죽음의 풀로 인도한 〈선셋 대로〉가 곧게 질려 있었는가 하면, 창턱에 걸터앉은 오드리 헵번이 기타를 치며 〈문 리버〉를 불러주는 환상의 미로였다. 어느 날 천영애가 수척한 얼굴로 들추던 글로리아 스타이넘의 책 속에선, 본명이 노마 진이라는 금발 미인이 쓸쓸한 바닷가를 배경으로 다 사윈 듯한 표정을 짓고 있었다. 천영애 설명에 의하면 그 미인은 마릴린 먼로라는 이름의, 야구선수 조디마지오, 극작가 아서 밀러, 심지어 존 F. 케네디 대통령과도 연애를 했다는 유명한 여배우였다. 잠옷으론 향수인 샤넬 No.5를 입었고 수면제 과용으로 요절했는데, 케네디측에서 암살했다는 설도 있으며, 영화사(史)상 전설적인 3대 섹스심벌 B.B., C.C., M.M. 중 마지막 M.M.이 그 여자를 가리킨다고도 했다. 하지만 여성지 『미즈』의 창간자인 글로리아의 저술에 의하면, 한 세기를 풍미한 먼로의 상징인 금발과 먼로 워크 — 한쪽 엉덩이가 살짝살짝 치켜들리는 특유의 섹시한 걸음걸이 — 자체가 할리우드의 스타제조술이 만들어낸 가짜였다는 것이다. 원래 노마 진은 평범한 빨강 머리 처녀였고, 기형적인 걸음걸이도 두 굽의 길이를 다르게 깎은 하이힐을 신김으로써 연출된 것이었다.

"근데 자기 진짜 마릴린 먼로도 몰라?"

"하나하나 차근차근 배울게요."

정애는 이제야 처음으로 저의 무지가 드러난 줄만 알고 바짝바짝 침 마르는 소리로 턱을 덜덜 떨었다.

"제임스 딘은 알아요?"

"……"

"세상에!"

워낙 영화를 싫어해서 알려 들지도 않아온 천영애는 무비스 안에 저보다 더한 영화치(痴)가 들어온 것에 경악을 금치 못했다. 영화를 모른다는 건, 적어도 무비스 안에선 원죄 이전의 원죄였다.

그런 난형난제를 둘러싸고 은빛 캐비닛과 파일캐비닛, 짜맞춘 듯

규격 바른 책꽂이들이 문짝과 벽기둥, 창의 일부만을 남겨두고 꽉 꽉 들어차 있었다. 또 1985년 3월 창간호부터 삼 년째 찍어내온 『무 비스』 표지들이 높직한 천장 모서리를 따라 파노라마처럼 쭉 이어 붙여져 있었다. 브룩 쉴즈, 다이안 레인, 피비 케이츠, 나스타샤 킨 스키…… 여자배우들의 얼굴 사진을 중심으로 잡지 로고를 넣고 주 요 기사의 표제들을 세련되게 배열한 표지 교정지를 책처럼 잘라 붙여놓은 것이었는데, 그야말로 튀어나올 듯 현란한 미녀들의 각축 장이었다.

"하나라도 아는 얼굴 있어요?"

일에 몰입되면 재떨이에서 생담배가 타는 것도 모르는 천영애가 불쑥 고개를 들고 말을 붙였다.

"실장님은 저 여자들 누군지 다 아세요?"

정애는 여전히 턱을 딱 치켜들고 그 만화경에서 눈을 떼지 못했다.

턱을 내리고 오디처럼 까만 눈을 반짝대는 심정애에게 천영애는 아무 신명 없이 고개만 끄떡여 보였다.

"정말요? 저렇게 많은 사람을?"

"뭐가 많아, 겹치는 것도 많은데."

"하긴, 저 여자 이름은 뭐예요?"

"누구?"

일 중독증이 있는 천영애는 제가 먼저 말을 붙여놓고도, 정애가 말꼬리를 붙들고 나오자 금세 성가신 표정을 지었다.

"저기요."

정애는 손가락으로 가리켰다.

"그냥 저기라면 아나?"

"저기, 스티븐 스필버그의 앰블린 엔터테인먼트라는 거 하고, 고다

256

르 대 트, 트뤼포 보이시죠? 그 표지에 있는 여자요, 86년 9월호……"

"세상에, 심정애씨, 저 글자가 보여요?"

"네! 실장님은 안 보이세요?"

"눈 대단하다…… 난, 렌즈 끼잖아……"

천영애는 워! 하듯 입술을 삐죽 틀어 보이곤 도로 일감 속으로 코를 쿡 처박으면서 톡 쏘아붙였다.

"소피 마르소잖아! 눈에 팍 띄었나보지? 쟤가 젤 이뻐요?"

아무튼 일은 여간 아니게 돌아갔다. 하필 그 첫 달에 일본 영화잡지에서 부록으로 묶어낸 외국 영화배우들의 인명사전이 8월호『무비스』의 제2별책부록으로 채택된 것이었다. 하나는 영화를 전혀 모르고, 또하나는 무비스가 싫어서 죽어도 영화 알기가 싫은 자료실 두 사람에게 이 일은 그야말로 죽음의 7월을 의미했다.

남녀 합쳐 사백 명이 넘는 영화배우 한 명당 200자 원고지로 두 매 반 내지 세 매. 개중에서도 선별된 인물에 대해선 다섯 매까지도 가는, 원고지 장수로만 쳐도 가볍게 천여 매를 넘기는 무지막지한 일감이었다. 그렇다고 그 일만 하느냐. 어림 반푼어치도 없는 말씀,『무비스』본지 삼분의 일 이상을 채우고도 남는 자료구성기사와 기자들이 아침마다 몇 건씩 쌓아놓고 가는 일어 자료 번역하며 영어로 된 화보기사 등 시시콜콜한 모든 것을, 편집회의가 끝난 6월 30일부터 정확히 이 주 내에 적정량의 기사 꼭지로 소화해서 데스크 책상 위에 나붓이 갖다바치기도 해야 하는 것이었다.

일이 그쯤 되자, 일의 강도도 강도이거니와 천영애는 무엇보다 자신이 무비스의 허드레꾼쯤으로 전락해버린 게 견딜 수 없었다. 또 그 더럽혀질 대로 더럽혀진 기분을, 참으로 기상천외한 인간형이자 단 하나뿐인 수하에게 허심탄회하게 털어놓을 수조차 없는 현실은 더더욱 깝깝했다. 게다가 피눈물 나는 제 고통의 열매라는 게 결국 잡일을 털고 홀가분해진 무비스 기자들과 그 데스크 되는 인간의 혀를 녹일 뿐이라는 데 생각이 미치면, 그녀의 모멸감은 그저 자기를 깎는 감정을 넘어서 무비스의 모든 것을 향한 이글거리는 증오로 불타 올랐다.

하지만 그 뜨거운 증오로 달라지는 건 아무것도 없었다. 현실이란 으레 빼도 박도 못 할 것이어서, 자료실 퇴근은 맡아놓고 밤 아홉시를 넘겼고, 편집부원들 사이에서 벌써부터 '영정애 자료실'이라는 놀림이 돌기 시작한 콤비답게 온종일 원고지만 긁어대는 로봇이 되어갔다. 물론 심정애에겐 그것조차 신천지 시민권을 따기 위한 달콤한 세금에 불과했지만.

제아무리 대학에서 사 년씩 일어를 익혔다 해도, 가타카나와 히라가나로 조합된 글자 숲을 걸러 작은 씨앗, 풀 포기 하나 어긋남 없이 우리말로 바꾸기란 심정애 아니라 그 누구에게도 만만한 일은 아니었다. 하지만 특히 심정애에게 그 일은 지뢰밭을 걷는 것만큼이나 위험천만했다. 학교 시절 교과서 따위에서 보아온 익숙한 일어 문장들과는 달리, 잡지나 영화책자의 일어에는 가타카나로 음독해놓은 신조어 영어의 비중이 지나치게 높다는 게 특히 문제였다. 그녀의 영어는 사실상 고등학교 1학년 수준에 머물러 있었는데, 어떻게 말하면 그건 중학교 수준과도 별 차이가 없다는 말이었다. 설상가상 그녀에겐 우리말로 작문을 해본 경험조차 없었다. 글짓기라고 끼적여봤댔자 고등학교 때까지의 독후감 아니면, 대학 시절 간단한 주관식 문제를 처리해본 게 고작이었다. 무심결에 글쓰기 훈련이 되는 펜팔이나 연애편지질 따위에도 빠져본 적 없으니, 카드

값조차 아껴야 했던 주머니 사정을 굳이 들먹이지 않더라도 뭐라고 써야 할지를 몰라 크리스마스 카드나 연하장 쓰기조차 생략하고 살아왔다는 편이 옳을 지경이었다. 번역 경험이란 것도 그저 대학 시험 때 독해 문제용으로, 배운 범위 내에서 출제되는 두어 문단 정도의 글을 자구자구(字句字句) 옮겨본 게 다였다. 물론 글로 풀어야 하는 것만 아니면, 그녀의 일어도 그닥 문제될 건 없었다. 동시통역을 할 정도로 능통하지야 않았지만, 조금만 더 실력을 닦는다면 관광공사에서 시행하는 관광 가이드 시험 정도는 거뜬히 패스할 수 있었다. 문제는 그녀의 실력이나 수준이 어느 분야에서 가장 효과적으로 쓰일 수 있을지 스스로 가늠할 능력도, 누군가 짚어줄 만한 사람도 없었다는 것이다.

이러구러 새사람을 들이게 된 박사장은 첫 두어 달 동안 심정애를 눈여겨봤다. 사람을 평가하는 그의 기준은 편협했을 뿐 아니라 감정에 치우치는 경향도 강했지만, 아무튼 그에게 심정애는 합격점이었다. 무엇보다 칼같이 출근시간을 지키는 그녀의 성실성이 미덥게 다가왔다. 게다가 건방지지 않은 점, 윗사람을 두려워할 줄 아는 얌전한 태도도 박사장의 심금줄을 건드렸다. 성실함과 얌전함. 그건 무비스의 성공적인 정착과 더불어 사장의 머리 꼭대기에 앉으려 드는 편집부의 방자함에 질릴 대로 질린 박사장이 저도 모르게 신입사원 최고의 덕목으로 치게 된 두 가지였다.

때마침 무비스의 두번째 데스크이자 호랑이 편집장으로 정평 난 조을미의 월권에 자나깨나 마음이 쓰이던 와중이었다. 월권의 명세를 일일이 따지기 무색할 만큼 조을미의 그것은 전폭적이었다. 고작 나이 서른의 이 젊은 여자는 편집부와 잡지 편집에 관한 것이라면 무엇이고 사장의 '오더'를 받는다는 것 자체를 치욕으로 여겼다.

그 조을미와의 기(氣) 대결에서 박사장이 기울어버리자, 워낙 애 어른을 몰라볼 기질이 다분했던 편집부 전체가 볼가져나왔던 것이다. 취재기자의 출근시간이 고무줄 시간이 되는 것 정도야 봐줄 만한 흠이었지만, 그런 해이함이 만성적이고 상투적일 뿐 아니라 편집부 전체에 일파만파의 악영향을 끼치는 데는 사장으로서 수수방관할 수만은 없었다. 외근이 잦은 취재기자의 출근이 열시도 아닌 열한 시를 넘기는 게 예사가 되면서 취재와는 아무 상관 없는 내근 직원들까지 나만 믿지라 하듯 어깨를 나란히 해버리니, 결국 누구 몇 사람 나무랄 수 없는 무법천지가 되고 말았다. 더 깝깝한 건 사장으로서 당연한 질책거리인 근무태만에 대한 주의 경고조차 조을미가 경홀히 여기는 것이었다. 책 잘 만들어서 잘 팔게 해주면 그만이지! 조을미의 원칙은 한마디로 그것이었고, 그건 항상 그런 생각은 품고 있으되 드러내지 못했을 뿐인 편집부원들에게 편리한 방패막이가 돼주었다.

"야, 야, 행복하게들 일하자우. 주판알 퉁기는 건 사장 지 알아서 할 일이구. 사장이 그 짓도 안 하려면 뭐 하러 사장 명패 차고앉아? 자고로 편집부는 책 하나만 잘 만들면 그만인 거야. 그것만 베스트로 해봐. 그럼 출근이니 뭐니, 무슨 개나발을 불어도 내가 다 마크한다. 도대체 그래가지고 사장이라고. 가만 앉아만 있어도 척척 굴러가는 게 무비쓴데, 점잖게 앉아서 똥폼만 잡으시라고 내 그렇게 큐를 줬건만."

청산유수의 달변으로 배짱을 척 부리면 남녀 무론하고 칼칼한 카리스마에 넋을 앗겼다.

결국 눌변에다 성정이 오그라든 박사장 체신만 말씀 아니게 구겨졌다. 하지만 책을 꾸려내는 솜씨와 나름대로 독자 심리를 후리는

260

안목에 관한 한, 조을미를 인정치 않을 수도 없는 게 박사장의 딜레마였다. 유지비만 잡아먹던 단행본 출판부를 아예 무비스 자료실로 폐합하고 천영애 직속상관이던 길모(某)를 은근슬쩍 내보낸 것도, 근원을 캐고 보면 조을미가 툭툭 던지는 말 속에서 힌트를 받았던 거였다. 아무려나 앞으론 어떨지 모를 무비스가 겨우겨우 현상유지 해나가는 마당인데, 창간 삼 년에 취재의 '취'자 하고도 상관없는 미술, 사진, 사식, 심지어 마감 때 하루 이틀 불러 쓰는 수정사까지도 규율 안 지키기를 떡 먹듯 한다는 건 말이 안 됐다. 그러던 차, 너무 평범해서 칭찬거리조차 안 되는 심정애의 성실성과 얌전함이 군계일학인 듯 돋보였던 것이다.

"미스 심이 여간 충직한 아가씨가 아닌 것 같애."

한 달가량 정애를 심사해온 박사장은 화장실 가던 복도에서 마주친 천영애에게 실쭉 웃어가며 만족을 표했다. 그 웃음엔 그들 선택에 대한 득의의 유대감이 깔려 있었다. 동시에 출판부를 크게 키우겠다는 천영애 입사시의 장담을 초개와 같이 저버린 데 대한 계면쩍음을, 그런 식으로 어물쩍 넘겨버리려는 얕은 속셈도 깃들어 있었다.

하지만 그 충직한 심정애를 데리고 쓰는 그녀의 입장은 고달프다 못해 삭신이 녹을 지경이었다. 기자들이 제 기사를 쓰기 위해 낱낱으로 부탁하는 일어 자료 번역 외의 모든 자료실 원고는, 일단 천영애의 윤문 내지는 되쓰기를 거쳐 조을미 책상 위로 올라가게 되어 있었다. 설상가상 천영애는 대한민국에서 제일 좋은 책 열 권은 내겠다던 몽상가답게, 대책 없는 완벽주의자이기도 했다. 워낙 남이 쓴 원고 한 글자, 한 글자를 돋보기에 비춰보듯 교정, 교열 보는 일로 잔뼈가 굵은 천영애인 만치, 문맥이 매끄럽지 않은 것은 물론이요 맞춤법상 오류, 낱낱의 오자에 이르기까지 무릇 글의 병증이다 싶은 건 무엇 하나 남김없이 디디티를 뿌려야 직성이 풀렸다. 그런 천영애가 심정애가 올려놓은 원고들을 처음, 무심코 들추어보았을 때의 충격이란!

그날 아침만 해도 그랬다. 9월호 편집회의가 끝난 지 삼 일 만에 건네온 심정애의 첫 꼭지는 일본 잡지 『키네마 순보』의 전문적인 평론을 옮긴 제법 실팍한 내용이었다. 근데 그 원고 첫 장의 제목 〈라쇼몽〉과 〈란〉의 거장(巨匠) 구로사와 아키라의 영화를 다시 본다'고 삐뚤빼뚤 눌러쓴 글씨에 눈이 닿는 순간 가슴이 철렁 내려앉았다. 지난달엔 피차 꽁지에 불붙은 토끼처럼 이리 뛰고 저리 뛰느라 정애의 글솜씨 따위를 물고 늘어질 겨를이 없었던가보았다. 두 달째 접어들어 조금 숨 돌릴 만하게 된 천영애는 우선 심정애의 글씨부터 유심히 들여다보았다. 그 글씨는 글쎄…… 아무리 무심히 넘기려 해도 가래톳처럼 거치적거리는 심정애의 스타일만큼이나 무비스와는 이질적인 것이었다. 꼭 글씨를 잘 써야 한다는 뜻은 아니었다. 그녀의 글씨엔 편집부 직원이라면 어떤 악필의 소유자라 해도 넌지시 풍기게 마련인 자기만의 스타일이랄까, 어떤 문화적 세련됨이 전적으로 부재했다.

출판부 시절, 대한민국에서 가장 좋은 책 열 권 대신 엉성한 기획 도서나 영화문고본 따위나 편집하곤 했지만 적어도 한 가지 예리하게 갈고 닦인 감각이 있었다. 즉 천영애는 손으로 쓴 한 장의 원고지 속에서 글의 내용뿐 아니라 필자의 성격, 나아가선 쌓아온 소양까지도 읽어낼 수 있는 능력을 갖게 되었다. 그런 맥락에서 원고지를 메운 글이란 일차적으론 내용이었지만 연쇄적으로는 글씨였다. 또 글씨란 그것을 쓴 사람의 지적 수준, 성격, 드물게는 인격의 거

262

울이 되는 경우도 있었다. 그렇게 벼려진 천영애의 감각에 비추어, 심정애는 어떤 글을 쓸 때든 그 문맥이라는 걸 모르는 인간이었다. 또 그 또래 대졸자라면 아무리 집과 학교 사이만 오갔다고 해도 자연스레 얻게 마련인 '문화적 커먼센스'라는 것이 전무했다. 게다가 영어로 들어가면 사정이 더욱 나빠졌다. 드라마를 도라마, 춤을 당스, 비행기 트랩을 타랏뿌, 플레이어를 쁘레야, 자연은 네추아라고 일본인의 성음구조에 맞춰 음독된 가타카나를 곧이곧대로 옮겨놓고도 아무런 문제의식을 못 느끼는 정애의 번역은 한마디로 글자 대 글자의 원시적인 말옮김에 불과했다.

페이지가 넘어가기도 전에 천영애는 그 원고보다 심정애라는 인간 자체에 와락 짜증이 났다. 그리고 다음 장 또 다음 장으로 숫제 똥을 씹는 기분으로 꾸역꾸역 펜대를 움직여 원고를 고쳐가면서, 싫증은 경멸이 되고 경멸은 분노로 치솟았다가 마침내는 절망과 자포자기로 부르르 끓어넘쳤다.

결론적으로 정애의 문제는 일어라기보다 우리말 자체였다. 그녀는 모든 조사를 매 맞아가며 그렇게 배운 듯 윗말로부터 또박또박한 칸씩 띄어썼고, 단순한 형태의 복문조차 글로 소화하지 못했다. 특히 몇 페이지고 계속해서 쉼표로 연이어지는 일어 문장들이 정애의 복문구조로 들어오면, 도저히 의미 연결이 되지 않는 모스 부호 덩어리로 변하고 말았다. 어찌어찌 감으로 내용을 때려잡아도, 이번엔 주절과 종속절의 구문적 호응이 이루어지지 않았다. 간신히 이게 주부일 거라고 가늠된 대목의 조사 자리에 목적격이나 여격의 그것이 슬쩍 붙어 있질 않나.

절반쯤 보다가 머릿속이 꼬일 대로 꼬인 천영애는 그만 그놈의 원고를 갈가리 찢어 심정애의 면상에 확 뿌려주고 싶기만 했다. 그예 펜을 팽개치고, 책상머리를 딱 붙여놓고 마주 앉은 심정애를 원수 잡듯 노려보게 된 게 열두 페이지째. 하지만 그 가당찮은 심정애는 삼 일씩이나 바쳐서 겨우 한 꼭지를 떼어낸 여유작작함을 부리며, 알맞게 식은 녹차와 함께 막 박스에서 풀어낸 일본판 『로드쇼』의 화려한 화보들을 홀짝홀짝 들이켜고 있었다.

"저, 정애씨?"

"네?"

작심하고 막 나가려던 천영애는 심정애의 버찌처럼 까만 눈앞에서 말문이 탁 막혀버렸다. 행여 무슨 잘못을 저질렀나, 겁부터 집어먹는 정애의 눈동자가 어린애처럼 애처로웠다. 끄으응, 저도 모르게 신음 소리가 나왔다.

"아, 있지…… 여, 여기 애인이라는 말, 연인으로 바꾸면 어떨까 하고."

"어디요?"

"여기, 오 페이지……"

책꽂이 너머로 빨갛게 줄 친 원고를 건네주는 천영애의 손목이 부들부들 떨렸다.

"아, 이 아이징……"

원고를 본 심정애는 그제야 마음이 놓인다는 듯 배시시 웃어 보였다.

"실장님, 모르시죠?"

"에?"

"일본어에서는 아이징(愛人)하고 고이비토(戀人)는 차이가 있어요."

"아!"

"우리말에서는 애인하고 연인을 별 차이 없이 쓰잖아요. 그렇지만 일본어에서는 '아이징' 하면 좀 좋지 못한 뜻이 있어요."

"에?"

"고이비또가 좋은 뜻에서의 사랑하는 사람이지요."

"으......"

그 길로 죽음의 8월로 곤두박이친 천영애는 그달 하나뿐인 수하에게 정말 몇 마디 하지 않았다.

3

이듬해 여름 천영애는 기어이 사표를 쓰고 나갔다. 어차피 나갈 것이긴 했지만, 그 빌미가 된 건 아이돌스타 톰 크루즈의 표기를 놓고 벌어진 말도 안 되는 싸움이었다. 미국식으로 '탐'이라고도 썼다가 영국식으로 '톰'이라고도 쓰는 조을미의 사소한 부주의가 천영애에 의해 편집자로서 결코 범해선 안 될 실수로 들춰지면서, 예정된 기 싸움이 일어난 것이었다. 하지만 그 일조차 진짜 이유는 아니었다. 현직에 넌더리를 내고 있던 그녀에게 때마침 평생직장을 제안하는 한 사나이가 나타났던 것이다. 그는 천영애의 여간 아닌 까다로움을 예사로이 받아줄 만큼 듬직하고 너그러운가 하면, 경우에 따라선 가차없이 꺾어줄 수도 있는 옹골진 임자였다.

베니어 판때기로 가로막힌 네댓 평 공간엔 한때 천아무개가 쓰던 책상 하나만 덩그러니 남고, 심정애의 자리는 편집부 맨 끄트머리로 옮겨갔다. 그곳에서 책상의 서열은 곧 인간의 서열이었다. 정애의 끝자리는 그해 봄에 들어온 신참기자들보다 아래 서열 혹은 어디까지나 열외의 사람임을 드러내는 공간적인 표시였지만, 아무도 드러내놓고 그런 티를 내진 않았다. 어쨌든 그들 모두는 지난 일 년간 자신들보다 지체 낮은 두 사람을 통하여 허드렛일을 걷어내는 반사이익을 챙겼던 것이다. 천영애의 깐깐한 일솜씨 덕을 톡톡히 보았던 조을미도 그 점에선 다르지 않았다. 일솜씨야 딱 부러졌지만 명백히 껄끄러웠던 천영애는 꺼지고 만만한 심정애만 남아준 게 은근히 기껍기도 했다. 그래서 편집부 끄트머리를 내주면서도, 서로 마주 보게 배열한 기자들 자리와는 달리 심정애 것은 흡사 아래쪽 상석인 양 조을미 자신의 것과 멀찍이 마주 보도록 놓는 아리송한 선처를 베풀기도 했다.

"어이, 심정애씨, 잘해보자구! 잘만 하면 자기가 천영애 대신 자료실 실장 타이틀 달아보는 거야!"

하지만 그 말에 울렁거린 가슴이 채 가라앉기도 전에, 상황은 더이상 나빠질 수 없이 급전직하했다. 딱 일 주일 만에 심정애의 첫 원고를 받아든 조을미의 놀라움이 경악을 넘어서 즉각 격분으로 치달았던 것이다. 아니 조을미의 과장이나 호들갑을 빼면 그래도 그 지경으로 끔찍하진 않았다고 말하는 편이 옳다. 서당개 삼 년까진 못 되어도 주야로 긁고 베낀 원고지 장수만도 수천 매를 쌓아가는 동안, 하다못해 구두점 찍기 하나라도 나아졌으면 나아졌지 나빠지거나 제자리에 있진 않았기 때문이다. 하지만 채 몇 장 넘겨보기도 전에 조을미는 먹을 따는 소리로 펄쩍 뛰었다. 마치 야단 한 번 못 쳐보고 고스란히 제 업보로 받고 나간 천영애의 원통함까지 싸잡아 풀어주려는 듯, 야, 심정애에! 하고 대갈일성을 치고 나왔다.

"이게 뭐야, 이게 뭐야. 도대체 뭐라는 건지 한 문장도 뜻이 안 통하잖아!"

연이어 터져나온 말들도 카리스마니 권위니 하는 멋진 말로 도저히 포장해줄 수 없는 언어 폭력 그 자체였다.

그 둘 사이에서 책상머리를 맞대고 앉은 다섯 기자가 끔찍 놀라 고개를 쳐든 것을 신호로, 미술, 사진부, 사환 예선, 심지어 또 한 칸 베니어 판때기로 분리해놓은 사식실 식자공까지 하늘이 무너졌나 하고 펄쩍 뛰쳐나왔을 정도였다. 한 번도 그런 망신을 당해보지 않은 심정애는 무참한 나머지 얼굴은 물론이요 발가락 끝까지 벌겋게 달아올랐다. 야릇하게도, 눈앞이 핑 도는 아뜩함 속에서도 퍼뜩 떠오른 건 그해 봄 들어온 두 명의 신입기자였다. 특히 매일 아침 먼저 나와 있는 자신에게 심선배님, 나오셨어요? 하며 구십 도로 꼬박꼬박 절을 바쳐온 청일점 원종덕 기자를 이제 무슨 낯으로 마주볼 것인가. 그 생각이 치밀자 뼈마디가 물러지고 심장이 녹는 것만 같았다. 물론 그녀는 왜 저 조을미가 편집부를 들었다 놓을 듯 자신에게 호통을 치는지 알 수 없었다. 하지만 비로소 천영애 없는 무비스의 삭막함이 사무치게 엄습해왔다.

"심정애씨, 이리 좀 와봐!"

그녀가 불려나가는 사이, 사람들은 재빨리 제 일감 속으로 머리를 처박는 척하면서 심정애는 어떤 표정을 짓고 있나, 조을미는 어떻게 닦아세울 양인가 눈알을 희번덕거렸다. 역시나 조을미의 솔직한 극언들은 오 분, 십 분 계속되었다. 이게 뭐야, 이게 뭐야. 이게 어디 쓰레기지, 원고야? 당신, 이 회사 언제 들어왔어? 어떻게 들어왔냐구? 따발총처럼 쏘아대면서도 길쭉하게 마디진 손가락으로 숙련된 은행원이 지폐를 셀 때처럼 재빠르게 원고지들을 다다다닥 넘겼다 덮었다 하는 짓을, 그녀는 한시도 그치지 않았다. 빳빳하던 새 원고지 스무 장이 순식간에 넝마처럼 너덜거렸다. 처연한 심정으로 그 꼬락서니를 보고 있을 때, 조을미의 입에서 날아든 '당신'이란 단어가 표창처럼 가슴을 찔렀다.

"이, 일 년이오……"

"그래, 열두 달씩이나 월급 받아먹으면서 뭘 하고, 뭘 배웠어? 당신 도대체 번역을 하긴 한 거야? 천영애가 이따위로 가르쳤어? 걔, 완벽한 척은 지 혼자 다 하더니 진짜 웃기는 애구나. 한번 불러 따져야겠다. 사람 뽑아 이따위로 만들어놓고 저만 피식 새버리면 다야?"

"다, 다시 해오겠습니다."

그 말밖에 더 할 말이 없었다. 빨간 플러스펜이 죽죽 긋고 나간 줄줄 칸칸마다 다른 문장이 얹혀 있거나, 애초에 천영애가 다른 원고지에 새로 써내곤 했던 지난날들이 주마등처럼 획획 스쳤다. 아뿔싸, 그게 잘못된 노릇이라고는 한 번도 생각지 못했다. 제 소임이야 무비스의 일어 까막눈을 밝혀주는 것으로 족하지, 일 년 지나 사십오만원으로 오른 월급봉투를 쥐기 위해 그 이상 배우고 말고 할 무엇이 있으리라곤, 천영애가 뭘 가르쳤고 않았고를 떠나 도무지 생각조차 해보지 않았던 것이었다.

"세상에, 이게 뭐야, 이게 뭐야. 당신 도대체 초등학교 어디 나왔어?"

마침내 조을미도 펜대를 팽개치고 두 팔을 번쩍 들어 보였다. 왕좌처럼 높직한 등받이로 등허리를 척 갖다붙이는 그녀의 풍모는 지나치게 당당했다. 그 앞에 오그려 선 심정애의 존재란 외양부터가 너무도 볼품이 없었다.

일 년이 지난 그 시점에도 심정애는 줄무늬 남방셔츠를 정강이를 반쯤 덮는 검정 타이트 스커트에 제복처럼 받쳐입고 있었다. 두꺼운 살색 스타킹은 투명한 유리스타킹으로 바뀌어 있었지만, 여벌의 구두 없이 신고 다닌 밤색 비닐단화 앞축은 허옇게 까져 있었다. 하지만 그런 마모쯤이야 새앙쥐처럼 빛나던 생기의 상실에 비하면 아까울 것도 없었다. 아직은 무엇이든 보아내긴 했지만, 먼 곳의 아주 작은 글씨까지 선명히 잡아내던 시력도 서서히 가고 있었다. 자주 눈을 끔쩍거릴 뿐 아니라 야근 땐 충혈이 돼서 벌게진 눈을 저도 모르게 눈두덩 위로 비비게 되었다. 그러고 나면 그야말로 새빨갛게 핏발이 섰다. 목 아래 살집이 움푹 꺼져, V네크 셔츠 속의 새가슴은 더욱 도드라져 보였다. 귀여운 볼우물이 패던 두 뺨도 버짐이 필 만큼 메말라버렸다. 하지만 연민을 자아낼 수 있는 그런 변모까지도 조을미에겐 싸그리 역정을 자아냈다. 그녀 역시 예민한 영혼이었다. 심정애와 같은 인간을 보고 있노라면 어쩔 수 없이 발동되는 찡한 휴머니즘이 조을미는 부담스럽다 못해 짜증이 났다. 그 끈끈한 정서가 직업정신에 끼칠 악영향이 꿈에도 끔찍했던 것이다. 단지 그 한 가지 이유만으로도 조을미는 심정애 같은 부류를 무비스에 놓아두기 싫었다. 그녀 사전에 누구를 봐준다, 챙겨준다 하는 따위는 수치와 동의어였다. 그건 그녀가 인생 최전방에 놓고 사는 프로페셔널의 정신과 정면으로 충돌되는 것이었다.

그렇게 찍히기 시작한 정애의 덜떨어짐은, 외부로 나가보면 더욱 닭살 돋게 도드라졌다.

한국영화든 외국영화든 극장에 올리기 전 몇 차례는 관계자 시사회라는 걸 거치기 마련인데, 그중 기자 시사회 일정만큼은 빠짐없이 편집부 화이트보드에 게시되었다. 자체 시사실을 갖춘 영화사는 드물었으므로, 장소는 대개 남산 중턱 영화진흥공사 시사실로 정해졌다. 하지만 그곳에서 개봉을 앞둔 영화를 미리 볼 수 있는 사람들은 어디까지나 여러 매체에 소속된 영화담당 기자들이었다. 따라서 무비스 직원이라면 미술부 말단, 사식실 식자공까지 근무시간을 이용해서라도 개봉영화 정도는 빠짐없이 봐줘야 한다는 건 전적으로 조을미의 독특한 완벽주의였다. 동시에 그것은 시사회 간답시고 오후 한나절 사무실을 몽땅 비우는 게 당최 맘에 안 들 뿐 아니라 취재기자면 됐지 미술부 말단, 식자공까지 우르르 몰려갈 이유가 무어냐고 박사장의 눈을 부라리게 하는 유별난 리더십이기도 했다.

회사 봉고에 올라탄 편집부 식솔들은 제대로 힘을 주어야만 텅, 하고 아귀 물리는 출입문이 안전하게 닫히고, 어지간해선 백일섭처럼 사람 좋은 낯을 바꾸지 않는 기사 아저씨가 자, 출발합니다! 라고 소리치는 순간에 맞춰, 불현듯 소주 몇 잔 걸친 향토예비군들처럼 화통하게 섞여들었다. 부서간의 격의, 밥그릇 내지는 국물 많은 출입처에 대한 경쟁과 시기심, 벌써 추잡한 야심에 찌든 고참과 풋고추처럼 독이 오른 신참과의 신경전, 그나마 양지 쪽에 속하는 부류와 수입이나 장래성 면에서 견줄 수도 없이 그늘진 부류 사이의 계층적 위화감 따위가 단지 근무중에 함께 영화를 보러 나섰다는 단순한 일탈의 흥분 속에 잠시나마 묻히는 것이다. 하지만 서로들 인정스럽게 굴고 자리를 좁혀 보여가며 흥물을 떨어대는 그 짓조차 정확히 남산 중턱 영화진흥공사 정문 앞에서 멈췄다.

봉고가 제법 가파른 언덕길을 주파하기 위하여 낮은 기어로 변속되는 지점부터 누가 먼저랄 것 없이 하회탈처럼 헤헤 풀어졌던 눈꼬리가 서서히 굳기 시작하면서, 길게 까불면 국물도 없어, 하듯 싹 갈아끼는 표정부터가 잠시 불식되었던 계층적 위화감을 싸늘하게 되지펴놓게 마련이었다. 이윽고 공사 로비를 지나쳐, 계단을 타고 내려가 공기 탁한 복도를 거쳐 다시 몇 계단 올라서도록 돼 있는 시사실 입구까지 나아갈 쯤이면 그나마 둘씩 셋씩 짝을 지어 가던 소규모 군집조차 낱낱으로 쪼개져버렸다.

각 취재기자들은 딱 자기 값을 알아주는 출입처 누군가와 악수를 닦으며 유유히 사라지고, 그게 안 되는 자들은 죽으나 사나 조을미의 짱짱한 그림자를 밟으며 두터운 암실 문 안쪽으로 불현듯 거추장스러워진 제 몸뚱이를 얼른 집어넣고 보아야 했다. 시사실 입구에선 으레 해당 영화사 홍보담당 직원들이 손님들을 맞이하고 있었다. 보통 젊고 세련된 여자가 하나, 잘 웃고 오지랖 넓은 남자가 하나였는데, 둘의 관계는 대개 여자 쪽이 남자 쪽을 무슨 실장님 내지는 부장님이라고 부르는 상하관계였다. 그들은 상냥하고 빈틈없는 서비스 정신에 충만돼 보여도, 실상은 영리에 밝은 눈을 깜빡거리며 저기 오는 저 꼰대는 누군가? 잔챙이인가, 브이아이피인가? 눈인사로 흘려보내도 되는 인간인가, 아예 무시해도 되는 찌끄러기인가? 바싹 파고들어 홍보물 갈피에 제3의 봉투를 숨긴 갈색 사각봉투를 안겨야 할 바로 그 임자인가? 쉼없이 분석, 판단하여 '액션!'으로 들어가는 첩보영화 〈니키타〉의 주인공 수준이었다. 그런데 그 엽렵한 요원들의 레이더에 딱 하고 걸려드는 유일한 인간이 저 심정애였다.

"저기, 잠깐만 보세요! 어디서 오셨나요? 연락 받고 오신 겁니까?"

그러면 미꾸라지처럼 앞으로 쭉쭉 빠지는 동료들 뒷그림자를 비슬비슬 밟아가던 심정애는 저도 모르게 숨을 흡 들이키며 암호를 대듯 내뱉었다.

"무비스에서 왔어요!"

숨을 할딱이긴 했으나, 그렇게 내뱉을 때의 그녀는 '무비스' 란 패스워드 석 자에 기대어 제법 양양해 보이기도 했다. 보디가드처럼 접근해서 팔을 뒤로 낚아채서라도 저 같잖아 보이는 뚱딴지를 얼른 방출해버릴 기세였던 남자 니키타는 도리어 머쓱해져 슬그머니 뒷걸음쳤다. 아! 무비스에서 오셨어요? 하고 돌아선 남자는 야, 그것 참 희한하지? 하는 표정으로 젊은 여자와 의미 있는 눈빛을 주고받는다.

이미 정중한 인사를 받고 앞서 가던 조을미는 한 번 돌아보지도 않고 벌어진 상황을 생생히 감잡았다. 역시나 잘못 들여도 너무너무 잘못 들인 심정애였다.

그러고 나서 며칠 지나지 않아 그녀의 두번째 원고를 받은 조을미는 숫제 폭발을 했다.

"야, 심정애! 넌 주격조사를 '을' '를'로 배웠니? 정말 궁금하다, 너 초등학교 어디 나왔니?"

또 초등학교를 들먹이는 모욕에 전신의 피가 역류하는 듯했지만, 조을미는 그건 약과라는 듯 족치고 들었다. 이번에도 온 편집부의 이목이 그녀에게 쏠렸다.

이탈리아 서부영화를 지칭하는 '마카로니 웨스턴'의 '웨스턴'을 '웨스팅'이라고 한 것, 갱영화를 뜻하는 '필름 누아르'를 '필림 노아', 마릴린 먼로의 지하철 통풍구 장면으로 유명한 빌리 와일더 감독의 〈칠 년 만의 외출〉을, 바람기라는 뜻의 일본어 한자 '浮氣'를 그대로 읽어 〈칠 년 만의 부기〉라고 적어놓은 것이 우선 문제가 되었다. 하지만 그날의 절정은 패트릭 스웨이즈와 제니퍼 그레이의 댄스영화 〈더티 댄싱〉을 어쩌다 〈더티 맨씽〉이라고 적어놓은 것이었다. 잠깐 딴생각에 빠졌던 걸까? 뿌예진 시야 속에 맨씽인지, 댄싱인지 명확하지 않은 글자들이 벌레처럼 꼬물거렸다.

"더티 맨씽은 또 뭐야, 맨씽이. 차라리 딴쓰라고 하지 그랬냐?"

그 말을 기화로 초등학교라는 말이 튀어나온 이래 간신히 억눌러온 웃음보들이 피식, 피식 새기 시작했다. 그때까지도 자신의 원고가 뭐 그리 잘못된 것인지 진심으로는 받아들이지 못했던 정애의 얼굴도 홍당무처럼 울긋불긋해졌다.

　"야, 이거 도로 가져가. 낼 아침에 다시 보겠어. 밤을 새더라도 원고 같은 걸 써내란 말야."

　마지막 일갈을 날린 조을미는 촌각도 지체치 않고, 다음 꼭지를 당겨와 플러스펜 뚜껑을 세게 벗겼다. 고개가 이십 도쯤 수그러든 건 그새 일에 몰입되었다는 표시였다. 정애는 넓은 책상의 모서리로 내던져진 원고를 다시 집어 돌돌 말아쥐었다. 그 상황은 이런 일들을 철저히 공적으로 받아들임으로써, 마음의 쓴 뿌리를 만들지 않으려고 안간힘 쓰는 정애에게도 몹시 모욕적이었다. 그녀가 무비스에서 당하는 일들을 분석하지 않는 건 그럴 예민함이 없어서가 아니라, 그런 분석으로 더욱 나빠질 심리상태로부터 자신을 지키고자 함이었다. 무엇 하나라도 제대로 꿰뚫기 시작하면, 그 순간부터 천영애처럼 돼버린다는 걸 그녀는 알고 있었다. 하지만 그녀는 무비스에 뿌리박아야 했다. 결코 '청산가리 안 섞인 파마약' 오퍼상으로 돌아갈 순 없었다.

　"낼 아침까지 다시 해오겠습니다."

　젖은 방울 소리처럼 아름답던 목소리가 가래 낀 것처럼 그렁거렸다.

　자리로 돌아온 심정애는 한참 동안 고개를 푹 꺾은 채 꼼짝도 하지 않았다. 그렇게 가만히 있으려니, 그녀 책상과 직각으로 붙어 있는 신참기자 원종덕이 쪽지에 뭔가를 적어 슬그머니 밀어보냈다.

　'심상, 진짜 더티 댄씽이다, 그치?'

그의 호칭도 어느새 깍듯한 심선배에서 '심상'으로 변해 있었지만, 그나마의 역성이 따뜻하게 휘어감겼다. 그러자 더더욱 뜨거운 것이 울컥 쏟아지려고 했다. 하지만 신참들 앞에서 차마 우는 꼴까지 보일 순 없었으므로, 화장실 가는 척 복도로 나왔다. 막 편집부 문턱을 넘어서는 찰나, 바로 이웃방에 붙어 있던 박사장이 그녀 앞을 떡 가로막았다.

"무슨 일이야?"

벽체라고 해봤자 베니어 판때기로 막아놓은 게 고작이어서, 조을미가 펄펄 뛰는 소리를 적어도 음향으로는 고스란히 청취한 모양이었다. 정애는 더욱 무참하여 사장을 바로 볼 수조차 없었다.

"심정애씨, 누구랑 쌈씽이 있었어?"

사장은 단단히 캐어내고야 말겠다는 듯이 '쌈씽'이란 단어에 방점을 콱콱 찍으면서 소리쳤다. 좁은 복도에 그 소리가 쟁쟁 울려퍼졌다. 아마 땐씽, 땐씽 하고 조을미가 큰 소리로 꾸짖어댔던 게, 골판지 두께밖에 안 될 베니어 판때기를 거치면서 쌈씽으로 전이되었던 모양이었다.

"네?"

"누구랑 쌈씽이 있었냐구."

두번째로 내지른 똑같은 질문의 방점은 '누구랑' 세 글자에 팡팡팡 찍혀졌다. 그러자 편집부 안에서 참고 참았던 웃음보가 워저그르르 터져나왔다.

"그런 거 아니에요."

정애는 빽 찢겨올라가는 소리로 그 와중에도 어른이 물으니 대답은 하고, 앞을 떡 가로막은 박사장의 아랫배를 밀쳐내다시피 하고 복도 끝 화장실로 뛰어들었다. 등뒤로 조부장, 나 좀 봐, 하는 사장의 목소리가 들린 것도 같았다. 아직도 잦아들지 않고 들끓는 폭소의 도가니를 아련히 물리면서 여자화장실로 들어섰다. 문 왼쪽에 '우수영 이비인후과'라고 찍혀 있는 벽거울이 있었지만, 차마 들여다볼 수 없었다. 세면대로 고개를 쏟는 그녀의 밤색 비닐단화 위로 뜨거운 물방울이 툭툭 떨어졌다.

조을미가 문을 박차고 나간 뒤, 박사장은 크억 치미는 것을 가라앉히느라 십여 초나 가슴에 손을 얹고 있었다. 조을미는 심정애를 잡도리한 직후 사장이 자신을 불러낸 자체가 몹시 불쾌하다는 듯 털을 곤두세운 괭이처럼 무슨 일인데요? 하고 덤벼들기부터 했던 것이다.

"편집부에 무슨 일 있어?"

박사장의 손끝이 파르르 떨렸다. 까마득하게 어린 여자의 무례가 분해서이기도 했지만, 그럼에도 그녀가 갖고 있는 유능함과 드센 카리스마가 두렵기도 했다. 물론 그는 필요하다면 굴신쯤 얼마든지 할 수 있는 인간이었다. 세상사의 이치도 모르지 않았다. 또 살아갈수록 뼈에 사무치는 세상의 험악함을 헤쳐나갈 수 있는 무기는, 이제는 유능함이나 패기 따위가 아닌 노회한 처세라는 걸 평범한 진리로 받아들이고 있는 그였다.

그도 한때는 비록 눈에 띄지는 않았지만, 독재정권에 맞서 편집권 독립을 요구하다 해직된 기자였다. 가신 그룹처럼 돌아가는 무비스 총무부나 영업부, 운전기사 등은 십여 년 전 이미 다 끝난 그 일을 지금껏 술자리에서 입에 올리며, 젊은 날 패기 있던 박사장을 추어올렸지만 실상 그 자신은 듣기 민망한 칭찬이었다.

요사이 그는 애시당초 기자를 택했던 자신의 선택을 후회하고 있었다. 사십대 중반에 거리로 쫓겨났을 땐 그야말로 눈앞이 캄캄했다. 그 고비를 겪으면서 그는 사람, 특히 남자는 언제 어떤 상황에서든 밥벌이를 유지할 수 있는 기술이 있어야 함을 절실히 깨달았다. 당시 리바이벌된 〈닥터 지바고〉란 영화를 훤한 평일 대낮에 보게 된 그는 같은 영화지만 예전에 젊었던 아내와 보았을 때완 천양지차로 다른 느낌을 받고, 자라는 아들에게 두고두고 교훈을 삼았을 정도였다. 그때 그에겐 세 시간이 넘는 영화의 어떤 장면보다 단지 의사라는 이유로 빨치산에 납치되어, 두고두고 쓰임 받는 지바고의 전천후 직업만이 두드러져 보였다. 내가 이대로 주저앉으면 아들은 공장에 가겠고, 딸은 어이될꼬. 광화문 국제극장 앞에서 을지로6가까지 터벅터벅 걸어내려가며 그는 생각했다.

'허, 참, 바닥 없는 구덩이로세.'

그 나락에서 나름대로 뛰어올라본 것이 중소기업은행 대출을 얻어 결과적으론 천영애 같은 젊은이의 포부를 부풀렸다 찌그러뜨린 출판사업이었고, 그것조차 신통치 않아 골머리를 썩일 때 천운으로 『무비스』 판권을 얻게 되었다. 물론 그건 크게 후회하고 있었던 전 직기자라는 신분이 강남 제비처럼 물어다준 복덩어리 박씨였다. 당시 문공부 허가제 시스템에서 하나밖에 없는 영화잡지로 뛰게 된 『무비스』는 라이벌 하나 없는 전천후 일등잡지가 되었다. 그래봤자 박사장 가늠으론, 팬잡지 성격에 약간의 전문성을 가미한 십대 타깃 잡지의 시장 규모라는 건 세상이 뒤집어져도 빤한 수준이었다.

물론 그건 지나친 욕심이었다. 그래도 삼만 부를 웃도는 시장을 독식하는 거면 흑자는 물론이고, 직원 대우도 현재 수준에서 이십 프로쯤은 더 후하게 해줄 능력은 되고도 남았다. 그러나 그의 뇌리에선 한시도 나락으로 곤두박질쳤던 실업자 삼 년 시절이 지워지지 않았다. 더욱이 빚으로 사업을 일구던 무렵 하루하루 피를 말리는 듯했던 긴장과 실패강박증이 어찌된 일인지, 무비스가 번창해나갈 수록 치유는커녕 점점 악화되었다. 비록 지금은 무비스가 잘돼나간 다 해도 세상일이란 언제 어떻게 될지 아무도 모르는 것이었다. 그런 맥락에서 이태 전 남의 회사 잘 다니고 있는 것을 홀딱 뽑아온 조을미의 편집능력이 탁월하다는 건 변함없이 인정하고 있었지만, 그 방향만큼은 좀이 쑤시도록 마음에 들지 않았다.

'조을미는 제가 잘난 체해야 하기 때문에 은연중 잡지도 그렇게 만들어버린다고.'

이렇게 대놓고 이죽거려주고 싶은 마음이 굴뚝 같았다. 하지만 수틀리면 와일드 피치를 해버리는 조을미의 성미를 알기에, 울며 겨자 먹기로 살살 달래가던 중이었다.

"편집부 아무 일 없는데요."

조을미는 강단지게 쐐기를 박았다.

"그래? 그럼 됐고……"

박사장은 한숨을 폭 쉬었다. 사실 그도 방금 전의 심정에 일 따위와 같은 데데한 화제를 놓고 사장인 자신까지 잡으려 드는 조을미와 마주 앉고 싶은 생각이란 눈곱만큼도 없었다. 차제에 지난달 판매율을 되짚기도 할 겸, 박사장 눈에 주독자층에 비추어 터무니없이 딱딱한 기사들이 늘어가는 편집 방향에 따끔하게 일침을 놓으려던 것이었다.

"좀 전에 최경재 부장 왔다 갔는데…… 조부장, 혹시 최경재 부장한테 지난달 우리 잡지 판매율에 대해 들었어?"

최경재 부장이란 전국 총판을 뛰고 다니는 영업부 책임자였다.

"못 들었는데요!"

조을미는 있는 대로 퉁명을 부렸다. 사장이 판매율 따위로 자기 목을 조이려 드는 건, 심정애를 닦아세운 직후에 자신을 불러들인 몰지각 못지않게 자신으로 대표되는 편집부를 우습게 보는 처사였다. 그녀라고 판매에 대한 강박이 없겠는가. 다만 결연한 성품 덕에 매달의 결과만을 놓고 일희일비하는 경박을 부리지 않고 있을 따름이었다. 어쨌든 그녀 스스로 무한책임감을 갖고 모든 걸 바치고 있는 만큼, 영화의 '영' 자도 모르는 사장이 영화전문잡지의 판매율을 놓고 자신을 흔들어대선 안 되는 것이었다.

　"그래? 그럼 내가 말해줄까?"

　박사장은 편집장으로서 어찌 그런 무책임한 태도를 보일 수 있느냐는 경멸의 빛을 실어 얇게 비웃었다.

　"육십오 프로야."

　"그래서요?"

　부정적인 지적이 오면 도리어 강퍅해지는 조을미는 무슨 최후통첩이라도 하는 양 육십오 프로야, 라고 뇌까리는 박사장의 옹졸함이 징그럽도록 한심했다. 판매율 부진만 해도 그랬다. 사장은 입버릇처럼 딱딱하고 어려운 기사가 늘어 그렇다고 탓을 하지만, 실상은 주독자층인 십대의 우상으로 떠오른 홍콩 스타들을 따끈따끈하게 요리해주지 못하는 탓이 가장 컸다. 〈영웅본색〉의 주윤발과 장국영, 〈천녀유혼〉의 왕조현, 〈열혈남아〉의 유덕화 장만옥, 〈촉산〉의 임청하 등에 대한 관심이 가히 열광적이었다. 그런 욕구에 제대로 부응하려면 결국 잦은 현지 취재와 함께 돈을 써야만 했는데, 화살주머니는 딱 졸라맨 채 봉만 잡아오란 격이었다. 그러다보니 영화지는 아니지만 틴잡지로서 경쟁하는 다른 종합지들에게 몇 달 내리 밀리게 돼버린 실정이었다.

게다가 이미 그녀는 모든 걸 알고 있었다. 엊그제 일 주일간의 지방 출장에서 돌아온 최부장은 회사 문턱 넘어서기가 무섭게 다른 누구도 아닌 무비스 데스크, 바로 자신의 책상 앞으로 직행했던 것이다. 바로 그 시간 좁쌀영감처럼 발싸심하고 조바심에 몸 달아할 줄만 알았지 정작 실무라면 깜깜해서, 시간이 남아돌아도 적어도 영화를 다루는 전문잡지사의 사장답게 영화 한 편 제대로 보아낼 줄 알기는커녕, 오후가 되면 근처 사우나에서 남자 직원과 마주치는 민망한 꼴이나 연출하고, 침을 흘려가며 졸던 끝에 허리띠 밖으로 와이셔츠 자락이 다 빠져나온 것도 모른 채 찬물을 찾아 돌아다닐 줄밖에 모르는 사장은 다섯시 땡! 치기 무섭게 퇴근을 해버리고 없었다. 그리하여 사십 줄 후반에 든 최부장이 겨우 서른이나 된 그녀 책상 옆에 깍듯하게 서서 전황을 보고하는 동안, 자신은 원고를 손보던 펜대를 코앞에서 까딱까딱 흔들어가며 귀에 들어온 내용들을 족집게처럼 분석해서 되돌려주었다. 언제나처럼 최부장은 그녀의 냉철한 판단력에 혀를 내두르며, 통이 좁고 진득하지 못한 박사장을 혀를 차며 답답해했다. 육십오 프로라. 나쁜 편이긴 했지만 한 달쯤 그럴 수도 있는 거였다.

"홍콩 매달 보내주세요! 그럼 적어도 구십 프로 이상 쑥 올라가죠."

"홍콩을 보내줘? 그래, 보내주지. 그전에 그럼 조부장, 지금 나한테 한 그 말, 맹세할 수 있어?"

"네에?"

"최부장이 뭐라고 안 해? 조부장, 잘 들어. 조부장은 괴잉장히 똑똑한 사람이지? 조을미씨가 똑똑한 사람이라는 거 모르는 사람 있으면 간첩이야. 그건 내가 인정하지. 그렇지만 무비스를 조부장 수준에다 맞추는 짓만은 말아줘. 제발. 내가, 부탁합니다아."

이래도 안 되면 엎드려 절이라도 바치겠다는 듯 박사장은 고개를 조아려 보였다.

"우리 책 독자는 십대야, 중학생! 이런 애들이 제가 좋아하는 배우 브로마이드 한 장 얻을라고 코 묻은 돈 꺼내서 사 보는 책이라고. 그런데 이게 뭐야."

손끝에 침을 바른 박사장은 이자벨 아자니가 신비로운 표정을 짓고 있는 『무비스』 9월호를 성마르게 넘기기 시작했다.

"제3세계 영화특집? 페데리코 펠리니의 무의식? 라캉의 거울론? 이게 다 누구고, 뭐라는 소리야? 내가 봐도 안 읽히는데 애들이 이걸 보겠어? 조부장, 잘 들어. 원래는 우리 잡지가 이렇지 않았는데."

"제가 하면서 무거워졌어요?"

"그래! 사실이 그래! 내 이런 말 안 할라고 했지만."

박사장은 최부장도 밤낮 그런다고! 하는 말만은 꿀꺽 삼켰다. 그날 아침만 해도 최부장은 박사장과 독대한 자리에서 책이 무거워 안 팔린다는 고충을 한바탕 토로하여, 편집 방향에 대한 보스의 노심초사가 결코 기우가 아님을 확인시켜주었던 것이다.

"그래요? 그럼 제가 그만두면 되겠네요."

조을미는 바람처럼 훌렁 일어서며 어깃장을 놓았다. 졸지에 데스크가 없어지면 편집 방향은 고사하고 책 자체가 나올 수 없는 상황임을 악용한 짓궂은 대응이었다.

"조부장! 그런 얘기가 아니잖아?"

박사장은 기가 막혀 입을 딱 벌렸다.

"요해하면 핵심은 그거죠, 뭐. 결론만 말하면 전 팔아먹기만 하는 잡지는 못 만들어요. 팬잡지 성격에 전문성을 가미한다는 건 『무비스』 창간사에 명시된 편집 방향이에요. 칠십 프로가 주윤발, 왕조현을 원한다 해서, 전문적인 기사를 원하는 삼십 프로의 욕구를 무시하면 안 되죠."

그녀는 매섭게 몰아붙인 후 몇 걸음 휙 걸어가다가 문득 생각난 듯 당차게 쏘아붙였다.

"그보다도요, 회사 경영을 효율적으로 하시려면 쓸모 없는 인력부터 정리하시는 게 좋을 거예요. 심정애 같은 애는 도대체가 이 회사에 있을 필요가 없는 인물이에요. 그깟 번역은 외주로 돌려버리고, 차라리 팽팽 돌아가는 기자 한 놈 더 뽑아 쓰는 게 몇백 배 낫죠."

그러더니 문짝을 처박곤 휑 나가버린 것이었다.

가만히 앉아서 고스란히 그 꼴을 당한 박사장은 그저 혈압이 오르고 두 무릎이 달달 떨렸다. 그렇지만 침조차 말라버린 혀끝에 습관적으로 손가락을 대어가며,『무비스』9월호를 찬찬히 넘겨보았다.

그레타 가르보의 계보를 잇는 듯한 이자벨 아자니의 갸름하고 투명한 두 뺨 위에다 시퍼런 매직펜으로 '사장실용'이라 갈겨쓴 책 속엔, 낱낱의 기사 꼭지마다 쓴 사람, 사진을 찍은 사람, 레이아웃을 한 사람의 이름이 적혀 있었다. 그런데 사십여 꼭지로 구성된 9월호 기사 중 적어도 삼분의 일 분량의 기사들에 '심정애 번역'이라고 표시가 돼 있었다. 물론 글 아무개, 사진 아무개 하는 형식으로 기사 끝이나 앞에 본문체보다 한 급수 큰 크기로 인쇄된 기명(記名) 부분에 심정애라는 이름이 나타나는 건 아니었다. 하지만 사환 아이 예선을 시켜 매달 책 나온 직후에 체크해오게 하는 실제 공정의 결과를 놓고 보면, 심정애의 번역 없이는 무비스 삼분의 일이 돌아가지 않는다고 해도 과언이 아니었다. 물론 그 번역이란 게 조을미가 값없이 처버리는 대로 외주로 돌려버리는 편이 차라리 나은 수준일 수도 있었다. 하지만 창립 이래, 편집부의 요구란 변덕 심한 아이의 강짜 같았다. 이전 데스크 시절에는 편집부에 상근 일어 번역자가 없어 마감이 늦는다고 귀 따갑게 떠들어댔다. 그런데 또 조을미는 정반대 주장을 편다. 그것도 천영애가 있던 뒤 달 전까지만 해도 기척도 없던 소리였다.

솔직히, 비록 심정애를 쓸 돈으로 쌩쌩 돌아가는 기자 한 놈 더 쓰는 게 몇백 배 낫다 해도 그녀를 자르고 싶지 않았다. 그는 왠지 심정애가 좋게 보였다. 그것도 『무비스』 기사 삼분의 일이 심정애의 번역을 거친다는 실무적 근거 때문이라기보다, 고용인으로서 반듯하다는 상징적인 미덕 때문에 그랬다. 사람이 수더분하기론 심정애보다 일 년 먼저 들어온 식자공 성민정이 있었으나, 나중에라도 직급조차 주기 어려운 기술직인데다 그야말로 식자를 찍고 월급을 타갈 줄밖에 모르는 촌 아가씨였으므로 여러모로 오달진 심정애에 견줄 바 아니었다. 진작부터 자료실이 한 달에 오백 매 이상 긁어대는 것을 알았지만, 어차피 기자들은 그중에 단 한 매도 그냥 쓸 것은 없다고 잘난 체해온 것도 알았다. 하지만 그런 현상 자체가 그들이 공생하고 있는 현실을 단적으로 드러내주는 것이었다.

거기까지 생각한 박사장은 새삼 혈압이 올랐다. 그런 심정애의 쓸모를 하나하나 짚어볼수록 그토록 충직한 인물을 자르라고 사주하는 조을미가 도리어 괘씸할 뿐 아니라, 그놈의 탄탄한 실력이란 것에 대해서도 잘 물색해보면 어디서 그만한 인물 또하나 못 구하랴 싶은 오기가 발동했다. 정 못 구하면, 이태 전 촌지수령으로 빚어진 물의에 대한 책임을 물어 권고사직시킨 정 아무개를 다시 꼬셔 데려오면 될 것이었다. 제아무리 조을미가 천하의 호랑이 행세를 해도, 사실상 그런 인물일수록 하루아침에 꺾이는 법이었다. 비위짱을 살살 긁는 것만으로도 제풀에 나가떨어질 게 빤히 보였다.

세상살이를 잘 하려면 모름지기 휠 줄 알아야 하는데 말이었다. 그는 부들부들 떨리는 손으로 인터폰을 들어 내선번호 9번을 꾸욱 눌렀다.

"네, 편집부 심정앱니다."

"아, 미쓰 심. 오늘 저녁 시간이 어떻게 돼?"

성민정의 동네 고수부지에서 망을 보아주며 차례로 오줌을 눈 두 여자는 서둘러 바지를 끌어올리다 말고, 배를 틀어쥐고 자지러지게 웃어젖혔다.

아홉시 사십오분경 '신라집'이라는 보신탕집에서 나와서 지하철로 삼십여 분이나 달려온 참이었다. 상상치도 못한 호출에 심정애가 쭈뼛거리는 촌티를 떤 덕에, 민정까지 덤으로 사장의 단골식당으로 불려나갔던 것이다. 박사장이 먼저 구들목 뜨끈한 골목 안 한옥식당에 자리를 잡고 앉을 즈음, 007 작전하듯 은밀히 둘이 뒤따라 들었다. 두 여자는 무비스에 들어와 처음 당해보는 사건의 흥분 탓으로, 술에 성급한 사장이 마구 권하는 족족 맥주건 소주건 가리지 않고 꿀떡꿀떡 들이켜게 되었다. 정애가 한 번에 그토록 많은 술을 마셔본 것 또한 생전 처음이었다. 그러나 사람들이 곧잘 그렇게 말하는 것처럼 그만 술로 세상이 빙빙 돌진 않았다. 팽팽하게 조인 그녀의 정신은 연탄가스처럼 밀려오는 취기를 꼿꼿하게 가누어냈다. 그래서 불기 따스운 온돌방에서 꽈리꽃처럼 농익어버린 성민정이 〈소양강 처녀〉를 부르다 말고 방바닥을 치며 대성통곡을 해버리는 판에서도, 자칫 휩쓸려 함께 울어버릴 뻔했던 감정의 봇물을 용케 가둘 수 있었다. 그들이 무비스에서 당해온 설움엔 분명 취중 한 순간만이라도 어깨를 부둥켜안고 눈물을 섞을 만한 공통분모가 있었다. 하지만 정애는 두어 살 많은 언니로서의 위신과 대졸 편집부 사원으로서 고졸 기술직 사원에게 두어야 할 엄연한 거리를, 그깟 술 몇 잔에 팔아버리진 않았다. 박사장이 옳게 본 대로 그녀에겐 질서의식이 확고했다. 그럼에도 심정애가 성민정과 어디든 자주 동행하고, 회사에서도 식자실에 머무는 시간이 많은 이유는 정분보다는 실제적인 이유 때문이었다. 아무도 그녀에게 그런 지시를 내린 일이 없음에도 불구하고, 그즈음 정애는 틈날 때마다 사식실에 머물며 성민정으로부터 컴퓨터 식자 기능을 조금씩 전수받고 있었다. 유사시에 무엇이 자신을 구원해줄진 아무도 몰랐다. 날이 갈수록 숨통을 조이는 조을미 휘하에서 살아남으려면, 자신을 대체 불가능한 존재로 만들어내는 수밖에 없었다. 그것은 흔히 생각하듯, 막강한 고부가가치 인간으로 자신을 상승시키는 방법만 있는 건 아니었다. 자기가 서 있는 자리에서 조금씩 옆을 터가는 수평적 방법도 있는데, 사실상 그게 정애가 취할 수 있는 유일한 방법이기도 했다. 그밖에도 이제 얌전한 여학생처럼 앉아 번역을 하는 것만으로는 자리를 지키기 어렵게 되었다는 현실이 확연해진 이상, 부업으로 본업의 구멍을 땜질하듯 이것저것 닥치는 대로 손을 뻗어보는 수밖에 없었다.

아무튼 지금 그녀는 그들이 방금 콸콸 쏟아놓은 오줌으로 지린내가 더해진 듯한 천변길을 따라, 성민정의 집으로 가고 있었다. 비록 같은 여자에 이즈음 고맙게도 사식 기능까지 전수해주는 '사부'의 집으로 가는 길이긴 했지만, 남의 집 잠을 청하러 간다는 건 취중에도 께름칙했다. 믿기 어려울 이야기인지 몰라도, 고등학교 시절부터 외지에서 살아온 긴 세월 속에서도 정애는 한 번도 외박이라는 것을 하지 않았다.

무채색에 잠겨버린 칙칙한 풍경 위로 초승달만 샛노랗게 떠 있었다. 술을 흠씬 마신 쪽은 정애였으나, 껌 씹듯 질겅거리는 소리로 못다 한 〈소양강 처녀〉를 흥얼거리며 잔뜩 비틀거리는 쪽은 외려 성민정이었다.

"와, 오늘 보니까 우리 사장님 겁나게 귀여운 데도 있어. 그치, 언니?"

정애는 그런 민정을 부축해주다 말고 등을 한 대 툭 때리면서 핀잔을 주었다.

"똑바로 좀 걸어. 동네 깡패들이 히야까시 걸러 오겠다."

"올 테면 오라지!"

갈지자로 비틀거리던 민정은 팔을 휘두르면서 흰소리를 쳤다. 평소엔 타인의 질문에 단답형 대답을 할 때조차 얼굴이 새빨개지곤 하는 숫것이, 술김에 없는 호기를 부려대고 있었다.

"그나저나 언니, 오늘 기분 더럽게 나빴지? 조부장 그 사람, 속이 참 찬 사람이야."

갑자기 그 얘기가 나오자 정애는 술이 확 깼다.

"땐씽이 뭐 어떻다고 난리지랄이야, 씨발. 그냥 댄싱보다 화끈하고 좋더마. 그나저나 언니는 그 영화 보기는 했어?"

정애는 민정이 술김에 역성을 든답시고 툭툭 뱉어내는 한마디 한마디에 새삼 피를 흘리는 자신이 고약해 죽을 지경이었다. 그래도 된다면 속없이 씨부렁거리는 민정의 주둥이를 꼭 틀어막고 싶었다. 그때껏 꼭대기까지 얼큰히 차올랐던 취기는 실은 술이 아니라 낮에 있은 불미스런 사건으로 인한 수치감이었나보았다.

"언닌 그 영화 보도 안 했지? 나는 봤다!"

"언제?"

정애는 의식적으로 잰걸음을 몰면서 이죽거리는 투로 물었다.

"작년에, 초대권 나왔었잖아."

작년이라…… 천영애와 베니어판 저편에서 온종일 원고지만 긁던 시절엔, 영화사로부터 일종의 사은품처럼 제공되는 영화초대권이 자료실까지 돌아온 적이 없었다. 그들은 천변길에서 민정의 집 쪽으로 꺾어지는 골목길로 접어들었다.

"참 재밌는 영화였어."

"그랬냐?"

정애의 대꾸는 건성이었다. 그녀의 의식은 이미 술을 마시기 전으로 되돌아가, 오직 어찌하면 살아남을 수 있을까 하는 해묵은 고뇌에 처절하게 붙들려 있었다.

"그럼! 스트레스가 확 풀려!"

몇 발짝 더 가지 않아 구멍가게 규모의 새마을슈퍼 연쇄점과 폐점한 세탁소와 쌀집 겸 정육점이 나타났는데, 바로 그 옆 아직 환하게 불 밝힌 비디오가게가 눈길을 확 잡아끌었다. 정애는 그 가게 전면 통유리며 출입문 할 것 없이 도배되다시피 붙어 있는 비디오 출시작 포스터들 앞에 딱 멈추어 섰다.

"왜? 다 밤중에 잠 안 자고 영화 보려고?"

흐물흐물 읊조리는 민정에겐 대꾸도 하지 않고 정애는 가게 안으로 들어섰다. 가을 밤바람이 제법 찬데, 까만 반소매 티 한 장만 입은 수염이 텁수룩한 사내가 테이블 위에 늘어놓은 비디오들을 정리하다 말고 술냄새를 풍기는 여자들의 출현에 눈알을 되록거렸다.

"그럼, 언니 〈더티 댄씽〉이나 한번 봐라!"

"〈더티 댄싱〉 있어요?"

그건 정애의 목소리였다. 그녀는 마치 순시하듯 조그만 가게에 꽂혀 있는 비디오테이프들을 쭉 둘러본 뒤, 그 가게에서 퀴퀴한 냄새가 날 뿐 아니라 어디까지나 흥미 위주로 꽂아놓았을 뿐 고전영화의 반열에 드는 작품이 눈에 띄지 않는 점을 업신여기며, 뒤축까지 심하게 닳은 비닐단화를 끌면서 손님 앞에서의 품행이 방정해 보이지는 않는 주인 사내를 콩알처럼 까맣게 여문 눈동자로 내려다보았다. 그 태도에 배어 있는 여간 아닌 야무짐이 불량스레 퍼져 있던 사내의 자세를 뺏뺏하게 긴장시켰다.

"아, 예!"

사내는 끼고 있던 올 굵은 목장갑을 빼어내며 벌떡 일어서서, 정애가 호명한 비디오 재킷을 비호처럼 뽑아왔다. 그가 컴퓨터 모니터를 자기 정면으로 돌리며 전화번호 등록돼 있습니까? 라고 물었을 때, 정애는 즉답 대신 생쥐처럼 말똥거리는 눈을 빛내면서 한 가지 사항부터 침착하게 확인을 했다.

"에밀 아돌리아노 감독의 87년 작품이 맞아요?"

"예?"

고약한 술내를 풍기는 두 여자 외엔 쥐새끼 한 마리 얼씬 않는 비디오가게의 주인은 그 말에 몹시 당황을 했다.

"이것 말고 다른 〈더티 댄싱〉도 있는가요?"

저도 모르고 있었던 저의 무지에 공포를 느끼는 기색이 완연했다.

물론 그것 말고 다른 〈더티 댄싱〉은 없었다. 게다가 주인이 재킷을 뽑아온 순간, 이미 패트릭 스웨이즈와 어깨가 다 드러난 분홍색 원피스를 입은 소녀 제니퍼 그레이의 섹시한 포즈를 보았던 터였다. 87년 작이니, 에밀 아돌리아노니 하는 건 하등 불필요한 소리였다. 그렇지만 저도 모르게 또박또박 그렇게 묻게 되는 자신을 말릴 순 없었고, 그 순간 제 귀에 꽂히는 제 음성이며, 불현듯 저의 무지에 주눅이 드는 사내의 눈동자 따위가 온몸에 전해오는 짜릿한 쾌감 또한 거부할 수 없었다. 그것은 확실한 보상 감정이었다.

"에밀…… 아돌리아노, 맞네요!"

사내는 복권 번호가 맞아떨어진 듯 내지른 탄성을 다음의 감탄사로 연결시켰다.

"도사시네……"

그러자 성민정까지 혀 꼬부라진 소리로 변죽을 울리고 나섰다.

"이 언니, 전문가거든요!"

"영화 공부하세요?"

이제 사내의 매너는 흠잡을 데 없는 신사의 그것이었다.

"무비스 기자예요."

정애는 비록 귀뿌리까지 빨개졌지만 으쓱하여 내뱉었다.

"와, 그래요?"

사내는 의미심장한 눈빛으로 정애의 아래위를 쓱 한번 훑어보긴 했지만 어쨌든 경원의 빛을 감추지 못하면서, 내젓는 그들의 손에 부득부득 약국에서 파는 드링크제 하나씩을 쥐여주고 난 다음에야 그들을 놓아주었다.

그 해프닝은 오히려 성민정을 크게 고무시켜, 그곳에서 집까지의 삼 분여 동안 엉덩이에 불붙은 망아지처럼 날뛰게 했다. 연탄보일러로 난방을 하는 민정의 방은 거기서 세 정거장쯤 떨어진 정애의 단칸방이나 다름없이 그맘때면 등가죽이 오그라드는 냉골이었다. 좁아터진 부엌 모퉁이나 아궁이 위쪽으로 한 번에 오십 장 정도씩 구공탄을 쌓고 지내야 했는데, 자신들이 없을 때 불 상태를 보아주거나 탄을 갈아줄 대리인이 따로 없는 그들로선 차일피일하면서 난방시기를 늦추게 되었다. 그래도 9월 말 정도에는 아궁이에 군불이

288

라도 때고 살아야겠다고 매년 8월부터 마음을 먹곤 했으나, 기습적인 첫 추위가 닥치는 11월이 아니면 연탄조차 미리 들이지는 않게 되었다. 어느새 9월 하순이었다. 단칸방 문설주에 흉한 못 자국들과 함께 붙어 있는 자물쇠를 딴 민정을 따라, 높직한 방문턱에 발바닥을 올려붙이던 정애는 불쑥 둘이 등이라도 붙이고 자면 여느때보다는 따뜻하게 잘 수 있을까 하는 처량맞은 생각부터 들었다. 하지만 그건 기우였다.

민정이 들어서자마자 〈더티 댄싱〉을 비디오데크에 꽂고 볼륨도 훌쩍 키워버림으로써, 딱 사는 데 필요한 가재도구 외엔 그저 한두 사람 누워 잘 자리밖에 없는 작은 방 안은 순식간에 후끈 달아올랐다. 영화 서막 격인 댄싱 장면이 흑백화면으로 깔리기 시작할 때부터, 민정은 브라운관 속 댄서들을 따라 막춤을 추고 나섰다. 그 기세는 얌전한 정애가 뭐라 흥을 보고 뜯어말릴 염을 내기도 전에, 그녀까지 마구 휘몰아들이는 것이었다. 이윽고 주인공인 패트릭 스웨이즈를 비롯한 프로 댄서들이 고급 휴양지에 놀러 온 투숙객들에게 맘보를 가르치는 장면부터는, 벽에 등을 기댄 채 넋 놓고 민정을 바라보기만 하던 정애도 무슨 신명이 올랐던지 저도 모르게 서툰 스텝을 따라 밟게 되었다.

"이것이 맘보랑게."

하나 둘, 하나 둘. 민정은 유독 그 장면이 최고로 흥에 겨운 듯, 사람들이 맘보를 따라 추는 장면을 자꾸만 되돌렸다. 통통하지만 유연한 민정의 스텝과 얇지만 딱딱한 정애의 스텝이 딱딱 맞아떨어질 리 만무했지만, 정애는 슬프도록 유쾌해지는 해방감과 더불어 지친 육신마저 붕 떠오르는 듯한 희열을 느꼈다. 그래, 이런 것인가? 무비스 사람들이 그토록 영화에 빠져 사는 이유 중엔, 이런 즐거움도

섞여 있는 것인가? 바로 이 즐거움에 눈뜨지 못했기에 자신은 그토록 무시당했어야 했을까? 물론 정애 역시 일이 성긴 오후면 편집부 안의 VTR 세트 앞에 진을 치는 무리에 끼어, 개중에서도 재바른 이가 불법복제로 구해온 미상영 화제작들을 뚫어져라 쳐다보곤 했다. 안드레이 줄랍스키의 〈퍼블릭 우먼〉, 앨런 파커의 〈엔젤 하트〉, 베르나르도 베르톨루치의 〈파리에서의 마지막 탱고〉 등은 그런 기회에 없는 듯이 끼어 앉아 구경한 어렵고 특이한 영화들이었다. 테이프를 되감거나 헤드클리닝을 하는 사이 조을미가 툭툭 던지는 말들에 의하면 상당히 정치적이고 철학적인 의미가 담긴 영화들인 모양이었으나, 정작 정애에게 남은 건 백주에 눈동자가 노르스름하게 풀어진 남자 직원들과 함께 적나라하게 드러난 여주인공의 유두와 음모 그리고 폭력적일 만치 격정적인 성교를 보아야 했을 때의 당혹감뿐이었다. 그래 아무튼, '댄싱'이면 어떻고 '땐씽'이면 어떤가?

이윽고 화면 가득 산장에 고용된 종업원 댄서들이 자기네끼리만 있을 때 추는 선정적인 춤 장면이 펼쳐지기 시작했다. 촌닭처럼 어벙하게 사지를 흔들던 심정애는 티브이 앞에 딱 붙어 섰다. 여러 쌍의 남녀가 허벅지를 엇갈리게 붙이고 추는 그 춤은 명백히 성행위를 춤으로 옮겨놓은 모양이었다. 아마 다른 때 같았으면 망측하다고 고개를 돌려버렸을지도 모를 장면이었다. 하지만 그럴 수 없었다. 바로 그 장면의 춤이 영화 제목이 가리키는 '더티 댄싱'이었다. 아니 그보다 춤과 하나가 되어 온몸으로 물결치는 패트릭 스웨이즈의 자력이 그녀를 꼼짝 못 하게 사로잡았다. 배우가 스크린 속에서 발한다는 매력이 이런 것인가? 몸 아래가 찌르르해질 지경으로 그 남자에게서 눈을 뗄 수 없었다. 정말이지 잘생겼고, 춤은 또 어찌 저리 잘 추남…… 낯선 희열의 팽이채를 맞으며 그녀는 돌고 또 돌아갔다. 그래, 이것만이 전부라곤 할 수 없을지라도, 이 또한 부정할 수 없는 영화의 즐거움이리라. 마음을 사로잡는 장면과 이성(異性) 배우의 매력. 그녀, 스물일곱. 이미 성이 자리잡았어야 할 시기를 넘기고 있었다. 그런데 그 춤이. 그 춤은 그녀 속에 가혹하게 굶주려온 관능의 감각들을 일시에 터지는 꽃망울처럼 열어놓았다. 그녀는 패트릭 스웨이즈의 품속에서 붙었다 떨어지는 무희가 되어갔다. 중심을 가눌 마지막 기운마저 가쁜 날숨을 타고 빠져나가버릴 때까지. 코를 골며 나가떨어진 민정에게 홑이불을 덮어준 뒤에도, 정애는 개켜진 이부자리 더미에 녹초가 된 등을 기댄 채 그놈의 '더티 댄씽'을 보고 또 돌려보았다. 이러면 안 된다, 한숨이라도 푹 자야지. 피로와 초조의 망령이 몇 번이고 헛기침 소리를 냈지만, 그 남자 패트릭은 이슥토록 정애를 놓아주지 않았다.

다음날 아침 골이 패는 두통 속에서도 정애는 이제부턴 더더욱 영화 볼 수 있는 기회를 놓치지 않으리라 마음먹었다. 개천 너머 민둥산 위로 아침해가 솟고 있었다. 아뿔싸, 그녀는 가방이 덜렁거리도록 몹시 뛰기 시작했다. 어제의 원고를 손도 못 댄 것이었다. 언니, 같이 가! 목 터져라 질러대는 민정의 소리도 그녀를 멈춰 세우지는 못했다.

4

10월, 11월호 판매실적도 연이어 부진하자 회사 공기도 을씨년스럽게 얼어붙었다. 물론 그건 틴잡지계 전반의 부진, 혹은 경영자의 비대한 욕심그릇으로 인한 상대적 결핍감에 불과한 현상이기도 했다. 하지만 박사장은 두어 달째 바로 곁에 있는 편집부에 발길을 딱 끊었다. 무비스 진용에 대한 심상찮은 감정을 나름대로 시위하는 경고성 침묵이었다. 그렇다고 그 표적 된 대상들이 사장의 일거수일투족에 촉각을 곤두세우는 겸손한 반응을 보이진 않았지만, 그들도 인간인 이상 전혀 아무런 영향도 받지 않을 수는 없었다. 박사장이 편집부 문 너머로 코빼기도 뵈지 않게 되어서야, 비로소 그들은 사장의 주책없는 잔소리나 경망스런 질책, 덜떨어져 보이는 행동거지조차도 어떤 의미에서든 편집부에 일종의 생기를 주어왔다는 사실을 깨달았다. 좀스런 사장을 씹고 깔깔거리는 가운데, 그들 나름의 방식으로 무비스를 일구어갈 에너지를 얻었던 것이다. 그런데 그 자극원이 빠지자, 무비스를 들썩이게 하고 시끌벅적 깨어 있게 했던 생명의 스위치 자체가 꺼져버린 느낌이었다. 한마디로 흥이 깨져 일할 맛이 안 났다. 사람들 말소리가 낮아지면서, 전과 똑같은 크기로 울리는 전화 벨소리마저 시르죽어 들렸다. 그중에서도 볼 만한 건 조을미의 소강이었다. 그 괄괄했던 에너지 역시나 박사장이라는 천적에게 톡톡히 덕을 입어온 모양이었다. 어찌나 기운을 잃어 보이는지 아니 실제로 기운을 잃은 나머지, 정애를 잡도리할 때도 전처럼 쥐 잡듯 다그치지 못하고 없는 사람 치부하듯 서늘하게 무시했다. 일테면 일을 줄 때도, 전처럼 바로 지면에 들어가는 아이템 대신 남 뒷바라지만 하는 번역 잡일만 맡겼다. 아무려나 그래서 몸은 다소 편해졌을지 몰라도, 마음은 가시방석에 올라탄 듯 한층 불편하기만 했다. 특히 취재기자들이 거의 자리를 비운 오후, 경로당처럼 가라앉은 사무실에서 저 홀로 조을미의 독한 침묵을 받아내노라면 모진 악다구니를 받느니보다 더욱 고역스러웠다. 조을미는 여전히 편집부를 끌고 영화를 보러 다녔지만, 어찌된 일인지

292

전처럼 왁자하게 사람들이 꾀지 않았다. 일이 있어서, 다른 약속이 있어서, 라는 핑계로 하나 둘 빠지기 시작하면서, 그 일 또한 조을미의 카리스마를 칼날처럼 벼리는 이벤트가 되기를 멈추었다. 한번은 막상 봉고에 오르고 보니, 조을미와 심정애 두 사람밖에 타고 있지 않았다. 주눅이 든 심정애는 차를 내려서도 그림자처럼 조을미의 뒤만 밟았으나, 그 봉고를 타고 다시 회사로 돌아오기까지 조을미는 말 한 자락 건네거나 건네볼 곁을 주지 않았다. 그날도 성민정과 엮여 신라집으로 불려나간 심정애는 넌지시 조을미에 대해 물어오는 사장에게 저도 모르게, 지독히도 차가운 사람이라 내뱉으며 푸르르 치를 떨고 말았다. 육기(肉氣) 풍성한 보신탕에 깻잎 야채를 듬뿍듬뿍 처넣으며, 코를 틀어쥐며 역겨운 척하는 두 여직원의 오도방정을 즐기던 박사장도 뱁새눈꼬리를 흠칫 치켜올렸다.

"그런가?"

뭔가 있어야 했다. 그런데 딱 뭔가 필요한 그 시점에 미묘한 파장을 몰고 오는 사건이 일어났다. 작지만 독특한 바람의 진원지는 원종덕이었다. 첫추위가 몰려온 11월 중순 아침, 여느때처럼 열시를 전후로 출근하기 시작한 편집부 사람들은 경악을 금치 못하는 표정으로, 사무실 화이트보드 앞에 모여 서 있었다.

'악마들의 온상, 무비스!'

빨간 보드마커로 휘갈겨쓴 아홉 글자는 시러베장단으로 돌리기엔 오금이 저리게 섬뜩했다. 뿐만 아니라 편집부 세 고참 여기자 중 하나인 김인실 기자 책상 위에는, 더더욱 끔찍한 내용과 필치의 메시지 한 통이 또 따로 놓여 있었다. 그 글만으로 보면 설혹 김인실이 그 정도의 욕을 먹어 쌀 만큼의 잘못을 했다 하더라도, 정작 어느 쪽이 진짜 나쁜 건지 헷갈릴 지경으로 끔찍하고 저질적이었다.

물론 김인실이 얼른 손아귀로 구겨버렸기에 망정이지만, 그날도 정시에 출근한 심정애 하나만은 토씨 하나 안 빠뜨리고 샅샅이 읽은 참이다. 그건 오랫동안 편집부 내에 흉흉하게 떠돌았던 나쁜 소문과 함께, 김인실을 거의 저주하는 축문이었다. 요컨대 떡고물 많은 취재처, 곧 메이저 영화사를 독식하여 정실에 치우친 기사를 쓰며 촌지를 챙겨온 김인실은 천하의 요물이라는 것. 사실 그건 무비스 고참들에겐 사뭇 평범한 현실에 불과했으나, 객관적으로는 여전히 고질적인 병폐였다. 그리고 그 짓으로 덕을 보는 인간이 소수인 것처럼, 악착같이 문제를 삼는 쪽도 무비스 전체를 놓고 보면 소수에 속했다. 즉 출입처나 경력 쌓기란 면에서 경쟁할 수밖에 없는 신참들이 그 소수의 구성원이었다. 하지만 이날 빚어진 사건은, 대개 뒷전에서 쑥덕거리는 걸로 욕구불만을 해소하던 기존 신참들과는 격이 다른 공격이었다. 물론 아무도 언제 누가 그런 글을 썼는지 본 사람은 없지만, 실상 그게 원종덕의 짓이란 걸 모를 사람도 편집부 내에서는 아무도 없었다. 더욱이 으스스한 건, 비슷하게 생겨먹은 데다 하고 다니는 짓도 고만고만한 똑같은 세 고참 여기자들 중에서도 하필 김인실에게 증오의 칼침이 제대로 꽂혀버린 것이었다. 하지만 경악을 금치 못하는 척했던 사람들도 내심으론 창자 끝까지 후련히 씻기는 듯한 카타르시스를 맛보았다. 어딘지 얄밉기 짝이 없고, 제가 가진 자질보다는 몇 곱 부풀려 빼먹는 듯한 김인실을 콕 찍었다는 자체는 헹가래쳐주고 싶을 만큼 잘된 선택이었던 것이다. 또 그 곁의 두 여기자 낯빛이 설사를 만난 듯 캄캄해지는 꼴도 왠지 아르르한 게, 비길 데 없는 감칠맛이 났다.

이런 갖가지 심정들이 교차하고 있을 때, 원종덕이 털레털레 나타났다. 저는 아무것도 모른다는 듯 천연덕스런 표정이었다. 그 모습을 유심히 지켜보던 조을미는, 그가 자리에 앉기도 전에 가만히 불러 데리고 나갔다. 이미 세 여기자가 데스크에 공식적인 문제 제기를 하고 나온 터였기에, 그가 무사하리라 믿는 사람은 아무도 없었다. 어떤 일침을 맞을까? 간만에 불구경 하게 된 심정애도 발갛게 달아올라 상상의 나래를 폈다. 그간 원종덕을 예쁘게 보아 한두 번 홍콩 현지 취재까지 보냈던 조을미의 처사로 보면, 이 일로 크게 물을 먹이기보단 김인실 등이 요구한 공식사과라는 선에서 마무리될 가능성이 크지 않을까? 정애의 추측도 무언중에 교감되는 사람들의 속생각과 크게 다르지는 않았다. 그런 한편 화이트보드에 아직도 붉게 갈겨져 있는 아홉 글자를 새삼 눈여겨보며, 정애는 괜스레 부르르 치를 떨었다. 상식적으로 치면 벌써 지웠어야 마땅할 그 글귀를, 다른 사람들은 물론이고 악마들로 내몰린 석 삼 여기자들조차 무슨 억하심정인지 가만히 두고 보고만 있었다. 소리없는 긴장 속에 동상이몽의 추측과 기대치가 엇갈리는 와중에도, 마치 그 아홉 글자가 법정에 세울 결정적인 증거품이라도 되는 양 토씨 하나 안 다치고 보존시켜야 한다는 생각만은 모두에게 일치된 모양이었다.

하지만 가장 묘한 건 그날 아침의 괴문건이 몰고 온 생동감이었다. 아무도 예기치 못한 아홉 개의 붉은 글자가 편집부 전체에 야릇하면서도 상쾌한 에너지를 불어넣었던 것이다. 그것은 암묵적으로 가해자에 동조하는 편집부 다른 직원들뿐 아니라, 명백히 피해자인 김인실 등에게도 공평하게 제공되었다. 때르릉! 김인실 기자를 찾는 거래처 전화 벨소리도 기력을 되찾았다. 그런 식으로 누구 사이에서도 초점이 맞지는 않았지만, 왕성한 에너지의 효모균이 각 사람을 부풀게 했다.

"구예선! 저거 지워!"

얼추 한 시간 뒤쯤 나타난 조을미도 회춘한 듯 물이 올라 보였다. 하지만 그 입에서 튀어나온 첫마디가 사환 아이를 시켜 '악마의 온상 무비스!'를 지우라는 지시였던 건 또하나의 이변이었다. 명백한 증거를 저렇게 인멸하다니. 김인실의 얼굴에 즉각 미심쩍고도 서운해하는 빛이 떠올랐다. 하지만 바로 다음 순간부터 김인실에게 퍼부어진 호된 질책에 비하면 그쯤이야 약과에 지나지 않았다. 조을미는 떡 본 김에 굿하자는 듯 김인실뿐 아니라 세 고참 전부를 족치고 나왔다.

"김인실씨, 당신 지난달에 몇 페이지 맡았어?"

페이지 수까지 들고 나온 건 전에 없던 일이었지만, 데스크의 핵심은 페이지 수 자체보다 궂은 일엔 얌체처럼 몸을 빼면서 어쩌다 신참에게 돌아가는 하찮은 떡고물마저 가로채야 직성이 풀리는 이기적인 행실머리를 뜯어고치고자 하는 데 있었으므로, 그 문초의 유치함을 들어 반발을 하고 나설 수도 없었다. 아무도 모르는 척했지만 모두 알고 있던 대로, 원종덕이 졸지에 격문으로 적어 까발린 그간의 비행이 사실은 사실이기도 했기 때문이다. 또 그 모든 걸 불사하고라도, 고참으로서의 체면을 내세워 원종덕의 무례부터 바로잡아달라고 오기를 부리고 나설 배짱도 없었다. 게다가 작정을 하고 푸닥거리를 하려 드는 조을미 앞에선, 그저 꿀 먹은 벙어리로 함구를 하는 편이 최선의 방어이기도 했다. 평소 성채의 공주들처럼 도도했던 세 고참들에게 호통치는 소리가 더 듣기 지겨울 만큼 오래 계속되었다. 그건 그들의 지난 잘못에 비례하는 분량이라기보다, 한번 날개를 달면 만리장성이라도 쌓았다 허무는 조을미의 유별난 말재간 때문이었다. 결국 잠깐 화장실 다녀오겠다며 일어선 김인실이 눈물을 뚝뚝 흘리며 밖으로 뛰쳐나간 다음에야, 조을미의 칼춤도 문득 신기가 떨어지고, 홀린 듯 빠져 있던 구경꾼들의 응집력도 수분 마른 꽃잎처럼 푸슬푸슬 흩어졌다. 그러나 아까부터 고대하고 있던 메인 디시가 등장조차 하지 않았으므로, 여전히 아무도 자리를 뜨려고는 하지 않았다. 심정애조차 의리 없이 목을 늘이게 된 그 순서란 그래도 신참으로서 못할 짓을 한 원종덕이 받아야 할 응분의 처벌이었다.

하지만 조을미는 원종덕에 대해선 끝내 건성으로 책망하는 시늉조차 내지 않았다. 오직 세 고참만을 그녀만이 구사할 수 있는 표창 같은 언사로 난자를 하는 내내, 그들 뒷전에 의자를 대놓고 고개를 푹 처박은 원종덕은 순교자연하는 착하고 순박한 표정을 짓고 있었다. 그가 조을미를 어떻게 구워삶았는진 알 수 없어도, 잠시 전의 한 시간이 둘을 어느 때보다 막역한 주종의 신뢰관계로 묶어주었음은 틀림없어 보였다.

철저히 편집부다운 쟁점으로, 편집부에서 시작되어 편집부에서 끝난 이 게임은 원종덕의 완승으로 끝났다. 일편 올곧아 보이기도 하는 강퍅한 성품과 결국은 데스크를 향한 충성심으로 표출되었을 무비스에 대한 일편단심이 순정에 약한 조을미를 드세게 사로잡은 것이었다. 그러나 모종의 어부지리는 다시 꿈틀대기 시작한 삼바 리듬 같은 활기로 편집부 전원에게 스며들었다. 그 소용돌이를 타고 다시 한번 칼칼하게 자신의 카리스마를 다진 조을미가 사실상의 챔피언으로 보였지만, 무참하게 스타일을 구긴 세 고참들 또한 바닥을 친 후 가뿐히 솟아올랐다. 만사가 그들 수중에 있는 것처럼 보일 때 오히려 느슨해지고 해이해졌던 프로 정신이, 이 같잖지도 않은 사건을 계기로 활시위처럼 팽팽하게 당겨졌던 것이다. 그들은 자신들의 직업적 독기를 재충전했다. 하지만 민완기자들답게 어디까지나 영악한 방식으로 그랬다. 잠정적 공동운명체가 된 그들은 조을미에겐 더욱 깍듯이 충성을 바치는 체했고, 원종덕에겐 그가 어떻게 나오든 고참의 여유를 가지고 관대하게 대해주었다. 한편 페이지 수로 질책을 받은 문제에 대해선 허드렛일 품꾼 심정애를 십분 활용코자 들었고, 동시에 현재를 발판 삼아 도약할 수 있는 바깥의 다른 자리를 열심히 기웃거렸다. 한마디로 조을미와 원종덕에게 만정이 떨어지기엔 그 한 번의 해프닝으로 족했던 것이다.

　따라서 그 기괴한 해프닝의 후유증은 결코 심정애를 비껴가지 않았다. 만사가 그렇듯이 정애에게 미친 영향도 이중성을 가졌다. 그 중에 좋은 면은 그 다음달 편집회의에서 조을미가 심정애의 아이템 쪽지를 원종덕에게 통째 넘겨버린 것이었다. 그건 정애의 꼭지에 관한 한 원종덕에게 전권을 부여한다는 뜻이었다. 하기사 그건 그가 자신보다 늦게 들어온 후배 사원이란 데서 오는 수치감만 뺀다면, 차라리 안도의 한숨이 내쉬어지는 조치였다. 그 정도로 든든하지야 않았지만, 천영애가 씌워주던 우산을 원종덕이 대신 받쳐주게 된 셈이라고나 할까. 뿐만 아니라 많은 사람들 앞에서 웃음거리가 되고, 수치를 당한 존재가 자신뿐 아니라 몇 사람 더 늘어났다는 사실도 은연중에 위안이 되었다. 그것만으로도 숨통이 트일 터에, 소 닭 보듯 멀뚱하던 세 여기자까지도 둔갑한 여우처럼 그녀에게 간드러지게 굴고 나섰다. 그들이 커피를 타주마, 점심을 사주마, 해가며 미심쩍은 친절을 부리고 나선 저의는, 물론 몇 꼭지 더 떠맡게 된 일감을 따라 늘어난 기사 교정, 식자를 쳐서 인화된 원고상의 오자를 수정하는 따위 일체의 허드렛일을 몽땅 심정애에게 떠넘기고자 함이었다. 하지만 그런 알팍한 속셈들을 충분히 감지할 예민한 신경이 있음에도 불구하고, 심정애는 하등 개의치 않고 타인의 타산

298

적인 친절과 그것을 받아줌으로써 옴팍 뒤집어쓰게 마련인 군일거리조차 기쁨으로 받아들였다. 그래서 마감 때가 되면 곁에서 보기 끔찍할 정도로 많은 양의 대지—기사와 사진을 인쇄될 형태로 배열하여 붙이고 그 위에 유선지를 덮어씌운 두꺼운 종이—에 파묻혀서, 시간 가는 줄 모르고 교정을 보고 수정을 해가면서, 사식실의 부름이 있으면—급히 쳐야 할 원고가 밀린 상황인데 성민정이 식사라도 하고 와야 할 때—지체치 않고 뛰어들어가 성민정 대신 키보드를 차고 앉았다. 키가 몇 센티는 줄어 보일 정도로 왜소해지고, 눈가가 온통 쭈글쭈글해지는데다, 드디어 안경을 맞춰 써야 할 정도로 시력이 가는 것도 정애는 개의치 않았다. 그렇게 하지 않으면 바로 숨이라도 끊어질 사람처럼, 날마다 제 일이건 남의 일이건 제 손이 닿을 만한 일감이면 무엇이건 끌어안았고, 책상 위에 수북이 쌓인 일감 속에서 비로소 마음의 안정을 찾았으며, 그 순간 이후부턴 끼니를 건너뛰게 되든, 누가 시비를 걸든, 호통을 치든 말든, 눈알이 빨개지다 못해 빠질 듯이 아파와도 배부른 표정을 짓고 있었다. 아, 아, 참으로 행복한 시간이었다. 비록 단순하기 짝이 없는 것들이지만 태산같은 일감을 놓고, 벌레처럼 파묻혀, 외부의 어떤 자극에도 무감각해질 수 있는 그 순간만은 그녀는 세상 부러울 것 없는 인간이었다. 훗날 생각해도 그녀에겐 모든 사람들이 치를 떨었던 무비스 마감 기간이야말로 생애에서 가장 아름답고 온전한 나날들이었다. 그것은 예기치 않은 순간 그녀를 찾아온 두번째 '더티 댄싱'이었다.

5

이듬해 정월인 1989년 1월 4일. 정애는 그해 첫 출근의 발길을 서둘렀다. 한 며칠 고향에서 나른해진 정신을 찬물로 세수시키듯 쩽하게 추운 아침이었다. 시골집 구들장과 물일로 갈라터진 어머니 손등, 원양어선을 탔다가 선상폭력의 충격으로 헛것에 씌어버린 작은오빠에 대한 에일 듯한 연민들은 칼바람에 한 걸음씩 회사 쪽으로 등 떠밀릴 때마다, 〈레인 맨〉의 더스틴 호프만, 〈로보캅〉의 잔혹한 총격 신 그리고 88올림픽을 타고 최초로 상륙한 UIP 직배영화 〈위험한 정사〉의 진절머리나는 장면들로 하나하나 바뀌어나갔다. 식구들은 그녀가 서울서 혼자 힘으로 우뚝 선 걸 자랑스러워했다. 평생 김발을 매어 마흔다섯에 허리가 굽기 시작한 어머니는 이제 남은 건 좋은 짝 만나 시집가는 것뿐이라며 치맛자락에 눈물까지 찍었다. 훌륭한 직장을 개척한 정애인 만큼 배필도 그에 걸맞아야 하는데 초라한 섬 구석에서야 양 차는 신랑감이나 있겠냐며, 단지 하나, 딸이 너무 마르고 진 빠져 보이는 것만이 걱정이니 다음 월급 타면 꼭 보약부터 한 첩 지어 먹으라고 성화를 부리기도 했다. 촌 식구들이라고 더이상 순박하지도 않았지만, 그토록 멋모르고 떠들어대던 광경을 떠올리자 가슴이 울컥 뜨거워졌다.

하지만 그 덧없는 뭉클함도 회사가 보이는 골목 어귀로 접어들면서 딱 끊어졌다. 밝고 긍정적인 근무 첫날을 맞으려고 페리 호 선상에서 다잡은 마음이었건만, 칠 바랜 적갈색 5층이 시야에 잡히는 순간 어깻죽지가 축 늘어지는 것이었다. 차라리 눈앞에서 조을미의 호통이 불꽃처럼 튈 적이면 생고무처럼 질겨지기도 하는 것을, 저 홀로 회사 문턱을 넘어서는 매일 아침의 그 순간만은 예외 없이 두려움과 고통으로 우그러졌다.

"여!"

그녀보다 몇 발 앞선 김과장이 현관 앞에서 손을 들어 보였다.

"김과장님, 설 잘 쇠셨어요?"

"어, 미스 심도 새해 복 많이 받지이……!"

그는 박사장 측근 중 하나로서 총무부 수장이었다. 편집부 외의 모든 부서가 모여 있는 2층에 내려갈 때야 마주치곤 하는 얼굴인데, 정애에겐 늘 반말도 존댓말도 아닌 어색한 말투를 쓰면서 남자 상관으로서의 거리감과 권위를 어떻게든 드러내는 이였다. 물론 사장 측근이라고 해봐야 인정이나 대접을 받는 측근이 아니라 사장을 떠받들고 신경질받이까지 해줘야 하는 피곤한 측근이었으나, 사장과는 경영상의 작은 기밀까지도 트고 지내 어떤 경우에도 자리 보전 하나는 끄떡없이 해나갈 인물이었다. 그 김과장이 이맛살을 찌푸려 가며 지어 보이는 미소가 전에 없이 음험해 보였다. 사장의 가신이라 해서 비굴해 보여야 된다는 법은 없었지만, 이날의 야릇하게 으쓱거리는 듯한 몸가짐은 어딘지 뒤숭숭한 느낌을 풍겼다.

"우리 언제 쏘주 한잔 해야지?"

2층 문 앞에서 그는 또 한 번 손을 들어 보이며, '썩소'라고 할 만한 거무튀튀한 미소를 씩 지어 보였다.

그래도 거기까진 굳이 이상하다고 할 만한 점은 없었다. 그런데도 정애는 뭔가 석연치 않은 느낌이 들었고, 4층 층계참에 올라 사무실 복도 쪽을 바라봤을 땐 불길한 기미마저 감지했다. 새해 근무 첫날인데, 아무리 4층 직원들이 습관적으로 지각을 한다지만 그날 아침 아홉시의 괴괴함이란 사람들이 아직 출근을 하지 않은 데서 오는 평소의 적막감과는 뭔가 달랐다. 물론 편집부 옆 사장실 젖유리창으론 그날도 어김없이 형광등 불빛이 내비쳤다. 하지만 항상 그녀보다도 일찍 나오는 박사장이 공연히 사환 아이나 닦달하거나 인터폰으로 2층 직원을 불러올려 군기 잡는 수선을 피우고 있지 않음도 수상쩍었다. 사무실 문을 여니 사환 아이 예선이만 양철 쓰레받기와 빗자루를 든 채 이승철의 〈희야〉를 흥얼거리다 말고 꾸뻑 인사를 했다. 그애도 능장부리는 버릇이 들어, 사무실은 아직 비질조차 되어 있지 않았다. 제대로 돌아가는 건 스팀을 뿜기 시작한 라디에이터와 예선이 불을 지펴놓은 석유 난로, 그 위에서 물방울을 도로록, 치익, 떨구며 가열되고 있는 양은 주전자뿐이었다. 아무튼 가방 속에서 껌을 하나 끄집어낸 정애는 질겅질겅 씹으며 조간신문 경제면을 활짝 펼쳤다.

누군가 하나둘 들어서나 싶더니 어느새 열시였다. 사람들은 시나브로 커피 한 잔씩 만들어 들고 난롯가로 모이기 시작했다. 세모를 넘기며 내내 이악스레 꼬여 있던 소가지를 툭 털어내기라도 한 듯, 넉넉한 표정으로 덕담 비슷한 것을 주고받는 일 년에 한 차례뿐인 자리였다. 시끌거리는 소리에 신문을 접은 정애는 자신도 커피 한 잔 만들어 들고 그들 뒷전으로 가만히 섞여들었다. 거만했던 고참 여기자 셋이 그녀에게 친밀한 듯 굴어주기 시작하면서 다른 사람들과의 서걱거림 따위도 더불어 해소되었다. 마당 수도꼭지가 풀리는 것을 계기로 천지에 봄이 진동하는 것과 같은 이치였다.

열시 십오분. 얼음여왕이 북풍을 거느리고 들이칠 시간이었다. 그녀가 몰고 올 바람. 그것은 언제나 늦여름 오수에 조는 듯한 공기를 단번에 긴장시키면서, 사람들 속에 차가운 활기를 불어넣는 마약 같은 힘을 갖고 있었다.

그런데 아무 일 없이 열시 반이 되었다. 다 마신 머그잔 고리를 손가락에 낀 사람들은 여태 그걸 자연스레 내려놓을 계기가 안 생겼던 점을 떨떠름하게 의식하면서도, 엉거주춤 난롯가를 떠나지는 못했다. 데스크가 나타나지 않은 것도 그랬지만, 아직 시무식 한다는 전갈이 오지 않은 것도 산뜻한 시작을 가로막았다. 어, 조부장 왜 안 와? 목덜미를 긁으며 내지르는 미술부 남자 부장의 하품 섞인 소리를 기화로, 모두 그러게 말야, 원종덕씨도 안 보이네? 한바탕 좀 쑤시는 소리들을 터뜨리게 되었을 참이었다. 방금 전 대걸레를 들고 휑 나갔던 사환 아이가 드르륵 문을 열고 얼굴만 쏙 들이밀고는 기차 불통을 삶아먹은 소리로 외쳤다.

"오늘 조회 없으니까 그냥 일들 하시래요!"

원종덕이 퀭하고 비장한 얼굴로 사무실에 나타난 건 열한시도 넘어서였다. 그때까지도 조을미는 오지 않았고, 늦는다는 전화 한 통 없었다. 비로소 무언가 사단이 났음을 간파한 사람들은 둘씩 셋씩 불미스런 추측들을 교환하기 시작했다. 기자들의 전화 통화 소리 외엔 극도로 조용한 가운데, 원종덕이 심장이라도 뚫린 표정으로 들어섰던 것이다.

"조부장님, 그만두셨어요."

그 말 한마디에 여기저기 흩어져 있던 사람들까지 모두 원종덕 주위에 뱅 둘러 모였다.

"뭐?"

"종무식 다음날 사장님이 회사로 불렀대요. 편집 방향 바꾸고, 근무기강도 잡아라. 회사가 호구도 아니고 이런 상태론 『무비스』 발행 못 한다. 내가 편법을 쓰려면 그렇게도 할 수도 있었는데, 조부장 체면 봐서 여태 안 하고 있었던 거다. 조부장님이 편법은 뭐냐고 하니까, 조을미씨 해임시키고 전에 있던 정부장 도로 데려오는 거라고 하셨대요. 조부장님, 그 말에 핀이 갔어요. 사실 조부장님이 어디 갈 데 없어 여기 말뚝 박고 있는 거 아니잖아요? 게다가, 편법을 아직 안 쓴 게 아니라 이미 모종의 공작이 진행된 눈치더래요. 조부장님 성격이야, 다들 아시죠?"

그러니까 사표 쓰는 의례적인 절차조차 없이, 그 길로 박차고 나갔다는 이야기였다.

"지금 조부장님 댁에서 오는 길이에요. 어떡하죠? 올라오기 전에 이층에 들러 분위기 좀 살폈더니, 사장이 그 정부장이란 분한테 당장 출근을 해달라고 계속 전화 넣고 있대요."

"세상에……"

"조부장님은 이게 데스크에 대한 인사권 남용을 넘어서 편집권에 대한 중요한 침해라고 하셨어요. 그렇다고 당신 오해받을 사태를 종용하긴 싫다고…… 어떻게들 하실래요? 제 생각에도 동전의 양면 같아요. 편집부에 대한 인사 전횡이나 편집권 침해나, 더구나 이렇게 작은 회사에선 그게 그거죠."

"그럼 어떡해?"

"이러다 어영부영 그 정부장이란 분이 출근이라도 해버리면 바로 편집회의부터 하자고 들 텐데, 그렇게 되면 그냥 회사 뜻만 관철되지 않겠어요?"

"도대체 무슨 회사가 이래?"

기자들은 급히 전화를 끊고, 미술부 한부장이 어이, 들 나가서 얘기하자구! 하면서 베이지색 가죽 재킷에 팔을 끼었다.

약 십여 분 뒤. 마치 들소떼가 지나가는 듯한 소란함에 놀란 박사장이 어쩔 줄 모르며 복도로 뛰쳐나왔다. 편집부 문을 열자, 쥐새끼 한 마리 얼씬거리지 않았다. 연말 연초 내내 마음을 오그렸던 게 현실로 닥쳐온 것이었다.

　오랜 나날 취객이 쏟은 맥주 얼룩으로 부분부분 탁하고 짙게 변색된 핑크빛 소파 위에서 무려 다섯 시간이 흘러가고 있었다. 곰 잡는 뽀얀 담배연기 속에, 바야흐로 조부장의 경질 다음으론 무엇이 이어질까에 초미의 관심이 쏠려 있었다. 2층 직원들과도 나름대로 허물없이 어우러져온 미술부 왕고참 허윤숙이, 차제에 회사 기강을 해이케 해온 장본인들을 하나둘 쓸어없애 편집부 전체를 물갈이하리라는 흉흉한 전언을 물어왔기 때문이었다. 닥쳐올 디스토피아의 공황감에 사로잡힌 사람들은 다분히 돈 키호테적인 원종덕의 입에서 튀어나온 '노조 결성'이라는 대책 쪽으로 급류에 휩쓸리듯 떠내려갔다.

　하지만 이렇다 할 발언기회 한 번 잡아보지 못한 채 그들 사이에 끼여 앉은 심정애의 심정이란 여간 폭폭한 게 아니었다. 엎어치나 메치나 '드디어 조을미가 잘려나갔다'는 사실 자체는 그녀에게 무한한 해방감을 안겨주었으면 주었지 결코 나쁜 소식이 아니었기 때문이다. 게다가 박사장한테서 미리 어떤 언질 따위를 받은 적은 없지만, 편집부 물갈이가 언제 어떻게 단행되든 자신만은 비껴나가리라는 자신감도 있었다. 하지만 무엇보다 노조라는 게 이토록 우스꽝스럽고 졸속으로 결성될 수도 있다는 사실 자체에 현기증이 났다. 어느 모로 보아도 노조라는 것의 진정성으로부터 너무도 동떨어진 '무비스 노조'의 희한한 탄생. 그녀야말로 그 태생적 부조리함을 꿰뚫어본 유일한 인물이었다.

　"왜 똥 씹은 표정이야? 자긴 맨날 사장님한테 뽑혀서 신라집 가니까 안심이라 이거야?"

하지만 찬반 거수 표결을 앞두고 모골 송연해하는 정애에게 허윤숙은 당장에 가위 들고 머리라도 깎자고 덤빌 듯이 험악하게 인상을 썼다. 한때 허윤숙이야말로 신라집 문턱이 닳도록 드나들며, 편집부 직원 동태와 떠도는 얘기들을 입 안의 혀처럼 고아바치는 박사장의 총신(寵臣)이었다. 하지만 시나브로 미술부 책임을 맡길 만한 실력도 안 되고 성격도 못됐다는 이유로 눈 밖에 나버린 이 잇속 밝은 악바리가 그새 사장과 정애와의 밀월을 눈치챘던 것이다.

박사장은 기가 막히다 못해 내키는 대로만 하자면 무비스를 엎어버리고 싶기만 했다. 가뜩이나 치우친 성비(性比)가 켕기던 차에, 꽤 쓸 만한 사내녀석 하나 들어왔다 마음에 품어온 원종덕이란 놈이 발등을 찍을 줄이야. 놈이 왜 길게 보면 득 될 것도 없는 여자 상관 하나한테 죽기 살기로 목을 매는지 대관절 모를 일인 것과는 별도로, 이제는 강직한 게 아니라 징그러워 보이는 그놈의 상판과 마주칠 때마다 주먹으로 올려치고 싶을 만치 분기가 탱천했다. 기자 출신인 박사장은 수틀릴 때 입사 동기끼리 뭉치는 힘만큼 강력한 위협 세력도 없다는 걸 누구보다 꿰뚫고 있었다. 그래서 가급적 기자 공채를 꺼려왔고, 특채로 고른 인물 중에도 원종덕은 특히 충직한 놈이려니 했건만, 되레 그 자식이 공채 선배들까지 휘둘러서 노조 결성에 필요한 조합원 서명을 받아버린 것이었다.

친위대 격인 총무부야 잡도리 한 차례면 그만이었고 광고부는 그 바닥의 생리상 굳이 사장이 나서서 말릴 필요도 없었으나, 문제는 모든 부서가 힘을 합쳐도 수적으로나 업무 전문성 면에서 편집부 하나 똘똘 뭉치는 힘을 당해낼 수 없다는 것이었다. 죽었다 깨도 한 달에 한 권 새 책은 만들고 봐야 하는 월간지 속성에서 나오는 구조적 파워 탓이었다. 더 억장 무너지는 건 노조 결성도 결성이려니와, 차제에 조을미 복귀를 요구하며 전부 일손을 놓아버린 창업 이래 초유의 파업사태였다. 극약 처방으로, 예전에 한번 쫓아낸 적이 있는 정 아무개를 온갖 감언이설로 꼬셔 책상 앞에 꽂아다두었건만 약발은 받지 않았다. 숨 받친 박사장이 시간시간 정 아무개를 불러 앉혀놓고 '무조건 하고' 일을 시키라고 강짜를 부렸지만, 맨땅에 머리 처박으라고 하는 것도 한도가 있는 법이 아닌가.

설상가상 편집부 인간들 하는 짓이라는 게 배신감 차원을 넘어서 인간성의 바닥을 드러내는 수준이었다. 그러니까 그 이튿날, 카페에 모여 노조 결성을 모의한 다음날부터 그 고질적 '출근치'들이 일제히 제 시간에 출근부터 해놓고 보는 데야 두어 술 뜨고 나온 아침밥이 넘어올 지경이었다. 아마 저희 깜냥엔 아홉시 출근시간을 서로 지키게 해주려는 갸륵한 우애를 발휘하는 모양으로, 책임자까지 돌려 맡아 일곱시부터 모닝콜을 해주고, 사진부 고참 여기자의 'S 오빠'까지 동원하여 회사 문 앞까지 카풀을 해대는 등 여간만 주접을 떨어대는 게 아니었다. 평소 앙앙불락하던 습성들은 비행기 태워 이민을 보냈는지, 단체로 도원결의라도 맺은 양 한 잔, 두 잔, 석 잔을 쳐대면서 의리를 과시하질 않나. 그렇게 안 하던 짓들을 하느라 정시 출근 자체에 모든 에너지를 쏟고 나면, 어김없이 열시엔 커피 브레이크, 열두시면 런치 브레이크, 두세시 사이가 되면 또 티 브레이크를 걸었다. 원종덕에 의해 추진되는 노동조합 결성 신고과정 보고회 겸 전열 다지기는 주로 그 마지막 티 브레이크 타임을 이용하는 듯했다.

결국 박사장이 보기엔 각개격파 외엔 묘수가 없었다. 그는 한 번에 딱 한 사람씩 조용히 불러들였다. 첫번째 대상은 가장 만만한 식자실 성민정, 다음 순서는 미술부 말단, 사진부 말단 하는 식이었다. 그걸 기화로 사장과의 개인 면담을 삼가자는 자체 훈령이 깨어진 뒤부턴, 모두들 호기심이 동해 불려간 사람에게 사장이 뭐라고 했으며 또 제 차례가 되면 뭐라고 할 건지 알고 싶어 배기지 못했다. 그렇게들 쪼르르 만나고 와서는, 사장이 노조를 탈퇴하고 업무에 복귀하라고 회유 겸 협박을 했던 내용을 시시콜콜 주고받으며 낄낄거리기도 하다가, 결론적으로는 공동의 분노와 적의를 폭발시키는 패턴을 되풀이하곤 했다. 그러다가 사장의 간곡한 꼬임에 넘어간 미술부 한부장이 공식적으로 노조에 반대하고 나서는 돌발상황이 생기면서, 차후로는 그들의 대표자 격인 원종덕과 세 고참 중 비교적 욕을 덜 먹는 임 모 기자 외에는 누구도 개인 자격으로 박사장과 독대해선 안 된다는 결의를 새롭게 다지게 됐다. 지옥 같은 일주일이 흘러갔을 때, 날짜는 벌써 1월 10일을 넘겨버렸다.

박사장은 피가 말랐다. 바로 전 주말까지만 해도 여유를 보였던 총무부, 영업부도 애태우는 기색이 역력해졌다. 어느새 무비스의 운명과 2월호를 기다릴 독자를 생각지 않을 수 없는 시점이었다. 매달의 공식 마감은 그달 21일께. 이런 식으로 며칠만 더 일손을 놓았다간, 현실적으로 새 책을 찍어낸다는 게 어렵게 될 것이었다.

"이번엔 한 발 양보하셔야겠습니다……"

낮게 쥐어짜듯 아뢰는 총무부 김과장은 박사장보다 더 침통한 표정이었다.

"크으…… 이제 와서 편집부 하자는 대로 다 해주면, 내 체면은 뭐가 돼?"

박사장은 이를 악물었다. 어느 누구 가릴 것 없이 괘씸한 가운데 유독 얄미워 견딜 수 없는 한 사람의 얼굴이 떠올랐다. 원종덕도,

조을미도 아니었다. 그건 조그맣고, 생쥐 같고, 생글생글 웃는 한 얼굴. 자신이 수태 신라집에서 저녁 먹여가며 나름대로 공을 들인 그 촌뜨기, 심정애였다.

　이듬해 5월. 빗물에 씻길 때 외에는 청소가 되지 않는 창들은 사시사철 뿌연 잿빛이었으나, 그 너머 바깥은 눈부시게 화창했다. 하지만 심정애에겐 그 계절의 변화조차, 열두 번 바뀌는 『무비스』 표지의 얼굴을 따라 무심히 흘러갈 뿐이었다. 몇 해째 야외 나들이 한 번 다녀보지 않아, 이맘 때 흐드러지는 봄꽃 구경을 언제 했었던가 싶을 정도였다. 1990년 5월호 표지 인물은 〈사랑과 영혼〉으로 세계적 스타가 된 데미 무어였다. 각진 턱에 어울리는 커트 머리를 트레이드마크로 갖게 된 그 여배우는 〈다이 하드〉 시리즈로 달러박스 스타가 된 브루스 윌리스와 짝을 이룬 모양이었다. 딸 따러 가자, 딸 따러 가자…… 고향에선 딸기를 '딸' 이라고 불렀다. 그 '딸' 을 따러 가자고 꾀던 친구들 목소리가 떠오른 건, 데미 무어의 입술 빛이 꼭 그 산딸기 빛을 띠고 있었기 때문일까. 책상 위엔 전날 일본에서 도착한 〈대부3〉의 자료들이 삼백 매도 넘을 분량으로 첩첩이 널려 있었다. 역시 프란시스 포드 코폴라가 메가폰을 잡고 로마에서 로케이션되었는데, 알 파치노의 딸 역으로 캐스팅된 위노나 라이더가 현지 촬영을 견디지 못하고 중도 하차, 감독의 딸인 소피아 코폴라가 그 역을 대신 맡았다는 대목이 슬쩍 눈에 띄었다. 또 〈토탈 리콜〉의 특수효과 장면 해설, 〈늑대와 함께 춤을〉로 그해 오스카를 석권한 케빈 코스트너의 입지전이 일본자료 특유의 깨알 같은 글씨로 어질머리를 일으켰다. 사장의 고질병이 또 회동한 건 그참이었다.
　불려 내려가자마자, 열시도 되기 전에 하루 재수를 망쳐놓는 호통이 면상으로 날아들었다.

"심정애씨, 어제 오후에 영화 보러 갔었나? 누가 근무중에 그런 짓 하라고 했어?"

앙칼지기가 괭이 발톱 같았지만, 이젠 어지간히 내성도 붙어 있었다.

"영화 기사 쓰면서 영화 보러 가는 건 근무의 일부 아닌가요?"

그녀는 사장 맞은편에 앉은 후에야 겨우 호흡을 가다듬으면서, 후들후들 떨리는 목소리로 자신을 방어했다.

박사장은 '어쭈!' 하는 표정으로 흰눈을 부릅떴다.

"영화 기사를 쓴다고? 심정애씨도 영화 기사를 쓰는가? 나는, 심정애씨는 우리 회사에 입사했을 때부터 지금까지 쭉하니 일어 번역을 해온 사람인 줄 알고 있는데?"

자빠뜨리고 코를 깨다 못해 작신작신 밟는 것까진 배겨낼 수 있어도, 이렇게 야비하게 나오면 당해낼 재간이 없었다.

"주로 번역을 하는 건 사실이지만, 그걸 바탕으로 구성기사도 쓰죠."

마지막 '쓰죠'는 끝내 목구멍 밑으로 가라앉았다.

"아무튼 누구한테 허락을 받고 갔어, 아니면 무단히 나갔어?"

노조사건 이후 박사장이 정애를 자심하게 핍박해온 건, 이제 무비스 직원이라면 심드렁해할 정도의 일상적인 현실이었다. 물론 그건 누가 보기에도 힘없고 볼품없는 심정애에 대한 박사장의 병적이며 잔인한 행패였다. 얼마나 부대꼈던지 찌그러진 바가지처럼 상해버린 그녀 몰골을 볼작시면, 더더욱 한쪽은 혹독히 여기고 다른 쪽은 안쓰러이 여길 만했다. 하지만 둘의 캐릭터가 워낙 특이했고 보면, 누구도 아닌 딱 그 두 사람이 씨름을 하는 모양새가 저간의 사

310

정이야 어찌 됐든 우스꽝스럽게 왜곡돼 보인다는 데 상황의 더욱 딱한 측면이 있었다.

노조가 결성된 지 일 년 반 가까이 흐르는 동안, 박사장의 소망대로 그것은 절로 유명무실해졌다. 애초에 급조됐던 게 가장 큰 이유였겠지만, 직접적인 요인은 지휘를 맡았던 원종덕을 비롯해 세 고참 기자들마저도 바람처럼 무비스를 떠났기 때문이었다. 편집부가 노조를 만들어서까지 다시 불러앉히기를 원했던 조을미 자체가 정작 노조엔 시큰둥했던 것도 작은 이유는 아니었다. 바로 그 점이 한때 조을미의 붕신이었던 원종덕을 돌아서게 만든 요인이기도 했지만, 제 자신이 편집부의 절대권력이기를 원하면서 동시에 그것이 권력 지향으로 비치기보다는 가장 합리적인 리더십으로 추어올려지기를 바랐던 조을미 성격으로 보면 추호도 놀라울 일은 아니었다. 갈등이 불거진 건 조을미 복귀 후 불과 두 달도 지나지 않아서였다. 3월 정기 봉급 인상을 앞두고, 원종덕이 조합장 자격으로 사장과의 협상 테이블에 앉으려는 것을 조을미가 곱잖게 보기 시작했던 것이다. 그때부터 사석에선 노골적으로 원종덕에게 좋지 않은 야심이 있다고 꼬집곤 하면서, 공적으로는 아직 정련되지 않은 그의 기자로서의 자질을 깎아내리거나 글솜씨를 타박하고 무엇보다 그가 제출한 기사 아이템을 경홀히 취급함으로써, 그에 대한 애정이 식었음을 여실히 드러냈다. 젊지만 노회한 조을미는 그렇다고 해서 누구 한 사람 그녀가 사심을 부린다는 꼬투리를 잡지 못하도록, 철저히 객관적인 약점들만을 부각시켜 교묘히 그를 결박했다.

사실 원종덕도 지병이라 할 만한 과대망상 때문에 항상 도가 지나쳤다. 일례로, 편집부 대표 격으로 사장과 독대한 협상 테이블에서 자기 월급 인상분을 이 년차 기준으로 올려달라고 하는가 하면,

조합장 활동비와 별도의 사무실까지 내놓으라는 억지스런 요구를 했다. 입사한 지 만 일 년밖에 안 되는 그가 이 년차의 승급을 요구한 근거는, 무비스 입사 전 군소 잡지사에서 육 개월 정도 촉탁사원으로 근무했던 경력까지 쳐 받겠다는 뜻이었다. 하지만 그 과욕은 사장은 제쳐두고라도 일단 조을미의 비위를 크게 거슬렀다. 잡지계 서열에 대한 그녀의 성골의식에 의하면, 그 군소 잡지사를 감히 무비스와 동렬에 놓았다는 것 자체가 망령된 발상이었다. 게다가 스물다섯 남짓 되는 전 직원이 두 층으로 뎅그란 공간 하나를 갈라 쓰는 마당에, 사장에게나 허용되는 전용 룸을 갖겠다는 건 후안무치하다 못해 정신나간 발상이 아닐 수 없었다. 하지만 그런 저런 책잡힐 건더기가 있었다 해서, 로미오와 줄리엣의 집안이 야합하듯 조을미와 박사장이 무릎을 딱 맞대고 편집부 월급 인상폭을 전결해버린 건 원종덕에게도 이만저만 배신감이 드는 처사가 아니었다. 하후상박의 원칙을 공평하게 적용한 그 결과만 놓고서는 이러쿵저러쿵 시비 걸 게 없었으나, 원종덕으로선 조합장 위신이 땅에 떨어지는 사건이었다. 그러자 노조 결성을 할 무렵부터 구원(舊怨)을 터는가 했던 고참들에게 다시 어깃장을 부리기 시작했다. 그들이 한 달에 촌지를 얼마나 챙기는지, 또 그걸 얻기 위해 이왕이면 굴지의 메이저를 차지하려고 자기네끼리는 또 얼마나 이전투구를 하는지, 왜 자신은 아직 담당 영화사 하나 없이 영화잡지의 주 영역도 아닌 비디오 업계만 돌아다니게 되는지, 기회만 잡으면 이를 갈며 씹어돌렸다. 그런가 하면 조합장이 되면서 거들떠보지도 않았던 심정애에게 심선배, 커피 한잔 타줄까요? 하고 다시 살가운 척 굴고 나왔다. 그건 마치 변심했던 애인이 애매하게 돌아온 것 같은 수상쩍은 변화였지만, 정애 속의 우직한 참을성은 언제나 그랬듯 알면서도 모

312

르는 척 받아주었다.

"그래, 한잔 받아먹자."

그 커피 한잔이 근처 레스토랑의 런치 스페셜로 이어졌다. 초콜릿 빛깔로 끼얹어진 비후까스 소스의 부드러움은 후식으로 나온 원두커피를 홀짝이는 순간까지 혓속에 남아 있었다. 담배 한 모금을 빨며 원종덕이 뭔가 말을 꺼낼 즈음엔 정애의 기분은 노골노골 풀려 있었다. 때문에 다음 얘기를 들은 순간 눈물이 쏙 빠질 듯 아뜩해지고 말았다.

"이거, 아직 심선배만 알고 있어요. 나, 조만간 여기서 튈 것 같아."

새로 창간될 비디오 잡지사가 그를 수석기자로 스카우트해왔다는 것이었다.

"뭐?"

그럼 노조는 어쩌라고. 처음에야 떨떠름했건 어쨌건, 이젠 그녀 역시 노조라는 대단한 고기 맛을 보아버린 뒤끝이었다. 강짜 심한 사장까지 사시나무 떨듯 떨게 했던 도깨비 방망이가 아니었던가. 그래도 그게 끈덕지게 버텨줘야, 아무의 목이고 함부로 치고 붙이는 인사 전횡 따윌 휘두르지 못할 것이었다. 무엇보다 원종덕도 노조도 없는 무비스에서, 끈 떨어진 나막신 짝이 될 게 뻔한 제 신세는 또 어찌될 건가 말이었다. 조을미는 저를 어떻게 취급할 것이며, 노조에서 빠지라는 간곡한 회유를 뿌리친 이래 하시라도 앙갚음할 기회만 노리는 박사장 등쌀은 또 어찌 견딜 것인가. 그런 의미에서 원종덕의 돌발 선언은 삼 년 전 천영애의 갑작스런 증발 사건과 맞먹는 충격을 안겨주었다. 게다가 똑같이 우산 노릇은 해주었지만 어쩐지 냉하고 어려운 대상이었던 천영애와 달리, 녀석은 명색이나마 하대를 해도 되는 털털한 후배가 아니었던가.

"이거 아직 심선배만 알고 있어야 돼. 이런 말 또 안 해도 되는 거죠?"

"말이라고 해?"

"근데 심선배, 노조를 어떻게 생각해요?"

노조를 어떻게 생각하다니. 전후사정이야 어찌 되었든, 이제는 저같이 아무 힘 없는 것들의 실질적인 숨통이요 배수의 진이 돼버리지 않았는가.

"아니, 무비스에 노조가 없다면 어떻게 되리라고 생각해요?"

그 찌르는 듯한 말에, 이미 제 목에 칼이 들어온 듯 정애는 목을 슬쩍 어루만졌다. 그런 정애를 즐기듯 원종덕은 씨익 웃었다.

정애는 제가 뭘 하는지도 모른 채 원종덕이 피고 던져둔 담뱃갑에서 한 가치를 빼어물었다. 살성이 검은 원종덕의 손등이 라이터 불꽃을 앞세우고 쑥 다가왔다. 담배를 끼운 손가락 마디들이 부들부들 떨렸다. 수렁이었다. 이제 다시는 고향에 돌아갈 수도 없었지만, 그렇다고 '청산가리 안 섞인 파마약' 오퍼상 따윌 다시 기웃거린다는 건 상상만 해도 끔찍했다.

사 년 전 그녀가 그런 최악의 선택이라도 할 수 있었던 건, 그나마 세상에 대한 철저한 무지와 그로 인한 자신감이 있었기 때문이었다. 그녀는 까마득히 잊고 있었던 '세기상사'라는 이름부터 불현듯 떠올리는 자신에게 겁을 집어먹었다. 신사장은 방정치 못한 행실 탓에 간 기능이 나빠진 오십대 남자의 전형적인 검은 얼굴을 갖고 있었다. 그녀가 머물렀던 육 개월 동안, '청산가리 안 섞인 파마약' 박스는커녕 말라비틀어진 오징어 박스 하나 실제로 들어오는 꼴을 본 적이 없었다. 그 대신 오후로 들면 큰 길 두 개 건너 구멍가게로 사장이 보내는 과자 심부름을 갔고, 한 보퉁이 안고 들어설라치면 소파에 딱 붙어앉아 있던 전화 아가씨 미스 리와 화들짝 떨어지는 망측한 꼬락서니만 한두 번 보았던 게 아니었다. 그 민망함을 가리려고 그랬는지 어쨌는지 굳이 잘 안 쓰는 일본어 전용한자들만 골라서 그녀가 제대로 읽는지 떠보려 들었고, 어쩌다 실수라도 할라치면 입에서 단내가 날 때까지 이 사람, 저 사람 붙잡고 책을 잡았다. 요새 일문과 나왔다는 것들 실력이 왜 그래? 한자 읽기도 변변히 못 하더만. 하지만 그 어떤 추악함도, 일본에서 온 손님들을 싣고 강남 후미진 곳에 처박힌 요정에 갔던 날의 악몽에 비할 수는 없었다. 미스 리까지 5인승 승용차에 어른 여섯이 꼭꼭 끼어 탔던 그날, 정애는 생전 처음 올림픽대로라는 것을 타보았다. 하지만 그 시원했던 질주감 외엔 모든 게 지옥이었다. 망사 한복에 버선발을 사각거리는 아가씨들의 떡진 마스카라와, 취할수록 게걸스럽게 아따라시이! 아따라시이! 돼지 멱따는 소리로 속칭 영계를 불러대는 신사장의 추태도 더할 수 없이 끔찍했지만, 그럼 어디 나는 우리 심상과 놀아볼까나, 하는 듯이 느끼하게 위아래를 훑어대는 일본인의 눈빛에 이르러선 오장육부가 홀랑 뒤집히고 말았다.

안 돼! 정애는 번쩍 정신을 켰다. 도리질하는 그녀의 얼굴은 두드러기가 돋은 듯이 검붉고 칙칙했다. 꽉 깨문 어금니 사이로 당찬 소리가 갈라져나왔다.

"이제 와서 노조가 없어지면 안 되지!"

"그렇죠, 심선배?"

원종덕이 그럴 줄 알았다는 듯, 또 한 대 담배를 찾아 움직이는 심정애의 손가락 끝에 담뱃갑을 톡톡 털어 두 개비 내밀어주었다. 하지만 그 절박했던 한마디가 제 앞길을 갈갈이 찢어놓을 줄은 그때는 알지 못했다.

그녀가 노조 조합장을 승계하게 된 것을, 박사장은 나라 팔아먹은 짓보다 더 가증스럽고 쳐죽일 소행으로 받아들였다.

"도대체 이제 누가 남았다고 노조야? 당장 그만두지 못해?"

박사장의 호통은 가히 발작적이었다.

"누가 남긴 누가 남아요? 저 말고도 아직 세 명이나 조합원으로 등록돼 있는걸요."

그녀도 매번 마지막 기력을 쥐어짜듯 치받고 나섰다.

"어, 그래. 마침, 그 얘기 잘 나왔구먼."

박사장은 육모 크리스털 재떨이를 앞으로 당겨놓곤 담뱃갑으로 손을 뻗었다. 수전증이 심했다. 무슨 금단증상에 시달리는 사람처럼 간신히 라이터로 불을 댕겨 성급히 한 모금 빠는가 싶더니, 피웅 도는지 턱을 털어대며 금세 비벼 껐다.

"내가 이 담배를 순전히 심정애씨 때문에 피운다고. 의사가 그랬어, 더이상 담배 피우면 죽는대!"

사장은 미필적 고의에 의한 살인 혐의까지 뒤집어씌우려 들었다.

"사장님이 담배 피우시는 게 왜 제 책임이에요?"

언제나 그랬듯이, 이처럼 말도 안 되는 소리부터 하고 나오는 박사장의 장기를 만나면 요령부득이었다.

"심정애씨가 오늘이라도 노조를 그만두면 내가 담배 피울 일 없지! 다른 세 명하고는 벌써 얘기가 끝났어. 그 사람들 말이, 노조가 있기는 해도 하도 유명무실해서 자기네들은 당장이라도 이름을 빼도 상관이 없는데, 조합장 심정애씨가 무서워서 빼도 박도 못 한다드만."

"뭐라고요?"

"왜, 거짓말 같아?"

"누가 그런 소리를 해요?"

"허윤숙이가, 아니 셋이 이구동성으로 그랬어."

셋이란 아직 노조원으로 남아 있는 미술부 여직원 둘과 성민정을 이름이었다. 그새 무비스는 과반수 이상 물갈이가 돼버렸다. 원종 덕이 심상만 믿어! 하고 떠나버린 이래, 그와 오월동주한 듯 아웅다 웅했던 석 삼 고참 여기자들도 시나브로 사표를 쓰고 나갔다. 약은 그들은 회사를 나간 뒤에도 새 직장이나 개인 아르바이트를 하는 데 필요한 영화자료들을 무비스에서 쏠쏠히 얻어갔다. 물론 공적인 채널을 통해서가 아니라 슬그머니 전화를 걸어서, 그들이 필요로 하는 수준 이상으로 알뜰히 챙겨 보내는 심정애의 맞춤 서비스를 통해서였다. 더러는 그것들을 '픽업' 하러 편집부를 방문하기도 했 는데, 그러자면 날아갈 듯 예쁘게 차려입고 온갖 환대를 받으며 들 어서서, 누군가가 타주는 커피를 홀짝홀짝 머금어가면서, 여태 무 비스에 목을 매다는 것 외엔 달리 살 방도를 구하지 못한 옛 동료들 에게 무비스에 뼈를 묻을 작정인가보지? 하는 뼈 있는 한마디를 예 사로이 던지며 깔깔거리곤 했다. 그에 이어 그해 봄엔 조을미마저 그 해묵은 충돌을 재연하며 더 짱짱한 자리를 보아 나가니, 박사장 으로선 앓던 이 쑥 빠진 듯 시원하지 않을 수 없었다.

그후론 사장 말이라면 꺼뻑 죽는 정 아무개를 들여앉혀놨겠다, 안팎으로 수소문해 넘치지도 모자라지도 않는 기자 세 명도 개별 면접으로 특채해놓으니, 이들은 모두 누가 노조에 들라고 해도 이 회사에 왜 노조가 있어야 하는지 영문을 몰라서도 들 수가 없다는 식으로 나왔다. 사진부 둘과 원종덕과 같은 시기에 들어왔던 여기 자 하나는 승진을 미끼로 노조에서 이름을 빼게 하니, 남은 건 조합 장 심정애를 비롯한 달랑 네 사람, 그야말로 빈 쭉정이 노조등록증만 남았다고 해도 과언이 아니게 된 것이다. 게다가 그 좌장이라고 하는 심정애가 전임 원종덕처럼 조합장의 소임과 권위를 흉내라도 낼 수 있는 인물인가 하면, 어림 반푼어치도 없는 말씀이었다. 정말 쥐뿔도 아닌 것이, 그놈의 조합증 하나를 무슨 옥황상제가 내린 동아줄인 줄 아는지 죽어라고 놓지 않는 것일 뿐이었다. 그런 그녀를 회유한답시고 유화 제스처인들 안 써본 게 아니었다. 밥도 사줘보고, 아첨도 떨어보고, 심지어 제법 두툼하게 집어넣은 금일봉을 건네줘보기도 하였으나 씨알도 먹혀들지 않던 것이었다.

"노조를 없애요? 누구 맘대로요?"

그토록 생속을 끓이다보니, 더이상 특별한 동티가 나지 않아도 그놈의 노조등록증과 심정애를 떠올리는 것만으로도 치를 떨게 되었고, 그러다보면 저도 모르게 치졸한 힘 겨루기에 빠져들었다. 더러 제정신일 때에는 내가 어쩌다 이렇게까지 망가졌나 스스로 아뜩해지지 않는 것도 아니었으나, 막상 회사 문턱을 밟거나 특히 심정애라는 존재와 맞닥뜨리기라도 하면 제어할 수가 없었다. 또 그것은 잘못 채워진 첫 단추처럼, 모든 면에서 그를 통제불능에 빠뜨렸다. 그는 김과장 같은 가신이 아니면 누구도 신뢰할 수 없어졌고, 심혈관성 지병도 안정적으로 조절되지 않았다. 또 무엇이든 즉석에서 뜻대로 되어야만 했다. 그렇게 되지 않으면 그 자리에서 심장이 녹아버리거나, 머리통이 터질 것만 같았다. 주치의는 거듭 정신적 요양을 권했지만, 그는 노조등록증과 심정애만 없어지면 모든 게 해결될 것 같은 단순한 강박증과 증오에 사로잡혔다. 문제는 그가 쥐어짜낼 수 있는 어떤 가혹한 수단을 동원해도, 정애에게 먹혀들지 않는다는 것이었다. 때문에 기회가 생길 때마다 별 치사한 꼬투리를 잡아서라도 심정애를 짓이겨놓고 싶은 충동이 한시도 그를 놓아주지 않았다. 그해 3월 정기 봉급인상 때 벌어졌던 어처구니없는 해프닝도 그런 맥락이었다. 노조에 들지 않은 직원 전원에게 십오 프로 인상이라는 균등한 혜택을 주는 한편, 그때껏 이름을 빼지 않은 네 사람에겐 개중에서 덜 미운 놈 순서대로 사만원, 삼만원, 이 만원, 마지막으로 딱 만원만 올려주는 기상천외한 처분을 내렸던 것이다. 나중까지 '도레미파 인상' 이란 이름으로 회사 후진들의 우스갯감이 된 이 사건에서, 딸랑 만원을 올려받은 이는 말할 것도 없이 심정애였다. 그래도 깎지 않고 한푼이라도 올려주었으니 자기는 후한 사장이 아니냐고 2층 직원과 어울린 자리에서 가가대소하니, 둘러앉은 사람 모두가 벽에 뒤통수를 찧어가며 박장대소를 했다는 에피소드까지 가감 없이 정애 귓전으로 흘러들었다. 아무려나 타인의 야비함에 관성이 붙을 대로 붙은 정애는 비록 이는 갈았지만, 끄떡도 하지 않았다.

"내 보자 보자 하니까. 심정애씨, 심정애씨가 지금까지 이 회사 밥을 먹어온 게 일을 잘 해서 그랬던 것 같애?"

"썩 잘 해오진 않았어도, 제 밥값은 해오지 않았어요?"

"치아! 내가 암껏도 모르는 청맹과니라서 여태 심정애씨를 봐준 줄 알아? 심정애씨 글솜씨가 초등학생만 못하고, 영화에도 까막눈인 건 조을미 부장 시절부터 내가 빠싹하게 알고 있었어! 조을미씨가 심지어 뭐라고까지 했는 줄 알아? 심정애한테 줄 월급 있으면 그 돈으로 씽씽한 기자 한 놈 더 쓰라고 했어! 그게 무슨 말인 줄 알아?"

"무슨 말인데요?"

정애는 이죽거리듯 사장을 노려보았다. 콧김을 킁킁 뿜어대며 나오는 대로 뱉어내는 사장 얼굴이 야차처럼 흉물스러웠다.

"우리 회사에서, 심정애씨가, 바, 밥버러지란 소리야!"

이런 얄궂은 물건을 보았나 싶었던 박사장은 큰소리는 치면서도, 혼비백산은 저 혼자 다 했다.

"당장에 목을 쳐도 아무 할 말 없는 입장이라 이 말이야!"

"그렇겐 안 될걸요?"

덧난 상채기에서 피고름이 줄줄 흐르는 걸 개의치 않고 정애는 섬뜩하게 웃으며 쏘아붙였다. 동시에 그건 내겐 노조가 있다는 회심의 반격이었다.

"뭐야, 지금 뭐라고 했어? 사장한테 그게 무슨 말버릇이야?"

박사장은 그예 기함을 할 듯 퍼들거렸다.

심정애도 그 기세에 당차게 맞섰다. 악과 독기로 터질 듯한 시간이 약간 흘렀다. 정애는 후욱 하고 내쉬는지 들이쉬는지 모를 한숨을 쉬었다. 그녀는 막나가려 했고, 또 그래야 할 시점이었다. 그런데 문득, 그게 무슨 말버릇이냐고 온몸을 부들부들 떨어대는 박사장의 초라한 모습이 그대로 눈에 들어왔다. 골골이 주름져서 늘어진 이맛살이며, 강변을 하거나 악을 쓸 때면 입가에 하얀 점처럼 맺히는 침방울이 그냥 혐오스럽다거나 보기 민망한 정도가 아니라, 비루하다 못해 처절한 느낌마저 자아냈다. 망가진 사장의 몰골 자체가 오갈 데 없이 서글픈 둘의 처지를 요지부동으로 드러내주었다. 그녀는 자신에게도 탐탁지는 않은 동병상련에 휩쓸렸다. 그러자 저도 모르게 눈시울이 뜨거워지면서도 등줄기는 시려와, 푸르르 치를 떨었다.

"저것 봐, 사장 앞에서 치를 떨질 않나!"

제 분을 못 이긴 박사장이 온몸으로 용을 쓰는 바람에, 탁자가 흔들려 그 위의 볼펜 하나가 도르륵 굴러떨어졌다. 몇 차례나 속심만 바꾸어 재활용하는 박사장의 궁상 때문에, 용수철은 늘어지고 휜

320

외장도 찌들어버린 불쌍한 볼펜이었다.

"네, 그건 제가 잘못했어요."

끊겨 나오는 정애의 목소리엔 눈시울에 돌았던 그 물기가 고스란히 녹아 있었다.

"그래! 잘못했지!"

박사장은 속없는 인간처럼 돌연 기가 살아났다.

"지금 심정애씨가 하고 있는 짓은 전부 잘못됐다고! 그게 대관절 언제부터 그렇게 됐는지 알아?"

"네?"

"그것을 몰라? 하긴 몰라서 그랬겠지. 그럼 내 가르쳐주지. 잘 들어. 심정애씨는 그놈의 노,"

"노조 얘기라면 꺼내지 마세요."

물 젖은 휴지 짝이 돼버린 듯했던 정애는 대번에 정색을 하며 목을 곧추세웠다. 노조를 건드리려는 수작이라면 추호도 어림없다는 빛이, 구변이 딸려 말수를 절제하는 그녀의 표정 위로 서슬 푸르게 돋아났다. 누렇게 떠서 기진맥진한 얼굴이 갑작스레 치받친 오기로 칠면조 벼슬처럼 검붉어졌다. 박사장은 문 밖까지 온통 쩌렁쩌렁 울려퍼지도록 고함을 처질렀다.

"정 그럴려면 이 회사에서 나가!"

정애는 울렁거리는 가슴을 겨우 가라앉히며 자리에서 일어섰다. 어떤 경우에도 정신은 또렷했지만, 이런 이전투구를 하고 나면 숨을 쉴 기력조차 없이 탈진이 돼버렸다. 그렇지만 이젠 고양이를 물어야 살 수 있다는 걸 알게 된 그녀는 젖 먹던 힘까지 쥐어짜 이죽거렸다.

"못 나가겠다면요?"

나, 나가아……! 벽력같이 질러대는 사장의 큰소리를 뒤로하고 그 방을 나온 정애는, 잠시 등을 문에 기대고 멍하니 입을 벌렸다. 복도 창으로 들이치는 햇살이 부석부석한 눈두덩으로 따갑게 쏟아졌다. 이제 그녀가 무비스에 들어온 지도 꽤 많은 나날이 흘렀다. 이상하게도 그 벽에 그렇게 등을 기대고 햇살을 쬐어보기란 처음 있는 일인 것 같았다.

6

'이놈의 산더미를 또 끌고 가?'

1997년 2월. 이삿짐을 꾸리던 천영애는 책꽂이 맨 아래칸에 차곡차곡 눕혀져 있는 『무비스』를 보며 눈살을 찌푸렸다. 팔 년 전 회사를 나온 그녀는 이듬해 결혼을 하여, 두 남매를 둔 어머니로 변해 있었다. 또한 공무원인 남편을 따라 길면 삼 년, 짧으면 일 년 만에도 이사를 다녀, 짐 싸는 것 따위에는 어지간히 이골도 나 있었다. 웬만하면 전 국민의 이사 패턴으로 정착된 포장이사를 이용할 법도 하련만, 여전히도 그 성미는 어차피 다시 제 손을 타게 만드는 그것의 어설픔을 용납치 못했다. 서울서 뚝 떨어진 지방도시를 예닐곱 군데 옮겨다니는 동안 죽마고우나 직계 혈연이 아닌 웬만한 인연의 끈은 다 끊어져, 조금쯤 남겨두었어도 좋을 그리움조차 흔적이 말라버린 상태였다. 그런데 저놈의 『무비스』만은 용케도 변덕스런 그녀의 주소를 좇아, 한 달도 거르지 않고 매달 1, 2일 무렵이면 툭, 툭 날아들곤 했던 것이었다.

물론 그녀는 심정애를 잊지 않았다. 또 남매를 낳고, 큰딸을 여섯

해 동안이나 고이 기를 동안에도 종기처럼 뿌리박힌 젊은 날의 열패감도 잊지 않았다. 그밖에도 많은 일들이며, 그때 무비스라는 조그만 공간에서 함께 일했던 그녀 또래 사람들이 지금은 어디서, 얼마나 더 나아진 모습으로 발전돼 있는지도 신통히 알고 있었다. 대한민국에서 가장 좋은 책 열 권을 만들겠다던 오기의 기억도 생생했다. 그같은 것들은 어디 적어두지도 않았으련만, 그녀 의식은 아직도 무비스 네트워크에 걸려 있었다. 바로 그 점, 아직껏 자신이 과거의 패배감으로부터 자유를 얻지 못했다는 걸 매달 새롭게 환기시켜준다는 점에서, 천영애는 예전과는 또다른 의미로 무비스를 증오했다.

사실 그녀의 현실은 그런대로 흡족했다. 남편의 순탄한 진급과 여럿 가운데 돋보이는 남매의 영특함이, 사회적 성취에 대한 미련을 새삼 곱씹을 겨를 없이 천영애의 일상을 가쁘게 순환시켰다. 더군다나 그녀 같은 완벽주의자에겐 가정이라는 공간 또한 녹록잖은 도전의 무대였다. 그곳에선 어떤 일도 완결되지 않았고, 내일이면 또다시 어제와 똑같은 것이, 하지만 처음부터 다르게 다시 시작되어야 했다. 민첩하게, 최선의 노력을 기울여 식구들 먹거리와 입성, 가정에서 뒷받침되어야 할 모든 것을 다뤄내는 그녀의 솜씨는 무비스 자료실에서 산더미 같은 일감을 해치우는 한편, 수렁처럼 발 빠지는 심정애의 원고들을 진흙 얼룩 하나 없이 깔끔히 만져내던 그때의 것과 조금도 다르지 않았다. 그녀는 하루 종일 집 안에 있을 때도 예뻐 보였고, 아늑하게 정돈되고 구석구석 잔손질이 간 집 안만큼 몸가짐도 단아하게 유지했다. 단 하나, 간헐적으로, 예고 없이 닥치는 우울증만큼은 그런 그녀에게도 난적이긴 했다.

이따금 엄습하는 그 우울증이 어디서 오는지에 대해선 굳이 이유를 캐고 말고 할 것도 없었다. 마치 심정애가 무비스에서 당하는 일들에 대해 분석하려 하지 않는 것과 같은 성격이었다. 그러나 심정애가 그 극심한 스트레스를 가누기 위한 모든 장치를 오직 자신의 내부에 설치해두고 있었던 것과는 달리, 가정주부가 된 천영애는 그 병적인 에너지를 주기적으로 방출키 위해 자기 외부에 언제나 써먹을 수 있는 '밥'들을 두고 살아야 했다. 더러 그 대상은 남편이 되기도, 엄마가 그럴 땐 영문 모르고 당해주어야 하는 남매가 되기도 했지만, 가끔은 자연스레 심정애가 될 적도 있었다. 시간은 그녀 정하기 나름. 열에 아홉 정도는 정애가 야근을 하고 있는 아홉시쯤, 아이들을 일찍 잠자리에 몰아넣고 맥주 두어 병에 얼큰히 취해 정애씨? 하고 혀 꼬부라진 소리를 내며 쳐들어가는 식이었다. 그것은 소통치곤 지나치게 일방적이어서, 먼저 끊자는 소리도 못 하고 계속 들어주면서도 머릿속으론 밀리는 일 걱정에 시달리는 심정애에겐 또하나의 만만찮은 스트레스였다. 심지어 박사장이 한창 그녀의 일거수일투족을 좇아 사사건건 족쳐댈 무렵엔, 밤마다 야근비 신청해놓고 전화질만 한다는 억울한 호통거리가 되기도 했다.

그렇지만 그것조차 천영애에겐 한 달에 한 번 있을까 말까 한 일에 지나지 않았다. 또 그럴 대상으로 선뜻 정애를 떠올리게 되는 건, 저도 모를 편안함 때문이었다. 자료실 찜통 속에 둘이 함께 허덕거리던 시절엔 자신의 수치요 경악의 대상이었던 정애의 모자람이, 멀찍이 떨어지고 보니 언제라도 치댈 그릇이 되는 넉넉함으로 바뀌었던 것이다. 세상이, 주위 사람이 어떻게 변해가도 한결같이 모자란 모습으로 같은 자리를 지키고 있는 심정애의 주제란 언제 어떻게 떠올려도 위안이 되었다. 제 인생이 가치 없거나 뒤처진 것으로 비하될 때, 천영애는 정애를 생각하며 비애감을 내려놓았다.

그게 또한 그녀가 이사를 할 때마다 싸그리 버릴까 말까 뒤숭숭해하며 얄고 가벼운 잡지쪼가리라고 경멸하기를 서슴지 않으면서도, 언제부터인가 『무비스』 오는 날짜를 무심히 기다리게 된 이유이기도 했다. 갈피갈피 오려 남매의 한글 교육 자료로 써왔을 뿐 진지하게 눈여겨본 적이 없으면서도, 매달 초 날아드는 또 한 권의 잡지를 건성건성 들출 때마다 분명치 않은 쾌감에 입술 끝이 묘하게 치켜올라가는 것만은 어쩔 수가 없었다. 이 한 권의 『무비스』가 나오기까지 심정애가 또 어떻게 들볶이고 닦달을 당했을까. 그것만 생각하면 뭉클 연민의 정이 솟아오르는 한켠 제 인생에 대한 안심, 모종의 기꺼움 같은 것이 은밀히 뻗쳐올랐다. 물론 그건 더이상 요지부동일 수 없는 한 미련한 인생에 대한 거의 절대적으로 확고한 우월감 때문이었다. 끊어질 듯 이어져온 심야의 전화질에 의하면 십 년이 다 되도록 정애의 처지는 호전될 가망이 없었고, 더욱이 얼토당토않게 노조 조합장이 된 이래 믿었던 박사장한테조차 밥버러지 취급을 받게 된 게 분명했다. 한마디로 자신의 부재가 시작된 시점에서 정애의 재난이 시작되었던 것이다. 한 인생에 이처럼 똑 떨어지게 통쾌한 시점이라는 게 어찌 있을 수 있단 말인가. 그래서 아무래도 이번엔 버리고 가야겠다고 툴툴거렸던 마음과는 달리, 저도 모르게 목장갑을 낀 손으로 『무비스』를 열 권쯤 영차 하고 끄집어냈을 참이었다. 먼지가 날려 기침을 하는데, 딩동, 초인종이 울렸다.

피아노학원에서 돌아온 딸의 품엔 가장자리가 꾸깃해진 눈에 익은 무비스 봉투가 들려 있었다. 십자형으로 단단히 처묶은 빨간 노끈 사이로, 입때 촌티를 털지 못한 정애의 글씨로 '천영애님 귀하'라고 씌어 있었다. 97년 2월호 인물은 그즈음 개봉한 영화 〈제리 맥과이어〉의 주인공 톰 크루즈였다. 탐이니, 톰이니 옥신각신하다가

기어코 사표를 쓰게 만든 그 인물은 그새 할리우드를 평정하여, 니콜 키드만이라는 천하의 미인까지 곁에 두고 사는 모양이었다.

"엄마, 먹을 것 좀 없어?"

딸은 그녀가 벗어던진 목장갑과 가위로 댕강 잘라낸 빨간 노끈, 누런 봉투 따위가 어수선하게 너즈러진 식탁 위를 노려보며 발을 굴렀다. 천영애는 전에 없이 산만해져서, 책장을 넘기는 일에 골몰돼버렸다. 그 책이 왔다고 앉아서 정신을 뺏기는 엄마를 본 적이 없는 딸은 그녀에게서 느껴지는 산만한 기운을 온몸으로 거부하면서, 엄마! 과자 없어? 하고 한 번 더 세차게 발을 굴렀다. 그러나 천영애는 뭔가 빠져나간 사람 같았다. 표정은 무엇이라고도 말할 수 없는 빛으로 굳어 있었고, 마구 페이지들을 넘기다 말고 또 좀 전에 그녀의 눈을 사로잡았던 문제의 페이지로 돌아가, 과연 이 이름이 그 사람을 뜻하는 건지 몇 차례고 뜯어보았다.

그녀가 구멍처럼 빠진 페이지는 목차와 함께 인쇄된 판권 페이지였다. 그 속에 정확히 이렇게 인쇄된 한 줄이 삽입돼 있었던 것이다.

'편집부 자료실 차장 심정애.'

7

열시 정각부터 라이트박스—슬라이드를 비쳐보는 기구—앞에 자리잡은 정애의 안경알은 꽤 두꺼워져 있었다. 왼쪽 눈에도 마저 난시가 생겨버린 지도 이태가 넘었다. 생애 딱 한 번 선을 보고 한 달 반 동안 다섯 번 데이트를 했던 사십대 남자와 슬그머니 연락이 끊겨버린 뒤, 남자의 시선 따윌 의식하는 일도 그녀에게서는 완전히 멀어졌다. 더욱 철저히, 극도의 내핍을 통해 돈을 모아가면서, 잡념이라는 것이 깃들일 틈이 없도록 회사 일에 사로잡히는 것만이 그녀가 사는 이유처럼 보였다. 조합장이 된 지 삼 년 만에 노조를 놓았던 건 그녀의 의지에 의한 것도, 박사장의 핍박을 못 견뎌서도 아니었다. 하지만 만사가 슬그머니 제 심보대로 되어버린 후에도, 박사장은 오랫동안 정애를 아는 체하지 않았다. 그저 한쪽 구석에 있는 듯 없는 듯 자리잡은 물건 취급하듯, 회식 자리에 끼어 있어도 술 한 잔 권하는 아량조차 베풀지 않았다. 그런데 거기서도 삼 년이 더 지나 무슨 심경의 변화로 더럭 차장으로 진급시켜주었는지는, 점점 악화일로로 치닫는 심혈관성 질환 쪽에서 영문을 찾아야 할 노릇인지도 몰랐다. 그사이 등장한 경쟁 영화지와의 특종 및 부록 싸움으로 기력을 소모한 무비스는 새로운 신데렐라로 부상한 주간지의 빛에 가려 급속히 사양길로 접어들고 있었다. 그럼에도 다른 돌파구를 뚫어볼 의욕조차 없는 박사장은 가늘게 먹고 가늘게 싸자는 경영원칙 하나로 한 달 한 달 기신기신 버텨나갔다. 아무튼 2월에 발령을 받아 십 개월쯤 흐르는 사이, 정애는 점점 더 중심이 잡혀갔다. 이제 누가 심차장! 불러도 총탄 소리에 놀란 새처럼 파드득거리지 않을 만큼 자신의 변화에 익숙해졌다.

"이게 뭐야, 화경씨, 제임스 아이보리 감독 영화가 왜 여기 끼어 있지?"

무비스에서의 십 년 세월은 핑크솜 같던 혈색과 새앙쥐처럼 기름지던 눈동자를 삼켜버렸다. 그렇지만 고개를 깊이 숙일 때 브이네크 셔츠 속으로 살짝 들여다보이거나, 폴리아크릴 스웨터 선을 타고 도드라지는 새가슴은 여전히 정애의 것이었다. 하지만 가뜩이나 숱 적은 단발머리를 애매한 길이로 잘라 볶아버리기까지 한 건, 간

부직 여사원다운 멋을 풍겨보려던 그녀의 의도와는 달리 공연히 나이만 몇 살 더 얹어놓은 격이 되었다. 그녀는 안경을 벗어, 슬라이드의 영상을 일일이 살피느라 십 분 이상 확대경에 딱 붙이고 있던 눈두덩을 두어 번 문질렀다. 맵고 찝찔한 아픔이 눈동자 속으로 확 퍼져들었다.

"네?"

긴 다리에 손수건만한 미니스커트를 걸친 자료실 보조는 종마처럼 껑충거릴 줄만 아는 덜렁이였다.

"이거 봐, 이거, 〈전망 좋은 방〉 슬라이드잖아?"

조그만 자료실 가운데 머리를 붙여놓은 두 개의 책상 위엔 두세 매씩 묶인 슬라이드 철과 이것저것 뽑아낸 슬라이드들이 뒤죽박죽 된 퍼즐판처럼 마구 뒤섞여 있었다. 햇살 좋은 날엔 흐린 창에 걸려진 햇빛에도 정확히 비춰보곤 했던 그녀의 좋은 눈은, 이제 라이트 박스를 쓰지 않으면 무슨 슬라이드인지 알아볼 수 없을 지경으로 상해버렸다. 대신에 머릿속은 자료실 전체를 깔아놓은 듯 정밀하게 조직돼 있었다. 아니, 이제 그녀의 내면은 수많은 영화나 배우들이 줄지어 헤엄쳐 다니는 〈그랑 블루〉의 투명한 바닷속 같았다. 그녀는 멋지게 훈련된 돌고래였다. 삐익 하는 호각 소리가 들려올 때마다 수면 위에서 한 바퀴 빙그르르 맴을 도는 묘기를 부리며, 호명된 영화와 배우들을 정확히 물어내놓았다. 노조 사건 이후로도 무비스 편집부는 두어 번이나 더 물갈이가 되었다. 정애는 이제 새로 온 편집장조차 오 년 이상 묵은 영화나 영화계 사건에 대해서라면 그녀에게 물어야 할 그런 사람이 되어 있었다.

"슬라이드가 바뀌었어요?"

자료실의 모습도 딴 곳처럼 달라졌다. 흰 칠을 한 베니어판으로 벽을 지어놓은 건 예전과 거의 같아도, 캐비닛과 파일 캐비닛들이 예전보다 훨씬 더 많이 들어찼고, 천장의 조명과 책꽂이 따위도 말쑥하게 새단장되어 있었다. 또 지난해에 들인 냉풍기의 성능은, 아무리 찌는 여름에도 대여섯 평 자료실 정도는 충분히 알래스카로 만들 정도였다.

"이건 또, 〈라디오를 듣던 시절〉이네?"

"〈라디오를 듣던 시절〉이오?"

그해 3월, 고등학교를 갓 졸업하고 들어온 자료실 보조에겐 처음 듣는 영화 제목이었다.

"아이, 거기 우디 알렌 파일 좀 찾아봐."

심정애 차장은 답답하다는 듯 이맛살을 찌푸리며 손가락으로 가리켜 보였다.

"그 사람이 〈펄프 픽션〉 찍었어요?"

여직원은 좀 둔하게 고개를 갸웃거리며 외국영화 파일 캐비닛 쪽으로 걸음을 옮겼다.

"〈펄프 픽션〉은 쿠엔틴 타란티노지."

정애는 슬라이드에 눈을 판 채로 중얼거렸다.

"우디 알렌 스펠링이……"

"다블류, 다블류, 오, 오, 디, 와인가 그렇지?"

"다, 블, 류……"

여직원이 외국영화 파일 캐비닛 앞에서 'W'라고 기재된 명패를 찾느라 조금씩 몸을 낮추어갔다.

그들은 『무비스』가 창간된 이래 십 년 동안 쌓인 모든 사진, 영화 스틸, 슬라이드 자료를 목록화하고 있었다. 말이 둘이서지, 지휘를 겸해 온몸을 던져 바치는 심정애의 헌신 없인 애시당초 되지 않았을 징그러운 작업이었다. 그것도 여전히 한 달 삼백 매 이상을 번역해가면서, 『무비스』 절반 분량의 교정 일 틈틈이 해야 하는 가욋일이었다. 그러나 차장으로 승차하면서 백만원 가까운 월급을 쥐게 된 정애는, 그보다 더한 일이라도 기꺼이 감수할 용의가 있었다. 잡지 편집 자체가 컴퓨터 편집으로 바뀌면서, 식자공 성민정은 자연 도태되었다. 지방도시로 시집을 간 그녀는 벌써 동네 아줌마들과 돈놀이에 열을 올리고 있었다. 세상에 새끼 보는 것과 돈 불리는 것만큼 재미난 일이 없다는 게 요즘 민정의 지론이었는데, 그녀도 천영애 못지않은 야근의 훼방꾼 노릇을 했다.

"심차장님, 〈라디오를 듣던 시절〉은 없고, 〈라디오 데이즈〉는 있는데요?"

여직원은 파일 캐비닛 서랍에 머리를 박은 채로 외쳤다.

"응, 그게 그거야……"

심정애 차장은 깜빡 정신을 팔고 있었다. 어찌된 일인지 그녀가 막 집어든 슬라이드 첩은 뒤죽박죽 뒤섞여 있었다. 누군가 서로 다른 영화 파일에서 솎아낸 슬라이드들을 한 장의 슬라이드 첩에 마구 꽂아둔 모양이었다. 그중에, 오랫동안 잊고 있었던 한 장면이 섞여 있었다. 〈더티 댄싱〉의 메인 이미지 컷이었다. 소녀 제니퍼 그레이와 댄스 강사 패트릭 스웨이즈가 춤을 시작하기 직전의 밀착된 자세로 멈춰 서 있는 포즈였다. 춤을 추면서 사랑하게 된 두 사람의 포즈는 매우 아름다웠다. 불현듯 개천 고수부지에서 오줌을 누고 성민정의 집에서 그 춤을 따라 추었던 밤이 떠올랐다. 어색하게 몸을 흔들고 팔과 다리를 돌리면서, 그녀가 처음으로 어렴풋하게, 아, 사람들이 이래서 춤을 추는구나, 이래서 영화를 좋아하는구나, 중얼거렸던 취중독백의 기억도 떠올랐다. 그러나 그 밤의 가장 잊혀

지지 않는 부분은 빙빙 도는 어지러움을 가누지 못해 성민정이 차곡차곡 개켜둔 이부자리 더미로 쓰러지면서, 마치 자신이 영화 속의 소녀 제니퍼 그레이가 된 듯한 대리만족을 경험했던 기억이었다. 그후로 그녀는 한동안 무엇을 할 때든지, 왕성하게 춤추는 패트릭 스웨이즈의 체온을 느끼곤 했다. 슬라이드 속에서 소녀와 청년의 표정은 춤 속으로 빨려들고 없었다.

"심차장님, 김부장님이 좀 내려오시래요."

불현듯 문이 열리며 들려오는 사환 아이의 낭랑한 목소리가 꿈결 같았다. 아무 대비가 없던 정애는 4층에서 2층으로 내려가는 계단에서 휘청거렸다. 김부장이 누구를 시켜 심차장을 좀 내려오라고 하는 상황은 처음 있는 일이었다. 그녀가 2층 김부장의 책상 앞까지 내려가야 할 일이 있다 하더라도, 중요한 것이든 시시콜콜한 것이든 일단 인터폰을 걸어 한마디 정도라도 언질을 주는 게 그들 정도의 관계에선 자연스러운 질서였다. 총무부 김과장이 부장으로 승차한 지는 오 년쯤 되었다. 반백이 된 그는 변함없는 박사장의 충복이었는데, 보스의 지병이 발작적인 신경증으로 악화되기 시작한 서너 해 전쯤부터는, 박사장에게서 무너진 권위를 자신의 것으로 채우려는 흑심도 제법 노골적으로 드러내어 구설수에 오르기도 했다. 물론 그게 전혀 먹히지 않는 사람들도 있었지만, 새로 들어온 사람이나 기왕에 있던 사람들 중에서도 기가 약한 축들 사이에선 어느새 회사 절반의 질서를 상징하는 인물처럼 되었다.

매일 조간신문 경제란부터 샅샅이 훑는 정애는 그냥 평범하게 살아가는 사람들에겐 어느 날 하늘이 두 쪽으로 쪼개진 것이나 다름없는 외환 위기의 여파를 알고 있었다. 대부분 살 만한 집안 아들, 딸들인 편집부 다른 직원에 비해, 정애의 경제 동향에 대한 후각만은 사냥개처럼 민감했다. 그런 종류의 기민함을 길러준 건 머리가 아닌 생존본능이었다. 그날도 출근 후 사환 아이 외엔 쥐새끼 한 마리 얼씬 않는 아침 삼십 분을 이용해서, 그 동안 부어온 적금을 털어 투자한 통신주 관련 기사들을 꼼꼼히 읽고 났던 참이었다. 그녀는 폭풍의 전조를 느끼는 새들처럼 누구보다 민감하게 사회적 공황감을 받아들였지만, 두려움의 바늘은 그쯤에서 멈춰 있었다. 당장 제 발등으로 뭔가 떨어지리란 위기감으로 증폭시키기엔 적어도 무비스엔 눈에 띄는 어려움이 없었고, 그 안에서 자신의 부재를 가정할 수 없을 만큼 늘 그래왔듯 지나치게 많은 일감을 끌어안고 있었다.

2층은 전깃불 아끼는 노인네들만 모인 양 어두무레했다.

"김부장님, 저 찾으셨어요?"

불려 내려왔다는 것 자체가 그냥 마주쳤을 때나 인터폰으로 통화를 할 때완 달리 사람을 스스로 낮추게 했다. 정애가 김과장의 앉은 키에 맞춰 허리를 구부리고 아픈 고양이처럼 가르릉거리는 목소리를 낼 때까지, 그는 업무용 공책을 들척이던 자세에서 미동도 하지 않았다. 하지만 비로소, 막 알아차렸다는 듯 덜컥 고개를 들어올리는 얼굴이, 영화 〈메피스토〉의 새하얗게 분칠을 한 클라우스 마리아 브랜다워의 마스크처럼 섬뜩하고 놀라웠다.

"심정애씨……"

김부장은 십 년 만에 승급을 시켜준 이래 꼬박꼬박 심차장이라고 불러주던 호칭에서 슬그머니 끝의 두 글자를 떼어냈다. 얇고 음침하게 굳어버린 그의 눈꼬리가 탁한 웃음기를 머금고 가늘게 치켜올라갔다.

"아, 참, 이걸 어떻게 얘기해야 하나…… 나, 참……"

"네?"

정애는 그만, 정강이뼈가 그대로 녹아내리는 것 같았다.

"이번에 말야. 우리 회사도 소폭이지만, 구조 조정을…… 아, 참, 내……"

정애는 더 듣지 않고 와락 뒤를 돌아보았다. 벌써 몇 해 전에 오래 쓰던 4층 방을 내놓고 2층 안쪽에 내실로 놓아둔 방을 쓸모 있게 개조하여 쓰고 있는 박사장을 향한 무언의 의사표현이었다. 물론 그 방의 문은 굳게 닫혀 있었다. 이제 박사장은 더더욱 쇠잔하고 병적인 노이로제에 찌든 늙은이가 되어가고 있었지만, 대신 손에 피를 묻혀주는 김부장 같은 측근이 있는 한, 적어도 외적으론 굳건히 자리를 지키는 대부처럼 모든 거사가 끝난 뒤에 한갓지고 중후한 모습으로 사후 보고를 받을 수 있을 것이었다. 그는 이제 자신을 대접해주는 사람들하고만 상대하기로 작정을 한 것 같았다. 굳게 닫힌 그 문은, 정애의 생애 두 번 다시는 박사장의 얼굴을 보지 못할 수도 있음을 시사하고 있었다. 일은 비열하게 꼬이기로 들면 언제나 상상을 초월한다. 그 생각이 끊기는 자리에서부터 다시 김부장의 목소리가 끊어진 토막을 잇기 시작했다.

"그래서 우리 총무부에서도 어쩔 수 없이 미스 리가 나가기로 했고, 광고부는 최기선씨, 영업부야말로 더 줄일 사람도 없지만 이길호씨가,"

"그럼, 자료실은 어떻게 되는 거예요?"

그녀는 이미 끊어진 현(絃)이 낼 수 없는 소리를 내고 있었다.

"어쩔 수 없지. 당분간, 양화경이가 편집장 심부름이나 해줘야지."

심정애 차장은 조용히 돌아섰다. 결국 그녀가 해왔던 일은, 언제라도 사환 아이가 편집장 심부름이나 해주는 정도로 격하될 수 있는 것이었다. 그 '심부름'이란 한마디가 갑자기 의곡되고 일그러지면서 다른 얼굴로 변해버리는 〈토탈 리콜〉의 컴퓨터 그래픽 장면처럼, 그녀의 정체성을 뭉개뜨려놓았다. 그 한마디에 이제는 확신처럼 자기가 뿌리내렸다고 믿어온 텃밭이 시궁창으로 전락한 현실을 받아들이게 된 건 놀라운 후퇴였다. 하지만 그녀는 이 모든 이야기를 아는 사람이라면 왜 그 시점에서 그토록 허술히 무너졌는지 허무해질 만큼의, 놀라운 후퇴를 했다. 외환 위기가 시작되었고, 그녀는 안정된 차장이 되어 있었다. 그리고 심부름. 그런 것들이 한데 범벅이 되어, 내성에조차 내성이 붙어버린 그녀로 하여금 더이상 저항하지 못하게 했다. 그것은 분명히 비극적인 현실이었다. 묘한 것은 그녀가 마침내 그 현실의 비극성을 완벽히 받아들인 순간, 거기엔 어떤 감상도 끼어들 틈이 없어졌다는 진실이다. 그녀는 조금도 슬프지 않았다. 분노도 일어나지 않았다. 그녀가 걸어나와서 문을 닫고 나갈 때까지 2층에 있던 어느 누구도 그녀가 잠시 왔다 가는 상황을 아는 체하지 않았다. 그 무감각이야말로 어떤 영화나 배우 이름보다도 우선적으로 그녀가 무비스에서 배워야 했던 유일한 덕목이었는지도 몰랐다. 그리고 그것을 배우고 나갈 때까지 십 년씩이나 기다려주고 가꾸어준 무비스의 인내와 수고에 오히려 엎드려 절이라도 하고 싶을 만큼 감사했다. 후들거리는 다리를 가누느라 계단 난간을 손으로 짚어가며 올라간 건, 결코 슬픔 때문이 아니라 이런 깨달음으로 인한 일종의 감개무량 덕분이었다.

이제 끝났다. 모든 게 너무너무 감사하게. 그것은 더이상 공정할 수 없는 '더티 댄씽' 게임이었다.

이중 구속으로부터
자기 해방에 이르는 길

강상희(문학평론가, 경기대 교수)

극단적으로 말한다면 전혜성 소설의 여성 인물의 자기 정체성은 관념론

이 아니라 철저한 경험주의 속에서 형성되고 단련되며 재확인된다. 최근

에 전혜성을 비롯하여 많은 여성 작가들이 형상화하는 도저한 경험주의

의 세계는 관념론에 대한 철저한 배반행위라는 속성을 띠고 있다. 이 배반

행위 속에서 재구성되는 여성 정체성은 궁극적으로 현대성 일반에 대한

재심문의 성격까지도 갖는다.

전혜성이 장편소설 『마요네즈』(문학동네, 1997)로 등단한 이후 칠년 만에 펴낸 이 소설집은 어떤 통일된 의미와 전망으로 구조화되어 있지는 않은 편이다. 작가의 자전과 허구를 자유롭게 넘나들면서 형상화한 소설들의 테마 영역은 상당히 넓고 다양하다. 넓은 의미에서 자전적 성장소설이라 부를 수 있는 작품에서부터 가족관계의 불완전성을 매개 삼아 여성 자아의 재각성과 길 찾기를 다룬 작품에 이르기까지 여기에 수록된 여덟 편의 소설은 모두 고유한 주제의 감응력을 갖고 있다. 하지만 그러한 개별적인 완결성에도 불구하고 이 소설집에서 심층구조처럼 작동하고 있는 인식과 경험의 패턴을 찾아내는 것은 그다지 어려운 일이 아니다. 그 패턴은 '가족(들)'과 관련된 것이며, 그 관련은 전혜성의 출세 장편 『마요네즈』에서부터 출발의 총성처럼 강렬하게 예고된 것이었다.

잘 알려져 있듯이 『마요네즈』는 전통적인 모성상을 파괴한 일종의 소설적 사건이었다. 이 장편이 형상으로 만들어낸 어머니의 모습은 영화, 연극 등으로 다시 만들어지면서 장르의 제약을 뛰어넘는 보편적인 인물형으로 자리잡은 바 있다. 『마요네즈』는 한국적 어머니 이데올로기의 균열과 허위를 냉정하게 직시하고, 새로운 어머니의 모습을 그 이념형의 자리에 대신 앉힘으로써 어머니에 관한 소설적 주제학을 원점에서 다시 가동시켰다. 『마요네즈』를 참조하지 않고 어머니를 다시 호명하는 일은 거의 불가능한 것이 아닐까 하는 느낌도 그다지 과장이라고 할 수는 없다. 가족이란 행복의 공동체가 아니라 오히려 고통의 잠정적인 공동체라는 유구한 생각은 『마요네즈』의 어머니상에 의해 '또하나의 진실'로 재확인되었다. 이 소설집은 특히 『마요네즈』에 의해 재확인된 또하나의 진실이 다른 가족관계들에서 변주되고, 또 새로이 반추되면서 부정되거나 긍정되는 모습을 많이 다루고 있다.

「가난한 친척」는 자매라는 원초적인 혈연이 가난에 의해 서서히 와해되어가는 고통스러운 과정을 그리고 있다. 이 작가가 구축해온 가족의 주제학을 잘 보여주는 이 소설의 주인공 시윤은, 공유하기 싫으나 공유할 수밖에 없는 혈연의 재난으로 인해 서서히 심신의 몰락을 경험하는 인물이다. 그 재난과 몰락의 표상은, 시를 분석하듯이 말해본다면 공감각적인 것으로 나타난다. 우선 언니가 줄기차게 해대는 전화는 자신이 배치받은 자매의 자리를 시윤이 결코 떠날 수 없다는 사실을 환기시킨다. "달팽이처럼, 언니의 목소리는 시윤의 고막에 붙어 떨어지지 않"는(56쪽) 일종의 청각적 "올가미"가 되어 시윤의 가족이 함께 떠난 여행지에까지 울려퍼진다. 언니의 목소리는 시윤이 그 바깥을 상상해보기 힘든 혈연의 감옥을 만들어낸다.

또하나 시각적 표상은 시윤이 언니네로부터 물려받은 복제화 〈게르니카〉이다. 이 〈게르니카〉는 문화적 향유가 가능한 생활임을 입증하는 표상으로부터 점차 "제 새끼 걱정"을 해야 하는 재난 상황의 표상으로 그 의미가 미끄러져간다. 가난은 언니네로부터 시윤에게로 서서히 전염되고 그 전염의 과정에서 〈게르니카〉는 또다른 공포의 상징물이 되어간다. 스페인 내전의 전율과 공포를 그린 〈게르니카〉의 원초적 의미는 망각되고 가난한 생활이 초래하는 전율과 공포라는 의미가 복제화 〈게르니카〉에 덧씌워지게 되는 것이다. 작가는 어쩌면 전쟁의 참상과 가난한 생활의 공포가 거의 등가라는 점을 밝히고 싶었는지도 모른다. 주인공 시윤의 귓가에 울려퍼지는 언니의 전화 목소리처럼 〈게르니카〉는 그녀에게 벗어나기 힘든 고통의 환각으로 자리잡는다. 그녀가 "재난은 그 첫번째 고리에 꿰이는 게 아니다"(75쪽)라고 말하듯이, 〈게르니카〉의 입체적 몽타주처럼 재난은 그렇게 연쇄되고, 그 연쇄의 매개가 혈연이라는 사실 역시 번번이 그리고 강렬하게 부각된다.

그 연쇄는 끊어질 수 있는 것일까? 이 소설의 마지막 장면은 그 물음에 대해, 불안과 동요가 뒤섞인 대답을 내놓는다. 폭설 속에서 가족과 함께 길을 잃은 시윤은 "아이들이 길을 잃는 독일 동화에 나오는 숲속 같은, 어둡고 희끄무레한 적막"(78쪽)에 갇힌다. 마지막 백만원으로 떠난 제주도 여행은 이 장면에서처럼 줄곧 죽음의 이미지를 수반하고 있던 터, 극한 상황에서 시윤이 언니를 떠올리는 행동은 모순의 진실을 보여주는 장면이라고 할 수 있다. 그녀는 이제 "따뜻한 언니의 메시지가 사무치게 그리웠다"(78쪽). 하지만 언니와의 소통 가능성은 "칠흑처럼 꺼져 있었다"(78쪽). 혈연이란 궁극적으로 모순된 감정과 태도의 복합으로써 대할 수밖에 없는, 다시 말해 이중 구속(double-bind)을 초래하는 관계망이라는 점을 주인공은 절실하게 체험하고 있는 것이다. (그러한 체험은 「달팽이마차」에서 선천적 장애를 가진 형제를 둘러싸고 벌어지는 가족의 애증 드라마에서도 발견된다. 이 소설의 결말은 가족이 어쨌든 '행복의 약속'을 실현할 수 있는 관계망이라는 유서 깊은 믿음을 희미하게 드러낸다. 그 믿음은 한편으로는 "메두사의 목처럼 돋아나는 희망의 불가해한 괴력" (231쪽)을 담고 있는 것이고, 다른 한편으로는 "죽음보다 나쁜 삶의 피로"(240쪽)를 바탕으로 한 것이다. 전혜성의 소설은 절망의 현실과 희망의 가능성이 공존하는 이중 구속의 상황에 줄곧 민감하게 반응한다고 말할 수 있다.)

작가가 이 소설집에 수록된 작품들을 통해 가장 공들여 형상화하고 있는 관계 중의 하나는 부부이다. 「가난한 친척」과 소설적 관점을 함께하면서도 부부관계를 다루고 있는 소설들은 대개 감옥으로부터 벗어나는 사람의 묘한 출발 의식 같은 것을 담고 있다는 점에서 독특한 테마 영역을 형성한다. 「쿠키 모양의 호수」는 표면적으로는 현진건의 「빈처」 같은 주제의식을 보이지만, 심층에는 오히려 그것을 부정하는 의식이 깃들어 있는 것으로 보인다. 영주와 승재는 "남녀가 아니라 피붙이"(183쪽) 같은 느낌으로 살아가는 부부이다. 그것은 낭만적 격정이 부부가 함께한 세월 동안 자동화되면서 나타나는 자연스러운 느낌일 것이다. 그러나 그 자연스러운 느낌은 남편이 구조조정으로 실직 상태가 되면서 반대로 부자연스러운 이물감으로 변질되기 시작한다. 「가난한 친척」에서 가난이, 「달팽이마차」에서 장애가 혈연의 의미를 재심문하는 매개였던 것처럼 이 소설에서도 경제적 궁핍화가 부부관계에 대한 전면적인 재심문을 요구한다. 부부란, 어느 시인의 표현을 빌려 말한다면 '깨지기 쉬운 질그릇' 같은 것이라는 초조한 자각이 이 소설의 긴장감을 만들어내고 있다. 부부는 그들이 함께해온 세월만큼 사이가 굳어지는 듯하지만, 근본적으로는 외적 충격에 대한 내성을 별로 갖추지 못한 관계라는 생각이 두텁게 깔려 있는 것이다. "절망적인 현실에 대한 축축한 암시"들(188쪽) 속에서 부부라는 질그릇에는 조금씩, 그러면서도 치명적인 균열이 생기기 시작한다. 그 암시의 핵심에는 "숫자에 관한 문제"가 놓여 있다. 이 부부에게 "숫자에 관한 문제는 숫자로 해결될 수 있을 뿐, 천 개의 지나가 있다 하여도 속수무책이었다"(199쪽). 숫자의 리얼리즘이 가하는 시험 앞에서 이 부부는 결국 균열되고, 그 균열은 남편의 부재 상황으로 현실화된다. 소설은 이 상황에 아내의 연민과 번민을 겹쳐놓음으로써 급진적인 균열을 막아보려 하지만 결말 부분의 미묘한 함의는 그런 서사적 고안을 배반하기에 충분하다.

그런 배반의 모습이 보다 뚜렷하게 드러난 작품이 「소기호씨 부부의 집나들이」이다. 남편 소기호를 사람 좋다고 말하는 세간의 평가나, 팔자에 끌려온 삶을 살았을 뿐 진정한 자아는 다른 무엇이라고 생각하는 남편의 자평(自評)에 대해 아내 숙용은 동의하지 않는다. 오히려 그녀는 "무엇보다 자신을 뺀 세상 모든 사람들이 소기호씨를 바라보는 그 시선에 대하여 고독했다"(114쪽). 그리고 그 고독보다 "더 무서운 건 남편에 대한 염증"(131쪽)이었다. "차가운 경멸이나 뜨거운 증오도 아닌 지리멸렬한 환멸"(131쪽)로 인해 숙용은 남편과 자신을 바라보는 새로운 시선을 만들어나가기 시작한다. 자원봉사를 함께 하고, 자유인 기질을 공유하고 있으며, 시민운동의 대열에 합류하기도 했던 젊은 시절의 공동 환상이 모두 스러진 자리에서 아내는 새로운 시선으로 만나게 될 자기만의 세상을 꿈꾸기 시작한다. 이들 가족이 나들이 삼아 보러 다니는 모델하우스는 그런 꿈꾸기가 공간화된 서사적 장치라고 할 수 있다. 이곳에서 숙용은 "결국 마감재야. 아파트 구조야 다 거기서 거긴데"(116쪽)라고 말한다. 물론 남편은 이 말을 오해함으로써, 아내가 꿈꾸기 시작한 새로운 시선과 교차되는 마지막 행운을 누리지 못한다.

　조금 깊이 생각해보면 숙용의 말은 대단히 급진적인 인간 이해 방식의 상징적 표현으로 읽힐 수 있다. 이를 인간의 내부=구조보다 외부=마감재가 더 중요하다고 간주한 표현이라고 해석해도 이 소설의 결말에 비추어볼 때 별로 부자연스러워 보이지 않는다. 사람의 심리, 마음, 영혼, 내면 등의 내부적 요소는 숙용에게 "다 거기서 거긴" 것으로서, 구체적인 생활의 과정에서 보게 되는 마감재에 비해 그 가치가 미달하는 것으로 간주되고 있는 것이다. 이는 데카르트와 루카치에 근거하여 현대소설에서 정립해온, 자기 내부를 증명하는 인간형의 가치를 전복시키는 생각이라고도 할 수 있거니와, 전혜성의 소설이 갖는 급진적인 힘의 한 방향은 여기에 숨겨져 있는 셈이다. 「쿠키 모양의 호수」에서 남편의 부재 상황 속에서 동요했던 여성 인물은 이 소설에서는 남편의 부재를 새로운 출발의 계기로 삼겠다는 적극적 의지를 표명한다. 숙용은 자신이 "혼자 살 집"을 계약하러 온 것이라고 말함으로써 자립적 여성상에 자신을 일치시키게 된다. 그녀는 생활과 육체를 공유함으로써 동질화되었다고 착각되어온 관계를 깨뜨리고 차이에 바탕을 둔 자립적 생을 꿈꾸기 시작한 것이다. 이러한 꿈꾸기가 공소함으로 전락하지 않는 중요한 이유 가운데 하나는 그것이 관념이 아니라 생활의 구체성으로부터 비롯된 것이라는 점에 있다. 그 꿈꾸기는 일상의 세부들을 견디어온 여성 자아가 비로소 취할 수 있는 선택에 속하는 것이다. 이 소설집에 실린 다른 몇 편의 소설 역시 여성 자아와 일상의 세부들이 만나면서 획득되는 여성 정체성의 윤곽을 제시하고 있는데, 그 소설들은 부부관계를 다룬 「소기호씨 부부의 집나들이」「쿠키 모양의 호수」 등의 소설과 상호 지시적인 관련을 갖는다고 할 수 있다.

자전적 요소의 변형과 재배치 없이는 씌어지기 힘들었을 중편 「더티 댄씽」에서 작가는 "성실함과 얌전함"(259쪽)이라는 존재 코드를 갖고 있는 주인공 심정애의 아마추어적인 삶이 현실과 충돌하면서 마모되고 또 재각성되어가는 전말을 그리고 있다. 편집장 조을미, 자료실장 천영애, "독재정권에 맞서 편집권 독립을 요구하다 해직된 기자"(275쪽) 출신이지만 지금은 굴신(屈身)의 처세술로 무장한 사장, 대부분 이해를 기준으로 진퇴를 결정하는 노조위원장 원종덕 등의 주요인물로 구성된, 영화잡지 『무비스』를 내는 출판사는 생존 투쟁의 정치학이 작동하는 장이다. 영화라는 판타지와 '빼도 박도 못 하는' 현실의 비루함이 교차하는 이 생존 투쟁의 장에서 심정애는 '타인의 야비함'과 '사람들의 무관심' 그리고 "고양이를 물어야 살 수 있다는"(321쪽) 것 등등을 알게 된다. 작가의 서술은 콩쥐형 혹은 캔디형 인물의 계보에 속한 이 주인공에게 감상적인 공감을 거의 내비치지 않는다. 그리하여 소설은 고난으로부터 각성과 극복, 그리고 성공에 이르는 여성 수난사 이야기의 궤적을 답습하지 않는다. 그 대신 작가의 서술이 모이는 초점은 주인공이 자각하게 되는 "생존본능" 쪽에 두어진 것처럼 보인다. 무비스의 인물들이 합종연횡, 이합집산했던 과정을 심정애는 "더이상 공정할 수 없는 '더티 댄씽' 게임"(334쪽)으로 회고한다. 권선징악, 인과응보 식의 서사적 기대는 우승열패를 근간으로 하는 냉혹한 자본주의의 게임 규칙에 대한 주인공의 자각으로 대체된다. 비록 순수한 내면세계를 보존하고 있지만 "머리가 아닌 생존본능"(332쪽)으로 현실을 헤쳐가야 했고, 그런 현실을 끝내는 수긍할 수밖에 없는 주인공의 모습은 독자로 하여금 매우 강렬한 현실감을 느끼게 만든다.

현대소설이 권선징악, 인과응보의 서사 전개를 용도 폐기하고 아이러니를 대신 내세우면서도, 서사 구성의 합리성을 강하게 유지하려 했던 것은 세계가 그렇게 합리적이기 때문이 아니라 합리로 풀리지 않는 세계의 모순과 복합성을 '현대인답게' 합리적 서사로 통합시키려 했던 일종의 책략이 작용했기 때문이다. 「더티 댄씽」은 이러한 현대소설의 책략을 따르면서도 깔끔한 서사로 통합되지 않는 쇄말들까지를 모두 끌어안음으로써 "머리가 아닌 생존본능"으로 비로소 이해할 수 있는 볼륨 있는 인물형을 만들어낸다. 유토피아를 건설하기 위한 인정 투쟁에 골몰하는 남자의 뒤켠에서, 자식과 함께 생존을 위해 투쟁하는 여자의 좌표를 규정하는 것은 관념이 아니라 일상의 세부들이며, 이러한 여성적 차이가 현대성을 넘어서는 단초를 제공한다는 생각은 널리 알려져 있거니와, 이는 전혜성 소설의 여성 인물이 놓여 있는 큰 맥락이기도 할 것이다. 이러한 유형의 여성 인물이 갖는 가능성은 「섹스에 관해 너무 많이 지껄인 다음 날」에서 반증의 방식으로 반복되기도 한다. 이 소설의 주인공 빈은 조금은 희화화된 인물이다. 그녀는 "한 권의 책을 읽듯이 인생들의 경험을 읽"(151쪽)는 관찰자이자 비평가를 자임한다. "비현실의 덩어리 같은 자신"(164쪽)을 자각하면서도 물구나무서기 식으로 세상을 관찰하고 비평해대는 빈은 그러나 맞선 자리에서 만난 남자를 통해 그녀의 삶이 무화되는 경험을 하게 된다. 그녀가 '머리로' 알게 되었다고 생각한 그 남자는 그녀 머리의 자만과는 달리 "도무지 더는 요령부득이라는 듯, 참으로 딱하고 참으로 측은해하는 마지막 눈길로 빈이라는 존재에 대한 경험 자체를 깔끔히 잘라내곤, 깊이 뚫린 지하철 입구 속으로 총총히 사라"(179쪽)진다. 관념론자 빈에게 보내는 작가적 조소와 더불어 경험주의에 보내는 커다란 신뢰를

엿볼 수 있는 결말인 셈이다.

조금 극단적으로 말한다면 전혜성 소설의 여성 인물의 자기 정체성은 관념론이 아니라 철저한 경험주의 속에서 형성되고 단련되며 재확인된다. 기차를 기차로 체험하지 못하고 계몽과 해방의 확신을 싣고 달리는 현대성의 관념적 매체로 인식했던 『무정』의 주인공 이형식에서 볼 수 있듯이 한국 현대소설의 출발점은 관념론이었다. 최근에 전혜성을 비롯하여 많은 여성 작가들이 형상화하는 도저한 경험주의의 세계는 그 관념론에 대한 철저한 배반행위라는 속성을 띠고 있다. 이 배반행위 속에서 재구성되는 여성 정체성은 궁극적으로 현대성 일반에 대한 재심문의 성격까지도 갖는다. 「화니 라블레 식사권」은 남성이 부재하는 상황을 극복해가는 여성적 유대의 모습을 그리고 있다. 이 작품에도 작중인물간의 서사적 매개로 영화가 등장한다. 영화는, 「더티 댄씽」에서도 그러했지만 판타지 자체로 고립되어 있는 것이 아니라 작중인물이 현실을 구성하고 이해하는 중요한 코드 내지는 심급으로 작동하면서 "긴장감과 꿈의 부력을 받쳐주는 일종의 구명튜브"(88쪽) 역할을 한다. 남성의 부재는 영화의 현존으로 대체되면서 새로운 자기 정체성 구성의 작업이 시작된다. 주인공은 '조각보'라는 시나리오를 쓰고, 친구인 혜원은 영국으로 유학을 갈 준비를 한다. 물론 이들의 욕망은 충족되지 않으며, 욕망 충족의 순간은 계속해서 연기된다. 원심력으로서의 욕망과 구심력으로서의 생이 상호작용하면서, 조금씩 차이는 있지만 「소기호씨 부부의 집나들이」나 「쿠키 모양의 호수」에서처럼, 이들은 남성 없는 삶의 가능성을 하나씩 확인해간다.

사실 이 '남자 없이 살아가기'의 의미를 전적으로 수긍할 수 있는 것은 아니다. 특히 「소기호씨 부부의 집나들이」나 「쿠키 모양의 호수」 같은 경우에는 그 정체성 모색의 방식에 의문을 품을 수 있다. 이 두 소설의 남성은 자본주의사회의 패자들이다. 자본주의가 패자와 약자에게 무관심하다는 것은 누구나 아는 사실이거니와, 두 남성은 똑같은 정도는 아니지만 여성의 무관심이라는 이중의 무관심 상황 속으로 전락해버린다. 정체성은 반동일시와 비동일시를 통해 형성되기도 하는 것이지만, 두 소설의 여성 인물이 반동일시와 비동일시를 위해 깨뜨리는 남성이라는 거울은 지나치게 허약했던 것이다. 그 허약함에 공감해주면 철 지난 감상 멜로 소설이 될 터이고, 반동일시 투쟁을 하기에는 그 남성 인물들이 너무 위약한 상대였다는 점은 아마 작가에게도 서사 고안의 곤경이었을 것이다. 그 곤경을 어느 정도 해소하면서 전혜성 소설의 전개 방향을 조금 예측게 하는 작품으로 「형숙유전」을 들 수 있을 것이다.

「형숙유전」은 절반은 성장소설의 골격으로, 나머지 절반은 페미니스트의 의식으로 이루어진 소설이다. 결혼이라는 관습적인 통과의례를 거치면서 일탈이라는 젊음의 코드를 상실해버린 형숙이 추억되는 과거와 새로운 자기 정체에 대한 확신을 갖기 시작한 현재가 교차되면서 이 소설은 '남자 없이 살아가기'라는 선명한 지향점을 향해 이야기를 전개시킨다. "삶을 삶답게 했던 뚝심 있는 자아에 대한 환상"(26쪽)이 다시 회복되지 못했다고 해도 이 두 여성의 삶은 후일담의 회고로 전락하지 않는다. 이들은 "끝없는 진화에 대한 강박증을 내려놓고 지그시 내어주는 늙음으로 깊어질 순 없을까. 과연 더 새로울수록 참되고 최신의 것일수록 최고인가"(43쪽)라고 재심문할 수 있기 때문이다. 진화와 새로움이야말로 남성이 주도해온 '현대 프로젝트'의 핵심이거니와, 이들의 재심문은 넓게 보면 시대와 개인의 정체성을 다시 모색하려는 보편적 의지의 여성적 표현으로 볼 수 있을 것이다. 물론 이러한 재심문은, 이 세계가 점차 여성적으로 구조화되어가고 있으며, 그 구조화의 중요한 동력으로 작동하고 있는 페미니스트 이데올로기도 더이상 저항담론으로 규정하기 어려워졌다는 사실을 떠올려보면 크게 낯선 것은 아니다. 여성 정체성은 더이상 소수 약자의 경험과 상상력에 의존하여 구성되는 저항적 정체성이 아닌 것이다. 「형숙유전」의 의미를 낳는 보다 큰 맥락은 거기에서 찾아질 필요가 있다. 형숙이 화자에게 동성애적 이상형이었음이 직접 서술을 통해 드러나고, 그 이상형과의 관계가 "인격적인 사랑"(44쪽)으로 맺어져야 한다는 자각이 제시됨으로써 이 소설의 결말은 우정과 사랑이 결합된 여성적 유대의 가능성을 극대화한다. "그토록 오랜 세월, 나는 몸과 마음을 가진 따뜻한 친구라기보다 바늘처럼 뾰족한 한 줄기 시선일 뿐이었다"(44쪽)는 깨달음에 도달한 화자 정라가 형숙과 새롭게 대면하는 마지막 장면은 이러한 정체성을 가진 여성 인물(들)의 자기 확신이 어떤 속성을 갖는 것인지를 잘 보여준다.

"정라야!"
나는 그렇게 불러주지 않아서 가지 못했다는 듯 그녀에게 걸어간다. 오늘밤 집에 가서 거울 앞에 설 때까지 얼굴을 그림을 지우지 않을 것이다. 그리고 내 차례가 되면, 분홍빛 하트에 Love me란 검정 글자를 써달라고 부탁하겠다.(44쪽)

"이성애란 네모를 뚫고 나간" 형숙처럼 화자 역시 "한 줄기 시선일 뿐이었"던 자아의 네모를 뚫고 형숙과, 인식론적인 의미에서 새롭게 대면한다. 이 대면은 새로운 정체성의 출현인 동시에 남성 없는 세계에 관한 여성적 비전이 드러난 부분으로 보여진다. 여러 형태의 가족들(families)이 형성되는 상황을 맞으면서 세상은 그러한 비전의 현실화에 대해 상당히 너그러워지고 있다. 과연 그와 같은 단성 생식의 상상력과 그것의 현실화가 정말 여성 자아의 해방을 가져올 것인가? 문제를 처음으로 돌리기보다는 여기에서부터 해답을 모색하는 것이 바람직할 듯하다. 전혜성의 소설은 아마도 그러한 해답을 모색하는 데 중요한 시사를 던져주게 될 것이다. 이데올로기와 허위의 장막을 걷고 경험 자체로부터 새로운 어머니의 모습을 발굴해냈던 이 작가의 직관은 그 가능성을 농밀하게 품고 있다. 그렇다면 이 소설집은 새로이 형상화될 그 가능성의 유력한 징후이기도 한 셈이다.

작가의 말

　여기 실린 마지막 한 편을 쓰던 중에 생전 안 하던 짓을 하게 되었다.

　신발기도라는, 한쪽 발엔 내 신을 또 한쪽 발엔 누군가의 신을 신고 그 사람이 되어보길 기도하는 것이다. 물론 몸이 아니라 마음으로 신고, 한순간에 되는 게 아니라 꽤 시간이 걸린다.

　그냥 밥 먹고 살기에도 벅찬데 그런 짓까지 하게 된 건 그만치 힘들게 하는 사람이 있기 때문이었다. 미움을, 내게 독이 되지 않도록 연소시키려는 자구책이랄까.

　아무튼 몇 사람을 놓고, 맞지 않는 그 신들을 기어코 신어보고자 했다. 아무리 신어보려 애써도 그들이 대체 요즘 무슨 신발을 신고 다니는지조차 떠오르지 않을 때면 와락 그만두고 싶기도 했지만.

　몽롱함 속에서 그 마음을 알고 싶다 부르짖기 시작하면 저도 모르게 뜨거워지는 순간이 온다.

　물론 그 최고조에서조차 그들을 온전히 품게 되진 않는다. 그렇지만 객관적인 그들 자체는 아닐지라도, 나와의 관계에서는 그것이면 족한 그들의 정수가 결국은 찾아와주었다. 한 형제는 "아파"라는 단순한 음성을 들려주었고, 또 어떤 사람에 대해서는 무조건 고맙고 과분하기만 했다. 특히 평소 내가 많이 해주고 있다고 굳게 믿는 상대일수록, 신발기도 속에선 도리어 내가 큰 빚을 지고 있다는 정반대의 메시지를 듣게 되었다.

이 기도의 유래는 한 줄의 인디언 속담이라 한다.

"그 사람을 알고 싶으면 그의 신발을 신고 걸어보라."

책을 묶기까지 적잖은 나날 동안 내가 무엇을 하고 있는지 근원적으로 알고 싶어했다. 거창하고 폼나는 명분으로 치장하고 싶었으나, 내 것이 아니었다. 늦었지만 이제나마 이 카테고리를 얻게 된 게 선물처럼 여겨진다. 삶과 사람들. 내 소설의 인물들과 소설 자체까지도 기도 속에 신어본 한쪽 신발이었다.

실제로 신발기도를 했을 땐 대체로 울며 끝났다.

그런데 교정을 통해 나의 소설들을 다시 신어보면서는 뜻밖에 좀 웃게 되었다. 너무 재미나서 웃었다는 뜻이 아니다. 엄마 구두 신고 집 밖을 나선 어린 딸의 걸음걸이랄까. 금시라도 고꾸라질 듯 용케 코를 박지는 않는 아슬아슬함이 한시도 눈을 뗄 수 없게 했다. 감사하게도 그 서툰 모양새를 보는 게 전처럼 창피하지만은 않았다.

잠결에 너무 늙었다 탄식을 하면서 깼다. 안 그런 체해도 세월에 대한 조바심이 생긴 것이다. 삼십 분쯤만 더 일찍 일어나리라.

2004년 3월
전혜성

문학동네 소설집
소기호씨 부부의 집나들이
ⓒ 전혜성 2004

1판 1쇄	2004년 4월 9일
1판 2쇄	2004년 7월 12일

지은이	전혜성
펴낸이	강병선
책임편집	차창룡 조연주 이상술
펴낸곳	(주)문학동네
출판등록	1993년 10월 22일 제406-2003-045호

주 소	413-756 경기도 파주시 교하읍 문발리 파주출판도시 513-8
전자우편	editor@munhak.com
전화번호	031) 955-8888
팩 스	031) 955-8855

ISBN 89-8281-813-8 03810
＊ 이 책은 한국문화예술진흥원의 문예진흥기금을 받아 출간되었습니다.

www.munhak.com